Ernst A Laspeyres

Die Bekehrung Nord-Albingiens und die Gründung des Wagrischen Bisthums Aldenburg-Lübeck

SALZWASSER
VERLAG

Ernst A Laspeyres

Die Bekehrung Nord-Albingiens und die Gru⊠ndung des Wagrischen Bisthums Aldenburg-Lu⊠beck

Unveränderter Nachdruck der Originalausgabe von 1864.

1. Auflage 2022 | ISBN: 978-3-75259-725-7

Verlag: Salzwasser Verlag GmbH, Zeilweg 44, 60439 Frankfurt, Deutschland
Vertretungsberechtigt: E. Roepke, Zeilweg 44, 60439 Frankfurt, Deutschland
Druck: Books on Demand GmbH, In de Tarpen 42, 22848 Norderstedt, Deutschland

Die Bekehrung Nord-Albingiens und die Gründung des Wagrischen Bisthums Aldenburg-Lübeck.

Eine Jubelschrift

von

Ernst Adolph Theodor Laspeyres,

Doctor der Philosophie und der Rechte, Rath bei dem gemeinschaftlichen Ober-Appellationsgerichte der vier Freien Städte Deutschlands, ordentlichem Mitgliede der historisch-theologischen Gesellschaft zu Leipzig und des Vereins für Lübeckische Geschichte und Alterthumskunde.

Bremen,

1864.

Seinem verehrten Freunde,

dem Herrn

Carl Ludwig Roeck,

jur. utr. Lic.,

Senator und d. J. vorsitzendem Bürgermeister

der freien Hansestadt Lübeck

zum

12. März 1864,

als

dem Jubeltage

seiner fünfzigjährigen Wirksamkeit

für das Gemeinwohl

mit herzlichem Glück- und Segenswunsche

gewidmet

vom

Verfasser.

Die Vorliebe für canonistische Studien, denen, geehrter Herr Bürgermeister, die Zeit meiner academischen Wirksamkeit vorzugsweise gewidmet war, hatte, genährt oder vielmehr neu geweckt durch die Herausgabe der Summa decretalium des Bernardus Papiensis, mich nach Beendung dieser Arbeit veranlaßt, mit dem inzwischen erschienenen Urkunden-Buche des Bisthums Lübeck eingehender mich zu beschäftigen. Durch den Reichthum und die Mannigfaltigkeit der darin enthaltenen kirchengeschichtlichen und kirchenrechtlichen Notizen und Daten überrascht, kam mir bald der Gedanke, ob es nicht nunmehr an der Zeit sein dürfte, und die Aussicht besseren Gelingens für sich haben möchte, den Anbau eines bisher nur zu sehr vernachlässigten Feldes der Geschichte Lübecks zu versuchen, und die kirchlichen Zustände der Stadt wie des Stifts an der Hand der bisherigen sowohl, als der neugewonnenen Quellen zum Gegenstande genauerer Erörterung und selbstständiger Darstellung zu machen. Der ermunternde Zuspruch des verewigten Deecke ließ diesen Gedanken reifen und zu festem Entschlusse werden, wie groß und gerecht auch die Besorgniß war, es werde mein Versuch, ohnehin für die Zeit des Mittelalters ein erster, nach dem Maaße meiner Gaben und Kräfte weit hinter den ausgezeichneten Arbeiten zurückstehen, deren Lübeck für andere Gebiete seiner Vergangenheit sich rühmen kann, die aber zu nennen mir Ueberfluß bedünkt. Ist doch trefflichen Vorbildern nachzueifern, immer Pflicht, und erlaubt auch da, wo von vorn herein der Hoffnung sie zu erreichen entsagt werden muß.

Den warmen Antheil, welchen mir Lübeck abgewann, kaum daß ich es meine neue Heimath nennen durfte, welchen rasch die nähere Bekanntschaft mit Institutionen und Bewohnern der Stadt steigerte, und auch die umfassenden und eingreifenden Veränderungen nicht zu schwächen vermocht haben, denen in den letzten Decennien auch Lübecks althergebrachte Zustände in kirchlicher und weltlicher Beziehung, für Rechtspflege und Verwaltung, auf politischem, communalem und selbst socialem Gebiete unterlag, — diesen Antheil im öffentlichen Leben der Gegenwart bethätigen zu können, ist, wie solches von jeher selbst unter den eingebornen Mitgliedern des Gerichts nur Wenigen ausnahmsweise beschieden war, auch mir, wenn gleich nicht völlig versagt, doch nur in sehr beschränkten Grenzen vergönnt gewesen; engeren jedenfalls, als Wunsch und Neigung gezogen hätte; vielleicht auch engeren, als festzuhalten, in Anbetracht der amtlichen Stellung und nächsten Berufspflicht, oder im Hinblick auf Individualität der Ansichten hätte geboten oder doch angemessen erscheinen dürfen. Um so lebhafter wandte sich in der Stille meiner Privatstudien, je länger je mehr, jenes Interesse für Lübeck der großen Vergangenheit unserer Stadt und ihrer reichen Geschichte zu. Der Wunsch, öffentlich dies zu bekunden, ward ein mächtiger Antrieb, festzuhalten an jenem Plane, und mich nicht abschrecken zu lassen durch die Größe der Schwierigkeiten, die für dessen Ausführung, je weiter die Vorbereitungen fortschritten, mir zu immer klarerem Bewußtsein kamen.

Schon war die Sammlung des Materials, obwohl die Nothwendigkeit sich gar bald geltend machte, weit über jenes reichhaltige Urkundenwerk hinaus auf die Quellen, diplomatische und chronikalische, näher einzugehen, soweit vollendet, daß sich ein sichrer Ueberblick gewinnen ließ über das Arbeitsfeld, dem in den nächsten Jahren die Mußestunden, welche das Amt ließe, gewidmet sein sollten. Schon war die Disposition der ganzen Arbeit getroffen, schon für einzelne Parthieen der Stoff geordnet, an andere die erste ausführende Hand gelegt. Da traf mich, heute gerade vor zwei Jahren, in Mitten der freudigsten Arbeitslust und der vollsten, wie ich wähnte, Arbeitskraft, ein Blitzstrahl aus heiterem Himmel, jener schwere Unfall, welcher, wie Ihnen, verehrter Freund, und Vielen nur zu wohl bekannt ist, für lange Zeit, hoffentlich nicht für immer, meiner amtlichen Thätigkeit ein Ziel setzen sollte, und von der nun überreichlich dargebotenen Muße den beschränktesten und vorsichtigsten Gebrauch zu machen mir immer noch die gebieterische Pflicht auferlegt.

Ob es mir vergönnt sein werde, jene für Lübecks Kirchenzustände im Mittelalter gehegten Pläne wieder aufzunehmen und durchzuführen, oder ob, wie ein ähnliches, der kirchlichen Verfassung meines Geburtslandes gewidmetes Unternehmen früherer Jahre nunmehr sicher unvollendet bleiben wird, dieser neuen für den Lebensschluß, vielleicht ohnehin zu spät, in Aussicht genommenen Arbeit beschieden sei, das Stadium embryonischer Entwicklung nicht zu überschreiten, mag die Zukunft entscheiden, und muß ich voll Ergebung Dem anheimstellen, welcher Leben und Gesundheit giebt und nimmt. Nicht noch einmal aber mochte ich an dem Ehren- und Jubeltage, welcher Ihnen und der Stadt bevorstand, mit leeren Händen, wenn auch volles Herzens vor Ihr Antlitz treten, gleich wie bei der, nur Wenigen bekannt gewordenen oder erinnerlich gebliebenen und von Ihnen selbst nicht einmal beachteten funfzigjährigen Wiederkehr des Tages, an welchem Sie, während über Rußlands Blut- und Schneegefilde die Morgendämmerung des glorreichen Jahres anbrach, welches durch Gottes Gnade mit dem gesammten Deutschen Volke auch Ihrer Vaterstadt die Befreiung von der Schmach fremder Zwingherrschaft brachte, jenseits der äußersten Westgrenzen des einstigen Deutschen Reichs in der Burgundischen Hauptstadt die academische Würde erwarben, deren Träger es früher in Lübeck aus Courtoisie gegen die Herren des Raths so Viele gab, als deren letzten aber muthmaßlich Ihren Namen die Rathslinie des neunzehnten Jahrhunderts aufzuführen haben wird.

So wagte ich denn den Versuch, ob überhaupt, ob zeitig genug es mir gelingen möchte, von demjenigen größeren Abschnitte jenes Werks, welcher in einem geschichtlichen Rück- und Ueberblick eine allgemeine Einleitung und Grundlage für diejenigen darbieten soll, in welchen sowohl die innere Kirchenverfassung der Stadt und des Stifts, als die staatsrechtliche Stellung der Kirche zu Stadt, Land und Reich eine speciellere historisch-systematische Darlegung finden werden, einen Theil dergestalt zum Abschluß zu bringen, daß ich eine Probe jenes größeren Vorhabens in die Oeffentlichkeit könnte treten lassen und Ihnen als bescheidene Festgabe darzubringen wagen dürfte. Daß bei Ihnen, geehrter Herr Bürgermeister, dieser Versuch eine freundliche Aufnahme, sei es an oder nach Ihrem Ehrentage, finden werde, dessen bin ich gewiß; dafür bürgt mir das herzliche und herzgewinnende Wohlwollen, mit welchem Sie vor nun bald achtzehn Jahren dem Fremdling bei seinem Eintritte in Lübecks Mauern auf das Fürwort einer uns Beiden gleich unvergeßlichen Frau entgegenkamen, und welches, bald in wahre Freundschaft sich wandelnd, unverändert und stets von neuem bewährt, seitdem mich und die Meinigen durchs Leben geleitet hat, in guten Tagen erfreuend und stärkend, hebend und tröstend in böser und schwerer Zeit. Auch vor dem Forum der Wissenschaft wird, so hoffe ich, dem Fragmente jener Einleitung weder billige Berücksichtigung der Schwierigkeiten und Hemmnisse fehlen, welche in der Aufgabe liegen, und gerade für mich und in dieser Zeit ihrer genügenden Lösung entgegentraten, noch auch die Nachsicht, welche überhaupt sowohl Einleitungen, als s. g. Gelegenheitsschriften sonst wohl geschenkt zu werden pflegt. Hocherfreut würde ich sein, wenn auch im weiteren Kreise meiner Mitbürger diese Blätter Manchem für spätere Zeiten noch eine willkommene Erinnerung wären an den um Lübeck hochverdienten Mann, mit dessen Namen sie sich schmücken, und zugleich ein kleiner Denkstein für den Verfasser, wenn ihm, noch ehe er über seine Tage gekommen, beschieden sein sollte, aus dem Leben zu scheiden, oder doch, wie der amtlichen, so jeder anderen Wirksamkeit gänzlich entsagen zu müssen. Mehr indessen als alles Andere erfüllt, verehrter Jubilar und werther Freund, der Hinblick auf das herannahende Fest mich mit dem Wunsche, und er schließe dies Grußes- und Widmungswort, daß der Herr, auch ferner in Liebe und Gnade über Ihren Lebensabend waltend, Ihnen noch für viele Jahre die Frische des Geistes und Körpers erhalten möge, in welcher Ihre Verehrer und Freunde Sie Ihrem Ehrentage entgegenschreiten sehen, und daß Er für und für die reichste Fülle Seines Segens ausgießen wolle über die Ihrem Herzen so theure Vaterstadt.

Lübeck, den 10. Februar 1864.

Dr. Laspeyres.

Gleich den Anfängen der Stadt, deckt auch die ersten Zeiten des von Aldenburg (jetzt Oldenburg) später nach Lübeck verlegten Wagrischen Bisthums, zwar nicht nächtliches Dunkel, aber doch der Nebelschleier eines Frühmorgens, in dessen trübem und trügerischem Zwielichte dem Auge des forschenden Wanderers nur den Hauptzügen nach sich die Gestaltung der Dinge und der Charakter des durchwanderten Gebietes darlegt, des Einzelnen dagegen Vieles bald sich dem Blicke gänzlich entzieht, bald Zweifeln jeder Art unterliegt, oder doch höchstens Vermuthungen zuläßt.

Ueber zwei Jahrhunderte sind verflossen, seit der Lübecker Conrektor Heinr. Bangert, — unter den Neuern, und abgesehen von den in älteren Chroniken enthaltenen Andeutungen der Art [1]), meines Wissens zuerst — Lage und früheste Schicksale des Slavischen Alt-Lübecks einer genaueren Erörterung unterzog [2]). Seitdem haben, wenigstens in Lübeck, Viele mit der Frage sich beschäftigt [3]), wo dessen älteste Stätte zu suchen sei, und

[1]) S. Detmar's, Chronik zum Jahre 1106 u. 1139 (Grautoff Lüb. Chron. Th. I. S. 16 u. 35) H. Corneri chronica novella ad A. 1109 (in Jo. G. Eccardi Corp. histor. med. aevi, Tom. II. p. 651) und Rudimentum Novitiorum Fol. 380 b. (in Excerpten mitgetheilt in JoH. de Seelen Selecta litteraria Ed. II. Lub. 1726 p. 534 sq.)

[2]) Zuerst in seiner Ausgabe von Helmoldi chronica Slavorum Lub. 1654 (Note a. zu Lib. I. c. 47 u. Note d. zu c. 58), dann in seinen bei v. Westphalen Monum. inedita Tom. IV. No. XI. p. 1159 sq. mitgetheilten Origines Lubicenses § 16.

[3]) Am bekanntesten ist H. D. Krohn Schediasma de Lubeca Swartoviana in Dreyer's Samml. vermischter Abhandlungen der L. Rechte Th. III. S. 1374 ff.

welchergestalt die Stadt solche in frühester Zeit gewechselt habe. Eine sichere Lösung dieser Frage ist aber unsers Erachtens immer noch nicht gewonnen; auch nicht durch die neueste, diesem Gegenstande gewidmete Abhandlung des hiesigen Pastors Klug[1]). Veranlaßt durch die Ausgrabungen, welche der Verein für Lübeckische Geschichte und Alterthumskunde i. J. 1854 auf der durch den Einfluß des Flüßchens Schwartau in die Trave gebildeten Landspitze innerhalb der Reste eines dort belegenen, im Volksmunde mit Alt-Lübeck bezeichneten, Burgwalls anstellen ließ, zumeist auch auf die Funde und sonstigen Ergebnisse der Ausgrabungen sich stützend, erklärt diese Abhandlung es ausdrücklich[2]) für „außer allem Zweifel", daß an gedachter Stelle, nicht etwa blos als Localbezeichnung sich das Andenken des Slavischen Lübecks erhalten, sondern wirklich, die Trave aufwärts an dem linken Ufer, die Stadt ursprünglich und längere Zeit gelegen habe. In den, innerhalb der Umwallung auf der von beiden Gewässern gebildeten Landspitze, bei jenen Ausgrabungen aufgedeckten und ziemlich vollständig erhaltenen Fundamenten einer zweifellos zu kirchlichen Zwecken bestimmt gewesenen Gebäulichkeit sollen sogar bis auf den heutigen Tag Reste des Kirchleins sich erhalten haben, welches der Slavenfürst Heinrich, Sohn Gottschalks, dem christlichen Cultus innerhalb der Grenzen Wagriens nach dem großen Abfalle der Slaven zuerst wieder gründete; ebenso will man in den auch außerhalb des Burgwalls aufgefundenen Steintrümmern, Brandspuren und sonstigen s. g. Alterthümern Ueberbleibsel von den Wohnungen und Geräthschaften der Urbewohner Alt-Lübecks entdeckt und gewonnen haben.

Daß diese Entdeckung und die ihr gewordene Deutung innerhalb unserer Stadt, deren Wiege gleichsam solchergestalt nach Jahrhunderten dem Blicke dargelegt schien, den lebhaftesten Antheil und Beifall in den weitesten Kreisen fand, wird Niemand in Abrede stellen können, Keinem befremdlich dünken. Für zweifellos und unbedingter Zustimmung werth oder theilhaftig

---

[1]) S. Zeitschrift des Vereins für Lüb. Geschichte und Alterth.-Kunde, Bd. I. Nr. X. „Alt-Lübeck" S. 221 ff.

[2]) A. a. O. S. 233.

vermag ich aber die Ausführungen jenes Auffatzes meinerseits nicht zu halten; von Gewicht erachte ich in solcher Beziehung schon dies, daß ein Mann wie Deecke nach wie vor Bedenken trug, sich denselben anzuschließen und an jene Stelle die Geburtsstätte des einstigen Haupts der Hansa zu setzen. Vielleicht daß die genauere Erforschung und beglaubigte Darlegung der Kirchenzustände jener längstvergangenen Zeit, wie mir selbst, so auch Anderen mancherlei bisher gar nicht oder zu wenig gewürdigte Momente darbietet, wenn nicht zur Lösung des Streits, doch um von Neuem und ernstlicher denn zuvor, was fest gewonnen scheint, wieder in Frage zu stellen. Indessen liegt specielleres Eingehen auf die erste Gründung und ältesten Geschicke der Stadt außerhalb der Aufgabe, welche sich diese Blätter gestellt haben, und will mir überdies die Frage, wo denn Alt-Lübeck gelegen, wenn überall noch lösbar, mehr für den Alterthumsforscher von Reiz bedünken, als von historischer Bedeutsamkeit.

Auf die kirchlichen Geschicke, Zustände und Einrichtungen der Wagrischen Lande, im Gegensatz sowohl des Transalbingischen Sachsens, als der übrigen Slavischen Ostseeländer und der jenseits der Eider belegenen Gebiete, waren in ihrem Beginn und blieben auch in ihrem ferneren Verlaufe die Studien gerichtet, von deren Ergebnissen ich noch vor Abschluß der ganzen Arbeit ein Bruchstück zu veröffentlichen mich veranlaßt fand. Eine vollständige Geschichte des Stifts Lübeck und seiner Prälaten liegt überall nicht in meinem Plan, sondern nur an der Hand der Geschichte soll in ihrer allmähligen Entwicklung und Umgestaltung über die kirchliche Verfassung des Bisthums in mehr systematischer Gliederung ein Ueberblick gegeben werden. Vollends aber die gegenwärtigen Blätter wollen mehr noch zur Kirchen-, als zur Rechtsgeschichte dieser nördlichen Gegenden Deutschlands einen Beitrag liefern. Um so weniger können sie anders, als so weit eine gebieterische Nothwendigkeit sich zeigt, und auch dann nur bruchstücksweise und andeutend auf Landes- oder Ortsgeschichte eingehen, so daß die allgemeinen politisch-socialen Geschicke Wagariens als bekannt vorausgesetzt werden; noch mehr aber werden jetzt und später die biographischen nicht minder die topographischen Momente selbst in kirchlicher Beziehung, zurücktreten müssen. Ebenso wird das kirchliche Besitzthum des Bisthums wie der geistlichen Stiftungen und der Pfarrkirchen vornehmlich nur in rechtlicher Hinsicht, nicht aber auch dessen Erwerb und Umfang, successive Mehrung und Minderung, als in den Kreis der Aufgabe fallend angesehen werden. Wenn nun gleich hierbei, was in kirchengeschichtlichem und kirchenrechtlichem Betrachte speciell die Stadt berührt und für diese von Interesse ist, eingehenderer Prüfung und Darlegung unterliegen soll als der kirchenrechtliche Zustand der nur in kirchlichem Verbande mit der Stadt zusammenhängenden benachbarten Lande, so kann doch die zu lösende Aufgabe weder auf die Ringmauern, noch auf die alte Feldmark der Stadt, noch überhaupt auf diejenigen Gebiete und Ortschaften sich beschränken, zu deren Besitz und Hoheit Lübeck allmählich über jene Grenze hinaus gelangte. Sie wird vielmehr über das ganze Diöcesan-Gebiet des Bisthums, wenn auch nicht über alle Theile desselben in gleicher Weise, sich zu erstrecken haben. Und nicht einmal wird sie sich innerhalb dieser, durch den Diöcesan-Umfang gegebenen Grenzen unbedingt halten lassen. Denn zu richtiger Würdigung und zu vollem Verständniß der kirchengeschichtlichen Notizen und kirchenrechtlichen Daten, welche zerstreut und zugleich ohne völligen Einklang oder ersichtlichen Zusammenhang in Chroniken und Urkunden älterer und späterer Zeit sich darbieten, wird auf der einen Seite mehrfach in die Geschichte der Sächsischen Bisthümer des rechten wie des linken Elbufers über- und zurückzugreifen sein. Andererseits mußte es rathsam, und für die Lösung der eigentlichen Aufgabe in vielem Betrachte förderlich erscheinen, auch die übrigen Slavischen Ostseeländer wenigstens soweit in den Kreis der Betrachtung mit hineinzuziehen, als sich in Gründung und Einrichtung der dortigen Bisthümer, Kirchen, Klöster, u. s. w. entweder eine Ergänzung für das, Lübeck oder Wagries direct betreffende historische Material finden läßt, oder aus solcher Erweiterung des Blickes erläuternde Analogien zu gewinnen stehen.

Leichter und zugleich fester, als solchergestalt in Bezug auf Raum und Gegenstand, ließ sich der Zeit nach, wie für die gesammte Arbeit, so auch für das vorliegende Fragment eine Grenze sowohl stecken als innehalten. Für jene würde das Reformations-Zeitalter den Schlußpunkt bieten. Hier und zur Zeit soll die

Verlegung des aus der Christianisirung Wagriens schon früh hervorgegangenen, aber weder zu dauerndem Bestande noch zu voller und fester Einrichtung gediehenen Bisthums Aldenburg nach dem heutigen Lübeck, welche bald nach der Mitte des 13. Jahrhunderts eintrat und die, wenige Decennien zuvor aus deutscher Bevölkerung und auf der Grundlage deutscher Gemeinde-Verfassung neu und fest begründete Stadt für Jahrhunderte zum Mittelpunkt für die Kirchenzustände des östlichen Holsteins erhob, den Zeitpunkt bilden, bis zu welchem die kirchliche Geschichte dieser nach Jahrhunderte hindurch kriegerisch, und friedlich fortgesetzten Kämpfen und Mühen endlich dem Heiden- und Slaventhum entrissenen Gegenden dargelegt werden soll.

Im Verlaufe der erbitterten und hartnäckigen Kriege, in welchen das Volk der Sachsen, oft besiegt, aber nie gebeugt, zu immer neuen Aufständen, wenn irgend auf Glück der Waffen Aussicht gegeben schien, stets noch bereiter, als zu Friedensschluß und Geißelstellung, sobald es sich, wie meist, gegen sie entschied, Decennien lang gegen die fränkische Uebermacht Freiheit, Verfassung, Sitte und Recht der Vorfahren, und vor allem deren Unglauben vertheidigte, hatte Karl der Große, wie wenig auch jener ihm schon von seinem Vater überkommene [1]) Krieg nur aus christlichem Glaubenseifer von ihm unternommen ward, und weder ausschließlich noch zumeist kirchlichen Zwecken diente, mit den späteren Kreuzzügen sich daher überhaupt nicht vergleichen läßt, gewiß niemals die Bekehrung des Landes aus den Augen verloren. Zweifelsohne hat er den Gedanken [2]) sowohl früh gefaßt, als auch unverrückt festgehalten, durch Gründung von Bisthümern, neben der dem Volke aufgezwungenen neuen Lehre, auch die zuletzt bis an und über die Elbe hinaus gewonnene weltliche

---

[1]) Vgl. Rettberg's, Kirchengesch. Deutschlands Bd. II, S. 383, Not. 10.

[2]) Weniger auf die Ausführung seiner Pläne, als auf den Gedanken selbst ist namentlich auch die Aeußerung in der vita Sturmi († 779) von Eigil, c. 22, zu beziehen: *post non longum tempus totam provinciam illam in parochias episcopales divisit, et servis domini ad docendum et baptizandum potestatem dedit.* (v. Pertz. Mon. Germ. Tom II. p. 376.)

Herrschaft zu festigen. Ueber Art und Weise aber, wie über die Zeit, in welcher er neben der Unterwerfung des Volks diese nicht minder große und fast noch schwierigere Aufgabe ins Werk setzte, lassen die Geschichtsquellen vielfach im Dunkel, und stehen unter einander nichts weniger denn in Einklang.

In so auffälliger Kürze wird zwar diese Bekehrung selten abgethan, wie z. B. in den Quedlinburger, Münstrischen und anderen Annalen [1]), welche nur zu einem einzelnen Jahre bemerken, es seien die Sachsen Christen geworden, oder daß nur erzählt wird, sie wären bis zu Karl's Zeit bei dem angestammten Irrglauben geblieben. [2]) Allein auch die ausführlicheren Fränkischen Annalen jener und der nächstfolgenden Zeit gedenken doch nur mit sehr dürftigen Worten und mehr gelegentlich der Kriegsthaten Karl's dessen, was für die Verbreitung des Christenthums geschehen sei; es beschränkt sich meist auf die Bemerkung, daß Viele die Taufe zugesagt oder empfangen hätten, oder daß Kirchen gebaut worden [3]), Priester ihnen zu Taufe und Predigt bestellt wären; selbst wo der Orte, welche später den Sitz der Bisthümer bildeten, Erwähnung geschieht, wird der Errichtung der letzteren oder der Erbauung der bischöflichen Kirchen nur selten [4]) gedacht. Auf einen das ganze Sachsenland umfassenden Beschluß oder Plan Carl's finden sich nur hie und da schwache Andeutungen [5]). Dagegen wird von späteren Sächsischen, und namentlich von den Slavischen Chronisten die Christianisirung und

[1]) S. Annal. Quedlinb., Weissemburgenses und Lamberti ad A. 776 (Pertz Tom. III. l. c. p. 37) und Annal. Monasterienses ad A. 777 (ibid. p. 153.)

[2]) Vgl. Widukindi res gestae Saxonicae Lib. I. c. 14 (ibid. Tom. III. p. 425.)

[3]) Vgl. die Annal. Petaviani P. II. und Laurissc. ad A. 776 (ibid. Tom I. p. 16, 156), Einhardi annal. ad A. 776—780 (ibid. p. 157, 159, 161), Annal. Lauresham. ad A. 785 u. 794 (idid. p. 32, 36.)

[4]) So z. B. der S. Salvatorskirche von Paderborn in Annal. Sangallenses ad A. 777 (ibid. p. 63) und Annal. Lauersham. ad A. 799 (ibid p. 38.)

[5]) Außer der obigen Stelle aus Sturmi vita möchte ich auch hierher zählen die Aeußerung in Annal. Guelfertb. und Nazarian. ad A. 780 (Pertz Tom I. p. 31): *divisitque ipsam patriam inter episcopos et presbyteros seu et abbates, ut in ea baptizarent et praedicarent.*

kirchliche Organisation des Sachsenlandes mehr wie Ein gemeinsamer und gleichzeitiger Act Carl's aufgefaßt. Wenn auch unter abweichenden Zeitangaben bringen sie ihn alle mit der Taufe Wittekind's und mit der dadurch endlich allgemein und bleibend erzielten Unterwerfung der Sachsenstämme in Verbindung; einerseits wird die Gründung der neuen Bisthümer hier als Erfüllung eines angeblich von Carl mit der Kaiserkrone übernommenen Gelübdes [1]), andrerseits wird sie gleichsam als feierlicher Abschluß der Einverleibung des nördlichen Deutschlands in das große Frankenreich dargestellt [2]). Anlaß zu dieser Auffassung mag die Darstellung in Einhardi vita Caroli [3]) gegeben haben, welcher in diesem schon früh weit verbreiteten und viel benutzten Werke die Kriegsthaten seines Helden je nach den besiegten Völkerstämmen für dessen ganze Regierungszeit sondert und zusammenfaßt, und so denn auch die Kämpfe wider die Sachsen wie einen ununterbrochenen, 30 Jahre und mehr [4]) andauernden Krieg behandelt, der endlich zu bleibender Unterwerfung und Bekehrung geführt habe [5]). Allein zum Beweise kann Einhard's Autorität, wie

---

[1]) Ueber diese, u. a. schon von Thietmarus Merseburg. Lib. VIII. c. 53 getheilte, später sehr verbreitete, aber durchaus grundlose Annahme vergl. Rettberg's Kirchengeschichte Deutschlands Bd. II. S. 413 ff.

[2]) Nach Erwähnung der von ihm in das 28. Regierungsjahr Carl's gesetzten Taufe Wittekind's fährt Adam Brem. Lib. I. cap. 12 so fort: *et tunc demum Saxonia subacta in provinciam reducta est, simul in octo episcopatus divisa.* Ihm folgt, nur daß er für jene Taufe das 33. Jahr (804) annimmt, Helmoldus l. c. Lib. I, c. 3, und fügt noch als besondre Friedensbedingung hinzu: *ut Francis adunati, unus cum eis populus efficerentur.* In der Chron. Slav. c. 3. in f. u. c. 4. ist die Sache dahin geändert und gefaßt: *Tunc tandem Widikindus, deposita tyrannide, baptisatus est cum omnibus magnatibus, et divisa est Saxonia in octo episcopatus.*

[3]) Ausdrücklich nimmt hierauf sowohl Adam Brem. cap. 7, dem sich fast wörtlich Helmold l. c. anschließt, als auch Albertus Stadensis ad A. 803 Bezug.

[4]) *Ea conditione,* heißt es am Schlusse des cap. 7, *tractum per tot annos bellum constat esse finitum, ut abiecto daemonum cultu et relictis patriis ceremoniis christianae fidei atque religionis sacramenta susciperent, et Francis adunati unus cum eis populus efficerentur* (u Pertz l. c. Tom. II. p. 447.)

[5]) Gleich Einhard sprechen Helmold und die Chron. Slav. von 33 Jahren, dahingegen der Poeta Saxonicus ad A. 803 bloß von 31, und Albertus sowie die Annales Widukindi nur von 30 Jahren.

hoch man sie auch sonst auschlagen wolle, gerade wegen jener Eigenthümlichkeit seiner Darstellungsweise um so weniger genügen, als er der Bisthumsgründung nirgends ausdrücklich gedenkt. Selbst dann würde man der obigen Auffassung sich anzuschließen Bedenken tragen müssen, wenn sie ausnahmslos sich innerhalb Sachsens geltend gemacht hätte. Das ist aber nicht einmal der Fall. Denn ganz abgesehen davon, daß eine spätere Hildesheimer Chronik die Gründung der Sächsischen Bisthümer durchweg als von Carl dem Gr. nur beabsichtigt und erst von Ludwig dem Fr. ausgeführt behandelt[1]), findet sich auch sonst in Quellen Sächsischen Ursprungs die Gründung der Sächsischen Bisthümer dahin dargestellt, daß sie zwar noch vor Entscheidung des Kampfs in Angriff genommen, aber nur nach und nach, je mit den Fortschritten der Waffen und unter mancherlei Schwankungen, Störungen und temporären Rückschritten langsam zur Aus- und Durchführung gekommen sei, erst nach Carl's Tode dessen Pläne und Anordnungen sich zu fester und voller Kirchenorganisation entwickelt haben.

Der Art ist namentlich die zuerst von Mader, dann von Leibnitz[2]) mitgetheilte anonyme Notiz *de fundatione quarundam Saxoniae ecclesiarum aliisque originibus a temporibus Caroli M. ad Ottonem M.* Als das im Sachsenlande (denn die sonst noch erwähnten Bisthümer, wie das Aachener, kommen hier so wenig in Betracht, als die über einzelne Klöster oder sonstige politische Ereignisse eingemischten Notizen oder spätere Einschiebsel) zuerst von Carl, und zwar schon i. J. 772 gestiftete Bisthum wird hier Osnabrück genannt; 5 Jahre darauf (777) sei zu Seligenstadt, was jetzt Osterwik genannt werde, eine Kirche ge-

---

[1]) S. das in G. G. Leibnitii scriptores rerum Brunsvicensium etc. Hannov. fol. 1707 sub Nr. XLVI. p. 742 sq. abgedruckte Chronicon episcoporum Hildeshemensium: ... *Karolus ... supremo vitae suae tempore Saxones diversis variisque conflictibus duodecimo demum bello ad fidem Chr. compulit et ... christianam religionem super eos corroboravit ecclesias scil. per loca Patherburnae, Corbeiae, Mynden, Hildenesheim, Herstelle et ceteras aedificari fecit et episcopatus ibidem futuros praeordinavit ... cui filius eius Lothewicus successit, qui et eosdem episcopatus iuxta decretum patris instituit ect.*

[2]) A. a. O. Nr. XII. p. 260 sq.

gründet worden, diese aber 40 Jahre später nach Halberstadt verlegt worden, und so dies Bisthum entstanden; die Gründung des Mindener Bisthums wird in das Jahr 780, in das Jahr 781 die des Bisthums Bremen, ausdrücklich als viertes bezeichnet, gesetzt; das Verdener, welches jenem als sechstes angereiht wird, soll erst in Bardewik seinen Sitz gehabt haben und im Jahre 782, nach einer andern Stelle im Jahre 814 gegründet worden sein; als siebentes wird dasjenige genannt, welches im Jahre 783 in Schieder errichtet, dann nach Hallersleben, und unter K. Heinrich I. nach Frohse, endlich durch dessen Sohn Otto d. Gr. nach Magdeburg verlegt wäre; denen reiht sich als achtes Bisthum das im Münster zu Mimisgaßorde i. J. 784 errichtete an, als neuntes das Hildesheimer, zuerst von Carl d. Gr. im Jahre 786 zu Eltze gegründet, von da unter Ludwig d. Fr. im Jahre 818 nach Hildesheim verlegt; als zehntes und letztes Sächsisches Bisthum wird endlich Hamburg und zwar für das Jahr 811 genannt; des Paderborner dagegen, welches vielleicht zwischen dem Bremer und Verdener als fünftes seinen Platz gefunden hatte und nur in der dem Drucke zu Grunde liegenden Handschrift aus Versehen übergangen war, wird gar nicht gedacht. Ganz ähnlich lautet die Aufzählung der Sächsischen Bisthümer, welche ein Chronicon Mindense incerti auctoris [1]) aus dem 15. Jahrhundert, und zwar an zwei nicht ganz unter sich übereinstimmenden Stellen giebt. Die Abweichungen bestehen darin, daß die Stiftung Osnabrück's an der einen Stelle ins Jahr 772, an der andern, wenn es nicht bloßer Druckfehler (VI. statt II.) ist, in das Jahr 776 gesetzt wird, daß für Osterwik-Halberstadt erst auch das Jahr 777, dann das Jahr zuvor angegeben ist, daß für Minden erst wie oben das Jahr 780, nachher das Jahr 786, für Bremen statt 781 das Jahr 779, für Verden das Jahr 786 statt 782 genannt wird, daß ferner die Gründung des später Magdeburger Bisthums zu Schieder ein Jahr später als in obiger Notiz angesetzt ist, für das Eltze-Hildesheimer die Angabe auf 796, nicht auf 786, und auf 819 statt 818 lautet, und die

[1]) Zuerst herausgegeben von Heur. Meibomius mit dem chronicon Comitum Schawenburgensium Hermanni de Lerbeke. Franwf. 1620 4°. p. 84 sq. und wieder abgedruckt in Henr. Meibomii jun. Rerum Germanicarum Tom. III, Helmstedt 1688 fol. pag. 549 sq. S. insbesond. p. 554 u. 556

Gründung der Hamburger Kirche 13 Jahr früher als dort, nämlich in das Jahr 798 gesetzt wird; völlige Uebereinstimmung mit jener Angabe bleibt daher nur für das hier wie dort in das Jahr 784 gesetzte Bisthum Münster; eine wesentliche Abweichung ist aber doch nur die, daß hier allerdings auch der Paderborner Kirche dahin gedacht wird, dies Bisthum sei im Jahre 780 zu Herstelle errichtet und später nach Paderborne verlegt worden.

Die Specialangaben über die Stiftungsjahre der einzelnen Bisthümer haben nun allerdings so wenig, wie diejenigen, welche den mehrfachen Wechsel des Sitzes einzelner Bisthümer betreffen, vor dem Forum der neuern Geschichtsforschung durchweg bestehen können, deren Ergebnisse eben so sehr auf gewissenhafter, umsichtiger Kritik der uns erhaltenen historischen Daten beruhen, als auf umfassender und gleichmäßiger Benutzung aller Quellen, der Fränkischen neben den Sächsischen, der kirchlichen gleich den weltlichen, der annalistischen nicht blos, sondern auch der urkundlichen, der mehr gelegentlichen Notizen nicht minder, als derjenigen Nachrichten, welche unmittelbar die Bisthumsgründung betreffen und deren Verlauf darzulegen sich zur unmittelbaren Aufgabe stellen. Nicht einmal zum größeren Theile haben sie eine ausreichende Bestätigung gefunden. Indessen zeigen doch alle jene einer späteren Zeit angehörigen Angaben, wie sich wenigstens so viel in der Tradition erhalten hatte, daß nur successiv die volle Bekehrung des Sachsenlandes gelungen sei und deren Abschluß durch feste Organisation des Kirchenregiments erst nach und nach ins Werk gesetzt sei. Nicht minder ergiebt sich schon hieraus, daß jene Auffassung, als ob gleichsam mit Einem großen Schlußacte die missionarischen Bestrebungen des vieljährigen Kriegszustandes in friedliche Bahnen herübergeleitet seien, und das neu gegründete Kirchenthum des nördlichen Deutschlands in eine vollständig ausgebildete Organisation sich umgewandelt habe, mehr subjectiv-individueller Art ist; und dies haben denn auch die neuern Forschungen ins klarste Licht gestellt. Zugleich ist durch letztere ein tieferer Einblick gewonnen in den Zusammenhang, in welchem die gewaltsame Carolingische Bekehrung des Sachsenlandes und dessen schließliche Diöcesan-Verfassung mit den Ereignissen und Maaßnahmen friedlicher Natur und freier Ueberzeugung steht, die, vorbereitend und fördernd, der völligen Unterwerfung unter die bischöfliche Autorität theils vorangingen, theils sich gesellten, namentlich mit den früheren Missionsreisen einzelner Geistlichen höherer und niederer Grade, so wie mit den allgemach gegründeten klösterlichen und klosterähnlichen festen Missionsstationen, in deren Errichtung, Befestigung und Erweiterung vielfach die Anfänge der Carolingischen Diöcesan-Einrichtung nicht minder liegen, als die Keime des späteren Pfarr- und Klosterwesens [1]). Aber auch darin haben die neueren Forschungen zu interessantem Ergebniß geführt und bieten von dem Verlaufe des großen Carolingischen Bekehrungswerkes ein verläßlicheres und anschaulicheres Bild, als jene ihm viel näher liegenden Geschichtsschreiber des Mittelalters hatten und liefern, daß überzeugend nachgewiesen ist, es seien damals und gerade in den der Frankenherrschaft neu gewonnenen Gebietstheilen die verschiedenen Gattungen und Ordnungen kirchlicher Autorität oder die regelmäßigen Formen geistlichen Wirkens noch keineswegs scharf von einander geschieden oder schon vollständig entwickelt gewesen, geschweige denn, daß sie alsbald innerhalb fester räumlicher Grenzen zu unbedingter Geltung und exclusiver Berechtigung gediehen wären. Wie damals noch der uralte und je länger desto schärfer in der katholischen Kirche ausgeprägte Gegensatz zwischen episcopaler Regiminalgewalt und der mit dem Presbyteramte verbundenen Lehr- und Disciplinar-Thätigkeit noch dahin vermittelt war, und einem Stadium des Uebergangs angehörte, daß für die neu errichteten Bisthümer trotz voller Episcopal-Wirksamkeit der damit betrauten Geistlichen doch die bischöfliche Weihe absichtlich unterblieb, oder daß bloßen Priestern die Verwaltung der Episcopalrechte in der Form einer Commendation übertragen wurde, oder endlich daß die zur Mission bestimmten

[1]) Dadurch, daß den meist dem Regularenstande angehörigen oder doch in Klosterschulen gebildeten Missionaren andere Mönche oder Geistliche sich als Gehülfen und Begleiter (socii) anschlossen, und daß, um in weiteren Kreisen andauernde Wirksamkeit zu üben, ein längerer Aufenthalt an einzelnen Orten nöthig war, gewannen die Missionsstationen und die an ihnen errichteten Kirchlein von selbst eine ähnliche Einrichtung, wie die in der Umgegend größerer Klöster erbauten cellae oder obedientiae und bahnten, noch ehe es zur Gründung der letzteren kam, wie der Lehre und Taufe den Weg, so auch das Mönchsleben und die Capiteleinrichtung an.

Geistlichen im voraus zur Errichtung von Kirchen u. s. w. und zu andern Acten der kirchlichen Verwaltung ermächtigt wurden, auch wohl die bischöfliche Weihe nur in Voraussicht und in Hoffnung eines durch ihre Predigt der Kirche neu zu gewinnenden Gebietszuwachses bald bei den ordentlichen Kirchengewalten, meist aber in Rom suchten und erhielten [1]), so hat auf der andern Seite auch zu jener Zeit, was die Ausführung des Bekehrungswerks erleichterte, aber dessen geschichtliche Feststellung und beglaubigten Nachweis natürlich erschwert, zwischen Beruf und Lebensweise, wie Rechten und Pflichten des Clericats und des Regularenstandes, eben so zwischen deu Einrichtungen der eigentlichen Klöster und anderer kirchlicher Congregationen eine viel größere Uebereinstimmung rechtlichen Bestand gewonneu oder doch Duldung gefunden, als der älteren und späteren Kirchenverfassung entspricht oder auch nur als gestattet galt [2]). Blieb doch selbst mit der Abtswürde fern und außerhalb Landes gelegener Klöster, wenn sie der Ausgangspunkt der Missionen gewesen und so zum Mittelpunkte und Stammsitze neuer kirchlichen Stiftungen geworden waren, nicht etwa bloß ein Band der Raths-Erholung, sondern die Handhabung der gesammten Episcopal-Leitung verbunden [3]), bis all-

[1]) Nach Ansgarii vita Willehadi c. 8 hat Letzterer, der erste Bremer Bischof, 7 Jahr als bloßer Presbyter die Diöcese verwaltet und den Bischofsnamen zwar von den Seinen erhalten, die Bischofsweihe dagegen aber erst kurz vor seinem Tode empfangen. S. Rettberg a. a. O. Th. II. S. 417 u. 452.

[2]) Hervorheben will ich hier in dieser Beziehung nur, was noch Adam Brem. in der zweiten Hälfte des 11. Jahrh. von den Mitgliedern einer durch Ansgar zu Bremen gestifteten Congregatio Lib. I. c. 32 bemerkt: *habitu usi canonico regula vivebant monastica usque ad nostri fere temporis aetatem.*

[3]) Wie Bonifacius auch nach seiner Erhebung auf den Bischofsstuhl von Mainz Abt des von ihm gestifteten Klosters Fulda blieb, und sein Nachfolger Lullus die Aufrechthaltung dieser Verbindung verlangen zu können glaubte (s. Rettberg O. Th. I. S. 609 ff.) so war der Diöcesan-Bezirk von Paderborn Anfangs längere Zeit mit dem Kloster Fulda verbunden (ebendas. Th. II. S. 404—40). Aehnlicher Art und noch dauernder scheint das Verhältniß des Bisthums Verden zum Kloster Amorbach im Odenwald gewesen zu sein. (ebendas. S. 459 ff.) Auch für Münster mögen in Folge davon, daß Liudger, Stifter und Abt des Klosters Kaiserswerth zum Bi-

mählich die neuen Diöcesen festeren Bestand gewannen und die an deren Sitz gebildeten Capitel und Congregationen zu größerer Selbständigkeit, namentlich zu größerem Antheil an der Besetzung des Bisthums gelangten, oder die Mönchsregel mit der canonischen vertauschten. Zu erwägen ist aber dabei noch, daß auf der einen Seite in den Grenzgebieten, wo die Sachsen schon vor Carl's d. Gr. Kriegen theils gegen Westen mit den längst bekehrten Franken, theils nach Süden und Südosten hin mit den Hessisch-thüringischen Stämmen in nähere Berührung getreten waren, sich in dem Maaße, wie durch friedlichen Verkehr und einzelne Niederlassungen jenseits der Grenze die christliche Lehre verbreitet wurde und neue Kirchen, Klöster u. s. w. entstanden, gleichsam von selbst auch ein Diöcesan-Verband, dort mit Cöln, hier mit dem durch Bonifacius tief in das eigentliche Deutschland hinein erweiterten Episcopal-Gebiete der Mainzer Kirche bilden mußte, und damit in einzelnen Theilen des Sachsenlandes nach und nach Fränkisch-rheinische Bisthümer Episcopalrechte gewannen [1]). Auf der andern Seite haben die neugegründeten Sächsischen Bisthümer, namentlich die tiefer ins Land hinein errichteten, nicht sowohl zum Abschlusse des Missionswerks gedient, noch wollten oder sollten sie für ein in freiem und wahrem Bekenntnisse zu Christo bereits fester wurzelndes kirchliches Leben einen Stützpunkt gewähren; es waren vielmehr die bischöflichen Kirchen und alle aus und neben ihnen sich entwickelnden kirchlichen Stiftungen selbst mehr oder weniger nur Missions-Stationen, von wo aus sich, erst in der Umgegend, dann aber nach und nach in immer weitere Kreise und bis an die Grenzen des jedem Bisthum gleich Anfangs zugewiesenen oder allmählich zufallenden Gebiets christliche Lehre, Sitte und Cultus verbreitete und befestigte. Die im blutigen Waffenkampf mit Widerwillen ertheilte, meist abgezwungene Zusage christlichen Bekenntnisses konnte blos allmählich Frucht bringen,

---

schof dieses Bisthums ernannt wurde, und daß Ausgangspunkt dieses Bisthums vielleicht das dortige, gleichfalls von Liudger gegründete Kloster war, wovon es später seinen Namen erhielt, auch derartige Beziehungen zu jenem rheinischen Kloster längere Zeit bestanden haben. (Vergl. ebendas. S. 429 ff. mit S. 417 Note 16, 397 Note 15 u. 422 Note 24).

[1]) Vergl. hierüber Rettberg O. a. a. Th. II. S. 419 ff. u. 485 ff.

und ließ auch das neue kirchliche Leben nicht alsbald zur Wahrheit werden. Es kann daher in keiner Weise befremden, vielmehr, selbst ohne die störenden und zerstörenden Einflüsse, welche für Carls Plan und Werk erst aus den stets sich erneuernden Empörungen, dann aus den verheerenden Einfällen der heidnischen Normannen erwuchsen, so begreiflich als natürlich erscheinen, daß auch über die Zeit der Sachsenkriege hinaus, und bis in die Regierung seines Sohnes und Nachfolgers sich die von Carl dem Großen begonnene kirchliche Organisation des Landes, und die gesicherte Existenz wie die volle und feste Gestaltung der neuen Diöcesen verziehen mußte. Noch weniger darf es bei dem Zusammentreffen aller angedeuteten Umstände auffallen, daß die speciellen Nachrichten, welche über Zeit und Ort wie über Reihenfolge der für's Sachsenland bestimmten Bisthums-Gründungen sich erhalten haben, weder unter sich in Einklang stehen, noch mit anderweitig sicheren historischen Daten in völliger Harmonie sich befinden, daß ferner den verläßlichen Nachrichten manches Unglaubwürdige und selbst Unglaubliches beigemischt erscheint, daß auch weder die ersten Anfänge der einzelnen Bischofssitze überall mit Sicherheit sich nachweisen, noch auch deren Geschicke, ja nicht einmal die Namen der ersten Bischöfe und ihrer nächsten Nachfolger [1]) in klarer und ausreichend gewisser Continuität sich verfolgen lassen, daß überhaupt, trotz all der eifrigen und erfolgreichen Bemühungen, welche die Geschichtsforschung unserer Zeit auszeichnet, doch für die Diöcesan-Gestaltung des Sachsenlandes, wenn schon je bei den einzelnen Diöcesen in verschiedenem Maaße, nicht etwa blos der Bedenken und Zweifel, sondern auch der Dunkelheiten und Lücken gar viele und mannigfaltige übrig bleiben, und daß sonach eine vollständige, zugleich ausreichend beglaubigte Geschichte der einzelnen Bisthümer so wenig bisher schon gewonnen ist, als überhaupt zu erwarten steht, wenn nicht, was alle Wahrscheinlichkeit gegen sich hat, ganz neue Quellen, namentlich urkundliche für das 8. und 9. Jahrhundert sich eröffnen.

---

[1]) Vergl. Rettberg a. a. O. S. 417 u. 437.

Für die diesen Blättern gestellten Zwecke darf indessen jedes nähere Eingehen auf die Special-Geschichte der Sächsischen Bisthümer, zumal dasselbe doch nur in recapitulirender Aneignung fremder Arbeit, insbesondere der ausführlichen, mit zahlreichen Quellen und Literaturbelegen versehenen Darstellung Rettberg's [1]) bestehen würde, füglich unterbleiben. Neben der im Vorstehenden versuchten allgemeinen Charakteristik der dem nördlichen Deutschland des linken Elbufers zugewendeten Carolingischen Christianisirungs-Bestrebungen wird es genügen, wenn erst später, wo die weitere Darstellung sich specieller dem Transalbingischen und Slavischen Missionswerke zuwendet, noch Einzelheiten aus dieser Periode der Sächsischen Bisthumsgründung erläuterungsweise hervorgehoben werden.

Denn im Großen und Ganzen hat das Sächsische Kirchenwesen nur geringen Einfluß auf Bekehrung und kirchliche Gestaltung der Wagrischen Lande geübt; namentlich ist hiefür die Organisation der eigentlichen Westfälischen Bisthümer (Osnabrück und Münster), sowie der in den südlichen Theilen des Engernlandes (Paderborn und Minden) und Ostfalens (Hildesheim und Halberstadt) belegenen Stifter, wenn überall, nur in sehr untergeordneter und mittelbarer Weise von Bedeutung gewesen.

In gewissem Betrachte und auf den ersten Blick hat dies freilich etwas Auffälliges. Bekannt ist ja, wie Lübeck und dessen Umgegend von Anfang an durch colonistische Uebersiedelung und durch ununterbrochenen Zuzug von Einwanderern gerade mit Westfalen in Berührung trat und in Verbindung blieb, wie von dorther die bürgerlich-sociale Entwicklung die verschiedenartigsten Culturmomente auf die Germanisirung des Ostsee-Gebiets eingewirkt haben, wie sogar für Verfassung und Recht der Stadt Westfälische Vorbilder, namentlich die Zustände Soest's, maßgebend gewesen sein sollen. Ueberdies gehört jenem westlichen Sachsen, und speciell der Mindener Diöcese, sowohl der Apostel Wagrien's Vicelin durch Geburt und durch seine erste Ausbildung für den geistlichen Beruf eben so an, wie durch Ansiedelung und nicht

[1]) S. dessen Kirchengeschichte Deutschlands Bd. II. S. 373—496.

unerheblichen Terectorial-Besitz das Dynasten-Geschlecht der Schaumburger, deren Schutz- und Landeshoheit fast das ganze Gebiet zwischen Elbe und Ostsee bis gegen Ende des Mittelalters unterstand, und dessen erste Glieder, namentlich Graf Adolph II. und III. an der endlichen Unterwerfung und Bekehrung der Wagrischen Slaven, an der Gründung und Organisation des Lübecker Bisthums den eingehendsten und unmittelbarsten Antheil genommen haben. Allein dieser Fürsten Einfluß auf die Entwicklung der kirchlichen Zustände scheint durch die Uebermacht sowohl der deutschen Kaiser als der herzoglichen Gewalt, seit diese in Sachsen den Welfen zugefallen war, namentlich aber während sie in den Händen Heinrichs des Löwen ruhte, viel zu sehr neutralisirt gewesen zu sein, als daß die Bischöfe ihrer Heimath Antheil an der Christianisirung Transalbingiens genommen, an der Gründung des Kirchenregiments auch nur anzusprechen versucht hätten. Dagegen war zwar Heinrich d. Löwen gerade in dieser Richtung die Machtfülle des Kaiserthums Maaßstab seines Thuns und Ziel seines Strebens; und gerade in der Periode, wo die kirchliche Verfassung des neuen Bisthums geordnet wurde, sind durch ihn die hohen geistlichen Würden Lübecks meist Clerikern seiner Residenz Braunschweig und der Hildesheimer Diöcese zugefallen. Allein sein Regiment war doch nicht andauernd genug, um zu Gunsten der Prälaten dieses Ostfälischen Bisthums einen näheren Antheil und dauernden Einfluß auf die Lübecker Kirchen-Zustände zu begründen.

Wie immer aber veranlaßt und zu erklären, thatsächlich liegen die Verhältnisse so, daß ein genauerer Zusammenhang und eine weitgreifende Uebereinstimmung des Wagrischen Bisthums mit den Einrichtungen der westlich der Elbe belegenen Sächsischen Bisthümer nicht weiter unverkennbar hervortritt, als mit dem später zum Erzbisthum erhobenen Stifte Bremen. Auf Gründung und frühere Geschicke dieses Bisthums wird daher, unter beiläufiger Mitberührung des ihm benachbarten und gleichzeitigen Verdener Stifts, sich füglich beschränken lassen, was über die obigen allgemeinen Bemerkungen hinaus, und mehr ins Einzelne eingehend, etwa noch in Bezug auf die kirchliche Organisation Sachsens eine Erörterung erheischt, ehe auf die Geschichte des später mit Bremen unirten Hamburger Bisthums eingegangen, und damit der Bekehrung der zwischen Elbe und Ostsee belegenen Lande, der eigentlichen Aufgabe dieser Blätter, näher getreten werden kann.

Die Bisthümer zu Bremen und Verden sind unter den Sächsischen Diöcesen Carolingischer Stiftung die einzigen, welche sich förmlicher Stiftungsbriefe ihres kaiserlichen Begründers, wären die erhaltenen echt, berühmen könnten; denn von den für Osnabrück von Carl dem Großen angeblich ausgestellten Diplomen vom Jahre 803 hat sich das eine, in späteren Urkunden mehrfach in Bezug genommen, nicht erhalten, und das andere ist nur ein Immunitäts-Privilegium, wie auch jenes nur eine Zehntverleihung betrifft [1]). Der obigen Stiftungsbriefe sind drei, sowohl in ihrer Gesammtfassung einander ähnlich, als in vielen Einzelheiten übereinstimmend. Zwei derselben sind besondere, je für das eine und für das andere Stift; das dritte bezieht sich auf beide Bisthümer, ist aber minder umfassenden Inhalts. Die Urkunde für Verden ist die ältere, datirend von Mainz, den 29. Juni 786 [2]); die für Bremen, angeblich in palatio Nemetensi, also in oder bei Speier unterm 14. Juli 788 von Carl dem Großen ausgestellt, wird schon von Adam von Bremen als in dem bischöflichen Archive aufbewahrt erwähnt und wörtlich mitgetheilt, hat sich aber im Originale nicht erhalten [3]); der dritte gemeinschaftliche, ohne Jahr und Ort, von Lappenberg in die Jahre 795—800 gesetzt, ist nur durch Henr. Wolteri chronicon Bremense bekannt,

[1]) S. Rettberg a. a. O. Th. II. S. 435.

[2]) Nach Handschriften ist sie zuerst von Mader in seiner Ausgabe des Adam Brem. p. 175, und hiernach in der Fabricius'schen Ausgabe von Lindenbrogi Scriptores Septentrionales p. 177 No. LXXVI. mitgetheilt. Der beste Abdruck nach einer angeblichen Original-Ausfertigung des 11. Jahrhunderts findet sich im Hamb. Urk.-B. No. 1.

[3]) Abgedruckt ist es aus Adam Lib. I. c. 13. im Hamb. Urk.-B. No. 2; von den sonstigen Abdrücken erwähne ich nur den in W. v. Hodenberg die Diöcese Bremen und deren Gaue in Sachsen und Friesland. Celle 1858 4° Th. III. Beil. I. S. 3 ff., und im Bremischen Urkunden-Buch herausg. von Dr. Ehmck No. 1.

und aus diesem verschiedentlich mitgetheilt [1]). In allen dreien wird die Errichtung der betreffenden Bisthümer nicht sowohl direct verfügt, sondern offenbar in der über die Sachsenkriege sich verbreitenden historischen Einleitung mehr als ein der Vergangenheit angehöriges, schon vollendetes Factum behandelt. In sofern wären daher die Daten dieser Urkunden wohl damit vereinbar, daß anderweit, namentlich in der früher erwähnten Notiz de fundatione ecclesiarum in Saxonia die Errichtung des Verdener Bisthums schon vom Jahre 782 datirt, die von Bremen sogar bis in die Jahre 779 und 781 zurückgesetzt wird, und daß Willehad, dessen Bischofsweihe in dem Bremer Diplom als ganz kürzlich (III. Idus Julii, ohne Beifügung des Jahres [2]) geschehen erwähnt wird, schon 7 Jahre zuvor als Leiter der dortigen Gemeinden und Missionen mit voller Episcopal-Gewalt, sowie unter dem Namen eines Bischofs (vocatus episcopus) fungirt [3]) hat. Als eigentliche Fundations-Diplome können übrigens diese Urkunden kaum gelten, und eben so wenig als Dotationsbriefe, da zwar in dem Verdener einer Zuwendung von 200, in dem für Bremen einer solchen von 70 mansi cum colonis etc. gedacht wird [4]), diese aber nur ad constructionem ecclesiae und ad structuram bestimmt war, und daneben blos die Zahlung der Zehnten, auf welche die neuen Stiftungen damals vor allem angewiesen waren und lange blieben, besonders eingeschärft wird. Von Adam Bremensis wird überdies die Urkunde nur zum Belege der von ihm berichteten Vertheilung des endlich unterworfenen

---

[1]) S. Meibomii script. rer. german. Tom. II. p. 22, Lindenbrog a. a. O. No. LXXV. u. Hamb. U.-B. No. 4, auszugsweise auch im Brem. Urk.-B. No. 4.

[2]) Diesen Tag, aber zum Jahre 787, giebt auch das Chronic. Moissiac. (Pertz Monum. Tom. I. p. 298) für die Weihe Willehad's an.

[3]) Vergl. Anscarii vita Willehadi cap. 8 (ibid Tom. II. p. 283).

[4]) In der beide Bisthümer betreffenden Urkunde wird die Zuwendung von 200 mansis der Bremer Kirche beigelegt und in Betreff Verdens einer solchen gar nicht gedacht; daneben ist noch von einer Schenkung die Rede, welche *ecclesiae constitutae in monte martyrum* mit dem *totus pagus . . . supra et infra usque in Aleram et infra mare Barbarum* gemacht sei.

Sachsens unter 8 Bisthümer[1]), nicht als eigentlicher Stiftungsbrief angeführt, und wie der mehr dispositiv gefaßte Schluß beider Urkunden nur Angaben der Diöcesangrenzen[2]) enthält, die in der gemeinschaftlichen ganz fehlen, sind sie mehr nur als Circumscriptions-Diplome anzuerkennen, übrigens auch in dieser Qualität von geringer Beweiskraft. Denn die Echtheit dieser Urkunden ist zwar in früherer Zeit kaum angezweifelt worden und hat auch in neuerer noch Vertreter gefunden, namentlich die Bremer, deren Originalität und volle Beweistüchtigkeit sogar neuerdings eine besondere ausführliche Schrift sich zum Gegenstande und Zielpunkte genommen hat[3]). Allein aus den zutreffendsten und gewichtigsten Gründen ist diese Echtheit mit aller Entschiedenheit von den angesehensten Geschichtsforschern der Gegenwart verneint worden[4]), und ohne alles Bedenken in Abrede zu stellen. Mag nun auch von deren Inhalt Manches auf Tradition beruhen, und zumal bei dem hohen, bis in den Anfang des 11. Jahrhunderts, wenn nicht noch weiter rückwärts reichenden Alter dieser Erdichtung jenem Diplome auf Beachtung ein Anspruch nicht ganz zu versagen sein, immer wird ihnen doch beweisende Kraft nur zugesprochen werden können, soweit anderweitige verläßliche Nachrichten ihnen zur Unterstützung dienen. An solchen fehlt es für das Stift Verden, bei dem großen Mangel an anderen Urkunden und da die einzige Chronik desselben aus dem 15. Jahrhundert stammt[5]), so gut wie ganz, während allerdings

[1]) In unmittelbarem Anschluß an die oben Seite 7 Note 2 angeführte Stelle leitet er die Urkunde mit den Worten ein: *cuius exemplar divisionis, quod ex praecepto Regis in ecclesia Bremensi servatur, his cognosci potest verbis: In nomine etc.*

[2]) Diese sind im Abdruck des Brem. U.-B. auffallender Weise weggelassen.

[3]) H. Böttger, Einführung des Christenthums in Sachsen durch Carl den Großen; insbesondere zur Vertheidigung der Urkunde desselben über Vergrößerung und Begrenzung der Diöcese Bremen. Hannover 1859.

[4]) Ich verweise hierüber, nächst Rettberg a. a. O. S. 453, 454 und 459, vor allem auf die Anzeige des vorbemerkten Buchs von G. Waitz in den Gött. gelehrten Anzeigen v. J. 1860, S. 127 ff.

[5]) S. das von einem Westfälischen Mönche Georg Horte herrührende, bis 1480 reichende Chronicon episcoporum Verdensium in Leibnitii scriptores rer. Brunsvic. Tom. II. p. 211 sq.

für Bremen's Geschichte in Mag. Adami gesta Hammenburg. ecclesiae pontificum[1]), in Anscarii vita Willehadi und Rimberti vita Anscarii[2]), sowie anderweit[3]), sogar für das 9. Jahrhundert, so verläßliche als reichliche Quellen fließen. Selbst für die in jenen Diplomen enthaltene Diöcesan-Umschreibung, für welche Andere z. B. Rettberg[4]) am meisten sich zu der Annahme hinneigen, daß der Stoff alter, zuverlässiger Quellen darin verarbeitet sei, bleibt die Möglichkeit, und scheint es mir nicht ganz unwahrscheinlich, daß, um erhobenen Ansprüchen Gewicht zu verschaffen, ein späterer Zustand bis zur Stiftungszeit und auf kaiserliche Anordnung zurückzuführen versucht sei.

Ueber die Grenzen dieser beiden, auf lange Strecken hin einander angrenzenden Diöcesen hebe ich, da sie fast ganz dem linken Elbufer und dem Wesergebiete angehören, für die Aufgabe dieser Blätter nur dies als erheblich aus jenen Diplomen hervor. Während die Bremer Diöcesangrenze nirgends die Elbe überschreitet[5]) und sonach das im Ganzen geringe Diöcesangebiet, welches diesem Bisthum auf dem rechten Elbufer später zustand, erst neuere Erweiterung sein kann, als solche auch nachzuweisen steht, hat dagegen zu dem Bisthum Verden, das ganze nicht zum Transalbingischen Sachsen gehörige Ostseegebiet bis zur Peene, ganz in der Weise, wie es später dem Bisthum Hamburg zugewiesen wurde und schließlich die Diöcesen von Ratzeburg und

---

[1]) Die neueste und beste Ausgabe von Lappenberg s. in Pertz l. c. Tom. VII. p. 267 sq.

[2]) Ebendas. Tom. II. p. 683 sq. und 774 sq.

[3]) S. außer der schon bei Lindenbrog l. c. p. 69 sq., besser in Lappenbergs Gesch.-Quellen des Erzstifts Bremen 1841 8° S. 7—54 gedruckten Inserti auctoris historia archiepiscoporum Bremensium, das chronicon breve Bremense (ebendas. S. 1—6 u. bei Pertz Tom. II. p. 289 sq.) sowie die Annales Bremenses ed. Jaffé (ibid. Tom. VIII. p. 854.)

[4]) A. a. O. S. 453 u. 459.

[5]) Adam Brem. Lib. II. c. 20 sagt in seiner Beschreibung des Slavenlandes ausdrücklich von der Elbe, daß sie *medio cursu paganos dirimit a Saxonia novissimo, alveo Hammaburgensem provinciam scindens a Bremensi ingreditur oceanum Brittanicum*, und ihm schließt sich Helmoldus Lib. I. c. 2 u. 3. nur daß er *parochiam* statt *provinciam* setzt, wörtlich an.

Schwerin gebildet hat, nach jenem Diplome von 788 [1]) zugehört. Dem Verdener Bisthum scheint also vorzugsweise die Mission unter den ostelbischen Slaven längs der Küste, oder doch deren oberste Leitung Anfangs zugedacht gewesen oder später angefallen zu sein. Und in der That findet sich noch zu der Zeit, wo bereits das Ratzeburger Bisthum gegründet war, für einzelne Ortschaften des rechten Elbufers zwischen diesem Strome und der Bille ein fester, unbestrittener Diöcesanverband mit Verden vor; dies beweisen Verträge zwischen beiden Bisthümern, wodurch Pfarrkirchen ausgetauscht und die Grenzen regulirt wurden [2]). Wie diese Verbindung des östlichen Elbufers mit Verden aber auch ihren Grund entweder in Veränderungen haben könnte, welche der Wasserlauf der Elbe oberhalb der Bille mehrfach erlitten zu haben scheint, oder darin, daß eine Zeitlang, wie sich unten zeigen wird, in den für das Hamburger Bisthum designirten Gebieten des rechten Elbufers die Wahrnehmung der Episcopalien in der Form einer Commende dem Bischofe von Verden zugewiesen ward, und daß die von hier aus erfolgte Gründung einzelner Ortskirchen zu einer bleibenden Verbindung geführt hätte, so läßt sich wenigstens ein bestimmter Nachweis nicht erbringen, daß an der Christianisirung östlich der Elbe die Verdener Bischöfe einen bedeutsamen Antheil genommen hätten; auch in dieser Beziehung bleibt die ältere Geschichte des Verdener Bisthums so dunkel, als in vielem andern Betrachte. Ist doch sogar Name und Person des ersten Bischofs von Verden durchaus zweifelhaft, als welchen das Verdener Diplom einen Suitbertus, die gemeinschaftliche Urkunde einen Guibertus nennt. Ob hierbei eine spätere will-

[1]) Die Grenze wird zunächst der Elbe dahin bestimmt: *Liam fluvium* (die Lühe) *qui absorbetur ab Albia fluvio; dehinc trans Albiam, ubi Bilena* (Bille) *mergitur in Albiam; dehinc in ortum Bilenae; inde ubi Travena* (Trave) *absorbetur a mari; deinde usque quo perveniatur ubi Pene fluvius* (Peene) *currit in mare Barbarum; inde in ortum eiusdem fluminis, hinc in Eldam* (Elde), *deinde in Albiam, inde in rivum Alend, inde in rivum Bese* (die bei Seehausen in der Altmark in die Aland fließende Biese) *inde etc. etc.* Vgl. hierzu A. C. Wedekind's Noten zu einigen Geschichtsschreibern des D. M. A. Note VII. Bd. I. S. 48 ff.

[2]) S. Wedekind a. a. O. Note X. Bd. II. S. 92 sq.

kürliche Identificirung mit dem Gründer des Rhein. Klosters Kaiserswerth zu Grunde liegt, welcher zu Anfang des 8. Jahrhunderts in dem bald darauf von den Sachsen eroberten Bructererlande an der Ems als Missionar wirkte, ist eben so problematisch, als die Verbindung des Verdener Bisthums mit dem Kloster Amorbach, von dessen Aebten mehrere in der Hyrte'schen Chronik als Bischöfe von Verden aufgeführt werden, oder die schon früher berührte Tradition, daß Bardewik ursprünglich der Sitz des Verdener Bisthums, oder doch dazu bestimmt gewesen sei [1]).

Das Bisthum Bremen, auf welches näher einzugehen ist, wurde von Carl d. Gr. dem H. Willehad verliehen, welchen auch das angebliche Stiftungsdiplom ausdrücklich primum eiusdem ecclesiae episcopum nennt. Aus Northumberland in England gebürtig, sonach Landsmann des Bonifacius [2]), hatte er nach dessen Vorgange, wenn auch nicht als dessen unmittelbarer Nachfolger, kurz vor Ausbruch des Sachsenkrieges unter den Friesen, zuerst in der Gegend von Dockum mit sichtbarem Erfolg [3]), dann in Ostfriesland nicht ohne Lebensgefahr das Evangelium gepredigt. Später sandte ihn von der Drenthe her, wohin er sich zurückgezogen hatte, Carl der Gr. zu gleichem Zweck nach Sachsen, wo er zum Feld seiner missionarischen Thätigkeit die nördlichen, an dem Meere belegenen Wesergegenden vorzugsweise ch erwählte oder zugewiesen erhielt, aber auch den Transalbingischen Stämmen, zuerst unter allen Glaubensboten, die neue Lehre gebracht haben soll [4]). Nach siebenjähriger Arbeit, als er im Jahre

[1]) Ueber alles dies verweise ich, jedoch ohne dessen Ansichten oder vielmehr Conjecturen mich zustimmig zu erklären, auf Rettberg a. a. O. Th. II. S. 455–65.

[2]) Vita Willehadi cit. c. 2. – Adam sagt von ihm nach Erwähnung von Winfrieds Tod nur: *et ipse Angligena.*

[3]) Viele Edle, erzählt Ansgar, hätten dem Willehad ihre Kinder zum Unterricht gebracht, viele habe er neu getauft.

[4]) *Primus omnium doctorum maritimas et boreales Saxoniae partes, ac Transalbianos populos ad christianam provocavit fidem .... Ceteri (discipuli) trans Albiam passi leguntur,* heißt es bei Adam Brem. (c. 12), der übrigens andere Quellen, als der vita Ansgarii ganz entbehrt zu haben scheint, da er hierauf nicht bloß am Schluß des Cap. 14 diejenigen verweist, welche mehr wissen wollten, sondern auch, von dem, was

781, wie Ansgar im Cap. 5 angiebt, unter Friesen wie Sachsen, die alle Bekehrung versprochen hätten, Kirchen zu erbauen und Priester an ihnen einzusetzen angefangen, trieb ihn der letzte große Aufstand der Sachsen (783) mit allen seinen Schülern aus dem Lande, und veranlaßte ihn (nach Adam mit Liudger, dem Apostel der münsterländischen Sachsen und erstem Bischofe von Münster) zu einer Fahrt nach Rom, an welche sich ein längerer Aufenthalt am Rhein (Epternoch) anschloß [1]). Von dort berief ihn aber Carl der Gr., nachdem er den Aufstand niedergeschlagen und Wittekind zur Unterwerfung und zu Herstellung der zerstörten Kirchen und Annahme der Taufe (785) gezwungen hatte, von neuem in die Gegend seiner ersten missionarischen Wirksamkeit, und ließ ihm, während er früher nur Amt und Namen eines Bischofs geführt hatte, am 13. Juli 787 (III. Idus) zu Worms auch die Bischofsweihe ertheilen, der dann im folgenden Jahre die Verleihung des Bisthums Bremen folgte [2]). Aber nicht viel über 2 Jahre hat Willehad diesem neuen Amte vorgestanden; und wie sehr er auch das Christenthum innerhalb der ganzen Diöcese durch seine Predigt zu befestigen und zu verbreiten gestrebt haben mag, die Anfänge des neuen Bisthums scheinen gering genug geblieben zu sein. Dies läßt sich schon daraus abnehmen, daß trotz der angeblichen Dotation mit Husen und Zehnten Carl durch commendatorische Verleihung einer Fränkischen Celle (Mont-Iutin in Ober-Burgund) dem neuen Bischofe sowohl Stellung als Unterhalt sichern zu müssen glaubte [3]); nicht minder weiset darauf hin, daß Adam aus dieser späteren Zeit Willehad's nichts weiter

er, meist mit einem dicitur, legitur im Cap. 12 berichtet hat, selbst bemerkt: *Haec de vita eius ad sensum excerpta protulimus.*

[1]) Vgl. vita Willehadi c. 6 et 7.

[2]) Ebendas. c. 8: *instituitque eum pastorem rectorem super Wigmodia etc. . . . ut inibi episcopali auctoritate praesset singulis . . Sicque ipse primus in eadem diöcesi sedem obtinuit pontificalem quod ob id tam diu prolongatum fuerat, quia gens, cum presbyteros aliquotiens secum manere vix compulsa sineret, episcopali auctoritate minime regi patiebatur. Huc itaque de causa VII. annis prius in eadem presbyter demoratus est parochia, vocatus tamen episcopus, et secundum quod poterat cuncta potestate praesidentis ordinans.*

[3]) Vita Willehadi cit. c. 8.

zu berichten weiß, und dies nur gelegentlich seines Begräbnisses, als Willehad habe die basilica S. Petri, übrigens nur aus Holz, zu Bremen erbaut [1]).

Auch nach Willehad's, am 8. Novbr. 789, im 35. Jahre nach Bonifacius Märtyrerthum erfolgten Tode [2]) ist allem Anschein nach diesem Bisthum kein größerer Aufschwung beschieden gewesen; in Folge Widerstandes und erneuten Aufruhrs der Sachsen scheint sogar, wenn auch nicht die Bekehrung rückgängig geworden, doch für längere Zeit eine völlige Vacanz des Bischofssitzes eingetreten zu sein. Als unmittelbarer Nachfolger Willehad's wird zwar dessen Schüler Willerich [3]) aufgeführt, dessen Tod erst im 25. und vorletzten Jahre [4]) der Regierung Ludwig's des Frommen erfolgt sein soll, und der hiernach über 50 Jahr dem Bisthum vorgestanden hätte. Es wird aber von Adam nicht blos bemerkt, daß Andere den Nachfolger Willehad's Willekar nennten, und daß als Anfangsjahr des Willerich'schen Episcopats das 37. Jahr Carl's, also 805 oder 808 in dem liber donationum et traditionum der Bremer Kirche angegeben sei; derselbe erklärt auch selbst diese Differenz von 10—12 Jahren dahin, daß eine so lange Vacanz des Bremer Bisthums nicht unglaublicher sei, als von andern Sächsischen Bisthümern [5]). Möglich aber bliebe allerdings, daß Willerich erst des Willekar's Nachfolger im Bisthum geworden, und nur des letzteren Verwaltung

---

[1]) Adam Brem. c. 14: *Corpus eius Bremam deportatum in basilica S. Petri, quam ipse aedificavit, sepultum est*, vgl. mit c. 20: *Ecclesias ubique in locis congruis per episcopium erexit (Willericus), tres vero Bremae, quarum primam ail domum S. Petri de lignea lapideam fecit.* Von letzterer ist wohl die mira pulchritudo zu verstehen, welche die vita Willehadi cap. 9 der vor diesem erbauten Kirche noch rühmt.

[2]) Er starb nach Vita cit. c. 10 auf einer durch seine Diöcese angetretenen Reise (in circuitu) zu Blexen.

[3]) Die Annales Brem. nennen ihn ad A. 797 Ullericus.

[4]) Also erst 839, nicht 837, wie Adam fälschlich berechnet, auch die Annales Brem. angeben.

[5]) A. a. O. c. 15: *Et credi potest, tanto tempore (scil. 12 annor.) Bremensem episcopatum cessasse, quemadmodum et alios propter novellam gentis Saxonum conversionem, quae nondum se episcopali ditione regi patiebatur.*

ganz ereigniß- und bedeutungslos geblieben, dadurch aber in völlige Vergessenheit gerathen wäre. Wird doch auch aus der für Willerich bleibenden, wenn nicht 50-, doch mehr als 30jährigen Amtszeit, außer dem steinernen Neubau des Doms St. Peter und eines mehr dabei für Willehad's Leichnam errichteten Oratorii nur so viel von Adam erzählt, daß er überall in der Diöcese an geeigneten Orten, und in der Stadt drei Kirchen erbaut [1]), und daß unter ihm die Zahl der Geistlichen und Gläubigen wie das Besitzthum der Kirche sich gemehrt habe [2]). Gleich dunkel in Dauer wie an kirchlichen Begebnissen und Erfolgen ist der Episcopat Lenderich's, des Nachfolgers von Willerich [3]). Erst mit dessen Successor Ansgarius tritt die Geschichte des Bremer Bisthums in ein helleres Licht, zugleich aber auch in engste Verbindung mit den Schicksalen der Hamburger Kirche; eine Verbindung, welche eine zeitlang ersteres Bisthum in seiner Selbstständigkeit und Existenz bedrohte, schließlich aber dasselbe zu höherer kirchlicher Würde, und an die Spitze, wie des christlichen Nordens überhaupt, so insbesondere auch des Transalbingisch-Slavischen Kirchenwesens führte.

Von Schriftstellern aus der zweiten Hälfte des 10. Jahrhunderts und aus der ersten des 11. Jahrhunderts [4]), denen spätere,

---

[1]) S. vor. S. Note 1.

[2]) Adam c. 23: *Willericus: ... clerum maximum collegit, de populo vero magnam Bremensi ecclesiae haereditatem acquisivit. In diebus suis Carolus elecmosynam obtulit Salvatori ad Bremensem ecclesiam centum mansos.*

[3]) Adam setzt Cap. 20 a. E. den Anfang in das Jahr 837, und dazu stimmt auch, daß im dritten Jahre des Episcopats nach Cap. 24 König Ludwig der Fr. gestorben; als Ende seines Episcopats giebt er aber Cap. 21 das sechste Jahr des jüngern Ludwig's des Deutschen an, was vom Jahr 846 oder, vom Verduner Vertrage angerechnet, dem Jahre 849 entspricht. Dazu paßt dann nicht, daß sein Episcopat 6 Jahr gedauert habe, was übrigens Adam selbst als ungewiß bezeichnet (*eius annos pro certo scire non possumus*). Sonst berichtet er über ihn nichts, als daß er superbus gewesen sei, wofür aber, außer dem allgemeinen Ruf (tradunt), nichts beigebracht wird, als daß er bald custos, bald pastor Bremensis gregis sich genannt habe.

[4]) Rimberti vita Ansgarii c. 12 (Pertz II. fol. 698) u. Adam Brem. c. 15.

namentlich die Slavischen Chroniken folgen [1]), — und damit stimmt auch neben Einzelnem, was dort nicht berichtet wird, der Inhalt des der Hamburger Kirche von Ludwig dem Fr. unterm 15. Mai 834 ertheilten, in seiner Echtheit freilich auch wieder nichts weniger als zweifellosen Privilegii [2]) überein — wird erzählt, übrigens von Helmold nur mit einem die Verbürgung ablehnenden fertur, daß Carl der Gr., welcher schon im Jahre 789 gegen die an der Küste der Ostsee von der Warnow bis zur Elbe seit längerer Zeit angesiedelten, mit den Transalbingischen Sachsen, und mit den ihnen stammverwandten Wilzen zwischen Warnow und Peene in steter Fehde liegenden Slavischen Stämmen der Obotriten einen großen Kriegszug eröffnet und dieselben zur Unterwerfung gezwungen hatte, nach völliger Besiegung des ganzen, auch des Transalbingischen Sachsenlandes, in letzterem (trans Albiam) eine Kirche habe erbauen und durch den Trierer Bischof Amalarius weihen lassen [3]). Den Ort, wo diese ecclesia primitiva, wie sie Ludwig der Fr. ausdrücklich nennt, gegründet worden, giebt dessen obiges Privilegium überall nicht an; Adam dagegen, Helmold und Albert von Stade nennen direkt Hammaburg civitatem Nordalbingorum [4]), welches der Letztere unmittelbar vorher als identisch mit dem von Carl dem Gr. schon früher an der untern Elbe erbauten Schutzcastelle Hochbuki bezeichnet. Die Leitung dieser neuen Kirche habe der Kaiser einem Priester Heridag anvertraut, den er zum episcopus loci designirt [5]), und damit

[1]) Vgl. Albertus Stadensis ad A. 810 (l. c. fol. 86 a) Historia Archiep. Brem. c. 2., Helmoldus l. c. Lib. I. c. 3. § 3 sq., Chron. Slav. c. 4 init.

[2]) Hamb. Urk.-B. Nr. 8. S. auch Privilegia archi ecclesiae Hamburgensis Nr. 1 bei Lindenbrog scriptt. septent. Ed. Fabr. p. 125.

[3]) Die Annales Bremenses ed. Jaffé setzen die Gründung der Hamburger Kirche ausdrücklich in das Jahr 810; sonst ist nur unbestimmt von der Zeit des beendigten Sachsenkriegs die Rede.

[4]) Adam l. c. 15, und nach ihm Helmoldus Lib. I. c. 3 § 9, und Albertus Stad. ad A. 810 sagen civitatem Hammab. . . ad regendum commisit. und commisisse fertur; das Priv. von 834 und die Vita Ansgarii c. 12 brauchen den Ausdruck parochiam specialiter commendavit.

[5]) Nur das Chron. Slav. c. 4 init. spricht davon, daß Heridag wirklich zum Bischof bestellt worden sei (*cui ecclesiae Heridagum praefecit episcopum*). Die historia archiep. Brem. gedenkt des Heridag gar nicht.

er Unterhalt und Zufluchtsort habe, die cella Hrodnace oder Rodnach (Renaix oder Rousse in Ostflandern) angewiesen hätte [1]). Nach Adam Brem. und den andern Chronisten soll des Kaisers Wille und Absicht [2]) zugleich dahin gegangen sein, die neue Hamburger Kirche zur Metropole aller Dänischen und Slavischen Stämme zu erheben. Doch sagt hiervon das mehrerwähnte Privilegium nichts; vielmehr ist hier nur davon die Rede, daß Carl für die *ultima Saxoniae pars*, weil sie *inter utrasque gentes Danorum sive Winedorum (al. Slavorum)* belegen, *pontificalem ibidem sedem fieri decrevit trans Albiam*, und daß er den Heridag zum Bischof *universae Nordalbingorum ecclesiae* habe wollen consecriren lassen [3]); und wie K. Ludwig im Eingange seines Diploms von seinen eigenen Plänen nur sagt, daß er eine *sedes episcopalis* innerhalb seines Reichs errichten wolle, *unde omnes illae barbarae gentes aeternae vitae pabulum facilius uberiusque capere valerent*, hiernach also nur Förderung der Mission vor Augen hatte, so wird auch Carl's Plan bei jener neuen Stiftung des Nordalbingischen Bisthums als ein wesentlich missionarischer, und zwar in doppelter Richtung bezeichnet, *ne (Nordalbingi) ad ritum relaberentur gentium* und *quia locus ille lucrandis adhuc gentibus videbatur aptissimus*. In ähnlicher Weise wird auch anderwärts den Carolingischen Plänen die Wendung gegeben, es habe Hamburg nur den Ausgangspunkt der Dänischen Missionen bilden sollen [4]). Nicht also in dem Sinne,

[1]) Von dieser Zuweisung, deren Helmold überall nicht Erwähnung thut, braucht das Privil. den Ausdruck delegavit, Adam und Albertus dagegen donavit.

[2]) Wenn Adam und Albertus das Wort disponens, nicht proponens wie Helmoldus brauchen, so ist dies wohl auch nur in dem Sinne von volens zu verstehen, dessen sich das Chron. Slav. bedient.

[3]) Erst in der Vita Ansgarii c. 12 und in der unter Bischof Adalgarius († 909) verfaßten Vita Rimberti c. 1 (Pertz. l. c. Tom. II. p. 762 sq.) ist davon die Rede, daß auch Carl der Gr. schon, was nachher sein Sohn allerdings ausführte und das Diplom besagt, eine ecclesia oder sedes archiepiscopalis in Hamburg beabsichtigt habe.

[4]) Vgl. Historia archepisc. Brem.: . . . *ut Slavi et Dani et gentes circum positae ab ipsa ecclesia tamquam a metropoli in fide catholica soverentur.*

wo metropolis den Sitz einer, dem Episcopat übergeordneten, auffehenden Regiminalgewalt bezeichnet, sondern nur in der Bedeutung hat Hamburg Metropole des Nordens und Slaviens sein oder werden sollen, daß es für alle Gemeinden, welche durch die im Kleinen damals wohl schon begonnenen und in größerem Umfange erhofften Missionsreisen entstehen könnten, als Mutterkirche den Mittelpunkt bilden sollte, während es zugleich Sitz des Transalbingischen Episcopats war und blieb. Dafür findet sich denn auch darin eine Bestätigung in dem Grunde der Beschwerden, welche, als später die Hamburger Kirche wirklich zur erzbischöflichen erhoben und mit Bremen unirt wurde, der Erzbischof von Cöln gegen solche Union erhob, und den er dahin faßte, es sei die Kirche, die bisher nur eine metropolis gewesen, zu einer archiepiscopalis erhoben worden zum Präjudiz des Cölner Stuhls [1]).

Wohin aber immer Carl's des Großen Intentionen gegangen und wie weit sie in Execution getreten sein mögen, zur völligen Durchführung soll unter ihm nicht einmal die Gründung des Transalbingischen Bisthums gediehen sein. Ob dies durch des Kaisers Hintritt veranlaßt wurde, oder durch den schon vorher erfolgten Tod Heridag's, ob die Kriegsunternehmungen Carl's, insbesondere gegen die Dänen, oder andere andrängende Regierungsangelegenheiten darauf eingewirkt haben, oder ob, was wohl das wahrscheinlichste, die Mission und die Gründung von Kirchen unter den Transalbingischen Sachsen zu langsam fortschritt, als daß sich das Bedürfniß einer episcopalen Leitung hätte geltend machen können, dies muß dahin gestellt bleiben, da die Geschichtschreiber bald das eine, bald das andere hervorheben, genaues überall nicht geben [2]). Daß Carl selbst seiner Pläne uneingedenk geblieben sei, ist nicht glaublich, eben so wenig daß sein Sohn und Nachfolger überall keine Kunde davon gehabt und erst nach

---

[1]) Vgl. Rimberti vita Ansgarii c. 23.

[2]) Von Carl's Tode spricht allein das mehrerwähnte Diplom von 834; sonst wird nur Heridag's Tod als Ursache bezeichnet, und der Ausdruck *occupatis regni* bei Adam und Albert ist so vieldeutig, als der occupatio bellorum, wie es bei Helmold heißt.

Ansgaris Erfolgen in Dännemark auf Befragen erhalten habe [1]; wahrscheinlich war jenes Vorhaben nur, weil unausführbar und kein Bedürfniß, in Vergessenheit gerathen, oder dessen Ausführung auf gelegenere Zeit verschoben worden [2]). Auch hat es so aufgefaßt nichts Befremdliches, wie Rettberg meint, wenn in dem Diplome v. Jahr 824 Ludwig sich selbst der Nichtausführung der väterlichen Pläne beschuldigte [3]). Dem nächsten und augenblicklichen Bedürfnisse zu genügen, durfte denn auch die Maßregel wohl geeignet erscheinen, welche, ungewiß in welchem Jahre, ohne Zweifel aber erst durch Carl's Sohn und Nachfolger [4]), dahin getroffen wurde, daß Transalbingien, nicht zwar getheilt, und den Diöcesen der benachbarten Bisthümer Bremen und Verden zugeschlagen wurde, wie es nach der Vita Ansgarii c. 12 den Anschein gewinnen möchte, wo von einer divisio der pars parochiae quae ultra Albiam erat in duo die Rede ist, sondern daß interimistisch die episcopale Obhut der Transalbingischen Gegenden den Obern jener Stifter, Willerich in Bremen, in Verden dem Bischof Helingand, für ihre Person in Form einer Com-

[1]) So stellt die Vita Ansgarii c. 12 die Sache dar.

[2]) Die Vita Rimberti c. 1 sagt: *Subintravit memoria, quod Carolus ... gentem Saxonum eatenus infidelem converterit, et .. extremam ad plagam aquitonarem eius provinciae partem ad hoc reservaverit, ut ibidem archiepiscopalis construeretur sedes.* Adam u. Albertus Stad. ad A. 817 u. 833 brauchen übereinstimmend von Ludwig die Wendung: *patris votum (voluntatem) oblitus* und *votum parentis cupiens implere.* Das Chron. Slav. c. 4 bedient sich bei der späteren Gründung des Hamburger Erzbisthums durch Ludwig von letzterem nur der Worte: *paternis per omnia votis concordans.*

[3]) Es heißt aber nur: *cum hoc quoque patris mei studium minus caute attenderem,* und nachher: *propter votum genitoris, et ne quid eius studii imperfectum remaneat.*

[4]) Wenn das Privil. vom Jahre 834, worin Ludwig erst sagt: *praedictam parochiam vicinis interim commendavi episcopis*, nachher bei der Wiederübertragung an die Hamburger Kirche, diese *parochiae partes a nobis et a patre nostro sibi olim commendatas* nennt, so können diese (in einer Handschrift fehlenden) Worte entweder nur spätere Interpolation sein, oder darauf bezogen werden, daß überhaupt das von Carl jenseits der Elbe bis zur Peene der Verdener Diöcese zugelegte Gebiet dem neuen Hamburger Stifte zugewiesen wurde und nicht sowohl zurück- als neu verliehen wurde.

obliegen sollte [1]). Von langem Bestande und dauernder wirkung ist übrigens diese provisorische Maßregel nicht gewesen. Noch unter Ludwig's d. Frommen Regierung kam es in Anlaß der Erfolge, welche Ansgar im Norden der Elbe als Missionar erzielt hatte, und der noch glänzenderen Aussichten, welche damit eröffnet schienen, zur Wiederaufnahme, und zugleich zur Erweiterung der angeblich schon von Carl dem Gr. gehegten Pläne, und damit nicht blos zur wirklichen Stiftung des Hamburger Erzbisthums, sondern auch zu dauernder Ordnung der Diöcesanverhältnisse des rechten Elbufers.

Ansgarius, Fränkischer, im übrigen unbekannter, doch wie es scheint angesehener Herkunft, im Jahre 801 geboren, hatte nach seiner Mutter frühem Tode in dem berühmten Fränkischen Kloster Corvey, später Alt-Corvey genannt, noch bei seines Vaters Leben als Kind Aufnahme, und in der dortigen Schule erst den Jugendunterricht, dann die Ausbildung zum geistlichen Beruf gefunden, hierauf selbst den Mönchsstand erwählt, und später mit einem Pater Withmarus die Leitung der dortigen Klosterschule geführt [2]). Als im Jahre 822 Kaiser Ludwig in der Nähe von Höxter an der Weser das Kloster Neu-Corvey stiftete und dasselbe von jenem Stammkloster aus mit Mönchen besetzte, kam unter letzteren [3]) auch Ansgar dahin, um die Leitung der dortigen Schule für eine Zeitlang zu übernehmen oder dieselbe einzurichten [4]),

[1]) Wie die Vita Ansgarii an obige Theilung unmittelbar die Worte anschließt: *et duobus vicinis episcopis interim commendavit*, so ist auch in allen übrigen Quellen nur von solcher commendatio provinciae die Rede.

[2]) Vita Ansgarii cit. cap. 2—5.

[3]) *Anno Willerici XXIII. (822) Lothewicus Novam in Saxonia Corbeiam exorsus religiossisimos Franciae monachos ad illud congregavit coenobium, inter quos praecipuus legitur sanctissimus pater noster ac philosophus Christi Ansgarius, vitae atque scientiae merito clarus et omni populo Saxonum acceptus.* S. Adam Brem. l. c. cap. 17 und Albertus Stad. ad A. 826 (l. c. pag. 88 b.), wo nur das *pater noster* fehlt und *fuit* steht statt *legitur*.

[4]) Ebendas. c. 6: *Ad hunc locum una cum aliis fratribus primo directus est, ut inibi fungeretur officio docendi; . . . ita inventus est, ut omnium electione quoque in ecclesia verbum Domini populis praedicaret. Sicque factum est, ut eiusdem loci ipse primus et magister scholae et doctor fieret populi.*

kehrte aber schon nach einigen Jahren in das Stammkloster zurück; ob mit der Absicht dauernden Aufenthalts oder nur in bestimmtem Anlasse, bleibt ungewiß [1]). Zu dieser Zeit hatten durch des Königs Gottfried (810) und seines Neffen Hemming Tode (812) die Kriege mit den Dänen und die inneren Streitigkeiten dieses Volks die Wendung genommen, daß der von der einen Parthei an die Spitze berufene König Harald, später der Abtrünnige genannt, Aussöhnung und Bündniß mit Kaiser Ludwig suchte. Zu dem Behufe kam er nicht blos zum Ingelheimer Reichstage persönlich nach Deutschland, sondern empfing auch zu Mainz ums Jahr 826, nachdem er schon früher unter die Catechumenen sich hatte aufnehmen lassen, feierlich mit den Seinen und Vielen seines Volks die Taufe [2]). Sein Wunsch, daß ihn ein Geistlicher in die Heimath zurückbegleite und dort zugleich als Missionar das Evangelium verkünde, soll bei der Furcht vor der Dänen Grausamkeit Schwierigkeiten gefunden haben [3]), bis auf Empfehlung des Corveyer Abts Wala der inzwischen aus Frankreich zurückgekehrte oder zurückberufene Ansgar sich dazu erbot und an Antbertus, einem Mönche von Alt-Corvey, und Vertrauten jenes Abtes [4]), einen freiwilligen Gefährten fand. Zu ihrer Missionsreise vom Kaiser dem Anscheine nach dürftiger als sonst üblich ausgerüstet [5]), begaben sie sich von Cöln aus auf einem vom dortigen Bischofe geschenkten Schiffe längst der friesischen

---

[1]) Reimbertus gedenkt dieses zweiten Aufenthalts in Alt-Corvey nicht, aber nach dem Chron. Corbejense ist von hier aus Ansgarius an den Hof des Kaisers berufen, um König Harald nach Dänemark zu begleiten.

[2]) Adam Brem. c. 17. Vergl. überhaupt Dahlmann's Geschichte von Dänemark Bd. I. S. 25 ff. und Münster's Kirchengeschichte von Dänemark u. Norwegen Th. I. S. 258 ff.

[3]) Adam, Brem. l. c. cap. 17.

[4]) *Abbatis familiaris ac post illum domus procurator* wird er in der Vita Ansgarii c. 7 genannt.

[5]) Die Vita Ansgarii c. 7 hebt ausdrücklich hervor, daß sie keinen socium gehabt hätten, *qui eis aliquid servitii impenderet* und daß Wala dem Antbertus erklärt habe, er könne ihm *de familia sua ad obsequium servitii* Keinen mitgeben, wenn sich nicht freiwillig Jemand dazu anbiete; unter den *ministeria ecclesiastica*, welche ihnen der Kaiser außer *scrinia, tentoria ceteraque subsidia, tanto itineri necessaria* gegeben, können daher,

Küste nach Dännemark [1]). Von ihrer Missions-Wirksamkeit [2]) berichtet Adam nur, daß sie zwei Jahre dort geblieben seien und viele Heiden bekehrt hätten, läßt dann aber den Ansgar zurückkehren, und erst auf weiteres Verlangen des Kaisers mit zwei anderen geistlichen Genossen, den Mönchen Gislemar und Withmar [3]) nach Dännemark zurückkehren, von wo er, während jener beim König Harald blieb, mit Withmar sich nach Schweden wandte. Von König Biörn gütig aufgenommen und ermächtigt zur Predigt des Evangeliums, soll er während seines, ein ganzes Jahr dauernden Aufenthalts namentlich in und bei Birka Viele getauft haben, darunter auch den praefectus oppidi Herigarius. Letzteres berichtet auch die Vita Ansgarii mit dem Zusatze noch, daß sie viele christliche Sclaven in Schweden gefunden hätten, und daß bald darauf jener Herigar, welcher hier als praefectus vici, zugleich als consiliarius regis bezeichnet wird, auf seinen Besitzungen (in hereditate sua) auch schon eine Kirche gebaut habe [4]). Diese Reise Ansgar's nach Schweden wird aber hier, indem Anfangs nur Antbert aus Dännemark zurückgekehrt sei, unmittelbar an den Aufenthalt in letzterem Lande geknüpft, und über Ansgars dortige Thätigkeit näher berichtet, daß er und sein Gefährte alsbald Knaben kauften, und aus diesen und solchen, welche der König ihnen aus seinen Dienstleuten (de suis) zum Unterrichte gegeben, binnen kurzem eine Schule errichtet, später auch Andere sich als Diener und Gehülfen beigesellt hätten [5]). Von sonstigen großen Erfolgen ihrer Predigt unter den Dänen ist aber nicht die Rede.

---

wie auch Dahlmann Note 14 annimmt, nur die geistlichen Geräthe (*vasa et vestimenta*) und die Bibliothek gemeint sein, deren anderweit als kaiserliches Geschenk gedacht wird.

[1]) *Ad confinia Danorum*, heißt es in der Vita Ansgarii.

[2]) S. Münster a. a. O. S. 274 ff. und Dahlmann a. a. O. S. 39 ff.

[3]) Adam spricht von *fratribus... doctoribus secum assumtis* in der Vita Ansg. c. 10 wird Withmar ausdrücklich als *Corbeiensis* bezeichnet und von Gislemar gesagt, daß ihn Ansgar *cum Harioldo esse disposuit ad praedicandum*.

[4]) Vita Ansgarii c. 10.

[5]) Ebendas. c. 8: *Sic factum est, ut scholam ibi parvo tempore sta-*

Bedeutend oder versprechend genug erschienen diese jedoch immer noch dem Kaiser Ludwig, um nach der im Jahre 832 [1]) erfolgten Rückkehr Ansgar's die väterlichen Pläne wieder aufzunehmen, und die Herstellung oder die wirkliche Gründung eines Bischofssitzes in dem während der Kriegszeiten mehrfach eroberten und zerstörten Hamburg ins Auge zu fassen, zugleich für die Bekehrung des Nordens dauernde Einrichtungen zu treffen.

Auf einem von vielen geistlichen Würdenträgern besuchten Hoftage zu Mainz erhob auf deren Zustimmung, unter Rückgewähr der inzwischen von den Bremer und Verdener Bischöfen verwalteten Theile der Diöcese, Ludwig zufolge des mehrgedachten Privilegii vom 15. Mai 834 Hamburg nunmehr zu einer sedes archiepiscopalis für Nordalbingien, und übertrug diese dem Ansgar, welchen er, unter Assistenz der Erzbischöfe Eppo von Rheims, Hetti von Trier und Otgar von Mainz durch seinen Hof- und Pfalz-Capellan, den Bischof Drogo von Metz [2]), feierlich zum ersten Erzbischof von Hamburg, wie es ausdrücklich heißt, consecriren ließ [3]). Untergeben sollte ihm sein *universa Nordalbingorum ecclesia*, daneben ihm zustehen die *potestas omnium regionum aquilonarium ad constituendos episcopos vel presbyteros in illas partes destinandos*, wie sich die Vita Ansgarii ausdrückt, oder wie das Diplom lautet, die *legatio in gentibus*, namentlich *in convocatione gentilium vel redemptione captivorum*.

Zur Förderung dieses Missions-Auftrags und zur Sicherung

---

tuerint duodecim aut eo amplius puerorum; alios quoque hinc inde sibi asciverunt servitores et adiutores.

[1]) Die Zeit der Rückkehr bleibt unsicher, da Adam (s. flg. S. Note 2) nur für Ordination und Consecration obiges Jahr angiebt.

[2]) Als Caesaris frater Germanus bezeichnen diesen Adam u. Albertus Stad.; die vita Ansgarii nennt ihn nur praesul Metensis; das Diplom selbst bezeichnet ihn mit den Worten: *Metensis et summae sanctae palatinae dignitatis praesul.*

[3]) Wenn das Diplom den neuen Bischofssitz und dann wieder die dignitas Ansgarii als proprii vigoris bezeichnet, so ist damit wohl nur gemeint, daß sie in keiner Weise irgend welchem Metropolitan- oder sonstigem kirchlichen Nexus unterliegen sollte.

seines Unterhalts [1]) verlieh auch Ludwig dem neuen Erzbischofe und seinen Nachfolgern statt der inzwischen an das Aachener Kloster S. Cornelii ad Indam gekommenen cella Rodnach delegando die cella Thurholz, Thorout bei Brügge, und zwar auf ewige Zeiten.

Für diese Erhebung Ansgar's zur erzbischöflichen Würde und für alle in dem Diplome enthaltenen Anordnungen erbat mittelst besonderer Gesandschaft nachträglich [2]) der Kaiser die Genehmigung des Römischen Stuhls. Vielleicht geschah dies zumeist, um für das neue Erzbisthum desto sicherer die Anerkennung der Deutschen Prälatur hoffen zu können; eingewirkt aber hat, neben der damals schon zur Geltung kommenden Ansicht, daß die Errichtung von Bisthümern ein Vorrecht der Päpste sei, auch wohl dies, daß schon früher Paschalis I. (817—24) und dessen Nachfolger Eugenius II. (824—27) dem Erzbischofe Ebbo von Rheims eine Legation zur Bekehrung des Nordens übertragen hatten [3]), von welcher, wenn sie auch bis dahin auf Dännemark [4]) beschränkt geblieben und allem Anscheine nach nur von geringen Erfolgen gewesen war, doch für das neue Erzstift und dessen Aufgabe Collisionen und Differenzen befürchtet werden mochten.

Mittelst einer im Original erhaltenen, aber undatirten Bulle hat denn auch Papst Gregor IV. (827—844) [5]) nicht bloß für das neue Erzbisthum eine solche Bestätigung ertheilt, und unter Zusendung des Palliums die Consecration Ansgar's als des

---

[1]) *Sedis supplemento*, lautet die Verleihung, *et clericorum solatio, ut nova constructio periculosis in locis coepta subsistere valeat, nec praevalente barbarorum saevitia deperiret*; Adam sagt c. 18 *in. fin. in supplementum legationis.*

[2]) Die Errichtung des Erzbisthums setzt Adam Brem. c. 18 ausdrücklich in das Jahr 832, also vor das Datum des Diploms, und zu dieser Angabe stimmt das weitere, daß es geschehen sei im 43. Regierungsjahre des Bremer Bischofs Willerich und im 18. des Kaisers.

[3]) Mit den betreffenden Urkunden im Hamburger Urk.-B. Nr. 6 u. 7, ist zu vergleichen, was Adam Brem. l. c. cap. 17 über Ebbo berichtet.

[4]) Nach der Vita Ansgarii c. 13 sq. hat Ebbo erst nach Ansgar's Ordination seinen Gefährten Gautbertus nach Schweden gesendet, *ut adiutor in partibus Sueonum ministerii episcopalis officio fungeretur.*

[5]) Hamb. Urk.-Buch Nr. 9.

primus **Nordalbingorum** archiepiscopus mit der gleichzeitigen Bestimmung genehmigt, daß, bis unter den Heiden selbst die zur Consecration erforderliche Zahl von Suffraganen gewonnen wäre, dessen Nachfolger jederzeit von den Hof-Capellanen consecrirt werden sollten [1]). Daneben delegirte der Papst den Ansgar und dessen Successoren, wozu jederzeit strenui praedicatoris persona tanto officio apta gewählt werden solle, als Legaten und Vicare des päpstlichen Stuhls für alle nordischen Völkerstämme [2]) zu deren Bekehrung. Zur Zeit geschah dies übrigens, ähnlich wie es mit Ebbo geschehen war, nur unter Verleihung einer publica evangelizandi auctoritas, ohne neben der Missionsthätigkeit auch einer dem Hamburger Stift verliehenen kirchlichen Gewalt, oder gar der Ermächtigung zur Gründung neuer Bisthümer zu gedenken. Erst in der Urkunde vom April 846 [3]), durch welche Gregor's Nachfolger **Sergius** II. unter erneuter Uebersendung des Palliums dem Ansgar die Gerechtsame der Hamburger Kirche bestätigte, so wie in späteren durch Zusendung des Palliums veranlaßten päpstlichen Schreiben und Confirmations-Urkunden [4]), geschieht in verschiedenen Wendungen, neben der Vollmacht zur

[1]) Vgl. auch Vita **Rimberti** c. 11 (Pertz Tom. II. p. 770) wo noch berichtet wird, daß mit Rücksicht hierauf König **Ludwig** die Ordination **Rembert's** speciell dem Erzbischofe von Mainz aufgetragen habe, und zwar mit der Clausel, daß *in adiutorium consecrationis* Suffragane von zwei Metropolen zugezogen würden, zum Zeichen *quod ad nullam nominatim condiœcesitatem quorumcunque episcoporum pertineat, ad hanc sedem consecrare episcopum, sed tantum palatinae hoc commissum sit providentiae, donec consecrantium numerus ex gentibus suppleatur.*

[2]) Unter den *omnibus circumquaque gentibus* wird neben den Dänen, Schweden u. s. w. zuletzt auch schon der **Slaven** gedacht, und dann noch hinzugefügt: *necnon omnium septentrionalium et orientalium, quocunque modo nominatarum.* Ausdrücklich heißt es, *vicem nostram perpetuo retinendam tribuimus.*

[3]) Hamb. Urk.-B. Nr. 11.

[4]) Vgl. außer der Unions-Urk. **Nicolaus** I. vom Jahre 858, wovon unten das Nähere, die Palliumsverleihung **Hadrians** II. für Bischof **Rembertus** v. Jahr 872 (Hamb. Urk.-B. Nr. 20), die Urk. Pabst **Stephan's** V. für Bischof **Adalgar** v. J. 891 (ebend. Nr. 24), der Päbste **Sergius** III. u. **Anastasius** III. für **Hoger** v. Jahr 911 u. 912 (ebend. Nr. 27 u. 28), **Johann's** X. für Erzbischof **Unni** v. Jahr 920 (ebend. Nr. 29).

Mission von einer spiritualis dominatio der Hamburger Kirche über jene Volksstämme, von deren perpetua subjectio und obedientia Erwähnung, und daß Kirchen dort in locis opportunis gegründet, Presbyter und Bischöfe mit Zuweisung bestimmter Sprengel (per disterminatos terminos) ordinirt werden sollten, deren aller Erzbischof der jeweilige Bischof von Hamburg sei. Namentlich hebt eine von Leo IX. für Erzbischof Adalbert unterm 6. Januar 1053 erlassene, von Papst Victor IV. im Jahre darauf erneute Confirmations-Urkunde nicht blos das Recht der Hamburger Kirche zu Bisthums-Gründung und Ertheilung der Consecration sehr entschieden hervor[1]), sondern parallelisirt überhaupt deren Stellung und Gerechtsame ausdrücklich mit den einst dem Bonifacius als Legatus Germanicus von Papst Gregor II. u. III. und von Zacharias ertheilten Privilegien. Auf die Abweichungen dieser Decrete im Einzelnen, namentlich in Aufführung der verschiedenen nördlichen Länder und Stämme[2]), näher einzugehen, erscheint für den Zweck dieser Blätter überflüssig; nur dies sei noch bemerkt. Der Slaven wird, außer in der Gregorianischen Bulle, erst wieder seit Anastasius III. (910 u. 11) und zwar in der Weise gedacht, daß auch die episcopi in illis partibus Sclavorum, quae sunt a flumine Pene usque ad fluvium Egidore sub Hammaburgensis ecclesiae archiepiscoporum potestate bleiben sollten; jedoch ist auch von da ab diese Erwähnung der Slaven nichts weniger als gleichförmig[3])

[1]) Hamb. Urk.-B. Nr. 75 u. 77: *Igitur tibi . . . concedimus, et per te tuis successoribus in perpetuum licentiam ordinandi episcopos infra diocesin seu provinciam vestram, vel certe per provinciasgentium supradictarum.*

[2]) In dieser speciellen Beziehung und zur Erläuterung der Völkernamen verweise ich auf Lappenberg's Abhandlung: Ueber die ältesten Urkunden des Erzstifts Hamburg in Beil. I. des Hamb. Urk.-B. S. 785—802.

[3]) Vgl. z. B. die Urk. Papst Leo's VII. u. Agapits II. für Adalday v. J. 937 u. 948 (ebend. Nr. 33 u. 35), Benedict's VIII. v. J. 1022 (Nr. 64), Benedict's IX. v. J. 1044 (Nr. 71) mit der von Papst Clemens II. v. J. 1047 (Nr. 72), in welcher die Slaven zwar ausdrücklich so wenig als in den andern genannt sind, aber ähnlich wie in der von Anastasius III. neben den Dänen und Schweden die *gentes in illis partibus* vorkommen, *quae sunt a meridionali Albia usque ad fluvium Pene et ad*

in den Urkunden zu finden. Uebrigens spricht auch Adam Bremensis, wo er der Erhebung Hamburgs zur metropolis gedenkt, von den Slaven und überhaupt von den aliis in circuitu coniacentibus populis neben den Dänen und Schweden [1]), und ähnlich geschieht in einer und der andern jener Urkunden auch der orientalium nationum neben den septentrionales oder aquilonares Erwähnung [2]).

Dreifache kirchliche Ehren, Würden und Vorrechte waren solchergestalt in der Person Ansgar's durch päpstliches Privilegium cumulirt, und sollten es bleiben in der Person seiner Nachfolger auf dem Hamburger Bischofsstuhle.

An des Römischen Stuhles Statt und als dessen, wie der spätere canonistische Sprachgebrauch es bezeichnet haben würde, gebornem Legaten sollte ihm das gesammte Missionswerk innerhalb des ganzen noch unbekehrten Nordens, namentlich auch der auf dem rechten Elbufer belegenen, einst Deutschen, nun schon längst nach und nach von Slavischen Stämmen besetzten Lande längs des südlichen Ufers der Ostsee obliegen. Neben der Predigt der christlichen Lehre und aller eigentlich missionarischen Wirksamkeit sollte aber hierbei von Hamburg auch ausgehen die Durchführung und Leitung der äußeren kirchlichen Ordnung, die Gründung von Pfarrgemeinden sowohl als klösterlicher Stiftungen, nicht minder, so weit sich Anlaß und Bedürfniß zeigte, die Stiftung neuer Bisthümer und die oberste Direction des eigentlichen Kirchenregiments.

Was in dieser Richtung von Ansgar, welcher bald nach seiner Ordination mit Erlaubniß des Königs Erich von Dännemark wieder persönlich dem Predigtamte unter den Dänen sich unterzog, was von seinem Schüler, Begleiter und unmittelbaren Nachfolger auf dem bischöflichen Stuhle Rembertus, was unter der Regierung der späteren Hamburg-Bremer Bischöfe,

---

fluvium Egidore. Die gleichfalls für Bischof Adalbert ergangene Confirm.-Urkunde Leo's IX. v. Jahre 1053 (Nr. 75) schließt sich dagegen wörtlich der Anastasischen an, eben so die Victor's II. v. Jahre 1054 (Nr. 77).

1) S. Lib. I. cap. 17.

2) So z. B. Hamb. Urk.-B. Nr. 81 u. 99.

theils jenseits der Eider, theils über die Dänischen Inseln hinweg unter den Schwedischen Stämmen erstrebt und erzielt worden, dies Alles und überhaupt die Bekehrungsgeschichte des **Nordens** steht mit der Christianisirung des Slavischen Ostens, insbesondre **Wagriens** in so lockrer und zugleich vielfach so unklarer Berührung, daß insoweit von Verfolgung jener missionarischen Aufgabe der Hamburger Kirche und von speciellem Eingehen auf die legatio sedis apostolicae ganz abgesehen werden kann, jedenfalls nur gelegentlich dessen, was über Slaviens Bekehrung zu bemerken sein wird, weiterhin darauf zurückzukommen sich empfiehlt. Nicht ohne allgemeineres Interesse bedünkt mir aber die Charakteristik, welche **Adam Brem.** von der gesammten kirchlichen Thätigkeit und Stellung **Ansgar's** giebt, nicht ohne Hindeutung auf jene verschiedenen, in seiner Person vereinigten Functionen [1]). Aus gleichem Grunde möge hier noch Erwähnung finden, was die vita **Rimberti** über **Ansgar** sagt, daß ihn der Kaiser den populis novellae ecclesiae zum rector bestellt habe, dagegen zum erogator verbi divini populis necdum fidelibus [2]), und was sie über Rembertus selbst berichtet, derselbe habe zwar, soweit die anderweiten Geschäfte es gestatteten, auch noch als Bischof das officium legationis wahrgenommen, daneben aber mit dem Missionsdienste bestimmte Priester betraut. Sonst weiß von äußeren Erfolgen dieser Missionsthätigkeit jenseits der Eider für die Zeit seit Ansgar's Ordination **Adam** speciell nichts zu erzählen, als

---

[1]) L. c. cap. 38: *Interea B. Ansgarius captivos redimendo, tributatos refovendo, domesticos erudiendo, barbaros evangelizando, foris Apostolus, intus monachus, numquam legitur otiosus*; vgl. mit c. 32: *Si quando a praedicatione gentilium foris liber erat, domi congregationum suarum curam egit ... Ad curam autem pauperum et susceptionem peregrinorum multis locis hospitalia praeparavit.*

[2]) Vita **Rimberti** c. 2,

[3]) Ebend. c. 16: ... *semper constitutos habens presbyteros, per quos verbum divinum gentiles audirent, et solatium captivi christiani haberent, ad ecclesias inter ipsos paganos constitutas longe ab ecclesia sedis suae ... adeundas.* Daß **Rimbert's** Schüler, Genosse und Nachfolger, **Adalgarius**, das *studium legationis suae ad gentes* nicht unterlassen, und gleich seinem Vorgänger, *presbyteros ad hoc opus constitutos et ipse habere consuevit*, hebt **Adam Brem.** c. 48 hervor.

daß, nachdem König Erich selbst Christ geworden und dies zu werden den Seinen erlaubt habe, erst zu Schleswig und dann unter Erich's II. Regierung auch in Ripen eine Kirche erbaut sei [1]).

Dies officium legationis in gentibus sollte der dignitas archiepiscopalis, zu welcher Ansgar und die Hamburger Kirche erhoben waren, erst Bedeutung geben; denn ein Metropolitansprengel mußte erst noch im Laufe der Zeit aus den Bisthümern erwachsen, welche in jenen nördlichen und östlichen Gegenden zu gründen gelingen würde. Vor der Hand war die erzbischöfliche Würde Ansgar's eben so eine persönliche, wie einst die des Bonifacius diesseits des Rheines, und von den übrigen Bischofssitzen Sachsens unterschied sich Hamburg nicht weiter, als daß diese Kirche keinem Metropolitanverband untergeordnet ward, sondern proprii vigoris sein und bleiben sollte. Fürs erste war, und blieb auf lange hin, ja viel länger als man damals erwartet haben mochte, die Hamburger Kirche gewissermaßen ein Erzbisthum in partibus infidelium, dessen Besitz durch die Titelführung, namentlich wie diese in Urkunden Erzbischof Adaldag's (936 bis 988) [2]) und Adalbert's I. (1043—1072) lautet, nicht sowohl conservirt werden sollte, als vielmehr anticipirt wurde, über dessen Umfang, Lage und Bedeutung erst die Zukunft ent-

[1]) A. a. O. Lib. I. c. 27 u. 31. Inwieweit es der Wahrheit entsprochen, wenn Adam an ersterer Stelle hinzufügt: *infinita gentilium credidit multitudo*, mag dahin gestellt bleiben, und dies genügen, daß noch für die Zeit Erzbischof Hoger's (909—915) Adam über den Stand des Christenthums unter den Dänen nur so viel zu bemerken vermag oder wagt (ibid. c. 54): *christianitatem in Dania, quae a S. Ansgario plantata est, aliquantulam remansisse, non totam defecisse* —. Der zu Schleswig *novellae christianitati constructa ecclesia* gedenkt auch die Vita Rimberti c. 18.

[2]) *Romanae ecclesiae et apostolicae sedis legatus*, nannten sie sich, *universarum septentrionalium* (auch wohl *orientalium et septentrionalium*) *partium* (*nationum*) *archiepiscopus*, *Hammaburgensis et Bremensis ecclesiarum minister* oder (*provisor*). Vgl. Hamb. U.-B. Nr. 48, 80—83, 86, 99. — Hiermit im Zusammenhange steht auch wohl, daß hie und da, ähnlich wie einst bei Willehad von Bremen, dem Titel das Wort *vocatus* eingefügt ist, z. B. in Urk. Adalbero's v. J. 1140 (Nr. 162) und v. J. 1146 (Nr. 179): *Ego A. Hammenb. (oder Brem.) ecclesiae vocatus archiepiscopus.*

scheiden konnte, und dessen Gleichstellung mit den übrigen Deutschen Erzbisthümern inzwischen nur durch die für Hamburgs kirchliche Gerechtsame immer von neuem gesuchten und erlangten kaiserlichen und päbstlichen Confirmationsurkunden gesichert wurde.

Zunächst beruhte daher die kirchliche Wirksamkeit dieses neuen und letzten der Sächsischen Bisthümer trotz aller in demselben cumulirten Würden und Ehren nur darauf, daß ihm schon durch Ludwig den Frommen und dessen Sohn östlich der Elbe gewisse Bezirke zugewiesen waren und als Erzdiöcese verblieben. Eine besondere Urkunde hat über deren Grenzen entweder überall nicht existirt, oder sich doch nicht erhalten. Nach jener Ludovicianischen Stiftungsurkunde, in welcher Ansgar auch Nordalbingorum episcopus und archiepiscopus genannt wird, unterliegt es aber keinem Zweifel, daß die Diöcesangewalt über das ganze Transalbingische Sachsenland sich erstreckt hat, wie es sich von dem rechten Ufer der Elbe in östlicher Richtung bis zu dem, schon von Carl dem Gr. angeblich festgestellten, limes Saxonicus [1]) ausdehnte, nördlich von der Eider und der in die Kieler Meeresbucht einmündenden Lewenz-Au, in südlicher und südöstlicher Richtung durch die Bille und Trave begrenzt war, und sowohl die Sitze der beiden von Alters her stets mit einander engverbundenen Stämme, im Süden der Stormaren, in der Mitte des Landes der Holsaten, als auch die bis ins 11. Jahrhundert mit der Grafschaft Stade des linken Elbufers vereinigten nordwestlichen Gebiete der Ditmarsen umfaßte [2]). Mitunter wird zwar in den für das Hamburger Stift ergangenen Confirmationsurkunden [3]), wie der Eider, so auch der Peene als Grenzflusses gedacht, und die Chronisten bezeichnen die an diesem Flusse belegene Stadt Demmin als terminus oder limes parochiae Hamburgensis [4]). Da es jedoch nicht bekannt ist, daß die Ver-

---

[1]) S. Adam Brem. l. c. Lib. II. c. 9, woraus die Beschreibung in's Hamb. Urk.-B. Nr. 5 wörtlich herüber genommen ist.

[2]) Ueber Wohnsitz und Namen, wie früheste Geschichte dieser Völkerstämme und Gaue vergl. Waitz Geschichte Schleswig-Holsteins in 3 Büchern. Gött. 1851 ff. B. I. S. 39 ff.

[3]) S. oben Seite 36.

[4]) Adam Brem. Lib. II. c. 5 und Schol. 72 ad Lib. II. c. 19.

dener Bischöfe den bis an jenen Fluß reichenden östlichen Theil ihrer Diöcese an die Hamburger Kirche abgetreten hätten, so mag wohl die Annahme, daß bis dahin das Amtsgebiet der letzteren reiche, sich nur dadurch gebildet haben, daß die Hamburger Bischöfe in dem ihnen zugewiesenen Missionsgebiete vorerst auch das Gebiet ihrer kirchlichen Wirksamkeit zu finden veranlaßt waren, und daß sie dies, seit nördlich der Eider die Christianisirung des Landes zugleich den dort entstandenen Bisthümern zugefallen war, um so weiter nach Osten auszudehnen beflissen waren, und den die Winuler, namentlich die Redarier und Tolenzer, von den Kyzinern und Circipanen und den übrigen Obotritischen Stämmen in Westslavien scheidenden Grenzfluß [1]) auch als Scheide ihres Missions- und einstigen Metropolitangebiets behandelten [2]).

War doch selbst in Nordalbingien, dem eigentlichen und zweifellosen Diöcesangebiete Hamburg's, die den Prälaten dieses Stifts gestellte Aufgabe noch auf lange hin mehr missionarischer, als regiminaler Natur, und die kirchliche Ordnung nicht etwa blos zu handhaben, sondern erst noch zu begründen.

Ob die Schilderung, welche Helmold von den Nordalbingern seiner und der nächstvergangenen Zeit, namentlich für den Zeitpunkt giebt, wo in Begleitung des Erzbischofs Aldalbero zuerst Vicelin in diese Lande gekommen ist, daß sie nur dem Namen nach Christen gewesen, Raub und Diebstahl geübt und geliebt, sogar für ruhmwürdig erachtet hätten [3]), auch schon

---

Helmoldus Lib. I. c. 6 u. 1, Chron. Slav. c. 5. Die Wendische Chronik giebt diese Stelle dahin wieder, bei Demmin sei „dat annbegin des Stichtes to Hamborch". In dem cap. 19 cit. sagt auch Adam: *omnes Slavorum populi ad Hamburgensem respiciunt diöcesim.*

[1]) S. Helmoldus l. c. cap. 5 sq.

[2]) Eine Bestätigung für diese Annahme, und daß hier parochia im Sinne von provincia zu nehmen sei, liegt vielleicht auch darin, daß die Chronica Slav. cap. 8 auch die Magdeburger Provinz bis an die Peene erstreckt und dieselbe als finis diöcesis bezeichnet, wovon sich in der entsprechenden Stelle Helmold's (cap. 11) nichts findet.

[3]) Helmoldus l. c. cap. 47: *Tres ... Nordalbingorum populi .., nec habitu nec lingua multum discrepantes, tencutes Saxonum iura et christianum nomen, nisi quod propter barbarorum viciniam furtis et latrociniis operam dare consueverint, hospitalitatis gratiam sectantur.*

für die Zeit Geltung gehabt habe, als Hamburg zur Cathedrale und Metropolitankirche erhoben wurde, oder ob Ansgar und seine nächsten Nachfolger von Vielen unter den Transalbingischen Sachsen hätten rühmen können, was Alcuin dem Kaiser Carl, als er von beiden Ufern der untern Elbe zu Tausenden die Sachsen mit Weib und Kind nach den Ufern des Rheins und Mains in alt-fränkisches, längst christliches Gebiet gewaltsam hatte wegführen lassen [1]), von den Ausgeführten, um deren Rücksiedelung zu empfehlen, versichern zu können glaubte, daß er sie im Vergleich zu den Zurückgebliebenen als die besten Christen erfunden habe, muß dahin gestellt bleiben. Zweifelhaft bedünkt mir auch, ob Rimbertus [3]), wenn er von den Nordalbingern sagt, qui proximi noscuntur esse paganis, mit diesen Worten nur die Gegend habe andeuten wollen, in welcher die ihnen zum Vorwurf gemachte Festhaltung und Veräußerung von aus dem Barbarenlande geflüchteten Gefangenen statt gefunden hatte, oder ob, daß ein solcher Frevel nur bei den Nordalbingern, die überhaupt nicht viel besser seien als die Heiden, möglich erscheine [4]). Allein auch noch im 13. Jahrhundert war, ausweislich der auf urkundlichen Nachweisungen beruhenden, von Lappenberg seinem Urkundenbuche beigefügten Karte des Hamburgisch-Bremischen Erzstifts, über die nächsten Elbgegenden hinaus und mehr in das Land hinein die Zahl der Kirchdörfer sehr gering, und die in Beilage V. zu dieser Karte gelieferte Nachweisung der Quellen hat nur für wenige Kirchen und kirchliche Stiftungen die Existenz bis über das Jahr 1140 zurückzuführen vermocht. Es liegt aber auch in der gleich näher zu erwähnenden Union Hamburgs mit der Bremer Diöcese ein redender Beweis für die nur gering-

---

Nam furari et largiri apud Holzatos ostentatio est; qui vero praedari nesciat, hebes et inglorius est.

[1]) Vergl. Rettberg a. a. O. Th. II. S. 392.

[2]) Ebendas. S. 411. Note 31.

[3]) Vergl. dessen Vita Ansgarii c. 38.

[4]) Die hierher gehörige Aeußerung Adam's (cap. 31), daß Ansgar, von Ripen nach Hamburg zurückgekehrt, *de venditione christianorum Nordalbingos correxit*, ist zu unbestimmt, als daß sie für die Deutung jener Worte benutzt werden könnte.

fügigen und wenig gesicherten Erfolge, welche bis dahin für die Bekehrung und kirchliche Ordnung Transalbingiens erzielt waren. Endlich haben wir in der Vita Ansgarii das bestimmte, durchaus verläßliche Zeugniß, daß zur Zeit jener Union in der Hamburger Diöcese nicht mehr als drei ecclesiae baptismales gewesen seien [1]), denen vielleicht noch einige wenige andere geistliche Stiftungen hinzutraten [2]). Möge nun aber, was Adam v. Bremen von Ansgar erzählt, daß er nunc Danos, nunc Transalbianos visitans innumeralibem utriusque gentis multitudinem zum christlichen Glauben gebracht habe, auf Wahrheit beruhen oder oratorische Verherrlichung seiner Missions-Gaben und Reisen sein, mit der Zerstörung, welche Hamburg durch die Normanen und Dänen erst 837, dann von neuem 845 erlitt [3]), gingen nicht blos die kaum gepflanzten Keime der christlichen Lehre, und jene ersten kirchlichen Stiftungen des rechten Elbufers, sondern auch, wenn gleich nur für kurze Zeit, der kaum errichtete Cathedralsitz selbst völlig zu Grunde [4]). Erst dessen Herstellung eröff-

[1]) Außer der Marienkirche in Hamburg selbst, dem Sitze des Bisthums, waren dies wohl die Kirchen zu Meldorp, Heiligenstätten und Schönfeld, deren schon Adam Brem. Lib. I. c. 15, 19, Lib. II. c. 8 und Lib. III. c. 19 Erwähnung thut.

[2]) Die Vita Ansgarii erwähnt c. 15, es sei in Hamburg die *ecclesia miro opere magisterio Episcopi constructa una cum claustro monasterio mirifice composito* verbrannt, und im c. 13 wird einer *cella* gedacht, welche Ebbo als locus refugii zu Welanao (Wedel?) erbaut oder erhalten habe. Sonst ist mir von Hamburger geistlichen Stiftungen für die Zeit vor der Union nichts vorgekommen, und nur dessen wird noch in der angeführten Vita gedacht, daß Ansgar Knaben Dänischer und Slavischer Herkunft erkauft oder aus der Gefangenschaft mit Geld freigemacht, und diese, um sie für den geistlichen Dienst zu erziehen, theils bei sich behalten und den von ihm aus Alt-Corvey berufenen Mönchen und Lehrern überwiesen, theils zu solchem Zwecke nach Thurholz geschickt habe.

[3]) Adam setzt sie in das letzte Jahr Ludwig's des Frommen, also in das Jahr 840.

[4]) *Eodem tempore per Rhenum vecti Coloniam obsederunt, per Albiam vero Hammaburg incenderunt. Inclyta civitas tota aut praeda aut incendio disperiit; ibi ecclesia, ibi claustrum, ibi bibliotheca summo collecta studio consumpta est*, äußert sich Adam Brem. l. c. c. 24, dem sich Helmold Lib. I. c. 5. § 1. anschließt, nur daß er die Wendung braucht,

nete wieder der kirchlichen Ordnung in den unteren Elbgegenden bessere Aussichten, gab ihr aber zugleich auch eine neue Wendung, aus welcher dann nach und nach eine feste und bis zur Reformation hin im Wesentlichen unverändert gebliebene Gestaltung der Diöcesan- und Metropolitan-Verfassung des Deutschen Nordens sich entwickelte.

Aus dem zerstörten Hamburg hatte sich Ansgar mit seinen Genossen, namentlich mit den für die Mission bestimmten Geistlichen [1]) und mit den geretteten Heiligthümern der Cathedralkirche, auf das linke Elbufer geflüchtet. Drei Rasten von der Stadt, fand er auf einer ihm zu dem Behufe geschenkten Besitzung im Walde Ramesloh eine Zufluchtsstätte, und gründete hier mit jenen Genossen, bis sie das Missionswerk wieder aufnehmen könnten, eine cella [2]), aus der später das Kloster oder Stift Ramesloh erwuchs [3]). Diese Stiftung sollte, als einige Jahre darauf Hamburg wieder aufgebaut wurde und an die Herstellung der dortigen Cathedrale gedacht werden konnte, den Verlust ersetzen, welchen das Hamburger Bisthum und das Missionswerk inzwischen dadurch erlitten hatten, daß jene Flandrische cella Thurholz, in Folge der Theilung unter Ludwig's des Frommen Söhnen, an Lothringen gekommen und anderweiter Verfügung verfallen war. Der Widerspruch, welchen der Bischof von Verden, in dessen Diöcese Ramesloh belegen war, gegen die Abtretung an das Hamburger Stift erhob, ward schließlich durch königliche Da-

---

civitas et recens ecclesiae structura tota incendio disperiit und hinzufügt: *quin et Nordalbingorum provincia, quicquid flumini contiguum fuit, barbarorum direptionibus cessit.* In der Chron. Slav. c. 4 heißt es nur: *parochiam i. e. diöcesim Hammenburg funditus exciderunt.*

[1]) Adam l. c. cap. 25 spricht ganz generell von socii, Helmold dagegen (Lib. I. c. 5. § 1) von *praedicatores in Sclaviam sive Daniam destinati.*

[2]) Vergl. Urk. Ludwig's des Deutschen vom 8. Juni 842 (Hamb. Urk.-B. Nr. 10).

[3]) Adam. Brem. bezeichnet cap. 32 diese Congregation als die erste der von Ansgar gegründeten, aber als *ab Hammaburg barbarica incursione depulsa et ad Ramsolas translata.* Des Klosters geschieht zuerst in einer Urkunde Otto's I. im Jahre 937 (Hamb. Urk.-B. Nr. 31.) Erwähnung.

zwischenkunft und Entscheidung beseitigt. Doch muß der Ertrag der Klostergüter zu gering befunden worden sein, um den Unterhalt der Diöcesangeistlichen und die Missionskosten zu tragen; und hierdurch, sowie weil unter den verheerenden Seezügen der Normannen auch die Bremer Kirche und Diöcese sehr gelitten hatte und ferneren Gefahren ihrer Lage nach, gleich der Hamburger, ausgesetzt blieb, ward König Ludwig der Jüngere oder der Deutsche auf den Gedanken geführt, beide Bisthümer mit einander zu verschmelzen. Zu solcher Union bot sich in der, seit Lenderich's, des Nachfolgers von Willerich, Tode im Jahre 845 [1]), schon länger bestehenden Vacanz des Bremer Bisthums ein erster Anlaß, und anscheinend die bequemste Gelegenheit dar. Das anfänglich von Ansgar selbst gegen die zu seinen Gunsten erfolgte Verleihung dieses Bisthums angeblich gehegte Bedenken [2]) beseitigte die Approbation, welche des Königs Plan unter den angegebenen Verhältnissen auf einem deshalb veranlaßten geistlichen Convente gefunden haben soll. Erheblicher war der Widerspruch des Verdener Bischofs Waldgar, welcher durch die Errichtung des Hamburger Bisthums jenseits der Elbe in seinem Diöcesan-Gebiet beeinträchtigt zu sein vorgab, oder durch die Union zu werden fürchtete; doch beseitigte auch dies der Beschluß und Vorbehalt jenes Concils, daß Ansgar zwar die ganze Bremer Diöcese besitzen, wenn aber in seinen Händen jenseits der Elbe Theile des Verdener Sprengels sich befänden, solche diesem Bisthum zu restituiren gehalten wäre [3]). Am gewichtigsten erschien wohl das Bedenken, dessen die Vita Ansgarii gedenkt, ob der König den Ort, an welchen durch auctoritas apostolica die dig-

[1]) S. Lappenberg in Note 6 zu Nr. 14 des Hamb. Urk.-B.

[2]) Die Canonum decreta, von denen Adam sagt, daß sie Ansgar bekannt gewesen wären, nämlich *ut episcopus, qui a sua civitate expellitur, in alia vacante recipiatur*, beziehen sich offenbar nur auf einstweilige persönliche Unterbringung und Versorgung, waren also in Betreff bleibender Union Bedenken zu erregen geeigneter, als zu beseitigen.

[3]) Auch das nachher zu erwähnende Privilegium Nicolaus I. v. Jahre 858 gedenkt dieser eventuellen Restitution, jedoch gleichfalls ohne nähere Bezeichnung der angeblich dem Verdener Stift entrissenen Theile.

nitas archiepiscopalis geknüpft worden, einseitig ändern könne [1]), und der Widerspruch, welchen der zu dieser Zeit neu erwählte Cölner Erzbischof Gunthar darüber erhob, daß das zu seiner Metropolitan-Provinz angeblich gehörige Bisthum Bremen durch die Verbindung mit Hamburg ihm entzogen würde, und selbst in ein Erzbisthum sich wandlen werde. Dies mag denn vor allem dazu geführt haben, vorläufig zwar dem Ansgar die Verwaltung Bremens zu überweisen [2]), daneben aber für die beabsichtigte Union die Bestätigung des Römischen Stuhls nachzusuchen.

Unterm 31. Mai 858 [3]) erfolgte diese auch durch Papst Nicolaus I., unter Erneuerung aller von Gregor IV. dem Hamburger Bisthum verliehenen Legations- und sonstigen Gerechtsame. Beide Diöcesen, die Hamburger und Bremer, sollten fortan nicht mehr zwei sein, sondern nur Eine bilden und genannt werden; dem Sitze, welcher durch das Decret seines Vorgängers Gregor mit der erzbischöflichen Würde beschenkt und erhöht wäre, also der Hamburger Kirche, sollte die so gebildete Eine neue Diöcese allein untergeben sein, und in derselben der Erzbischof von Cöln keinerlei Gewalt für sich in Anspruch nehmen [4]).

---

[1]) Vergl. hierüber Vita Ansgarii cap. 22.

[2]) Adam Brem. c. 26 giebt das 9. Regierungsjahr Ludwig II. als den Zeitpunkt an, wo Ansgar von Gesandten des Königs in das Bisthum eingeführt sei. Darnach wäre die vorläufige Ausführung dieses Unions-Gedankens in das Jahr 848 zu setzen, und dazu stimmt die gleichzeitige Angabe Adam's, daß Ansgar nachher noch 18 Jahr auf dem Bischofsstuhle gesessen, sobald man nur mit den Annal. Brem. ed Jaffé 17 statt 18 lieset.

[3]) Hamb. Urk.-B. Nr. 14 und Bremer Urk.-B. Nr. 5.

[4]) Die entscheidende Stelle der Urkunde des Pabstes lautet wörtlich: *Cum ... Rex et hanc diöcesin (Brem.) vacantem et illam novellam institutionem (Hamb. metropolim) cerneret deficientem, insuper et utramque hanc ecclesiam ... per barbarorum saevitiam admodum attenuatam, quaerere coepit, qualiter Bremensis ecclesia novellae archiepiscopali uniretur et subderetur sedi... Quamobrem... decernimus secundum Regis votum ipsas praedictas diöceses, Hammaburgensem scil. et Bremensem, non deinceps duas, sed unam esse et vocari, subdique sedi quae ..archiepiscopali munere est sublimata; restituta dumtaxat de Bremensis ecclesiae rebus episcopatui Ferdensi parte inde ablata. Nullus vero archiepiscopus Coloniensis ullam sibi deinceps in eadem diöcesi vindicet potestatem.* Dieselbe Fassung *non duas, sed unam*

Weit entfernt aber, daß durch diese päpstliche Bestätigung der Union [1]) die Stellung beider Stifte zu einander fest geordnet worden wäre, hat, zumal bei ihrer in der That auffälligen Unbestimmtheit, jene Confirmationsurkunde nur neuen, langdauernden Streitigkeiten über das gegenseitige Verhältniß, wie über die kirchliche Ordnung beider Diöcesen Anlaß und Nahrung gegeben. An die möglichst gedrängte Darstellung dieser Differenzen und deren endliche, freilich viel spätere Erledigung wird sich am besten anknüpfen lassen, was für die Zwecke dieser Blätter und zu besserem Verständniß der die Christianisirung der Slavischen Völker und Länder betreffenden Missions-Bestrebungen, so wie der, auf die Gründung des Bisthums Aldenburg-Lübeck bezüglichen, vorbereitenden Maßnahmen und demnächstigen Anordnungen noch aus der Geschichte jener beiden Sächsischen Bisthümer hier der Erwähnung bedarf.

Klar und bestimmt genug hatte Nicolaus I. dem erzbischöflichen Stuhle zu Cöln jeden Anspruch auf höhere kirchliche Autorität abgesprochen, und damit anerkannt, daß, wie schon Ludwig der Fromme verfügt hatte, Hamburg proprii vigoris sein solle. Gleichwohl erhob zu Ende des 9. Jahrhunderts unter Papst Stephan V. Erzbischof Hermann von Cöln von neuem Anspruch auf Metropolitanrechte über die Bremer Kirche. Auf die zu Rom deshalb vom damaligen Hamburger Erzbischof Adalgarius persönlich erhobene Beschwerde fand zunächst Stephan, dann dessen Nachfolger Formosus sich bewogen, die Prüfung des Streits einer speciell dazu berufenen Synode zu übertragen [2]), welche von

---

esse et vocari findet sich in einer Urkunde Agapit's II., v. 2. Jan. 948 (Nr. 35); Adam Brem. cap. 29 u. 36 spricht von einer *coadunatio* und *copulatio Brem. atque Hamb. parochiae*, und daß Nicolaus *Brem. ac Hammab. episcopatum copulari et pro uno sanxit haberi.*

[1]) Auch Adam v. Bremen setzt das Privilegium Papae in das Jahr 858. Das von ihm hierbei erwähnte praeceptum regis, welches das 21. Regierungsjahr, also das Jahr 861, für jene coadunatio Bremensis atque Hamburgensis parochiae angebe (ponit), muß verloren gegangen sein; wenigstens findet sich ein solches weder in Lappenberg's Hamb. Urk.-B., noch unter den von Lindenbrog edirten privilegiis archiecclesiae Hamburgensis.

[2]) S. die päpstlichen Schreiben an Erzbischof Hermann aus den Jahren

Ersterem für Worms, von Letzterem an passendem Orte ausgeschrieben ward, und von den beiden Rheinischen Erzbischöfen, deren Suffraganen und anderen benachbarten Bischöfen gebildet werden sollte. Diese fand denn auch im Jahre 793 zu Frankfurt [1]) unter Vorsitz des Mainzer Erzbischofs Hatto statt. Doch scheint die Untersuchung kein anderes Resultat geliefert zu haben, als daß die Cölner Suffragane von Tongern [später Mastricht, dann Lüttich] [2]) und von Utrecht, sowie von Münster, Minden und Osnabrück ein allgemeines und unbestimmtes Zeugniß zu Gunsten der Subjection Bremens unter die Cölner Kirche ablegten [3]). Freilich genügte dies dem Papste Formosus für eine der Cölner Prätension principiell günstige Entscheidung, welche, im Wesentlichen übereinstimmend, in zwei, an den Erzbischof Hermann schon im Jahre 793 [4]), zwei Jahre später auch an den Erzbischof Adalgarius [5]) gerichteten Rescripten vorliegt. Bis die Hamburger Kirche innerhalb der zur Zeit noch heidnischen Gebiete so erweitert und

890, 892 u. 893 im Hamb. Urk.-B. Nr. 22b, 23b, 24b (Zusätze p. 777 sq.); vergl. mit Schol. 2 zu Adam Brem. I. c. 42 (ebendas. Nr. 23.)

[1]) Adam Brem. nennt cap. 45, wo er diese Angelegenheit berührt, Tribur als Ort des Concils, wo auch im Jahre 795 ein solches statt gefunden hat und auch Adalgar von Hamburg anwesend gewesen ist. Darnach scheint, wenn dies nicht bloße Verwechselung ist, ehe Formosus die Entscheidung traf, eine nochmalige Synodalprüfung eingetreten zu sein.

[2]) Vergl. Rettberg a. a. O. Bd. I. S. 563 u. 564.

[3]) In dem einen der unten Note 4 u. 5 angeführten Rescripte (Nr. 25) formulirt Formosus das Zeugniß näher dahin: *usque ad (Adalgarium) nullum Bremensis ecclesiae praesulem modum subjectionis Coloniensi antistiti contemsisse, sed semper praedecessores . . . sedi Coloniensi fuisse subjectos.* In dem andern (Nr. 24c) heißt es noch genereller blos: *apparet tuae (Hermanni Colon.) diocesis ecclesiam (Bremensem) esse.* — Des Rescripts und Privilegii von Papst Leo, welches Hermann in seiner Beschwerde bei Formosus nach dessen Schreiben vom Jahre 892 (ebend. 24b) dahin geltend gemacht haben muß, daß hierdurch schon zu Carl's des Großen Zeiten die parochiae, monasteria, ecclesiae etc. der Cölner Kirche fest bestimmt worden wären, und daß *ab illo tempore Bremensis sedes eidem ecclesiae subjecta fuerit usque ad tempus Guntharii*, gedenken die obigen Rescripte mit keinem Worte, und ist auch sonst von solchem nichts bekannt.

[4]) Hamb. Urk.-B. Nr. 24c. (pag. 780).

[5]) Ebendas. Nr. 25.

befestigt wäre, daß daselbst Bisthümer errichtet werden könnten, sollte sie zwar, damit ihre Existenz gesichert wäre, im Besitze der Bremer Kirche bleiben (Bremensem ad subsidium habeat); auch sollte für letztere der jeweilige Erzbischof von Hamburg gehalten sein, selbst oder durch einen Vertreter in großen und dringlichen kirchlichen Angelegenheiten den Ladungen des Cölner Erzbischofs, wenn auch nicht subjectione aliqua, doch affectu fraternae caritatis, in adjutorium Coloniensis archiepiscopi Folge zu leisten. Sobald aber obiger Zeitpunkt eingetreten wäre, sollte das Cölner Erzstift, wie es in dem dorthin erlassenen Rescripte heißt, was demselben gebühre (sua), nach Fassung der andern ecclesiam Bremensem zurückerhalten (recipiat). Bei dieser, ausdrücklich als dispensatives Auskunftsmittel [1]) bezeichneten, Entscheidung verblieb es jedoch nicht, obwohl ihr auch Kaiser Arnulph Inhalts der späteren Urkunde vom Jahre 905 beigetreten sein muß [2]). Schon nach 10 Jahren erklärte auf erneute Beschwerde des Erzbischofs Adalgarius Papst Sergius III. [3]) Alles für ungültig und wirkungslos, was mit Zustimmung des Papstes Formosus und Königs Arnulph durch Ränke (machinatione) der Erzbischöfe Hermann und Haddo ohne allen Grund erlangt und vollführt sei (temere perpetratum), und bestätigte derselbe von neuem ausdrücklich eben sowohl das Privilegium Nicolaus I., daß Hamburg erzbischöfliche Gewalt haben solle über alle Nordische Stämme, als auch die Union Hamburgs mit Bremen [4]). Seitdem hat denn auch, obwohl, als nach Mitte des 10. Jahrhunderts Hamburg

[1]) *Quapropter ar tali, hinc, ne Coloniensis ecclesia justitiam suam perderet, inde, ne Hammaburgensis ecclesia, quae ad gentium vocationem instituta fuerat, subsidio destituta deficeret, dispensative censuimus quatenus etc. etc.* heißt es in Nr. 25, und ähnlich schließt Nr. 24c mit der Bemerkung: *aliter nostro apostolatui deliberare visum non est, ne Hammaburgensis ecclesia ... ablato adnichiletur subsidio, et inopia cogente a Deo digno opere cesset ...* und dann *id dispensative instituimus, tempori consulentes.*

[2]) Dasselbe sagt Adam Brem. c. 45 cit.

[3]) Urk. vom Februar 905 im Hamb. Urk.-B. Nr. 26.

[4]) Die hierauf bezüglichen Worte lauten: ... *et Bremensem ecclesiam, et ipsam Hammaburgensem ecclesiam non duas, sed unam esse ecclesiam et parrochiam decernimus et confirmamus.*

Suffragan-Bischöfe wirklich zu erhalten die Aussicht gewann, der Cölner Stuhl seine Ansprüche und Beschwerden erneut zu haben scheint [1]), unverrückt die Union beider Bisthümer bestanden.

In welcher Maaßen beide Bisthümer mit einander unirt seien, hatte das Privilegium Ludwig's des Deutschen so wenig, als Nicolaus I. Bulle festgestellt. Daß Bremen nur in und mit der Hamburger Kirche, nicht als selbständiges Bisthum fortbestehen, die Bremer Diöcese nur einen Theil der Hamburger Erzdiöcese bilden sollte, scheint indessen die Absicht gewesen zu sein, da ja die höhere kirchliche Dignität nur dem Hamburger Bischof und der dortigen Cathedrale S. Mariae verliehen war [2]) und verblieb, auch beide Kirchen nur Eine Diöcese (parochia) und Eine Kirche fernerhin ausmachen sollten [3]). In der That findet sich auch von den Urkunden aus dem 9. Jahrhundert nur in Einer der Titel von der Bremer Kirche hergenommen, nämlich in dem Privilegium, welches unterm 9. Juni 888 Kaiser Arnulph dem Nachfolger Ansgar's dahin ertheilte [4]), daß Markt-, Zoll- und Münzrecht ihm in der Stadt Bremen so zustehen solle, wie es zu Hamburg vor alter Zeit den Vorgängern verliehen gewesen sei, aber wegen der Einfälle der Heiden nun nicht mehr geübt werden könne (sicut dudum ecclesiae eiusdem rectoribus in Hamburg concessum fuisse, sed propter infestationes paganorum nunc inibi esse non posse comperimus). Sonst wird im 9. Jahrhundert durchweg und eben so noch in den Urkunden aus

---

[1]) S. Adam Brem. Lib. II. c. 5 (aufgenommen von Lappenberg in das Hamb. Urk.-B. Nr. 37). Es mag dies zu der erneuten Befreiung von dem Cölner und jedem sonstigen Metropolitan-Nexus Anlaß gegeben haben, welche P. Agapit II. unterm 2. Jan. 948, und Johann XVI. im J. 989 aussprachen (ebend. Nr. 35 u. 52).

[2]) S. die Urk. Gregor's IV. im Hamb. Urk.-B. Nr. 9.

[3]) So hat auch schon die Vita Ansgarii c. 23 die Sache aufgefaßt; *Bremensis ecclesia adjuncta et unita sedi Hammaburgensi; quae prius metropolis constituta fuerat, facta est archiepiscopalis.*

[4]) Hamb. Urk.-B. Nr. 22, Bremer Urk.-B. Nr. 7, wo es *venerabilis archiepiscopus Rimpertus, ecclesiae videl. Bremensis* heißt, vergl. mit Urk. Otto's I. vom 10. Aug. 966 (Nr. 43), welche diese Privilegien für Bremen dem Erzbischof Adaldag bestätigt, diesen aber *Hammaburgensis ecclesiae car hiepiscopus* nennt.

dem 10. Jahrhundert, namentlich in den päpstlichen, der Titel der Erzbischöfe regelmäßig dahin angegeben, Hamburgensis archiepiscopus (oder archipraesul), dagegen von der Bremer Kirche allein fast nirgends entnommen [1]). Auch beider Kirchen neben einander wird kaum anders gedacht, als in den schon früher [2]) erwähnten Urkunden, welche den Archiepiscopat als den ganzen Norden und Osten umfassend behandeln und daneben dann mit der unbestimmten Bezeichnung minister, provisor oder servus der beiden Kirchen und Diöcesen von Bremen und Hamburg speciell gedenken. Nicht minder liegt ein Beweis jener völligen Verschmelzung der Bremer Diöcese mit Hamburg darin, daß bei Verleihung des Palliums, wenigstens in neueren Urkunden, ausdrücklich für beide Ufer der Elbe dessen Gebrauch gestattet wird [3]), daß ferner die für die Hamburger Kirche und deren Besitzthum ergangenen Confirmationsurkunden außer Ramesloh auch die in der Bremer Diöcese belegenen, von Bremen aus gegründeten geistlichen Stiftungen, ja sogar die innerhalb der Stadt Bremen selbst, unter den bestätigten Besitzungen und Gerechtsamen mit aufführen und zu den monasteriis ad hanc diöcesin pertinentibus stellen [4]).

Allein Hamburg, der Sitz des Erzbisthums, lag, als die Union allseitige Sanction gefunden hatte, mit sammt der Cathedrale noch in Asche. Langsam nur erhob sich die Stadt aus den Trümmern [5]), zumal unter den fortwährenden Kriegs- und Raub-

---

[1]) Eine Ausnahme macht, so viel ich gesehen, nur wieder eine kaiserl. Urkunde, die Otto's III. vom 18. März 988, welche den Dänischen Bisthümern zu Schleswig, Ripen u. s. w. die ihnen von König Otto I. verliehenen Besitzungen bestätigte und den Leuten des Bischofs von Schleswig Zollfreiheit im Reich verlieh (Hamb. Urk.-B. Nr. 50).

[2]) S. oben S. 39 Note 2.

[3]) S. Bestätigung der Hamburger Privilegien durch Papst Johann XVI. vom 8. Novbr. 989 (ebend. Nr. 52).

[4]) Vergl. z. B. Urk. Otto's I. vom 30. Juni u. 8. Aug. 9 7 (ebend. Nr. 31 u. 32), Otto's II. v. 27. Oct. 967 und 27. Sept. 974 (Nr. 44. 45), Otto's III. v. 16. März 988 (Nr. 49), Heinrich's III. v. 25. Mai 1003 (Nr. 61).

[5]) Vergl. Lappenberg, die ältesten Stadt-, Schiff- u. Landrechte Hamburg's 1845. Einl. § 1 pag. III.

überfällen bald der Dänen, bald der Slaven, meist beider, zuletzt auch der Ungarn. Zwar mag Ansgar mit seinen in Ramesloh vereinigten geistlichen Brüdern bald wieder auch in Nordalbingien auf Herstellung kirchlicher Ordnung mit gleichem Eifer bedacht gewesen sein, wie das Missionswerk unter den Dänen und Schweden von ihm und seinem Schüler und nächsten Nachfolger in der erzbischöflichen Würde Rimbertus wieder betrieben wurde; allein, wie so häufig, that auch hier der Eifer für das Größere und Ferne, und der äußerm Anscheine nach so glänzende Erfolg, welcher in letzterer Richtung erzielt wurde oder in Aussicht stand, demjenigen Eintrag, was zur Verfolgung und Erreichung der geringeren und näher liegenden Aufgabe ins Werk zu setzen war, und gewiß auch versucht wurde, aber doch nur langsam gelingen konnte. Aeußerlich wie innerlich machte die erneute Christianisirung des Transalbingischen Sachsens im Laufe des 9. und 10. Jahrhunderts nur geringe Fortschritte. Erst von Erzbischof Unwan († 1029) wird erzählt, daß er die Hamburger Metropole erneuend clerum dispersum colligens magnam ibidem tam civium quam fratrum adunavit multitudinem [1]). Daß noch um die Mitte des 11. Jahrhunderts die Zahl von Kirchen und Stiftungen des rechten Elbufers nicht bedeutend war, ist schon oben bemerkt worden. Des Hamburger Domcapitels, dessen Herstellung doch um der langen und häufigen, durch die Mission herbeigeführten Abwesenheit der Bischöfe willen doppelt als Bedürfniß sich geltend machen mußte, geschieht erst unter Erzbischof Adalbero (1123—1148) von neuem urkundliche Erwähnung [2]), und zwar als einer erst von ihm (Adam und Helmold [3]) schreiben solches

[1]) Adam Brem. Lib. II. c. 58.

[2]) S. Hamb. Urk.-B. Nr. 162. Den *fratribus in Hammenburgensi ecclesia ex nostra dispositione restitutis* bestätigt und verleiht hier der Erzbischof verschiedene Höfe, Besitzungen, Zehnten u. s. w., und gedenkt dabei mehrerer ecclesiae und parochiae. Unter den geistlichen Zeugen kommen ein Hartwicus praepositus und drei eiusdem ecclesiae canonici, auch die capellani des Erzbischofs (mei) vor.

[3]) S. Adam a. a. O. c. 47 und Helmold Lib. I. cap. 17. § 6, die übrigens die Angabe, es habe Unwan zur Bildung des Capitels *ex singulis congregationibus, quae virorum essent*, nämlich denen der Diöcese Bremen, je drei fratres auserwählt, nur mit einem *asseritur* einleiten.

dem Erzbischof Unwan zu) wieder hergestellten Stiftung. Aus früherer Zeit hat sich nicht einmal des Hamburger Probstes eine urkundliche Erwähnung erhalten, sonstiger Domprälaturen aber gedenken die Urkunden erst seit der zweiten Hälfte des 12. Jahrhunderts [1]).

Weit günstiger war für die Zeit, welche der Vereinigung mit der Hamburger Erzdiöcese voranging und folgte, die Lage des Bremer Bisthumssitzes, wenngleich weder die Diöcese noch die Stadt den räuberischen Einfällen der Normannen entging, ja nicht einmal von den späteren Kriegszügen der Ungarn verschont blieb. Auch war schon vor Ansgar das Kirchenwesen des linken Elbufers viel weiter entwickelt und geordnet, vor allem fester begründet, als daß es nicht die Stürme und inneren Bedrängnisse jener Kriegsperiode leichter hätte überdauern, und aus denselben sich rascher hätte erheben können. Die Nachrichten zwar, welche über Bremische Kirchenzustände von Adam mitgetheilt werden, sind fast eben so dürftig, als die über das rechte Elbufer. Aus dem weit über ein halbes Jahrhundert umfassenden Zeitraum von Ansgar's Tode (863), bis zu dem des Erzbischofs Unno (936), womit das erste Buch des Adam'schen Geschichtswerks schließt, erfahren wir kaum mehr über die dortigen Kirchenzustände, als daß Rimbertus und Unno durch eine electio cleri et populi auf den Sitz ihrer Vorgänger berufen worden [2]), die Erzbischöfe Adalbert und Hoger ihren hochbetagten Vorgängern noch bei deren Lebzeiten als adiutores im Kirchenregiment zur Seite gestanden haben [3]), und daß, wie Ersterer nach seiner Berufung und Consecrirung noch im Kloster Corvey das Mönchsgelübde ab- und das Mönchskleid angelegt hatte, so auch dessen bisheriger Diaconus und unmittelbarer Nachfolger Adalgar genanntem Kloster angehört hat [4]). Indessen ergeben doch die uns erhaltenen Ur-

---

[1]) S. Herzog Heinrich's von Sachsen und Baiern Stiftungsurkunde für das Bisthum Ratzeburg vom Jahre 1158 (Hamb. Urk.-B. Nr. 215) und Erzbischofs Hartwig's Urkunde über die Grenzen dieses Bisthums vom Jahre 1162 (ebend. Nr. 224).

[2]) S. Adam Brem. cap. 36 u. 56.

[3]) Ebend. cap. 39 u. 52 und Vita Rimberti cap. 20.

[4]) Ebendas. c. 37, 39 u. 47, vergl. mit Vita Rimberti c. 12 und der S. 12 Note 2 angeführten Aeußerung über die regula monastica und den habitus canonicus des Bremer Domcapitels.

kunden so viel zur Genüge, daß die Stiftungen Willehad's und Ansgar's glücklich durch jene Kriegszeiten ihren Bestand, wie ihre Verfassung und geistliche Wirksamkeit bewahrt haben müssen, und daß überhaupt die kirchlichen Einrichtungen in geordnetem Fortgange und in ruhiger Entwickelung blieben. Denn der Bremer Domprööbste oder praepositi majores und eben so der übrigen Prälaturen des dortigen Domcapitels geschieht darin viel häufiger Erwähnung [1]), als der Hamburger, und wenn auch bis zu Erzbischofs Adaldag Zeiten (936—988) eine Vermehrung der Ansgarischen geistlichen Stiftungen weiter nicht eintrat, als durch die Probstei Bücken [2]), so erhielten sich doch jene, wie es scheint, in ungestörter Existenz [3]), und unter ihnen das Domcapitel in unbestrittenem Antheil am Regiment wie an der Besetzung des Bisthums, in welcher letzterer Beziehung schon König Arnulph bei Bestätigung der Bremischen Privilegien ausdrücklich das Wahlrecht des dortigen Clerus anerkannte [4]), während dem Hamburger Clerus dies Recht erst Otto I. in der angeführten Confirmations-Urkunde vom Jahre 937 zuspricht [5]).

[1]) S. Hamb. Urk.-B. Nr. 48, 82, 101, 120, 129, 131. In der Urk. Nr. 48 vom 27. Oct. 987, betreffend die Zehnten und Kloster-Vogtei des Klosters Bücken kommen in der Unterschrift als Zeugen der *maior praepositus, decanus* und *custos ac tota congregatio canonicorum Bremensis ecclesiae* vor.

[2]) Dieser wird schon in der Confirmationsurkunde König Otto's I. v. 30. Juni 937, hier aber zuerst, und dabei an letzter Stelle gedacht. S. Hamb. Urk.-B. Nr. 31 und Brem. Urk.-B. Nr. 8.

[3]) Die angeführte Ottonische Urkunde vom Jahre 937 ist zwar die erste, die der Klöster zu Bremen, Ramesloh und Bassum wieder gedenkt. Daß diese aber in der Zwischenzeit zerstört oder aufgelöset gewesen, wird nirgends m. W. berichtet.

[4]) Urkunde vom 9. Juni 888 (a. a. O. Nr. 22): *Sed et clero ibidem constituto libertatem tribuimus eligendi sibi episcopos sive inter se sive aliunde.*

[5]) Hamb. Urk.-B. Nr. 31: *Donamus quoque clericis Hammaburgensis ecclesiae potestatem inter se vel aliunde eligendi episcopum, cum necessitas poposcerit.* In der von Otto III. diesen Privilegien seines Großvaters ertheilten Bestätigung vom 16. März 988 (ebend. Nr. 49) und in König Heinrich's III. Confirmationsurkunde vom 25. Mai 1003 (ebend. Nr. 56), ist auch der Mitwahl-Berechtigung der Klöster gedacht, und in der letzteren der Zusatz beigefügt, *aequo tamen regis consensu.*

Bei solcher Lage des Kirchenwesens beider Diöcesen, und da die Unionsurkunden weder über Residenz des Erzbischofs noch über dessen rechtliche Stellung zum Clerus der einen und der anderen Cathedrale irgend welche Anordnung enthielten, hat es nichts Befremdliches, wenn die nächsten Nachfolger Ansgar's bis in das 11. Jahrhundert hinein, so weit nicht bischöfliche Amtspflicht sie in den Diöcesen herumführte, oder die ihnen delegirte Nordische Mission sie persönlich, was später immer seltener der Fall war, in die Ferne rief, gern und vorwiegend in Bremen ihren Aufenthalt nahmen. Obwohl nicht Sitz der erzbischöflichen Würde, wurde doch so diese Stadt die Residenz ihrer Träger [1]), und schon dies allein konnte der, wenn auch irrigen Auffassung, als ob die Metropolitanrechte an Bremen geknüpft seien, Vorschub leisten, und den dortigen Dom zu Sanct Peter, in welchem überdies, gleich Willehad und den übrigen Bischöfen aus der Zeit vor der Union, auch Ansgar seine Ruhestätte gefunden hatte [2]), als den Hauptsitz und Mittelpunkt des Kirchenregiments der unteren Elbe und Weser erscheinen lassen. Später wirkte dann zu solcher dem Bremer Bisthum beigemessenen Prärogative auch wohl dies mit, daß die nach und nach den Erzbischöfen durch kaiserliche Gunstbezeugung und anderweit zufallenden, sehr bedeutenden weltlichen Besitzungen, insbesondere auch die dem Stifte verliehenen Grafschaften großentheils auf dem linken Elbufer und innerhalb der Diöcesangrenzen des Bremer Stifts belegen waren, und daß gleiches von all den Gütern gilt, welche die zahlreiche und angesehene Stifts-Dienstmannschaft von den Bischöfen zu Lehn

---

[1]) Von Erzbischof Unwan hebt Adam, Lib. II. cap. 58, besonders hervor, daß er oft die Hälfte des Jahres in Hamburg gewohnt habe, von dessen Nachfolger Hermann im cap. 66, daß er nur einmal dorthin gekommen sei während seiner dreijährigen Verwaltung, dagegen Lib. III. c. 26 von Erzbischof Adalbert I. (1043—1072), daß er Hamburg *eo, quod metropolis fuerit sedes omnium septentrionalium nationum et caput suae parochiae* sehr geliebt, und meist dort das Oster- und Pfingstfest gefeiert habe.

[2]) S. Adam Brem. l. c. cap. 33, vergl. mit cap. 20 und Vita Rimberti cap. 24. 25.

der ihrem Schutze durch Lehnsauftrag unterordnete¹).
entscheidend mag für die Prärogative Bremens geworden sein, daß die weltliche und landesfürstliche Hoheit, welche sich hieraus allgemach entwickelte und, wenn auch erst unter dem bekannten Erzbischof Adalbert ihren Höhepunkt erreichte, doch in ihren Anfängen viel weiter zurückdatirt, von Anfang an auf dem linken Ufer der Elbe die Stellung der Erzbischöfe zu einer viel günstigeren und bedeutsameren machte, als in Hamburg und Nordalbingien, wo sie sich nicht einmal der Ansprüche zu erwehren vermochten, welche, erst unterstützt von den Sächsischen Herzögen, dann deren Obergewalt trotzend, die Grafen von Holstein u. s. w. auch gegen den Clerus erhoben und durchsetzten.

Viel häufiger denn zuvor, wenn auch immer nur abwechselnd mit der älteren von Hamburg allein entnommenen Bezeichnung, tritt mit dem 11. Jahrhundert in Urkunden der verschiedensten Art wie anderweit **Bremen** bei der erzbischöflichen Titulatur in den Vordergrund; meist in der Form, daß die Erzbischöfe lediglich **Bremenses** archiepiscopi sich nennen oder genannt werden, hie und da aber auch dahin, daß **beider** Bisthumssitze neben einander gedacht wird²). Daß solcher Mit- oder Alleinerwähnung Bremens bewußte Absicht und ein bestimmter Zweck zu Grunde gelegen habe, darf man schon um deshalb bezweifeln, weil in der dabei üblichen Copulative sive schon genügend auf eine Gleichstellung beider Kirchen hingewiesen ist; noch mehr aber spricht da-

¹) Ein Verzeichniß der Dienstleute (über 70), welche dem Erzbischof Gebhard II. (1217—1257) den Diensteid (fidelitatem) leisteten, s. in Hamb. Urk.-B. Nr. 434.

²) So in der Urkunde Erzbischof's **Athelbero** vom Jahre 1146 über die dem Kloster Neumünster verliehenen Zehnten aus dem Bishorster Bruche des rechten Elbufers, zu Bremen ausgestellt (Hamburger Urk.-B. Nr. 179, Bremer Urk.-B. Nr. 38) in einer Urkunde Erzbischof **Hartwig's** über Verleihungen von Marschländereien im Stedinger Lande, also auf dem linken Elbufer, vom Jahre 1149, gleichfalls in Bremen ausgestellt (ebend. Nr. 189 u. Nr. 41), in zwei Urkunden König **Friedrich's** I., von denen die erste den Anbau der Brüche im Bremer Viehlande gestattet, die andere eine Bestätigung aller Besitzungen der Hamburg-Bremer Kirche, insbesondere am südlichen Weserufer enthält vom 16. März 1158 (ebend. Nr. 209 u. 210 und Nr. 46 u. 47).

gegen, daß die Bezeichnung Hamburgensis archiepiscopus neben der mit Bremensis ecclesiae archiepiscopus immer noch in Gebrauch blieb, und daß die eine wie die andere nicht blos in gleichzeitigen Urkunden [1]), sogar desselben Ausstellers [2]), sondern hie und da auch in einer und derselben Urkunde [3]) vorkommt, sich also ganz promiscue gebraucht findet. Eben so wenig läßt für den Gebrauch der einen oder andern Formel je aus dem Orte der Ausstellung, oder je nach den bekundeten Geschäften, ob etwa diese auf das rechte oder linke Elbufer, auf die eine oder andere Diöcese Bezug haben, weltlicher oder kirchlicher Art waren, sich die Befolgung einer bestimmten Regel nachweisen. Allein der Ansicht, als ob die Bremer Kirche der eigentliche Sitz und Träger der erzbischöflichen Würden und Rechte sei, konnten allerdings die nun üblichen Titulaturen zum Vorschub, oder zur weiteren Stütze dienen, wie denn auch König Heinrich II. in der Bestätigung, welche er dem Erzbischof Unno für die Privilegien und Besitzungen seiner Kirche, unter specieller Erwähnung Hamburgs und der dortigen Marienkirche, am 20. Novbr. 1014 [4]) ertheilte, gelegentlich jener früher schon erwähnten Verleihung des Markt- und Zollrechts in Bremen, diese letztere Stadt geradezu den Ort nennt, in quo nunc archiepiscopatus consistit, und ähnlich in einer Urkunde vom 29. Septbr. 1053 [5]) Erzbischof Adalbert ausdrücklich Bremensis ecclesiae metropolitanae archiepiscopus genannt wird.

Allein auch so aufgefaßt, daß diese Bezeichnungsweise zumeist auf Zufall und individuellem Belieben beruhte, blieb sie immer geeignet, dem Vorwurfe zur Stütze oder doch zur Beschönigung zu

---

[1]) Vergl. Hamb. Urk.-B. Nr. 62—65, Nr. 118 u. 120.

[2]) So nennt König Conrad II. den Erzbischof Bezelin in einer Urk. vom Jahre 1055 (ebend. Nr. 68, Bremer Urk.-B. Nr. 19) Bremensis ecclesiae archiepiscopus, in einer nur 3 Jahre jüngeren (Nr. 69) Hamburgensis archipraesul.

[3]) Vergl. z. B. König Friedrich's I. Urk. über den zwischen Erzbischof Hartwig und Herzog Heinrich von Sachsen verglichenen Frieden vom Juni 1158 (Hamb. Urk.-B. Nr. 213).

[4]) Hamb. Urk.-B. Nr. 61, Bremer Urk.-B. Nr. 16.

[5]) Ebend. Nr. 76.

dienen, als solle dadurch der Bremer Cathedrale ein unbegründeter Ehrenvorzug und eine höhere Stellung in der Gesammt-Diöcese vindicirt worden. Bei dem Clerus des rechten Elbufers, insbesondere dem Hamburger Domcapitel selbst, mag auch dadurch die Besorgniß geweckt worden sein, es werde dem Bremer hieraus ein Antheil an dem Regimente der Erzdiöcese und an der Handhabung der Metropolitangewalt des gemeinsamen Bischofs erwachsen, welcher weiter reiche, als ein wohlbegründeter Anspruch sich anerkennen lasse, und auch im Transalbingischen Kirchenwesen, als dessen Mittelpunkt die Hamburger Cathedrale und deren Capitel nach wie vor anzuerkennen blieb, werde jene Prärogative den Rechten Abbruch thun, welche nach canonischer Satzung und dem Herkommen nach der Diöcesan- und namentlich der Cathedral-Geistlichkeit gebühre. Zu Differenzen, bald zwischen den beiderseitigen Domcapiteln, bald mit dem jeweiligen Erzbischofe, konnte es daher, je eifriger jeder Theil auf Wahrung seiner Interessen und Mehrung der Rechte bedacht war, leicht kommen. Diese sind denn auch nicht ausgeblieben. Ursprung und Fortgang derselben läßt sich im Einzelnen nicht genau feststellen und darlegen, zumal die Chroniken derselben überall nicht gedenken. Jedoch lassen diejenigen Urkunden des 12. und 13. Jahrhunderts, welche zur fernerweiten Regulirung des Verhältnisses beider Diöcesen und ihrer Capitel ergingen und für die Folgezeit maaßgebend geworden sind, die bisherigen Differenzpunkte genügend erkennen.

Wie in weltlichen Territorien streitige Erbfolge häufig zu Feststellung und Erweiterung der Landesrechte geführt hat, liegt auch hier und zu festerer Bestimmung der Union der nächste Anlaß in einer vieljährigen Wahlstreitigkeit.

Bischof Waldemar von Schleswig, ein Dänischer Königssohn, hatte seinen Ehrgeiz, dem Könige Kanut VI. von Dännemark diese Krone zu entreißen, nach Anfangs glücklichen Erfolgen in Holstein und Ditmarsen mit Vertreibung aus seinem Bisthum und mit Verlust der persönlichen Freiheit gebüßt [1]). Aus seiner 14jährigen Gefangenschaft schließlich gegen Verzicht auf das Reich und gegen das eidliche Versprechen entlassen, daß er, bis ihn der

[1]) Vergl. Arnoldus Lubec. Lib. III. cap. 21, Lib. IV. c. 8, 17.

Papst mit einem andern Bisthum providirte, in der Fremde und an keinem Orte, welcher dem König Verdacht und Besorgniß erregen könnte, verweilen wolle, war er, während er von Bologna aus bei der Römischen Curie seine Angelegenheit betrieb [1]), nach des Erzbischof's Hartwich II. Tode (5. Novbr. 1207) von dem Bremer Domcapitel, jedoch in Abwesenheit des Domprobstes Burchard und anderer Mitglieder, so wie ohne Zuziehung der Hamburger Domherren zum Nachfolger im Erzbisthum gewählt oder vielmehr postulirt worden. Obwohl von König Philipp unterstützt und dem Papst Innocenz III. dringend empfohlen [2]), konnte er, da neben formeller Anfechtung seiner Wahl durch das Hamburger Capitel [3]) auch König Waldemar II., Nachfolger Kanut's, und das Dänische Episcopat mit schweren Anklagen geistlicher und weltlicher Vergehen [4]) gegen ihn zu Rom auftraten, dort nicht alsbald die Genehmigung der Translation erlangen. Anstatt den Ausgang der angeordneten Wahluntersuchung abzuwarten, kehrte Waldemar nach Deutschland zurück, und nahm mit Hülfe des Kaisers eigenmächtig von dem Erzbisthum Besitz, in welchem er einen großen Anhang, unter der Geistlichkeit wie in weltlichen Kreisen, namentlich unter den Bürgern der Stadt gewann, und troß der von Papst Innocenz gegen ihn ausgesprochenen Excom-

[1]) Ebend. Lib. VI. cap. 18.

[2]) Das Intercessionsschreiben vom Jahre 1207 s. in Hamb. Urk.-Buch Nr. 365.

[3]) Seit die Hamburger und Bremer Kirche, von denen jene *metropolitica*, diese *episcopali dignitate gauderet*, unirt seien, hätten bisher die Canonici beider Kirchen *Bremensem archiepiscopum pariter* erwählt; jetzt sei *tam ipsis quam quibusdam religiosis viris, qui electione interesse debuerant, penitus inconsultis* gewählt worden, so giebt Innocenz den Inhalt des Hamburger Beschwerdeschreibens an (s. Hamb. U.-B. Nr. 366). Dies selbst ist so wenig erhalten, als das gleich Anfangs aufgenommene *protocollum protestationis, quod capitulum Hamburgense contemptum fuerit in electione Bremensis episcopi* (s. ebendas. Nr. 364).

[4]) Außer dem Vorwurfe, daß er bei seiner Wahl in Schleswig von der ihm, weil *ex duplici adulterio procreatus*, entgegenstehenden Irregularität die Dispensation erschlichen habe, ward er *laesae maiestatis, apostasiae, adulterii, periurii, dilapidationis et conspirationis* beschuldigt (s. das angef. Schreiben Innocenz III.)

munication lange Zeit sich zu behaupten wußte [1]). Dem Befehle Innocenz III., convocatis in unum, qui ad electionem fuerint advocandi, eine neue Wahl zu veranstalten, gab das Bremer Capitel überall keine Folge, und die von dem Hamburger getroffene Wahl des Bremer Domprobstes Burchard fand, obwohl ihm Otto IV. die Investitur schon ertheilt hatte, in Rom keine Bestätigung. Dieser Entscheidung sich fügend, erbat und erlangte Burchard und sein Anhang, daß der Papst vorläufig die Verwaltung des Erzstifts dem Bischofe Gerhard von Osnabrück übertrug [2]). Zu dessen feierlicher Bestätigung im Erzbisthum kam es denn auch durch Uebersendung des Pallii [3]) noch unter Innocenz III. († 1216). Nach Gerhard's nur kurzer Regierung wurde aber zum Erzbischof der Paderborner Probst, gleichen Namens, ein Sohn des Grafen von Lippe, später Abts von Dünamünde, zuletzt Bischofs von Samgallen [4]), Bernhard von Lippe [5]), erwählt, und unter ihm wurde nach langen Verhandluugen, die den Streit noch erweiterten, endlich das die Union betreffende Verhältniß beider

---

[1]) S. Arnoldus Lubec. Lib. VII. c. 12, 13, 15 u. 21, vergl. mit den zahlreichen Schreiben, welche der Römische Stuhl zur Mittheilung, wie Behufs Ausführung des ergangenen Ausspruchs im J. 1208 u. 9 an den König von Dännemark und den Erzb. von Lund und an viele Deutsche Prälaten, auch an Kaiser Otto IV. und anderweit hin erließ. (Hamb. U.-B. Nr. 368, 370, 376, 377, 386, 391 u. 396).

[2]) S. die desfallsigen Breven Innocenz III. vom 30. October 1210 im Hamb. U.-B. Nr. 378—380, und vergl. auch Lappenberg in Note 1 zu Nr. 365. Eine förmliche Wahl des Bremer Capitels scheint nicht eingetreten, wenigstens spricht Innocenz selbst nur davon, daß die Bischöfe von Lübeck und Liefland und das Bremer Kapitel ihn gebeten, *ut Osnabrugensem episcopum in archiepiscopum concedere dignaremur*, und das an den Bischof von Minden gerichtete Executions-Mandat geht bloß dahin, daß Gerhard *ad Bremensem ecclesiam accedat eiusdem regimen recepturus*, bis zur Ertheilung des Pallii aber *ex gratia* Osnabrück *sicut proprius pastor retineat et gubernet.*

[3]) S. Hamb. U.-B. Nr. 382.

[4]) Albertus Stadensis u. Annales Brem. ed Jaffé setzen die confirmatio Gerhard's in das Jahr 1211, seine nach Waldemar's Vertreibung erfolgte introductio in das J. 1217, seinen Tod (auf einem Reichstage zu Frankfurt) in das Jahr 1219.

[5]) S. Lappenberg Bremische Geschichtsquellen S. 10 Note 1.

Stifter fest, jedoch zu entschiedenem Nachtheile Hamburgs geordnet.

Das Hamburger Domcapitel, ohne Bescheid geblieben auf seine wegen Waldemar's Wahl in Rom angebrachte Beschwerde, hatte für die neue Wahlhandlung Theilnahme verlangt, sich wieder darauf stützend, daß seit der Union, kraft derer, und wegen der hierbei ihrer Kirche verbliebenen praerogativa und dignitas superior die Hamburger Domherren die Präcedenz ansprechen könnten, und der Bischof nur von der Hamburger Kirche den Titel eines Erzbischofs zu führen habe, die Wahl stets eine gemeinschaftliche gewesen sei. Da jenes Verlangen unberücksichtigt blieb und die Wahl troz der eingelegten Appellation ohne ihre Zuziehung erfolgte, wandten im Jahre 1219 die Hamburger Domherren sich von neuem an den Römischen Stuhl mit einer Beschwerde, und specificirten vor den von Honorius III. delegirten Richtern, dem Abte von Redagshausen, dem Domscholasticus von Hildesheim und dem Scholasticus von Eimbeck, ihre Anträge näher dahin, daß die Wahl Gebhard's cassirt, das Hamburger Capitel in den Besitz der Erzbischofswahl, dessen man sie durch jene Nichtzuziehung spoliirt habe, und eben so in alle ihrer Kirche von Päpsten und Fürsten ertheilten Gerechtsame restituirt werde, und daß die Bremer Kirche alle dahin gehörigen Privilegien, welche sie zurückhalte, heraus- und zurückgebe [1]). In den weiteren, nur exceptiones dilatorias betreffenden Verhandlungen erhoben die Bremer Domherren ihrerseits Beschwerde, daß nämlich ihre Kirche von der Hamburger des jus ministrandi chrisma spoliirt wäre; vor desfallsiger Restitution brauche man sich auf die Beschwerde in der Hauptsache nicht einzulassen, welchen Einwand das Hamburger Capitel damit zurückwies, daß, wie die verlangten Privilegien ergeben würden, der Hamburger Kirche ganz eben so wie der Bremer das jus conficiendi chrisma et ministrandi zustehe. Ueber den desfalls erkannten und Subcommissären überwiesenen Zeugenbeweis und über weitere Ausflüchte beider Theile verzog sich die Verhandlung, zumal der Erzbischof ad bonum pacis inter ipsas

[1]) Vergl. hierüber die nach dem Originale im Hamb. U.-B. Nr. 436 mitgetheilten Acten aus den Jahren 1219—22.

ecclesias sich zum Vermittler erbot, auch beide Capitel selbst mit einander unter Vermittelung Hildesheimer Domherren über einen Vergleich in Unterhandlung getreten waren.

Den das Chrisma betreffenden Streitpunkt erledigte Erzbischof Gebhard schon im Jahre 1220 [1]) durch die urkundliche Zusicherung, daß er und seine Nachfolger darauf Bedacht nehmen wollten, in der Hamburger Kirche selbst oder durch einen der Suffragan-Bischöfe die Weihung des Chrisma vorzunehmen, und daß, wenn solches nicht möglich sei, das Hamburger Capitel dasselbe beziehen könnte, von wo es ihnen in jedem Falle (illa vice) am bequemsten wäre. Mit Beginn des nächstfolgenden Jahres kam auch, unter Verzicht auf die Klage, so weit solche gegen den Erzbischof gerichtet, aber vorbehältlich des zwischen beiden Capiteln schwebenden Prozesses, sowie unter Zusage, der Wahl Gebhard's beizustimmen und ihm, sobald er es verlange, jedoch nur im Hamburger Chore, die Obedienz zu leisten, über die sonstigen Differenzen ein Vergleich zu Stande, in welchem der Erzbischof für seine Lebenszeit, jedoch ohne seiner Nachfolger zu gedenken, die Zusage ertheilte und gleichsam wie durch eine Wahl-Capitulation sich für die Zukunft verpflichtete:

1) daß er in Schreiben, wie im Siegel auf dem rechten Elbufer (in partibus transalbinis) sich immer Hammenburgensis sive Bremensis, oder, je nach seiner Wahl, auch nur Hammenburgensis archiepiscopus nennen wolle, wenn nicht etwa der Ausspruch der päpstlichen Delegirten dahin erfolge, daß jener Doppeltitel überall (in omnibus terminis diœcesis meae) gebraucht werden solle, oder wenn nicht die eine oder andere Kirche ein anderes erstreite,

2) die Rechte und Gewohnheiten Hamburgs unverletzt zu bewahren und das Hamburger Capitel, so viel an ihm liege, in gleichen Ehren, Rechten und Würden mit Bremen zu halten,

3) die Privilegien der Hamburger Kirche zu erneuern und zu bestätigen, auch deren Besitzthum und alle der Hamburger

---

[1]) S. Hamb. U.-B. Nr. 439.

Kirche gemachten Schenkungen und sonstigen Anordnungen seiner Vorgänger zu genehmigen [1]),

4) die von P. Innocenz angeordneten concilia provincialia ohne Vorzug der einen oder andern Kirche (indifferenter) bald in Hamburg, bald in Bremen, die synodos generales dagegen et capitula, wie es Brauch sei (sicut consuetum est), in ersterer suo tempore zu halten.

5) sich um Rückgewähr der im Besitz der Bremenser befindlichen Privilegien nach Kräften zu bemühen, und

6) einige Haupt-Feste in Hamburg zu feiern [2]).

Dieser Vergleich erhielt nicht bloß die beim Abschluß vorbehaltene Genehmigung der päpstlichen Delegirten [3]), sondern auf Bitte des Hamburger Dom-Capitels bestätigte ihn auch unterm 20. Juli 1220 Papst Honorius III. [4]), und Tags darauf eben so die obige, hier als compositio, nicht als dispensatio bezeichnete Anordnung Erzbischofs Gerhard super confectione seu receptione chrismatis [5]). Allein bei dem Bremer Dom-Capitel fand diese Uebereinkunft, da dessen Zustimmung nicht einmal erbeten worden war, entschiedensten Widerspruch, namentlich das in praejudicium et injuriam Bremensis ecclesiae, deren Rechte und Würden der aus fremdem Lande berufene Erzbischof nicht gekannt habe, den Hamburgern gemachte Zugeständniß, jenseits der Elbe Hamburger, nur diesseits derselben Bremer Erzbischof sich nennen zu wollen. Dadurch fand Honorius III. sich zu neuer Delegation bewogen. Einerseits wurde der Dechant der Kirche zu den H. Aposteln und der Probst der Kirche zu S. Maria de Gradibus in Cöln dazu berufen, in Betreff des obwaltenden Streits nach vorgängiger Untersuchung überhaupt festzustellen, was den canones gemäß sei (quod canonicum fuerit [6]); andererseits wurde der Streit über den

---

[1]) *Possessiones, donationes et quamlibet ordinationem, quam antecessores mei circa Hammenburgensem ecclesiam fecerunt, ratam habebo.*

[2]) *Aliquas maiores solempnitates*, heißt es, *ibidem celebrabo*, wobei freilich der Zusammenhang mit Nr. 5 es unbestimmt läßt, ob Bremen oder Hamburg gemeint sei, letzteres aber zweifelsohne die Intention war.

[3]) Hamb. U.-B. Nr. 446.

[4]) Ebend. Nr. 447.

[5]) Ebend. Nr. 448.

[6]) Honorius III. Breve vom 26. Decbr. 1221 (ebend. Nr. 449).

Ort der Provincial-Concile der Prüfung und Entscheidung des Propstes von Cappenberg in der Münsterschen Diöcese, sowie dem Dechanten und Scholasticus der Kirche S. Liudger in Münster überwiesen [1]). Die Entscheidung der zur Prüfung der Titulatur u. s. w. delegirten Richter [2]) fiel gegen die Hamburger Domherren, und die ihnen gemachte Concession aus, daß jenseits der Elbe der Erzbischof sich nach Hamburg nennen müsse. Schon das auf desfallsige interrogatio von dem Procurator des Bischofs gemachte Geständniß, wie es genannt wird, daß letzterer sub titulo Bremensis ecclesiae nominaretur, dünkte ihnen genügend, entscheidend aber, daß Erzbischof Gebhard unter diesem Titel die Confirmation und Investitur erhalten habe, um jene den Hamburgern gemachte Concession [3]), weil ohne höhere Genehmigung der Titel nicht getheilt werden dürfe, kraft apostolischer Autorität als ungültig zu widerrufen, und bei Strafe der Excommunication zu verbieten, daß der Bischof sich selbst, oder ihn ein anderer Hamburgensem archiepiscopum zu nennen wage. Dem auf diesen Cassationsspruch gestützten weiteren Verlangen des Bremer Capitels, daß, was unter diesem verbotenen Titel oder gelegentlich jener Titel-Bewilligung und Titel-Theilung zugestanden sei, namentlich die wegen gleicher Ehren und Rechte beider Kirchen und Capitel

---

[1]) Nach dem desfallsigen Breve (ebendas. Nr. 451) aus demselben Jahre 1221, aber ohne Angabe des Tages, hatte das Bremer Dom-Capitel geltend gemacht, daß, als Adalbert zuerst seine nordischen Suffragane in Hamburg versammelt, dies nur, weil der Ort *ratione vicinitatis commodior* geschienen, geschehen sei, daß aber nach der Zerstörung der Hamburger Kirche die Erzbischöfe, *ut debebant*, die Concilien immer in Bremen gehalten hätten, bis dann viel später die Hamburger Domherren, *nominis aequivocatione decepti*, Rechte und Gebräuche, *quae prior Hamburgensis obtinuerat*, ihrer Kirche vindicirt, und trotz der den Bremern zur Seite stehenden *praescriptio quadragenaria* mit der Behauptung, es müsse in ihrer Kirche das Provincial-Concil gehalten werden, hervorgetreten wären, und hierin wie anderweit *metropolitico iuri ecclesiae Bremensis* zu derogiren versucht hätten.

[2]) S. ebendas. Nr. 459 (1222 um Weihn.).

[3]) In Widerspruch mit dem Vergleiche selbst, welcher offenbar den von beiden Kirchen entnommenen Doppeltitel als den angemessensten und den, welchen der Erzbischof vorzugsweise brauchen wolle, behandelt, wird die Concession so dargestellt, als wolle und solle der Erzbischof jenseits der Elbe sich nur nach Hamburg allein nennen und nennen lassen.

und wegen Haltung der concilia provincialia und der capitula clericorum verglichene Zusage folgerecht gleichfalls cassirt werde, wurde von den Delegirten zwar nicht direct gefügt; doch sprachen sie sich in dem an die hierfür ernannten Delegirten gerichteten Schreiben [1]) (Weihnacht 1222) dahin aus, wie sie ihrerseits sententionando den Erzbischof zur Revocation jener, und überhaupt aller mit dem Titel zusammenhängenden Artikel [2]) kraft päpstlicher Autorität ermächtigt und verpflichtet hätten, auch von jenen anderen Delegirten aequitatis instuitu et obtentu reverentiae D. Papae Beachtung dieser ihrer Verfügung, oder vielmehr des Papstes selbst gewärtigten. Obwohl nun in der nunmehr unterm Januar 1223 an Gebhard, und zwar ausdrücklich unter dem Titel eines Bremensis archiepiscopus erfolgten Zusendung des Palliums [3]) eine Genehmigung jenes Cassationsspruchs lag, bewilligte doch unterm 17. August 1223 Honorius III. auf erneute Beschwerde des Hamburger Capitels über jenen Doppeltitel und über die Gleichstellung der beiderseitigen Domherren eine neue, zwei Hildesheimer Decanen übertragene Untersuchung [4]) wegen Nichterfüllung resp. Zurücknahme jener vergleichsweise gemachten Bewilligungen. Noch ehe es aber zu desfallsigem Spruche kam, einigten beide Capitel unter Vermittelung der päpstlichen Delegirten und unter nachträglicher Bestätigung des Papstes Honorius, sich eines Compromisses auf den Schiedsspruch des Erzbischofs selbst, sowie des Probstes von S. Willehad und einiger Mitglieder beider Capitel, und zwar sowohl über das Wahlrecht, als alle sonst streitigen Artikel. Diesen gelang es denn auch, einen neuen Vergleich zu Stande zu bringen, welchen der Erzbischof auch als solcher bestätigte, die übrigen Schiedsrichter mit specieller schriftlicher Zustimmung der beiden Capitel am 24. December 1223

[1]) Hamb. Urk.-B. Nr. 459.

[2]) *Tam praemissos articulos*, heißt es, *quam alios quoscunque ex titulo Hamburgensi concesso prodeuntes vel sub eodem titulo comprehensos, aut ad eundem titulum qualitercunque respicientes.*

[3]) Ebendas. Nr. 460. 461.

[4]) Ebendas. Nr. 466.

publicirten[1]), und welchem dann auch Honorius III. päpstliche Bestätigung ertheilte[2]).

Dies schließliche Abkommen ging dahin:

1. Die Hamburger Kirche erkenne an, daß Titel und Würde eines Erzbischofs bei der Bremer Kirche[3]) verbleibe.

2. Der Bremer Erzbischof werde in der Bremer und der Hamburger Kirche Synoden und Capitel halten, und die officia ecclesiastica ausüben, wie es unter seinen Vorgängern geschehen.

3. Die Transalbini de Bremensi Diöcesi, welche zur Hamburger Präpositur gehörten, sollten nur im Wege der Appellation vor Bremer Synoden und das dortige Capitel gezogen werden.

4. Probst, Dechant und Scholasticus von Hamburg, aber nicht mehr als diese drei, sollten das Recht haben, den Bremer Bischof Namens der Hamburger Kirche mitzuwählen, mit gleichem und vollem Rechte wie die Bremer Domherren; bei Vacanz sollten sie zu gehöriger Zeit nach Bremen zur Wahlhandlung convocirt werden, wenn sie aber nicht erschienen, für dasmal ihres Wahlrechts verlustig gehen. Probst und Dechant von Hamburg hätten je nach dem Bremer Probste und Dechanten, der Hamburger Scholasticus erst nach den Bremer Domherren und an letzter Stelle zu wählen.

5. Zwischen beiden Kirchen solle eine gleiche Verbindung bestehen, als die, welche Bremen mit den Hildesheimern beobachte.

Alle bisherigen Streitigkeiten zwischen beiden Kirchen wurden für ausgeglichen und abgethan erklärt, und dem Anerkenntnisse ad 1 noch speciell beigefügt, daß den desfallsigen von der einen oder andern Seite erhobenen Klagen und Processen, sowie allen Consequenzen daraus, eben so den deshalb erlangten oder aber noch zu erlangenden Urkunden entsagt werden solle[4]).

---

[1]) S. Hamb. Urk.-B. Nr. 469 u. 70.

[2]) S. das betr. Breve vom 1. April 1224 ebend. Nr. 478.

[3]) *Ecclesia Hamenburgensis recognoscit titulum et archiepiscopalem dignitatem apud ecclesiam Bremensem remanere.*

[4]) *Bremensis et Hamburgensis ecclesiae renunciabunt*, so lautet der Passus, *actionibus in idiciis hinc inde propuositis, et quicquid ex eis vel propter discordias inter dictas ecclesias motas est subsecutum, similiter et instrumentis obtentis et obtinendis.*

Gleichwohl erhob unter Innocenz IV. das Hamburger Domcapitel von neuem Beschwerde. Der Vergleich vom Jahre 1219, obwohl höheren Orts bestätigt, werde nicht blos nicht gehalten und zur Ausführung gebracht; es habe auch der Erzbischof einerseits nach dem Rathschlage der Bremer Domherren, welche die Rechte und Ehren der Hamburger Kirche zu verringern und sich anzumaßen strebten, ein Statut erlassen, wonach für jetzt und künftig die Bremer Domherren, obwohl daselbst 24 und in Hamburg nur 12 Dom-Präbenden existirten, auch Domherren der Hamburger Kirche sein und mit vollem Rechte die Präbenden der letzteren innehaben sollten, andererseits habe sich der Erzbischof für die Hamburger Präpositur, welche er ein bloßes Archidiaconat nenne, das Besetzungsrecht, und zwar auch nach Belieben durch Bremer Domherren, beigelegt, und wolle deren Besetzung durch Wahl der Hamburger Domherren aus ihrem Gremium nicht gestatten [1]. Von Erfolg ist dieser neue Versuch, der Hamburger Kirche die ihr gebührende Prärogative zu retten, mindestens eine Gleichstellung [2] zu wahren, nicht gewesen, allem Anscheine nach nicht einmal auf dem von Innocenz angebahnten Wege verfolgt worden. [3] So wie jener Schiedsspruch vom Jahre 1223 das Unionsverhältniß aufgefaßt und geordnet hat, blieb es im Wesentlichen bis zu der durch die Reformation herbeigeführten Auf-

---

[1] Vergl. hierüber das von Innocenz am 19. Novbr. 1246 an die Bischöfe von Lübeck und Schwerin erlassene Delegations-Mandat (ebendas. Nr. 534).

[2] Wie man Bremischer Seits schon ein derartiges Verlangen als Auflehnung wider Recht und Ordnung anzusehen geneigt war, zeigt deutlich die in der historia archiepiscoporum Bremensium in der rythmischen Lebensbeschreibung des Erzbischofs Johann († 1327) v. 111 (s. Lappenberg Bremische Gesch.-Quellen S. 29) vorkommende Aeußerung:

Hoc est Hamburgensium, semper rebellare,
Qui sedi Bremensium se volunt aequare.

[3] Ein auf Grund jenes Mandats erfolgter Rechtsspruch oder sonstige Verfügung der delegirten Richter ist mir nirgends vorgekommen, und die Angabe Rotermund's, Geschichte der Domkirche St. Petri zu Bremen S. 42, es habe Innocenz sich 1246 bemüht, die Streitigkeit der Dom-Capitel in Bremen und Hamburg beizulegen, ist wohl nichts als gedankenlose oder mißverständliche Bezugnahme des obigen Breve.

hebung des Bremer Bisthums. Die Hamburger Kirche behielt allerdings ihre Cathedrale und deren Geistlichkeit den Namen eines Domcapitels; im Einzelnen waren auch dessen Gerechtsame urkundlich oder durch unbestrittenen Besitz zu fest geordnet, als daß es nicht aus seiner früheren Stellung mancherlei Vorrechte auch in Bezug auf das Diöcesan-Regiment hätte retten und unverrückt behaupten können. [1]) Allein wenn es auch nicht zu einem gewöhnlichen Collegiat-Stift mit bloßen Archidiaconat-Gerechtsamen herabsank, so war doch dessen kirchenrechtliche Stellung zum Erzbischofe und in der Gesammtdiöcese der unirten Bisthümer im Ganzen eine ähnliche, wie die anderer Präposituren, zumal seit auch über den Kreis derjenigen Pfarreien hinaus, welche schon früher in näherem Verbande mit der Bremer Kirche gestanden hatten, diejenigen Transalbingischen Kirchen, welche dem Hamburger Capitel weder unirt oder adnectirt, noch bann- und gerichtspflichtig waren, nicht mehr für Theile der Hamburger Diöcese galten, sondern als zur Bremer Diöcese gehörig behandelt und bezeichnet wurden. Die Union beider blieb; aber sie änderte ihren Charakter, und wurde, wie die Würde eines gebornen Legaten in Nord- und Wendland schon früher ein leerer Titel geworden war, durchaus nomineller Art. Als Metropolitan-Sitz aber und als Trägerin aller desfallsigen und sonstigen Gerechtsame und Titel galt seit jenem Vergleiche Gebhard's lediglich das Bisthum Bremen. Die Hamburger Kirche nahm fortan in dieser Verbindung beider Diöcesen die zweite und untergeordnete Stelle ein, und kam allmählich in das Verhältniß einer Subjection [2]), ähnlich dem einer bischöflichen Suffragankirche; dies um so mehr, als

---

[1]) Noch bei Säcularisation und Uebergang des Bremer Stifts an die Krone Schwedens, wurde im Westfälischen Frieden Tit. 10 § 5 der Letzteren ausdrücklich vorbehalten: *omne jus quod ultimis archiepiscopis Bremensibus competierit in capitulum et diöcesin Hamburgensem.*

[2]) Mit dürren Worten wird so das Verhältniß beider in der bei v. Westphalen Monum. ined. Tom. I. p. 1 sq. mitgetheilten Henr. Rantzovii Cymbricae Chersonesi descriptio nova v. J. 1597 bezeichnet, wo p. 5 der status ecclesiasticus von Schleswig und Holstein dahin angegeben wird, daß 2 Bisthümer, Schleswig und Holstein, dazu gehörten, und es dann heißt: *Hamburgensis enim Bremensi subjectus est.*

Bremens nunmehr erzbischöfliche Würde schon vor jenem Compromiß eine reale Bedeutung dadurch gewonnen hatte, daß inzwischen auch das längs der Ostsee belegene Slavenland für das Christenthum gewonnen, und zuerst in dem Bisthum Aldenburg, dann in den aus dessen Diöcese gebildeten Bisthümern Lübeck, Ratzeburg und Schwerin eigene Bischöfe erhalten hatte.

Im Osten des heutigen Holsteins, längs des Meeres vom Einfluß der Trave bis zur Kieler Bucht, landeinwärts bis an den von Carl dem Großen gezogenen limes Saxonicus, saß bereits zu der Zeit, als dessen Sohn in Hamburg den Transalbingischen Landen ein eigenes Bisthum gab, der Slavische Stamm der Wagrier oder Wagiren. Daß diese Ostküste gleich der des südlichen Schleswigs in frühester Zeit auch von den Sachsen, oder von anderen diesem Volke verwandten und verbundenen Deutschen Stämmen bewohnt gewesen, darf als sicher gelten [1]). Zweifelhaft bleibt, ob aus dieser Germanischen Vorzeit diejenigen Spuren früherer Cultur datiren, welche noch Helmold in den wilden und wüsten Gegenden, längs der Grenze Wagriens und Schleswigs, namentlich in dem von Lübeck bis zur Schlei sich hinziehenden großen Walde des Isarnho [2]) in Grenzfurchen des Ackerlandes, so wie in Resten von Wall- und Dammbauten gesehen haben will und ausdrücklich als Anzeichen geltend macht, daß das östliche Hügelland Holsteins einst von Sachsen bewohnt gewesen sei [3]); denn denkbarer Weise könnte auch in den mehr als hundertjährigen Kämpfen zwischen Sachsen, Dänen und Wagriern jene Grenzgegend aus blühenden Sitzen der Letzteren zu solcher Wüstung geworden sein. Noch weniger läßt sich feststellen, seit welcher Zeit und in welchem Anlasse der Stamm der Wagrier hier feste Wohnsitze genommen habe; ob schon, seit die Sachsen von der Cimbrischen Halbinsel her allmählich gegen und über die Elbe weg nach Westen vordrangen; und solchergestalt ihre rück-

[1]) Vergl. Waitz Schleswig-Holsteinische Geschichte Bd. I. S. 5, 7, 20 ff.
[2]) Vergl. Adam descriptio insularum Aquilonis (Lib. IV) cap. 1.
[3]) Helmoldi chron. Lib. I. cap. 12 § 7.

wärts gelegenen Ursitze sich entvölkerten und widerstandsloser wurden, nach und nach von der Südküste der Ostsee piratische Beutelust einzelne Schaaren an das Sächsische Küstenland und dort zu Ansiedelungen führte [1]), welche durch späteren Zuzug sich mehrend immer weiter von der Küste her ins Land vordrangen; oder aber ob wirklich die Niederlassuug der Wagrier, wie meist angenommeu wird, damit zusammenhängt, daß Carl der Große, als er im Jahre 804 seine letzten Kriegs- und Siegeszüge gegen die Sachsen richtete und deren Tausende auch vom rechten Ufer der Elbe nach Fränkischen Gegenden übersiedelte, den Obotriten [2]), zum Lohn für die ihm geleistete Hülfe, Transalbingisches Land geschenkt habe [3]). Sicherer ist, daß die Wagrier dem im heutigen Mecklenburg, westlich der Warnow bis nach Wismar hin, und nördlich der Elde, ansässigen Volke der Obotriten stammverwandt waren, oder doch stets engverbunden blieben, und eben so häufig den dortigen Slavischen Königen oder Fürsten unterworfen waren, als über dieselben eine Oberhoheit übten; eine Verbindung, welche vielfach die Chronisten selbst zu Identificirung der Namen [4]) veranlaßte, aber auch eine scharfe und verläßliche Localisirung der Nachrichten, welche über die Geschichte, insbesondere auch über die Christianisirung der Slavischen Völkerschaften uns erhalten sind, um so mehr erschwert, ja fast unmöglich macht, weil die Schriftsteller häufig nur des Gesammt-Namens der Slaven sich bedienen,

---

[1]) Noch die Slavische Chronik bezeichnet die Gegend des jetzigen Neustadt als einen Hauptschlupfwinkel der Seeräuber.

[2]) Vergl. Einhardi annales und Chron. Moissiac. ad A. 804 (Pertz I. p. 191 u. 307), Annales Magdeburgenses ad A. 804 (ibid. XVI. p. 105 sq.).

[3]) Rettberg a. a. O. Bd. II. S. 83 bringt das westliche Vordringen der Slaven mit den Avarischen Kriegszügen und einem erbitterten Kampfe der Obotriten und ihrer östlichen Stammgenossen, der Wilzen zwischen Warnow und Oder, in Verbindung, scheint auch die ihnen abgetretenen Sächsischen Gaue mehr in die Gegend südwestlich des Ratzeburger See's bis an die Elbe zu setzen geneigt. Für letzteres dürfte noch sprechen, daß gerade in dieser Gegend (bei Dannenberg) die Wendischen Niederlassungen auch die Elbe überschritten haben.

[4]) Mit sive verbindet Helmold nicht selten, z. B. Lib. I. c. 12 § 13. beide Völkernamen.

unter denen auch die jenseits der Warnow bis an die Oder und bis nach Pommern hin ansässigen Völkerschaften, so wie diejenigen mitbegriffen sind, welche westlich der Obotriten theils an der Küste hin bis zur Lübecker Bucht, theils südlich der Trave und Bille auf beiden Seiten des Ratzeburger See, bis an und über die Elbe ihren Sitz hatten, oder als südliche Nachbaren der Obotriten die Urbevölkerung der späteren Mark Brandenburg bildeten [1]).

Der Hauptort der Wagrier und Sitz ihrer Herrscher, neben denen aber einzelne Häuptlinge noch für andere Gegenden und Orte, z. B. Plön, Lütgenburg, vorkommen, war Alden- oder Oldenburg, von den Slaven Starigard [2]), von den Dänen Brandehuse genannt [3]); jetzt schon seit Jahrhunderten ein unbedeutendes Städtchen, mitten im Lande, nach allen Richtungen mehr als eine Meile vom Meere entfernt, dagegen in den alten Chroniken, wenn schon nicht für ihr Zeitalter, sondern nur für jene weit zurückliegende Zeit als civitas opimatissima, valde nobilis, zugleich als maritima, und daneben als terminus oder in fronte Slaviae bezeichnet [4]; was die Annahme begründet, daß die Stadt selbst ihren Sitz nie verändert, aber durch die an ihr vorbei quer durch das Land sich ziehende breite Aue, die in spätern Urkunden als palus Dolgen vorkommt, nach beiden Seiten hin oder doch nach Nordwest oder mittelst des Gruber Sees nach Südost mit dem Meere in Verbindung und dem Seeverkehre offen gestanden habe,

---

[1]) Die Beschreibungen, welche vom Slavenlande und von den Sitzen seiner verschiedenen Völkerschaften sowohl Adam Brem. Lib. II. c. 18, als Helmoldus Lib. I. c. 2, und nach letzterem die Chron. Slav. c. 2 u. 3 geben, stimmen, abgesehen davon, daß Ersterer von Transalbingien her nach Osten in der Aufzählung fortschreitet, Letztere in umgekehrter Richtung, die Oder als Ausgangspunkt nehmen, in allen wesentlichen Punkten überein und dürfen als bekannt genug gelten, um ein näheres Eingehen auf diesen Punkt überflüssig oder doch entbehrlich erscheinen zu lassen.

[2]) Helmoldus l. c. Lib I. c. 12 § 1: quae Slavica lingua Starigard i. e. antiqua civitas dicitur.

[3]) Ebend. Lib. II. c. 13 § 6. In der oben (S. 68 Note [2]) angeführten descriptio nova Cymbr. Chersonesi vom Jahre 1597 wird pag. 30 angegeben, der Dänische Name Aldenburgs sei Bremesia.

[4]) S. Helmoldus l. c. Lib. I. c. 12 § 1, Chron. Slav. cap. 9.

wie Lübeck durch die Trave [1]), und daß, ehe letzteres sich zum Haupthandelsplatz erhob, Aldenburg nicht blos das Emporium für den Norden gewesen sei, sondern auch vor Lübeck den Mittelpunkt des Wagrischen Gemeinwesens bildete.

Von Missionsversuchen, namentlich andauernden und erfolgreichen, wie Kirchen-Erbauung und Gemeinde-Gründung, welche die Hamburg-Bremer Prälaten speciell in Wagrien unternommen und erzielt hätten, ist für das ganze 9. Jahrhundert und bis zu den Zeiten Erzbischofs Adaldag (936—988) keine Kunde uns erhalten. Daß in Bezeichnung der den Hamburger Bischöfen zugewiesenen apostolischen Legation oder ihrer Metropolitan-Würde auch hie und da der Slaven oder Wenden Erwähnung geschieht, oder neben den nordischen auch der östlichen Länder und Völker gedacht wird, stellt sich mehr als Prätension dar, oder als Hinweis auf das, was den Trägern jener Aemter obliege, denn als Beleg bereits erzielter Erfolge. Die vorwurfsvolle Mahnung, welche Adam von Bremen am Schlusse des ersten Buchs, hinweisend auf den Eifer, womit Erzbischof Unwan sich von neuem nach einem Zeitraum von 70 Jahren der Christianisirung Schwedens [2]) zugewendet habe, an die Bischöfe seiner Zeit richtet, deutet zur Genüge auf die Lässigkeit hin, welche in dem Bekehrungswerke eingetreten war und ferner zu fürchten stand. Wie entschieden immerhin, gewiß auch nicht ohne Grund, Helmold stets von neuem, um die an sich geringen, durch allgemeinen Abfall wiederholt völlig wieder zerstörten Erfolge zu erklären und zu entschuldigen,

---

[1]) Damit stimmt auch Bangert ad Helmoldum cap. 11 ad v. Sextus (pag. 31) überein, ohne jedoch weitere Gründe oder Quellen-Belege dafür beizubringen, daß die Einfahrt vom Meere her successu temporum entweder incuria incolarum oder hostium invidia, wie er sich ausdrückt, verstopft worden sei. Dieselbe Auffassung finde ich in der angeführten Rantzowschen descriptio nova, wie denn auch auf der ihr beigefügten Karte der Dolgen als ein das Land queer durchschneidender Wasserlauf und Meeresarm sich darstellt.

[2]) *Eia vos Episcopi,* lautet sie, *qui domi sedentes gloriae, lucri, ventris, somni breves delicias in primo episcopalis officii loco ponitis, respicite, inquam, illum pauperem seculi et modicum, immo laudabilem magnumque sacerdotem Christi, qui nuper . . . exemplum dedit posteris, nulla temporum vel locorum asperitate vestram pigritiam excusari posse.*

welche die Predigt des göttlichen Worts unter den Slaven gehabt habe, einerseits hinweiset auf die Herzenshärtigkeit dieses Volks und auf dessen Un= wie Abergläubigkeit, andererseits auf die Habsucht und Grausamkeit der Deutschen Fürsten, Grafen und Heerführer, denen die Leitung der den Slaven abgenommenen Gebiete oder der Schutz der angrenzenden Sächsischen Landschaften anvertraut war, und denen die Fürsorge für die junge christliche Pflanzung, nicht aber die Erweiterung ihres eigenen Besitzthums oder der den Slaven auferlegte Tribut vor allem hätte am Herzen liegen sollen [1]); auch bei ihm klingt es durch, daß er weder die Nachfolger Ansgar's und Rimberts von Vernachlässigung der Bekehrung Slaviens gänzlich hat freisprechen wollen, noch überhaupt eine Erschlaffung des Missionswesens in Abrede stellen konnte [2]).

Vor allem indessen trug wohl daran, daß jenseits der Elbe das kirchliche Wesen, wo es schon gegründet war, wieder verfiel, noch weniger über die Grenzen des Nordalbingischen Sachsens sich erweiterte, der unglaubliche ununterbrochene Nothstand die Schuld, welcher sich an die stets sich erneuenden Raub= und Kriegszüge knüpfte, welche, wie von Südost und aus Ungerland her oft tief in Deutschland hinein wütheten, so im Norden bald Seitens der Dänen gegen die Sachsen, bald umgekehrt entbrannten, und stets Wagrien am schwersten trafen [3]). Doch ward diesen mit dem zweiten Drittel des 10. Jahrhunderts ein Ziel gesetzt, und damit trat denn auch für das Bekehrungswerk eine Wendung zum Bessern ein. Denn wie Herzog Heinrich von Sachsen, kaum daß im Jahre 919 er nach Conrad's I. Tode die Königswürde erworben, und nach und nach (920—24) im ganzen Reiche die Anerkennung seiner Wahl erzwungen hatte, den von den Ungarn nicht erkämpften, sondern erkauften neunjährigen Frieden benutzte, Böhmen und das Wendenland dem Reiche zu unterwerfen und tributpflichtig zu

[1]) Vergl. Helmoldi Lib. I. c. 6 § 1, c. 16 § 4, 10 sq., c. 18 § 6, 7, c. 19 § 2, c. 21 § 5, c. 25 § 4.

[2]) Vergl. insbesondere § 2 u. 3 des angef. c. 6.

[3]) Von der terra Wagirorum sagt Helmold c. 12 § 1: *eo quod in fronte totius Slaviae posita contiguos haberet Danorum sive Saxonum populos*, sei es dahingekommen, daß sie *omnes bellorum motus ipsi aut primi inferrent, aut aliis inferentibus exciperent.*

machen, und dasselbe gegen Osten hin durch Umgestaltung des Heerwesens, Gründung von Burgen und festere Ordnung der Grenzmarken sicher zu stellen [1]), so brach er auch, nachdem der große entscheidende Sieg über die Ungarn (933) dies Werk dauernd gekrönt hatte, die von Norden her seinem Sachsenlande und dem Christenthum drohende Gefahr. Den schon um 924 gegen die Dänen unternommenen, nicht unglücklichen, aber nicht durchgeführten Kampf nahm er jetzt mit voller Macht gegen die Dänen wieder auf, deren König Gorm oder Worm mit blutiger Grausamkeit (vermis crudelissimus et christianis non mediocriter infestus, nennen ihn die Chronisten) das durch Ansgar dort gepflanzte und seitdem wenigstens geduldete Christenthum, namentlich dessen Priester wieder zu verfolgen begonnen hatte und ganz auszurotten drohte. Zu Friedens-Bitte und Gehorsams-Zusage entschloß sich Gorm, ohne auch nur das Glück der Waffen versucht zu haben [2]). Zum Bekenntniß des Christenthums verstand sich der König nicht [3]), und sein Sohn Harald wenigstens nicht zu förmlicher Annahme der Taufe, als Erzbischof Unwan von Hamburg, die Obermacht der Deutschen benutzend, eine große und feierliche Rundreise seiner Provinz und Diöcese unternahm und den im Dänen-Reiche erhaltenen Kirchen wieder Priester vorsetzte. Doch verband sich Harald zu Duldung christlicher Lehre und Predigt; und durch Herstellung oder Neu-Gründung einer eigenen Mark zwischen Schlei und Eider, verbunden mit Ansetzung Sächsischer Colonisten in und bei der Stadt Schleswig [4]), suchte König Heinrich nicht blos Sachsen und Transalbingien gegen erneute Einfälle zu sichern, sondern auch im Dänenland

---

[1]) Ueber alles dies verweise ich auf Giesebrecht's Geschichte der Deutschen Kaiserzeit. Braunschw. 1855, Bd. I. S. 189 ff.

[2]) Adam Brem. Lib. I. c. 57 (nach Berichten, wie er sagt, eines Dänischen Bischofs) vergl. mit Helmold l. c. Lib. I. c. 8 § 4, 5, und Albertus Stad. ad A. 921, und mit Annal. Corbej. und Thietmari chron. I. c. 9, wo die Unterwerfung der Dänen in das Jahr 934 gesetzt wird.

[3]) Nur Thietmari chron. erzählt dies, doch dünkt mir die obige Angabe Adam's (c. 61) und Helmold's (l. c. § 7) den Vorzug zu verdienen.

[4]) Vergl. Adam a. a. O. § 59 und Helmold § 6.

selbst dem christlichen Bekenntnisse einen kräftigeren Schutz denn zuvor, und den Missionaren, auch wohl für Wagrien [1]), einen bequem gelegenen und sicheren Ausgangspunkt zu geben.

Was so begonnen war, vollführte, unter eifrigster Mitwirkung des in demselben Jahre (936) an Unwan's Stelle auf den Hamburg-Bremer Bischofsstuhl berufenen Erzbischofs Adaldag, König Heinrich's großer Sohn und Nachfolger Otto. Zu vollständiger Ausführung gediehen freilich dessen kirchlichen Pläne erst gegen Ende seiner mehr als 36jährigen Regierung, und für die der Ostsee anliegenden Slavenländer sollten sie noch größeren und schwereren Wechselfällen unterliegen, als einst die Sächsische Bisthums-Gründung seines Vorgängers und Vorbildes Carl trafen; für viele Decennien hin schienen sogar die von ihm gegründeten Ostsee-Bisthümer völligem Untergange verfallen. Doch kann man ihn vielleicht mit noch größerem Rechte für den Bekehrer des Wendenlandes erklären, als ihn, nach dem Vorgange Adam's und Helmold's [2]), die Wendische Chronik den „Temnerer unde Underbreker allen nordene Lant" nennt [3]).

Die Untreue Haralds, welcher, bald nachdem er den Thron seines Vaters bestiegen, seiner persönlichen Zusagen uneingedenk, sich dem Tribute an den Deutschen König zu entziehen gesucht, die Mark Schleswig überfallen und die dortige Sächsische Colonie zerstört, dadurch aber auch die Slaven zu neuen Kriegs- und Raubzügen in das Sachsenland ermuthigt hatte, strafte Otto (so erzählt Adam und ihm nach Helmold [4]), während die Sächsischen Chronisten [5]) nur unbestimmt und ganz allgemein der Fortdauer von Kämpfen an der Dänischen Grenze gedenken durch einen gewal-

---

[1]) Nicht blos Nähe und Lage Schleswigs, sondern auch die, wie sich unten zeigen wird, eine Zeitlang, wenn auch nur per delegationem, bestandene Verbindung des Schleswiger und Aldenburger Bisthums scheint mir dafür zu sprechen, daß Schleswig in südlicher wie nördlicher Richtung hin zu einer Missions-Station gedient habe.

[2]) Vergl. Adam Brem. Lib. II. c. 21, Helmoldi chron. Lib. I. c. 13 § 1: *domitor omnium septentrionis (natium) nationum.*

[3]) Chron. Slav. cap. 10.

[4]) Adam Brem. l. c. Lib. II. c. 3, Helmoldus l. c. Lib. I. c. 9.

[5]) R. A. Köpke Jahrb. d. D. Reichs unter Otto I. v. J. 936—951. Excurs 10, S. 104 ff., vergl. mit Giesebrecht a. a. O. S. 279. 80.

tigen Kriegszug nach dem Norden, der ihn bis an die äußerste Spitze Jütlands und bis an das Dännemark von Norwegen scheidende, seitdem lange hin Ottensund genannte Meer führte. Die Frucht dieses großen Heerzuges und des, angeblich erst auf dem Heimwege, bei Schleswig über König Harald erkämpften Sieges war dessen Unterwerfung, wenn auch nicht unter eigentliche Lehns-, doch unter Schutz- und Schirmhoheit des Reichs, und die neue auf förmliche Annahme im Reiche gerichtete, alsbald durch eignen Empfang der Taufe und die seiner Gattin und seines Sohnes bekräftigte Zusage christlichen Bekenntnisses.[1]) Diesem Versprechen folgte auf dem Fuße die Errichtung von Bisthümern, zunächst für die Dania cismarina oder Jütland, deren Fürsorge, dem bisherigen Brauche nach in der Form einer Commende, vorerst auch die christlichen Kirchen der Inseln zugewiesen wurden. Adam behandelt die Gründung dieser drei Bisthümer zu Schleswig, Ripen und Aarhus, denen dort Horit oder Hared (Harald), hier Reginbrand, in Ripen aber Liafdag als erste Bischöfe vorgesetzt worden, an der einen Stelle als gleichzeitig und nur als Anordnung des Erzbischofs Adaldag, dem Papst Agapitus die älteren päpstlichen Privilegien der Hamburger Kirche bestätigt und das jus ordinandi episcopos ertheilt habe, und setzt zugleich diese erste Bischofsbestellung durch Adaldag in das zwölfte Jahr seines erzbischöflichen Regiments[2]), was dem von Albertus Stadensis[3]) angegebenen Jahre 948 entspricht. Doch enthält nicht blos die uns erhaltene Bulle Agapit's vom Jahre 948, welche freilich schon vom 2. Januar datirt[4]), weder eine

---

[1]) *Haroldus Ottoni subjicitur, et ab eo regnum suscipiens, christianitatem in Dania recipere spopondit*, sagt Adam l. c. cap. 3, und daß nach und von König Otto seinem Pathen der Sohn des Königs den Namen Suein-Otto erhalten habe. Die Chron. Slav. cap. 7 spricht, während Helmold wörtlich dem Adam folgt, von homagium, welches der König dem Kaiser gethan habe, und sagt, *christianum se cum tota Dania se fieri promisit.*

[2]) Mit dieser Angabe Adams (l. c. cap. 4) stimmt das Chron. breve Bremense in Lappenberg's Bremische Geschichtsquellen S. 3 überein.

[3]) S. fol. 105b von Ed. Reineccii.

[4]) Hamb. Urk.-B. Nr. 35.

ausdrückliche Erneuerung jener Ermächtigung zur Ordination von Bischöfen, noch gedenkt sie der obigen Bischofssitze, während sie doch die der Hamburger Kirche gemachten Schenkungen derer bestätigt, welche jetzt zu Adaldag's Zeit ad Christi conversi sunt fidem, vid. episcopi Danorum, Noruenorum etc. Auch schreibt Adam selbst an einer späteren Stelle die Fundation des Ripener Bisthums dem jüngeren Odinkar zu, und setzt dessen Ordination, anfangs zum Missionar-Bischofe, dann für das gedachte Bisthum in die Zeit des Erzbischofs Libentius oder Liavizo, Nachfolgers von Adaldag (988—1013) [1]. An einer dritten Stelle [2] endlich spricht er davon, es habe Adaldag viele Bischöfe (nämlich als Missionare) für Dänemark (in Daniam) ordinirt, deren Namen wohl, aber nicht durchgängig deren Sitze er angegeben gefunden habe; wie er vermuthe, weil damals, wo der Gläubigen nur wenig gewesen (pro rara christianitate), noch keinem der Bischöfe ein fester Sitz assignirt gewesen sein werde; und unter den hier genannten kehren neben anderen auch die Namen Hored's, Liafdag's und Reginbrand's wieder. Es kommt dem allen noch hinzu, daß unter den auf der Ingelheimer Synode des Jahres 948 mit Erzbischof Adaldag anwesenden Bischöfen nur die beiden Ersteren genannt werden [3], daß aller drei Bisthümer neben einander urkundlich meines Wissens zuerst im Jahre 965 in der Urkunde Erwähnung geschieht, wodurch Otto ihnen auf Adaldag's Ansuchen für deren sämmtliche in marca vel regno Danorum belegene Besitzungen gewisse Befreiungen ertheilte [4]. Endlich wird anderweit [5] die Erneuerung des Christenthums unter Otto und Harald erst in das Jahr 961 gesetzt und mit der Ordination Poppo's in Verbindung gebracht, welcher doch in dem uns erhaltenen Verzeichnisse der

---

[1]) S. Adam Brem. l. c. cap. 34.

[2]) Ebendas. cap. 23.

[3]) Vergl. Flodoardi annales ad A. 948 und Richeri historiarum Lib. II. c. 69 (Pertz Tom. III. p. 395 u. 603).

[4]) Hamb. Urk.-B. Nr. 41.

[5]) S. Thietmari Merseb. chron. Lib. II. cap. 8 (Pertz. III. p. 747. 48).

Schleswiger Bischöfe [1]) erst die fünfte Stelle einnimmt und nach dessen Angaben über die Dauer ihrer Sedenz in die Jahre 1011—1016 zu setzen wäre, aber auch bei anderen Chronisten [2]) erst zum J. 963 als Bischof von Schleswig erwähnt wird. So will es mir denn bedenklich scheinen, so entschieden, als es meist zu geschehen pflegt, die Christianisirung der Schleswig-Jütischen Lande und insbesondere die Erhebung der Stadt Schleswig zum Bisthum einem bestimmten Jahre und zwar dem Jahre 948 zu vindiciren, vielmehr dürfte sich auch hier zur Genüge bestätigen, daß die Diöcesan-Organisation sich nur allmählich aus den missionarischen Einrichtungen entwickelte, und zu wie an festen Bischofs-Sitzen sich consolidirte. Doch braucht dies hier nicht weiter verfolgt zu werden. Denn nur von kurzer Dauer war die Verbindung, in welche diese nördlich der Eider belegenen neuen Bisthümer mit dem Deutschen Episcopat und insbesondere mit der Hamburg-Bremer Metropole traten, welche (wie Adam und Helmold und ihre Nachfolger gleichmäßig, nur in etwas verschiedener Fassung berichten) mit Errichtung jener Bisthümer die bisher entbehrten Suffragan-Bischöfe wirklich erhielt [3]), und so, freilich in weit kleinerem Umfange und auf kürzere Zeit, als früher, der Anspruch anerkannt und erhoben war, auch wohl damals noch die Hoffnung gestellt geblieben sein mag, die von Ludwig dem Frommen einst verliehene, durch die Union mit Bremen vermeintlich für

---

[1]) Vergl. Lappenberg's Bremische Geschichtsquellen S. 5.

[2]) S. Widukindi res gestae Saxon. Lib. III. c. 65 (Pertz. III. p. 463).

[3]) Während Adam, dem Albertus Stad. fast wörtlich folgt, l.c.c.3 nur sagt, *Eo tempore Dania cismarina,... in tres divisa episcopatus, Hammaburgensi episcopatui subjecta est* und dann im cap. 5 der nochmals von Otto's Bruder, Erzbischof Bruno von Cöln erhobenen, aber wieder aufgegebenen Beschwerde über Beeinträchtigung der Cölner Metropolitanrechte mit den Worten gedenkt: *postquam Hammaburg nostram vidit habere suffraganeos*, berührt Helmold dies Letztere überall nicht, und fügt dort der obigen Stelle Adam's, unter Streichung des Wortes cismarina, auch ohne die Bisthümer oder die ersten Bischöfe zu nennen, dies hinzu: *ex eo tempore Hammenburgensis ecclesia coepit habere suffraganeos.* Die Chron. Slav. cap. 7 erwähnt nur die Taufe Harald's und fügt blos hinzu: *et sic in Dacia facti sunt tres episcop suffraganei Hammenburgenses.*

immer gesicherte dignitas archiepiscopalis endlich nach Ablauf fast eines Jahrhunderts zur Wahrheit werden sah. Unter Erzbischof Adaldag und dessen Nachfolgern auf dem Hamburg-Bremer Bischofsstuhl, insbesondere dem nächsten, Libentius; welchen Adam als den ersten bezeichnet, der von seinen eigenen Suffraganen consecrirt worden sei [1]), scheint die Verbindung der neuen Bisthümer mit der Deutschen Metropole, und dadurch auch mit dem Deutschen Reiche ungestört sich erhalten, und die Besetzung namentlich des Schleswiger Stuhls von Hamburg aus keinen Widerspruch gefunden zu haben [2]). Seit aber die Schleswiger Mark förmlich wieder den Dänen abgetreten und die Eidergrenze hergestellt war, hat sich in Folge der nationalen Gegensätze nicht minder, als der engeren Beziehungen, welche Dännemark unter Surin Otto's Sohn Kanut dem Großen mit England verknüpften, und von da her viele Geistlichen als Missionare und in kirchlichen Aemtern in die nordischen Reiche führten, nicht einmal der durch die Nordische Missions-Legation gewonnene Einfluß der Hamburger Bremer Erzbischöfe zu erhalten vermocht, und in dem Maaße, als die Dänischen Inseln eigene Bisthümer gewannen, die der Halbinsel meist von den Königen mit Insel-Dänen besetzt wurden [3]), hat vollends der Metropolitan-Verband mit Hamburg sich mehr und mehr gelockert, schließlich mit der im Anfang des 12. Jahrhunderts zu Lund erfolgten Gründung eines eigenen Erzbisthums für das Dänische Reich [4]) ganz, selbst für

---

[1]) S. Adam Brem. Lib. II. cap. 27.

[2]) Ohne specieller darauf einzugehen, verweise ich nur auf Münter's Nord. K.-Gesch. Bd. II. Abth. I. S. 3 ff. u. 48 ff., Dahlmann's Gesch. von Dännemark Bd. I. S. 178 ff. und besonders auf Lappenberg's Aufsatz über die Chronologie der älteren Bischöfe der Diöcese des Erzstifts Hamburg in Pertz Archiv Bd. 9, Nr. IV., S. 382 ff.

[3]) In dem fragmentum historiae Sleswicensis bei v. Westphalen (l. c. Tom. III. p. 268. 69) wird als erster Bischof von Schleswig, welcher nicht von Hamburg gesendet und dort ordinirt sei, sondern vom Lundener Erzbischofe Ascer Amt und Weihe erhalten habe, Bischof Gunnerus (um 1070) bezeichnet.

[4]) Vergl. Münter a. a. O. Bd. II. S. 78—92 mit den hierüber im Hamb. Urk.-B. Nr. 130, 140, 144, 147 mitgetheilten Urkunden.

Schleswig, sich gelöset. Ersatz dafür wurde jedoch sowohl dem Deutschen Episcopate überhaupt, als insbesondere der Hamburg-Bremer Metropole durch die übrigen Bisthümer, welche Otto I. inzwischen an der Mittel-Elbe und für das Wendenland gegründet hatte, namentlich aber durch die, für die Zwecke dieser Blätter allein näher ins Auge zu fassende Erhebung Aldenburg's zum Bischofssitze für die der Ostsee angrenzenden Slavischen Stämme.

Urkunden, weltliche oder geistliche, welche unmittelbar diese Bisthums-Gründung beträfen, haben sich nicht bis auf die Jetztzeit erhalten, werden auch, so viel mir bekannt, als damals ergangen nirgends ausdrücklich erwähnt [1]). Auch die uns erhaltenen Stiftungsbriefe für das Bisthum Havelberg vom 9. Mai 946 [2]) und für das Bisthum Brandenburg vom 1. October 949 [3]) gedenken des Aldenburger Bisthums mit keinem Worte, während doch letztere Urkunde den Erzbischof Adaldag mit erwähnt unter denen, welche die Erhebung Brandenburgs zum Bischofssitze beim Kaiser betrieben hätten. Dasselbe gilt von den zahlreichen Urkunden, welche über den von Kaiser Otto schon früh bei Gründung des Magdeburger Moritzklosters (937) gehegten, allein erst im Jahre 968 gegen Ende seiner Regierung nach vielen Bemühungen ins Werk gesetzten Plan, Magdeburg zur Metropole des Slavenlandes zu erheben, sich erhalten haben, und in denen man eine Erwähnung des Aldenburger Bisthums um so eher erwarten könnte, als anfangs Otto dasselbe gleichfalls zur Magdeburger Provinz gezogen haben soll und, wie jene beiden, auch die übrigen Bis-

[1]) Worauf es beruhe, daß Lappenberg unter Nr. 39 des Hamb. Urk.-B. von verlorenen Urkunden aus den Jahren 762—73 spricht, durch welche Otto I. das Bisthum Aldenburg gestiftet und der Hamburger Kirche unterworfen habe, ist mir trotz der dabei allegirten Stellen Adam's und Helmold's unklar geblieben.

[2]) Mehrfach gedruckt; am besten mitgetheilt in A. Fr. Riedel's Geschichte der geistlichen Stiftungen der Mark Brandenburg. Berlin 1842. 4o. Bd. II. S. 435 ff. Urk. Nr. I.

[3]) Vgl. Ph. W. Gercken ausführliche Stiftshistorie von Brandenburg. Braunschweig 1766. 4o, im angehängten Cod. diplom. Nr. I. p. 565—57.

thümer derselben und deren erste Bischöfe speciell darin mehrfach genannt werden [1]). Gleich vergeblich sucht man bei Widukind, Thietmar von Merseburg, und in gleichzeitigen Sächsischen Geschichtsquellen nach näherem Aufschluß über das Bisthum Aldenburg; nur hie und da wird gelegentlich des Einen oder Andern seiner ersten Bischöfe Erwähnung gethan; die Stiftung selbst wird, was befremdlich genug erscheint, sogar in denjenigen, welche sich eingehend über die Gründung der Magdeburger Metropole verbreiten, wie z. B. den Annales Magdeburgenses des s. g. Chronographus Saxo [2]), mit völligem Stillschweigen übergangen. Beschränkt ist man daher hierüber auf die Nachrichten, welche Adam v. Bremen mittheilt, Helmold, Albert v. Stade und andere Slavische Chroniken ihm, wenn schon nicht ohne Abweichungen und Ergänzungen nacherzählen, und welche, obschon sämmtlich auf Tradition beruhend, da Adam das Slavische Land nie betreten zu haben scheint, hier eine vergleichende Zusammenstellung, zunächst für die Zeit bis zu dem mit Anfang des elften Jahrhunderts eingetretenen ersten Wieder-Abfall der Ostsee-Slaven, finden sollen, ehe auf deren Würdigung näher eingegangen werden kann.

Unmittelbar anknüpfend an dasjenige, was er im Buch II Cap. 4 nach dem Obigen über die in's 12. Jahr Erzbischofs Adeldag fallende Gründung des Schleswiger Bisthums bemerkt, übrigens mit den in doppelter Weise unbestimmten Worten fertur etiam ipso tempore, erzählt Adam im Cap. 5 [3]): Es habe damals König Otto auch die sämmtlichen Slavischen Völker seiner Herrschaft unterworfen, und dieselben, welche schon sein Vater in Einem großen Kriege gebändigt, mit solcher Macht unter Gottes Beistande gefesselt und in Banden gehalten (constrinxit), daß sie gern für ihr Leben und Vaterland sich gegen den Sieger zu

---

[1]) Ueber diese Magdeburger Urkunden verweise ich nur generell auf Joh. Christ. Schillingk (praes. Casp. Sagittario) Diss. Antiquitates archiepiscopatus Magdeburgensis, Jen. 1684, 4o.

[2]) S. Leibnitii accessiones historicae, Tom. I. p. 1 sq. und Pertz Monumenta, Tom. XVI. pag. 105 sq.

[3]) Fast wörtlich schließen sich an Helmoldus l. l. Lib. I. cap. 9., und Albertus Stad. ad A. 948 (a. a. O. fol. 106a).

Tribut und christlichem Bekenntniß erboten hätten; das ganze Volk der Heiden habe die Taufe angenommen, und da seien zuerst in Slavien Kirchen erbaut worden. In welcher Gegend des Slavenlandes und an welchen Orten, namentlich ob dies die späteren Bischofssitze gewesen, sagt weder Adam noch Helmold; vielmehr schließen Beide mit folgenden Worten [1]): de quibus rebus circa finem (suo loco), gestae ut sunt, opportunius aliquid dicemus (aliqua scribenda sunt). Alles aber, was im weiteren Verlaufe über Slavien und dessen Kirchenzustände bis zu Adaldag's Tode (988) berichtet wird, beschränkt sich bei Adam, wenn man von gelegentlicher Lobpreisung [2]) der Verdienste, welche Otto und Adaldag um die Bekehrung fast aller Slavischen Stämme sich erworben, und von der Notiz [3]) absieht, daß, wie Erp, ein Diacon Adaldag's, dem Bisthum Verden, so auch Andere (alios fratrum) für ihren Eifer in der Mission (in praedicatione) unter Dänen und Slaven größeren Cathedralen vorgesetzt worden seien, auf folgende Mittheilung, welche er den im Cap. 9—12 gegebenen Berichten über Otto's in Begleitung Adaldag's gemachten ersten Römer-Zug, und zwar an die Rückkehr von dort, wieder mit den Worten ipso tempore im Cap. 13 anschließt: Nach Besiegung und Bekehrung der Slaven habe Otto an den Ufern der Elbe die Stadt Magdeburg gegründet (condidit) und den Slaven zur Metropole bestimmt; derselben sei Adalberius als erster Bischof vorgesetzt worden, und habe, ordinirt im 36. Jahre des Kaisers und Adaldag's, im 137. seit Ansgar's Ordination [4]), 12 Jahre dem Erzbisthum vorgestanden, und viele Slavische Stämme (populos) durch seine Predigt bekehrt. Dann aber heißt es unmittelbar im Cap. 14: Magdeburgensi archiepiscopatui subiecta est tota Slavonia usque Penem fluvium. Episcopatus suffraganei quinque, quorum Mersiburg et Ciscia

---

[1]) Bei Albertus Stad., welcher Vieles ad A. 948 zusammenfaßt, was Jene an verschiedenen Stellen berichten, fehlt dieser Schluß ganz, den Helmold nur in der oben angedeuteten Weise geändert hat.

[2]) S. Adam Lib. II. cap. 17. und cap. 20.

[3]) Sie fehlt bei Helmold, während Albertus Stad. sie aufgenommen hat.

[4]) Alle diese Daten ergeben gleichmäßig das Jahr 931.

super Salam flumen condita, Misna vero super Albiam, Brandenburg et Hevelberg interius vadunt. Sextus episcopatus Sclavoniae est Aldinburg. Eum, quod vicinior nobis est, Imperator Hammaburgensi archiepiscopatuï subiecit, ibique archiepiscopus noster (scl. Adaldagus) primum ordinavit episcopum Euraccum vel Egwardum, quem latine dicimus Euagrium [1]).

Alle diese wie jene Angaben kehren fast buchstäblich, nur daß hier archiepiscopus noster in Adaldagus verwandelt ist, und daß dort, nach Erwähnung der die Ordination Adalberts von Magdeburg betreffenden Adam'schen Zeitangaben, die Worte eingeschoben sind: Otto Imp. Magdeburgensem ecclesiam condidit, in restitutionem, ut dicitur, ecclesiae S. Mauricii, quam destruxit, quando Romam pro consecratione iturus ibidem est prohibitus, bei Albertus Stad. zum Jahre 971 wieder, und auch Helmold giebt sie, nur ohne den letzteren Zusatz, ganz in derselben Zeitfolge und wesentlich in gleicher Fassung wie Adam. Nicht blos aber fehlt bei ihm, was Letzterer über die Ordination des Egwardus hinzufügt, sondern er motivirt auch die Aufhebung der Subjection unter die Magdeburger Metropole etwas anders, nämlich nach den Worten: Sextus episcopatus Slaviae est Aldenburg, dahin: Sextum episcopatum sicut et ceteros Imp. Otto Magdenburgensi primum subiicere decreverat, quem tamen postmodum Adheldagus Hammenb. ecclesiae episcopus requisivit, eo quod terminus suae ecclesiae antiquis Imperatorum privilegiis esset circumscriptus. Etwas anders wieder lautet die sonst, auch in der Nicht-Erwähnung Edward's, mit Helmold übereinstimmende Angabe der Chron. Slavica im cap. 8, nämlich dahin: Sextum ei addidit Aldenburg, quod tamen Adeldagus negavit, eo quod in suo sino antiquorum Imperatorum privilegio esset [2]), wohingegen Corner an der einen Stelle ganz Hel-

[1]) An anderweiten Varianten fehlt es bei diesem Namen nicht; so u. a. Evacrus, Evrarcus, Evarcus, Everacus, Evrarcarus, welcher letzteren Lappenberg in Note 35 zu Adam II. c. 14 den Vorzug vindicirt.

[2]) Im N.-D. Texte wird dies dahin gegeben: „in deme dat stichte em

mold sich anschließt, an der andern bloß generell bemerkt: ipsum Adaldagus suae ecclesiae adiungi ob Ottone impetravit [1]).

Sonst giebt Adam über die Aldenburger Kirche und Diöcese nichts Näheres, namentlich auch nicht bei seiner Beschreibung des Slavenlandes, oder wo er sonst die Stadt erwähnt [2]). Wohl aber gedenkt er, meist im Anschluß an das, was er über die Missions-Bemühungen der Hamburger Erzbischöfe berichtet, nicht bloß noch einmal der Wahl des Egwardus als des ersten von Adaldag ordinirten Aldenburger Bischofs, sondern giebt auch dessen Nachfolger im Verlauf seines Werkes an, meist mit Angabe der Erzbischöfe, unter und von denen sie geweiht wären, hie und da auch, doch seltener, zugleich mit anderweiten Bemerkungen über die in der Christianisirung der Ostsee-Slaven erzielten Erfolge, von denen hier nur zwei hervorzuheben sind. Einmal bemerkt er, nach Erwähnung der drei ersten Bischöfe Egwardus, Wego oder Wago, und Ezico [3]), es seien zu deren Zeit die Slaven dem Christenthum treu geblieben, und überall in Slavien Kirchen erbauet, auch viele (plurima) Mönchs- und Frauenklöster errichtet worden. Zeuge dessen sei der noch lebende Dänen-König Suein (ein Enkel des Suein Otto), welcher, als er ihm die 18 Gaue, in welche ganz Slavien getheilt sei, aufgezählt habe (recitaret), hinzugefügt hätte, bis auf drei seien diese damals alle zum Christenthum bekehrt gewesen, und willig hätten die Slavischen Fürsten jener Zeit Misizza, Naceon und Sederich den gelobten Tribut gezahlt. Außerdem aber verdient noch Beachtung, und mag, obwohl erst auf viel spätere Zeit, nämlich die des Slaven-Fürsten Gottschalk († 1066) und Erzbischofs Adalbert v. Bremen, (1043—1072) bezüglich, gleich hier einen Platz finden, die Aeußerung Adam's [4]), damals hätten alle

---

toqueme na utvisinge older kaiserliken privilegien". Darnach ist wohl zu lesen: quod in suo secundum antiqua imp. privilegia esset.

[1]) S. H. Corneri chron. ad A. 961 u. 983, in Eccard Corp. Histor. Medii Aevi, Tom. III. p. 536 u. 554.

[2]) Vergl. Lib. II. c. 18, II. c. 41, III. c. 19 u. IV. c. 18.

[3]) S. Lib. II. c. 24.

[4]) S. Lib. III. c. 19.

Slaven, die Wagrier, Abotriten u. s. w. bis zur Peene den christlichen Glauben bekannt, und die verschiedenen Provinzen seien voll der Kirchen, diese der Priester gewesen; damals wären auch in den einzelnen Städten coenobia virorum canonice viventium, item monachorum atque sanctimonialium entstanden, sicut testantur ii, qui in Leubice (die erste Erwähnung Lübecks), Aldinburg, Lontio (Lenzen), Razzispurg et in aliis civitatibus singulas viderunt; in Magnopoli vero, quae est civitas inclita Obodritorum, tres fuisse congregationes Deo servientium referunt. In Namen und Reihefolge der von Adam so erwähnten Bischöfe Aldenburgs stimmen von Wago ab seine Angaben [1]) mit denen Helmold's und der obigen späteren Quellen [2]) genau überein, nämlich Wago, Ezico, Volcwar (oder quar) dus, Regin (oder Reym-) bertus, Benno oder Bernardus, Meyn (oder Meinh)erus, Abbelinus und Ezzo, nach dessen Tode das Bisthum bis zur Herstellung durch Vicelinus vacant blieb.

Nur in Betreff des Egwardus, Vorgängers von Wago, bestehen Differenzen. Unerheblich ist, weil wohl nur Schreibfehler, daß er in dem angeführten Summarius der Slavischen Chronik Berwardus, Conradus bei Corner genannt wird. Aber zweimal nennt ihn Adam nach dem Obigen den ersten der Aldenburger Bischöfe; dagegen wird als solcher und als Vorgänger des Egward sowohl von Helmold, als auch von der Slavischen Chronik [3]) ein Bischof Marco, dessen Adam nirgends gedenkt, bezeichnet, und zwar mit dem Bemerken, es habe der Kaiser (Otto) der Stadt Aldenburg, als sie sich,

---

[1]) S. Lib. II. c. 24, 44, 47, 62, 70 u. Lib. III. c. 20 u. Schol. 94.

[2]) Vergl. Helmoldus Lib. I. c. 13 § 6, cap. 14 § 11, cap. 17 § 1, u. § 7, cap. 18 § 9, cap. 22 § 3, cap. 69 § 2, Albertus Stad. ad A. 984 (a. a. O. fol. 110a), ad A. 1013 (fol. 113b), ad A. 1029 (fol. 117b), ad A. 1058 (fol. 128a), und ad A. 1149 (fol. 166a), Chron. Slav. cap. 9—12 und den ad A. 1459 (bei Lindenbrog pag. 223) eingefügten, aus Alb. Krummendyk chron. episcop. Lubecensium (in Meibomii Scriptt. Rer. Germ. Tom. II. p. 389 sq.) entlehnten Summarius pontificum Aldenburgensium et Lubecensium ecclesiarum.

[3]) S. cap. 9 und summarius pontif. cit.

troß des großen Ansehens und der Obmacht der dortigen Fürsten, nach Unterwerfung ganz Slaviens zum Christenthum bekehrt und eine große Zahl von Gläubigen unter ihren Bewohnern gewonnen habe, den Marco zum Bischof gegeben, und ihm das ganze Obotritenland bis zur Peene und bis nach Demmin untergeben, überdies noch seiner Fürsorge (delegando) die Stadt Schleswig zugewiesen, welche damals noch mit dem ganzen Lande zwischen Schlei und Eider zum Römischen Reiche gehört habe [1]); so wie daß erst nach Marco's Tode, welcher der neuen Pflanzung d. h. der Aldenburger Kirche als erster Bischof vorgestanden und die populos Wagirorum sive Obotritorum getauft habe, Schleswig einen eignen Bischof erhalten hätte, die Leitung des Aldenburger Bisthums aber dem Egwardus von Adaldag übertragen worden sei [2]). Als Vorgänger des Egwardus und als erster Aldenburger Bischof kommt eben so Marco in dem aus dem Registrum Capituli vom Jahre 1259 von Leverkus mitgetheilten [3]) Verzeichnisse episcoporum omnium a primo qui sedit in Aldenburg etc. vor. Auch Albertus Stad. nennt, wo er zum Jahre 1149 die Geschichte des Aldenburger Bisthums recapitulirt, den Marco als ersten Bischof, jedoch ohne der Verbindung mit Schleswig zu gedenken, während er zum Jahre 971 u. 984, ganz den Worten Adam's sich anschließend, den Egward als ersten Aldenburger Bischof bezeichnet. In dem Verzeichnisse der Schleswiger Bischöfe, welches sich hinter einer Handschrift des Chron. breve Bremense befindet, und dieselben unter Bemerkung der Dauer, auf welche jeder dem Bisthum vorgestanden, jedoch ohne son-

---

[1]) S. Helmoldus Lib. I. cap. 12 § 4—6. Damit ist zu vergleichen cap. 69 § 1, wo es ganz im Einklang mit dem Obigen heißt: *Aldenburgensem (sedem episcopatem) M. Otto primus instituerat, subiciens ei Polabos et Obotritos, a terminis Holtzatorum usque ad flumen Panim et civitatem Dimin; posuitque in Aldenburg primum pontificem Marconem. Post hunc secundus erat Ecwardus, tertius Wago etc. etc.*

[2]) Ebendas. § 7 u. § 8: *Quo (Marcone) defuncto Sleswich singulari pontifice honorata est. Aldenburgensem sedem suscepit regendam venerabilis vir Edwardus, qui multos Slavorum convertit ad Dominum; ordinatus est a S. Adaldago Hammenburgensi archiepiscopo.*

[3]) S. Bisth. Lübecker Urk.-B. Nr. 146, vergl. mit Nr. 141.

stige Jahres-Angabe von Hored ab aufführt [1]), findet sich denn auch ein Bischof Marco als vierter genannt. [2])

Auch an sonstigen Abweichungen fehlt es in den von Adam und den von Helmold über Aldenburg gegebenen Nachrichten nicht, indem Letzterer theils aus dem Leben mehrerer Bischöfe einzelne Daten gelegentlich erwähnt, namentlich aber über die Dotation des Bisthums und deren späteres Geschick sich näher verbreitet. Darauf wird weiterhin zurückzukommen sein; nur soll hier schon zum Schluß dieser Parallele beider Hauptquellen dies noch bemerkt werden, daß Helmold, was Adam als Mittheilung des Dänenkönigs Suein über die Einführung des Christenthums in 15 der 18 Slavischen Gaue berichtet, ohne des Suein irgend zu gedenken, als von Adam selbst bezeugte, und als positiv feststehende Thatsache behandelt, so wie daß er die Adam'schen Aeußerungen über die große Zahl der im Slavenland erbauten Kirchen und Klöster zwar an einer Stelle für dieselbe Zeit, wie jener, nämlich für die Zeit Gottschalk's wiederholt, an einer andern aber schon für die Zeit der Bisthumsgründung angiebt, es sei alles Land der Wagrier, Obotriten und Kyziner voll Kirchen, Priester, Mönche und Nonnen gewesen; wobei er noch speciell über die Aldenburger Kirche dies hinzufügt, wovon sich bei Adam überall nichts findet: Porro Aldenburgensis ecclesia dedicata fuit in commemoratione S. Joannis Baptistae, existens honore matricis ecclesiae insignis; Mikelinburgensis vero ecclesia fuit constructa in honore principis Apostolorum Petri, continens monasterium virginum [3]).

---

[1]) S. Lappenberg's Geschichtsquellen des Erzstifts Bremen S. 5.

[2]) In den Registern zu den einschlagenden Bänden der Monnm. German. und zu den mir zugänglichen Urkunden-Sammlungen habe ich nach einem Aldenburger oder Schleswiger Bischof Marco vergebens gesucht, fand dagegen der hier fraglichen Differenz zwischen Adam's und sonstigen Angaben bereits gedacht von Tobias Eckhardus (Rector zu Quedlinburg) in s. Diss.: Henrici Leonis anctoritas circa sacra ex historicis monumentis exposita et commonstrata, Wolfenb. 1732, 4o, Note p. p., welcher u. a. dabei unter Bezug auf C. Fr. Paulini syntagma rerum German. Tom. III. pag. 158 sagt: *primus pastor sive pontifex Aldenburgensium et simul Sleswicensium erat Marco.*

[3]) S. Lib. I. cap. 20 § 2 u. 5, vergl. mit cap. 12 § 11, 12.

Diesen Nachrichten zufolge, in denen, namentlich bei Adam, die Gründung des Aldenburger Bisthums durchweg mit dem, was für die Nordische Mission geschehen sei, in Verbindung gesetzt wird, eigentlich auch nur Erzbischof Adaldag und seine Nachfolger als handelnd, und unverkennbar als Hauptpersonen eingeführt werden, des Kaisers selten und mehr nebenher gedacht wird, eine Mitwirkung endlich der Slavischen Fürsten aber weder zur Errichtung des neuen Bisthums noch bei dessen späteren Verleihungen sich erwähnt findet, dürfte zunächst so viel als zweifellos sich ansehen lassen, daß Aldenburgs Erhebnng zu festem Bischofssitze wesentlich eine missionarische Tendenz gehabt habe. Für die Bekehrung der Wagrischen und der ferner gelegenen Slavischen Lande mag in Folge des durch Otto's Siege gewonnenen Uebergewichts der Deutschen auch in den Ostsee-Gegenden ein günstiger Zeitpunkt als eingetreten erschienen sein, um die auf friedlichem Wege schon seit länger angebahnte, aber doch ziemlich erfolglos gebliebene (denn von Kirchen, die dort schon vorher bestanden hätten [1]), enthalten jene Nachrichten keine Spur) Einführung des Christenthums entschiedener ins Auge zu fassen, und von einem näher als Hamburg belegenen, und den zu bekehrenden Landen selbst angehörigen Orte aus das Missionswerk zu fördern, zugleich einer eingreifenderen, durch die höchste geistliche Würde ausgezeichneten Ober-Leitung unterzuordnen, welche, in dem Maße, als sich durch Gründung von Gemeinden nach und nach auch das Kirchenwesen vollständiger und fester entwickeln würde, alsbald mit geordneter Regiminal-Gewalt bekleidet wäre. Je weniger Adaldag, trotz des ihm nachgerühmten Eifers für die Heidenbekehrung, persönlich Missionsreisen unternommen zu haben scheint, und da er, weil meist im Gefolge des Kaisers, bei dem er sehr in Ansehen stand, und lange von Deutschland abwesend [2]), zu solcher eigenen Missions-Thätig-

[1]) Nur gelegentlich dessen, was Helmold über die Besitzungen des Aldenburger Bisthums erzählt, hebt er in Lib. I. c. 14 § 4 von der curtis in loco Nezenna (an der oberen Trave, nördlich von Seegeberg, in der Gegend des Warder See's, nach Bangert das jetzige Gnissau, nach Schröder und Biernatzki Topogr. v. Holst. wohl richtiger, der Ort Warder [slav. nezina = insula] selbst) hervor, daß daselbst auch ein oratorium schon damals gewesen sei.

[2]) S. Adam Brem. Lib. II. c. 2 u. 10.

keit meist außer Stande war, um so begreiflicher wäre es, daß er das ihm als päpstlichem Legaten zuständige jus ordinandi episcopos benutzt hätte, um auch innerhalb seiner Provinz sich gleichsam einen Vertreter für die Heidenbekehrung zu bestellen. So aufgefaßt, daß nur allmählich aus einer missionarischen Hauptstation ein fester Bisthumssitz sich entwickelt hätte, würde denn auch der Mangel jeder Angabe über das Stiftungsjahr und jeder Stiftungs-Urkunde für das Bisthum Aldenburg wenig Auffallendes haben, trotzdem, daß solche Fundations-Diplome für die übrigen Ottonischen Bisthumssitze erhalten, oder doch ursprünglich ergangen sind. Nicht minder dürfte diese Auffassung dafür eine Erklärung bieten, und dies wieder zu einem unterstützenden Moment für deren Richtigkeit dienen, daß weder für diese erste Zeit, noch selbst für die, wo der Slavenfürst Gottschalk das Christenthum in Wagrien hergestellt hatte, irgend welche sichre Spur von einem dortigen Domcapitel sich nachweisen läßt [1]), und daß diesem neuen Bisthume allem Anscheine nach ein genau begrenzter Bezirk als Diöcese überall nicht zugewiesen worden ist, sondern nur aus dem Fortgange der Mission, und durch die vom Süden her mit der gleich im Jahre 946 erfolgten Circumscription des Havelberger Bisthums gegebene Grenze des Magdeburger Metropolitan-Sitzes [2]), schließlich sich die spätere Diöcesan-Umgrenzung

[1]) Daß der Oddar, auf dessen Zeugniß hin der König Suein dem Adam Brem. (s. Lib. II. c. 41) die an 60 Priestern bei Aldenburg geübten Scheußlichkeiten berichtet hat, major praepositus heißt, scheint mir kein ausreichendes Moment, um so weniger, als loci hinzugefügt wird. Ob dieser Oddar identisch ist mit dem Oddo oder Odda, von welchem die Ann. Quedlinb. ad A. 1013 und Thietmari chron. Lib. VI. cap. 53 (Pertz Tom. V. p. 81 und 832) erzählen, daß er vom Erzbischof Livizo der vicarius inter clericos specialius fidelis gewesen und zum Nachfolger im Erzbisthum empfohlen worden sei, daß aber der Kaiser dasselbe dem Unwan verliehen habe, will mir auch nicht unbedenklich scheinen.

[2]) Wenngleich die bei Riedel a. a. O. Nr. I, IV. u. VII. ersichtlichen Grenzbezeichnungen Havelbergs vom Jahre 946, 1150 und 1179 namentlich dadurch zweifelhaft werden, daß hier ab aquilone das mare Rugianorum angegeben ist, so stimmen sie doch darin überein, daß sie als termini episcopatus gegen das heutige Mecklenburg bin die Peene ab ortu in östlicher Richtung, bis wo sie ins Meer fließt, in westlicher die Elde bis zu ihrem Einfluß in die Elbe angeben.

der Ostsee-Slavenlande festgestellt hat. Aehnlich wie im 9. Jahrhundert für das Verdener Bisthum, dann im 10. für die zu Hamburg gegründete Metropole der nationes orientales, wird auch für Aldenburg der Peene-Fluß und die Stadt Demmin als äußerster Grenzpunkt [1]) hervorgehoben, bis zu welchem sich die amtliche Fürsorge der Aldenburger Bischöfe erstreckt habe, und alle zwischen Peene, Elde, Elbe und dem Meere wohnenden Slavischen Stämme nennt Helmold als in terminis Aldenburgensis ecclesiae begriffen [2]). Die dortige S. Johannes-Kirche bezeichnet er ausdrücklich als ecclesia matrix insignis, und wenn er dabei den Bezirk, wofür, und daß sie es auch für das heutige Mecklenburg gewesen sei, nicht besonders bemerkt, so ergiebt sich dies doch theils aus seinen, weiterhin in näheren Betracht zu ziehenden Nachrichten über die dem neuen Bisthum zugewiesenen Güter und Einkünfte, theils daraus, daß in gleichzeitigen Chroniken die uns bekannten Aldenburger Bischöfe auch als Mecklenburger erwähnt, und daß beide Bezeichnungen episcopus Aldenburgensis oder antiquae civitatis und Megapolitanus und Michilinburgensis [3]) völlig identificirt werden, daß auch die nach Herstellung der Aldenburger Kirche um die Mitte des 12. Jahrhunderts durch Erzbischof Hartwig erfolgte Errichtung des Ratzeburger und Mecklenburger (später Schweriner) Bisthums ausdrücklich von Helmold als divisio episcopatus Aldenburgensis bezeichnet wird [4]).

An noch größerer, so gut wie unlösbarer Dunkelheit leiden jene Nachrichten über Aldenburg in chronologischem Betracht.

---

[1]) S. oben Seite 36.

[2]) Speciell nennt er im cap. 18 § 5 die Obotriten, Kyzinen, Polaber und Wagrier, fügt aber hinzu et ceteri Slavorum populi.

[3]) So kommt z. B. Bischof Benno oder Bernhardus, in den Ann. Hildesheim. (Pertz V. p. 95. 96) zum Jahre 1022 u. 23 als Aldenburgensis und Haldenburgensis, und in Thietmar Chron. VII. c. 4 (ibid. p. 837) zum Jahr 1014 als antiquae civitatis episcopus genannt, in den Ann. Quedlinb. (ibid. p. 89) zum Jahre 1003 als Meklenburgensis episcopus vor. Dieselbe Bezeichnung brauchen letztere zum Jahre 992 (ibid. p. 69) von Bischof Reginbartus, von dem Thietmar (l. c. Lib. VI. c. 30 p. 818) erzählt, daß er zum antiquae civitatis antistes durch Otto III. gemacht sei.

[4]) A. a. O. Lib. I. cap. 69 (70) § 3.

Dies gilt selbst von der den einzelnen Bischöfen zuzuweisenden Regierungszeit, theils weil überhaupt ihrer, mit Ausnahme Benno's, wo es vielleicht am ersten entbehrt werden könnte, nur sehr wenig bei anderen Geschichtsschreibern Erwähnung geschieht, theis weil, was Helmold bei einem und dem andern an Special-Ereignissen aus deren Leben hervorhebt, meist solcher Angaben entbehrt, die zugleich für die Zeitbestimmung einen festen Anhalt gewähren könnten, endlich aus dem Grunde, weil im 10. Jahrhundert in der Person der Deutschen Kaiser und der übrigen weltlichen Herren dieser Slavischen Gegenden, wie in der der Hamburg-Bremer Metropolitane verhältnißmäßig nur wenig Aenderungen eingetreten sind [1]), diese auch vielfach mit einander chronologisch ganz oder beinahe coindiciren, solchergestalt aber Adam's und Helmold's Angaben darüber, von und unter wem die obgenannten Aldenburgischen Bischöfe ordinirt oder confirmirt und eingesetzt seien, sowohl für Anfang als Ende ihrer Sedenz (deren Dauer in den obigen Verzeichnissen nirgends, wie sonst üblich ist, sich angegeben findet) geringen Anhalt bieten, und nicht einmal dahin sich benutzen lassen, daß ein nicht zu langer Zeitraum, innerhalb dessen ihre kirchliche Regierung fallen müsse, mit einiger Sicherheit festgestellt werden kann.

Vollends aber ungewiß bleibt das Jahr, in welches die Gründung des Bisthums, d. h. die Ernennung des ersten Aldenburger Bischofs zu setzen wäre, und bei der obwaltenden völligen Ungewißheit über die Sedenz-Dauer der einzelnen Bischöfe läßt sich nicht einmal durch Rückwärts-Rechnung der Anfang des Bisthums selbst, auch nur annähernd, feststellen; die un-

[1]) Wie Erzbischof Adaldag mehr als 50 Jahre der Hamburger Kirche vorstand (von 936 bis 988), so umfaßt auch Harald's Blauzahn Zeit ein halbes Jahrhundert (936 bis 986). Gleichen Anfangs, wenn schon kürzerer Dauer, ist Otto's I. Regierungszeit (936 bis 973), und mit dem Jahr seines Todes fällt wieder der Tod Hermann's Billung zusammen. Auch daß der Ottonen auf dem Deutschen Königsstuhl drei hinter einander folgten, auf dem Hamburger Bischofssitz nach Adaldag in dem Zeitraume von 988 bis 1032 zwei Bischöfe gleichen Namens (Libentius) saßen, und der sie trennende Prälat den Namen von Adaldag's Vorgänger, Unno oder Unwan, führt, mehrt die Schwierigkeiten.

bestimmte Weise aber, wie Adam und Helmold ihre Angaben über das Bisthum Aldenburg an ihre sonstige Erzählung, oder an anderweit chronologisch sichere Ereignisse anknüpfen, ist die Dunkelheit eher durch neue Bedenken zu mehren, als sie aufzuhellen geeignet. Soweit gehen denn auch über das Gründungsjahr des Bisthums die Ansichten der Neueren auseinander, daß die Einen es bis in das fünfte Decennium zurücksetzen, die Anderen es erst v. J. 968 datiren wollen [1]).

Dieser letzteren Ansicht ist schwerlich beizutreten. Zwar fällt in diese Zeit, durch Selibur und Mistav angeregt, ein neuer und erheblicher Aufstand der Ostsee-Slaven gegen Christenthum und Deutsche Herrschaft [2]), und dieser wurde auch für Otto Anlaß, seine Pläne wegen Erhebung Magdeburg's zur Slavischen Metropole wieder aufzunehmen und ernstlicher zu verfolgen [3]). Es würde aber doch, wenn es sich damals erst um die Stiftung Aldenburgs, ähnlich wie um die von Meißen und Zeitz gehandelt hätte, doppelt auffällig sein, daß davon in den durch jene Metropolen-Gründung veranlaßten Verhandlungen auf dem Concile zu Ravenna i. J. 967 nnd 968, oder in den darauf bezüglichen päpstlichen Bullen so wenig auch nur andeutend die Rede ist, als, wie schon früher bemerkt wurde, in den desfallsigen chronikalischen Nachrichten. Zur Stütze jener Ansicht bleibt also nichts als die Nachricht, daß Aldenburg gleichfalls der Magdeburger Metropole habe unterworfen sein sollen. Ist nun auch diese, um des Stillschweigens aller übrigen Quellen willen, nicht ganz zu verwerfen, so kann sie doch zu einem chronologischen Anhaltspunkte um so weniger dienen, als Otto wohl seit der schon i. J. 937 erfolgten Gründung des Magdeburger Moritz-Klosters [4])

---

[1]) So Rudloff's Mecklenb. Geschichte Th. I. S. 39, J. Fr. Burmester's Beiträge zur Geschichte des Herzogth. Lauenburg. Ratzeburg 1832 S. 2; Lappenberg in dem S. 79 Note 2 angeführten Aufsatze S. 386 nimmt auch die Zeit nach 965 an.

[2]) W. Dönniges Jahrb. des D. R. unter König Otto I. von 951 bis 973, S. 133.

[3]) Ebend. S. 137 ff.

[4]) Köpke Jahrb. des D. R. unter König Otto I. von 936—951, S. 15.

sich ununterbrochen mit jenem Gedanken getragen hat, und die von Adam wie Helmold gleichmäßig gebrauchte Wendung: quam (nämlich die neugegründete, oder vielmehr hergestellte und erweiterte Stadt Magdeburg) Slavis metropolim statuens, mehr auf gehegte, als auf schon zur Ausführung gekommene Pläne, und auf weit zurückliegende Zeit hinweisen dürfte, mindestens sich beziehen ließe. Auch würde für Bischof Ezico, der zwischen 983 und 988 ordinirt ist, und da für dessen unmittelbaren Vorgänger Wago eine Sedenz von mehr als 10 Jahren sicher anzunehmen steht [1]), für die Regierungszeit Egward's und Marco's ein nur äußerst beschränkter Zeitraum übrig bleiben, wollte man des Bisthums Stiftung in oder kurz vor das Jahr 968 setzen.

Auf der anderen Seite bedünkt mir auch die Angabe Helmold's, daß Anfangs Aldenburg und Schleswig einen gemeinsamen Bischof in der Person des Marco gehabt hätten, trotzdem daß in dem Verzeichnisse der Schleswiger Bischöfe ein Marco vorkommt, doch zur Chronologie des Aldenburger Bisthums keine verläßliche Basis zu gewähren. Denn da hier dem Marco, freilich nur für Schleswig, eine Regierungszeit von 20 Jahren, seinen drei Vorgängern zusammen von über 40 Jahren zugeschrieben wird, so wäre darnach, wenn man die i. J. 948 erfolgte Ordination Hored's auch als Anfang des Bisthums Schleswig annimmt, Marco's Tod erst um das Jahr 1011 erfolgt, und die Ernennung seiner Aldenburger Nachfolger Egward, Wago, Ezico, ja selbst noch die des Benno würde unter Otto III. resp. nach dessen Tode, und in die Sedenz des Erzbischofs Libentius zu setzen sein, während doch Benno durch Unwan, den Nachfolger von Libentius I. († 1013), ordinirt ist [2]), und Adaldag († 988) noch Wago's Nachfolger Ezico die Weihe ertheilt hat [3]).

---

[1]) S. Lappenberg a. a. O. in Pertz Archiv Bd. IX. S. 389 u. 390.

[2]) Vergl. Helmoldus Lib. I. c. 17 § 7.

[3]) S. Adam Brem. Lib. II. c. 24 und Helmoldus c. 14 § 11 vergl. mit c. 13 § 6, wo Wago's gedacht, aber dessen Ordinator nicht genannt wird. Daß übrigens hier Wago's erst nach Erwähnung von Otto's I. und Herzogs Bernhard Tode 973 gedacht wird, dürfte m. E. zu dem Beweise, daß er unter Otto II. das Bisthum erhalten habe (Lappenberg a. a. O.

Bleibt man hingegen, ohne jenes Jahr (948) festzuhalten, nur dabei stehen, daß, wenn erst hinterher Schleswig seinen eigenen Bischof erhalten hat, Aldenburg früher als dieses Bisthum gegründet sein muß, so bieten, selbst abgesehen davon, daß Adam nicht direct und ausdrücklich die Stiftung eines neuen Bisthums zu Schleswig, sondern nur die für die dortige Kirche erfolgte Ordination des Hored in das Jahr 948 setzt, dieser aber Anfangs blos zu einer Mission vom Bischofe bestimmt gewesen sein könnte, für die genauere Bestimmung des Jahres, in welches die Gründung des Aldenburger Bisthums zu setzen wäre, in der Adam-Helmold'schen Darstellung nicht Anhaltspunkte, sondern nur Schwierigkeiten sich dar. Die generelle Zeitangabe mit ipso oder eo tempore läßt rück- und vorwärts einen großen und unbestimmten Spielraum, und gleiches gilt von der Art, wie die Unterwerfung der Slaven als vorangegangen bezeichnet wird, zumal jede nähere Angabe oder Andeutung fehlt, welche Stämme des großen Slaven-Volkes jene Schriftsteller vor Augen gehabt haben, es auch in der ganzen Zeit bis zu Kaiser Otto's erstem Zuge nach Italien im Jahr 951 in diesem Grenzlande fast in keinem Jahre, auch wenn Otto selbst, wie meist, im Süden und Westen Deutschlands durch Reichssachen in Anspruch genommen war, an Kämpfen mit den Slaven gefehlt hat, die nach jedem Siege der Deutschen Waffen mit Tribut-Zusage und Annahme der Taufe endeten, aber die Herrschaft des Reichs so wenig fest und dauernd begründeten, als das Christenthum.

Den verläßlichsten Anhalt für die Chronologie des Bisthums Aldenburg scheint mir sonach immer noch theils der Umstand zu bieten, daß der dem Bisthum Havelberg i. J. 946 gegen die Ostseeländer hin längs der Peene und der Elde zugewiesene Grenzzug auf eine jenseits dieser Naturgrenzen schon länger bestehende kirchliche Organisation hinweiset, theils die Zeitangabe, welche Adam, Helmold und Albert v. Stade in Anlaß des späteren Abfalls der Slaven und der dadurch herbeigeführten Zerstörung

---

S. 389) nicht ausreichen, da im fast wörtlich aus Adam Brem. Lib. II. c. 21 entnommenen Eingange des c. 14 auch schon Otto's II. Tod († 983) erwähnt wird, und überhaupt Helmold die Zeiten der 3 Ottonen mehr zusammenfassend behandelt hat.

Aldenburg's wie Hamburg's gleichmäßig dahin machen [1]), daß über siebenzig Jahre lang die Slaven sich zur christlichen Lehre bekannt hätten und ihr treu geblieben wären. Zweifelhaft ist freilich auch hier wieder, von welchem Zeitpunkte ab rückwärts jene siebenzig Jahre zu berechnen seien; ob von dem Todesjahre Otto's III., womit jene drei Chroniken übereinstimmend die Abschnitte einleiten, worin sie des ersten großen Abfalls der Slaven gedenken; oder ob von der Zeit an, wo unter Mistiwoi's und Mizzidrog's Anführung die Winuler zuerst Nord-Albingien, dann Slavien mit Feuer und Schwert verwüsteten, alle Kirchen zerstörten, namentlich in Hamburg, Viele geistlichen und weltlichen Standes tödteten oder in Gefangenschaft führten, von denen 60 Priester bei Aldenburg dadurch den Märtyrertod erlitten, daß man ihnen die Kopfhaut kreuzweise geschunden, das Gehirn bloßgelegt, und sie so gebunden unter Spott und Gewaltthätigkeiten von Ort zu Ort geschleppt habe [2]); welche Ereignisse Adam [3]) in

[1]) Vergl. Adam Brem. Lib. II. c. 42, Helmoldus Lib. I. c. 16 § 10, Albertus Stad. ad. A. 1001: „*Omnes Sclavi, qui inter Albiam et Oddaram habitant, per annas 70 et amplius christianitatem coluerunt omni* (H. u. Alb. setzen hinzu *scil.* u. *videl.*) *tempore Ottonum, talique modo se absciderunt a corpore Christi et ecclesiae, cui antea coniuncti fuerant.*

[2]) Diese Greuelthat schildern alle drei Chroniker mit denselben Worten; aber Adam als eine ihm vom König Suein, *qui omnes barbarorum gestas res in memoria tenuit, ac si scriptae essent*, gemachte Mittheilung, der seinen weiteren Fragen über die Ereignisse in den sonstigen Slavischen Provinzen durch die Bemerkung entgegengetreten sei: *Cessa, fili; tantos habemus in Dania vel Sclavania martyres, ut vix passint libro comprehendi;* Helmold dagegen in der Art, daß er im Eingange sagt: *narrant Slavorum seniores, qui omnes barbarorum gestas res in memoria tenent*, dann jene Greuel als zweifellose Thatsachen erzählt; Albertus endlich, ohne auf irgend welches Zeugniß sich zu berufen, so wie mit Weglassung jener Worte: tantos etc., dagegen mit der, bei jenen Beiden fehlenden Angabe, daß der Tod der 60 Priester auf IV. Nonas Junii falle.

[3]) S. Adam Brem. l. c. c. 43, 44: *Haec facta sunt ultimo tempore Libentii senioris, sub duce Bernardo, filio Bennonis (al. Hermanni), qui populum Slavorum etc. — Anno archiepiscopi 22 Benno dux Saxonum obiit*, vergl. mit Helmoldus l. c. § 2: *Anno regni ejus (scil. Henrici R. II.) decimo mortuus est dux Saxoniae Benno..., cuius principatus haeres factus est Bernhardus filius ejus*, und § 10: *Haec facta sunt ultimo tempore etc.* (ganz wie bei Adam).

die letzte Zeit des Erzbischofs Libentius († 4. Februar 1013), und später setzt, als den Tod Herzogs Benno von Sachsen, Sohnes von Hermann Billung, welcher am 9. Febr. 1011 eingetreten ist [1]). Meines Theils möchte ich nach dem ganzen Zusammenhange, trotz der Worte omni Ottonum tempore, besonders um deshalb der letzteren Berechnungsweise den Vorzug geben, weil, von Otto's III. Tode ab gerechnet, der Anfang jenes mehr als 70jährigen Zeitraums um das Jahr 930, sonach über den Regierungsantritt Otto's I. hinaus und noch in die Zeit seines Vaters Heinrich fiele. Darnach würde denn die Gründung Aldenburgs um das Jahr 940, also in die Zeit zu setzen sein, wo Otto der Große durch das dem berühmten Gero anvertraute Marken-Herzogthum an der Mittel-Elbe die Verhältnisse der Grenzen gegen Slavien neu und fest ordnete [1]); ein Ereigniß, welches dem Erzbischof Adaldag ganz füglich Anlaß geben konnte, auch für die schon längst begonnene, aber nur wenig geglückte Bekehrung der Ostseelande eine neue Ordnung der kirchlichen Dinge eintreten zu lassen, die nur, wenn blos oder vorwiegend von ihm ausgehend, und zunächst nichts weiter, als Errichtung einer neuen Missions-Station, gegen die vom Kaiser selbst bald darauf ins Werk gesetzte Fundation und Dotation der Bisthümer Havelberg und Brandenburg so sehr zurücktrat, und von so viel geringerer Erheblichkeit erscheinen durfte, daß es wenig befremden kann, wenn ihrer in deu durch jene kaiserliche Stiftung veranlaßten Urkunden und Seitens der Sächsischen Geschichtsschreiber überall nicht gedacht wird.

Auf die uns überlieferte Reihe der einzelnen Aldenburger Bischöfe des 10. Jahrhunderts jenen siebenzigjährigen Zeitraum auch nur mit einiger Sicherheit zu vertheilen, bleibt nach dem dermaligen Stande unserer Quellen unthunlich. Von den vier oder drei ersten bis Ezico einschließlich steht es fest, von Marco und Egward ist aber auch nur dies allein bekannt, daß Adaldag sie ordinirt habe. Denn ob, was von einem Egward das Chron. Hirsaugiense erzählt, daß er, ein Mönch des dortigen Klosters S. Aurelii, und ein eben so gelehrter Mann als ausgezeich-

[1]) S. Köpke a. a. O. S. 37 ff. und Excurs 12.

neter Prediger von Otto I. zum Bischof von Schleswig im Jahre 965 erhoben worden sei und von den Schleswigern wegen Wunderthat den Namen Gottesmann erhalten habe, auf den Aldenburger Bischof dieses Namens zu beziehen sei, und hierbei nur beide Bisthümer mit einander verwechselt wären, will mir doch bedenklich erscheinen [1]). Von Wego oder Wago erzählt Helmold, während Adam und Albert v. Stade beide blos seiner Ordination gedenken, außer dem, was sich auf die Dotation des Bisthums Aldenburg bezieht und weiter unten in näheren Betracht gezogen werden wird, nur noch [3]), daß derselbe seine sehr schöne Schwester trotz Abmahnens seiner Vertrauten, um größerem Uebel vorzubeugen, das aus der Weigerung für die neu gepflanzte Kirche erwachsen könnte, dem Obotriten-Fürsten Billug zur Ehe gegeben, und die aus solcher Ehe geborne Tochter, Namens Hodica, erst einem Frauenkloster zur Erziehung übergeben, später, da sie in der Heil. Schrift wohl unterrichtet gewesen (sacris literis eductam), den zu Meklenburg lebenden (Kloster)-Jungfrauen als Aebtissin, obwohl sie noch nicht das canonische Alter gehabt, vorgesetzet habe; was den geheimen Christenhaß ihres Bruders Misfizla (Miecislaw) und dessen Furcht, es möchte solch Beispiel die fremde Lehre und Sitte in Slavien befestigen und stärken (ne hoc exemplo peregrinus mos illis in partibus inolesceret), zu gehässigen Anschuldigungen gegen seinen Vater Billug, wie zu Aufreizung desselben gegen die Gemahlin und gegen das Christenthum bestimmt habe; eine Erzählung, welche, wenn durch Helmold's alleiniges Zeugniß genügend beglaubigt, nicht bloß eine längere Sedenz des Wago annehmen ließe, sondern auch in Verbindung mit Helmold's weiterer Angabe, es habe später Miecislaw seinem

---

[1]) Vergl. Lappenberg über die Chronologie der alten Bischöfe der Diöcese des Erzbisthums Hamburg (Pertz Arch. IX. S. 389). Daß obige Verwechselung häufig vorgekommen, scheint mir nicht genügend belegt, und am wenigsten eine solche Identificirung in der Art constatirt und motivirt, wie dies mit Aldenburg und Meklenburg (s. oben S. 90) der Fall ist.

[2]) S. Adam Brem. Lib. II. c. 24, und Albertus Stad. ad A. 984 (a. a. O. fol. 110a).

[3]) Helmoldus l. c. Lib. I. c. 13 vergl. mit Chron. Slav. c. 10 in f.

[4]) Ebend. c. 15 § 3.

lange gehegten Christenhasse dahin Folge gegeben, daß er die Hodica dem Meklenburger Kloster entführt, und gleich vielen der übrigen Jungfrauen an seine Getreuen verheirathet habe [1]), zu der Vermuthung zu berechtigen scheint, daß Wago's Regierung bis in, und selbst über das 8. Decennium zurück gereicht und bis in die letzten Jahre Adaldag's (988) gedauert habe, da Billug's Tod und die ersten Anfänge der erneuten Slaven-Erhebung, welche im Jahre 1012 zu fast allgemeiner Herstellung des Heidenthums längs der Ostsee führte, allem Anscheine nach in die Zeit der Abwesenheit Otto's II. in Italien und seines dort 983 erfolgten Todes, so wie der Vormundschaft über seinen in Kindesjahren hinterlassenen Sohnes und Nachfolgers Otto III. fällt. Von Ezico, dem Nachfolger Wago's auf dem Aldenburger Bischofsstuhle, steht nichts weiter fest, als daß auch ihn noch [2]), wie bemerkt, Adaldag ordinirt habe, während die Ordination seiner Nachfolger, erst Folcward's, dann Reginberts, durch Erzbischof Libentius, also nach 988 erfolgt ist. Des ersteren Sedenz oder doch ruhiger Besitz des Bisthums kann nicht von langer Dauer gewesen sein. Denn Adam und nach ihm Helmoldus erzählen von Folcward, daß er, wahrscheinlich im Jahre 990, durch einen Slaven-Aufstand aus Aldenburg vertrieben und vom Erzbischof als Missionar nach Schweden und Norwegen gesendet worden sei; schon zum Jahre 992 wird auch eines Reginbratus episcopus Mikilanburgensis unter den Mit-Consecranten des Halberstädter Doms gedacht, und wahrscheinlich ist, daß dieser eine und dieselbe Person mit dem Ostfranken Reginbertus ist, von dem Thietmar erzählt, daß er, bis dahin Probst des Stifts Walbeck, von Kaiser Otto III. zum antistes antiquae civitatis gemacht worden ist [3]). Mehr und verläßlicher ist, was, in persönlichem Betracht

---

[1]) Vergl. Helmoldus l. c. cap. 14 § 8 u. 9.

[2]) S. Adam l. c. cap. 24, vergl. mit Lappenberg in Note 99 (in Pertz Archiv S. 396), welcher, da der Tod Otto's II. als schon erfolgt anzunehmen sei, für die Zeit zwischen 983 und 988 sich erklärt.

[3]) Vergl. Annal. Quedlinb. (nicht Hildesh., wie es aus Versehen bei Lappenberg a. a. O. S. 391 Note 4 heißt) ad A. 992 mit Thietmari chron. Lib. VI. c. 30 (Pertz Tom. III. p. 69 u. p. 818). Zweifellos bedünkt mir übrigens diese Identität nicht, da zwischen der Ernennung

wie an chronologischen Daten, über den Nachfolger Reginbert's, den vom Erzbischof Unwan (1013—1029) ordinirten Bischof Benno oder Bernhard theils bei Adam und Helmold, theils anderweit sich an Nachrichten vorfindet. Doch gehört dessen Regierungszeit ganz dem 11. Jahrhundert und den unruhigen Zeiten an, welche zu fast gänzlicher Zerstörung des Bisthums Aldenburg und zum Rückfalle des Slavenlandes in das Heidenthum führten. Zugleich hängen jene Nachrichten mit demjenigen, was noch für die Zeit des 10. Jahrhunderts über die äußere Einrichtung, insbesondere über die Dotation des Wagrischen Bisthums zu bemerken ist, zu eng zusammen, um nicht erst nach dieser Richtung hin die Geschichte des Bisthums, so weit thunlich, für die Zeiten vor Bischof Benno zu ergänzen.

Von förmlicher, mit der Fundation verbundener Dotation — wie solche für die Bisthümer Havelberg und Brandenburg theils durch Zuweisung von bestimmten Grundstücken, Ortschaften und Districten (vielfach nur zu halbem Antheile), theils durch ausgedehnte Zehnten- und sonstige Bewilligungen in den kaiserlichen Stiftungsdiplomen, wie in Bestätigungs-Urkunden oder in speciellen Schenkungsbriefen vorliegt, welche letzteren übrigens für Havelberg sämmtlich, und für Brandenburg bis auf Eine [1]),

---

zum Walbecker Probst und zum Bischof von Aldenburg ein spatium multorum annorum nach Thietmar liegen soll, letztere aber bald nach 990 geschehen sein muß, erstere der im Jahre 990 gestorbenen Wittwe des erst 986 gestorbenen Großvaters von Thietmar beigelegt wird. Auch möchte ich aus der ihm in den Ann. Quedl. beigelegten Bezeichnung als Mikilanb. episcopus, daß Reginbert dorthin den Sitz des Aldenburger Bisthums verlegt habe, um so weniger herleiten, weil für diese Zeit Adam und Helmold nichts weiter bezeugen, als daß Frauen-Klöster in Meklenburg gewesen wären.

[1]) Es ist dies die von König Heinrich dem Bischof Dancward im Jahre 1051 gemachte Schenkung, wodurch er mercatum, monetam, theloneum, districtum, ceteraque omnia ad haec juste legaliterque pertinentia in loco Ursleve et in pago Norththuringia verlieh (bei Gercken a. a. O. Nr. IV. p. 341). Denn die in Nr. V. u. VII. mitgetheilten Bischofsurkunden vom Jahre 1114 und 1139 betreffen nicht das Bisthum, sondern die Fundation des Leitzkauer Klosters und Archidiaconats, und die Urkunde König Heinrich's vom Jahre 1010 (ebend. Nr. III.) ist nur ein Schutzbrief.

der zweiten Hälfte des 12. Jahrhunderts angehören — hat sich für das Bisthum Aldenburg weder ein urkundlicher Beleg erhalten, noch liegt eine directe chronikalische Nachricht vor; was eine Bestätigung für die Annahme bieten dürfte, daß das Bisthum nur allmählich aus Besetzung der dortigen Missionsstation mit Bischöfen statt bloß mit Presbytern und Mönchen erwachsen sei. Wohl aber erzählt Helmold [1]) nach Erwähnung der in Aldenburg zu Ehren Johann's des Täufers erbauten Kirche, daß die dortigen Bischöfe, weil sie durch die Freigebigkeit des großen Fürsten Otto mit weltlichem Reichthum überhäuft worden wären, wovon sie Schenkungen hätten machen und die Gunst des Volks sich gewinnen können, bei den Häuptlingen der Slaven sehr in Ehren gestanden (fuerunt admodum honorabiles erga regulos Slavorum) hätten [1]), und bei dieser Veranlassung bemerkt er, ohne auf den Grundbesitz der Bischöfe einzugehen, Einiges über deren sonstige Einkünfte. Gleicherweise giebt ihm dazu Anlaß, was er über die Differenzen berichtet [2]), welche Bischof Wago mit seinem Schwager Billug und dessen Sohn Mieceslaw gehabt habe. Noch genauer aber geht er darauf ein gelegentlich der Beschwerden, welche später von Bischof Benno, erst beim Herzog Bernhard, dem Enkel Hermann's Billung, dann bei Kaiser Heinrich II. († 1024) auf einem zu Werben an der Elbe gehaltenen Hoftage über den temporellen Verfall des Bisthums, das ihm nicht einmal nothdürftigsten Unterhalt gewähre, sowohl gegen die Slaven und deren Fürsten, daß sie die Grundbesitzungen der Kirche sich angeeignet hätten und den Bischofszins nicht zahlten, als auch gegen den Herzog selbst um deshalb erhoben habe, weil dieser zwar versucht, aber es für unmöglich erachtet und erklärt habe, die äußeren Verhältnisse der Kirche auf den Zustand zur Zeit Otto's des Gr. zurückzuführen [3]).

Die allgemeine Glaubwürdigkeit dieser Helmold'schen, durch Adam, der hiervon ganz schweigt, überall nicht unterstützten und

[1]) A. a. O. Lib. I. cap. 12 § 13.

[2]) Ebend. cap. 14 § 1 sq.

[3]) Ebend. cap. 18 § 1—6. *Non posse,* dahin giebt Helmold die Erwägung oder Erklärung des Herzogs an, *instaurari ecclesiastica jura secundum eam formam, qua fuerant tempore magni Ottonis.*

zweifellos nur der Tradition entnommenen Angaben, denen noch dasjenige hinzutritt, was Helmold später in Anlaß der Verlegung des Bisthums nach Lübeck in gleicher Richtung bemerkt [1]), muß überhaupt dahin gestellt, und wenigstens hier, weil ohne Eingehen auf specielles Detail nicht möglich, auch die Frage unerörtert bleiben, in wie fern denselben dasjenige zur Unterstützung oder Widerlegung gereiche, was über Begüterungs-, Zins- und Zehntverhältnisse der drei aus der Aldenburger Diöcese gebildeten Ostseeischen und der übrigen Slavischen Bisthümer aus Urkunden und anderweiten Quellen als Thatsache erhellt, oder als Prätension der Kirche hervortritt. Eine zusammenfassende Darstellung dessen, was an den oben bezeichneten Stellen, übrigens nicht ganz gleichförmig, die Helmold'sche Chronik angiebt, kann allein hier Platz finden.

Eine allgemeine Natural-Zehntpflicht zu Gunsten der Kirche und Geistlichkeit mag nach den Erfahrungen, welche man über die daraus für das Bekehrungswerk erwachsenden Schwierigkeiten schon bei Gründung der Sächsischen Bisthümer gemacht hatte, den Slaven überhaupt nicht ernstlich angesonnen worden sein, scheint aber bei diesen weniger Anstoß gefunden zu haben, als bei den Holsten und übrigen Transalbingischen Sachsen [2]). Die Stelle der Zehnten (pro decima imputabatur, äußert sich Hel-

---

[1]) S. insbes. cap. 87 Lib. I.

[2]) Wenigstens berichtet Helmold einerseits (Lib. I. c. 83 § 9), daß, als er mit Bischof Gerold, dem letzten Aldenburger Bischof, bei dessen Rundreise nach Aldenburg gekommen sei und dieser den dortigen Fürsten Pribizlaus zu Annahme des Christenthums und Erbauung von Kirchen ermahnte, derselbe erwidert habe, sie (die Slaven) würden gern Christen sein, auch Kirchen bauen und ihre Zehnten geben, wenn ihnen nur die jura Saxonum in praediis et reditibus gewährt würden. Andrerseits erzählt er (cap. 87 § 13 u. cap. 91 § 5), es hätten im Slavischen Land sich die decimationes erst vermehrt, seitdem die homines Teutonici zur Colonisation des verheerten Landes dorthin berufen worden; nur die Holsten de terra Wagirensi hätten, im Gegensatz derer in terra Polaborum et Obotritorum, sich hartnäckig geweigert, decimas cum omni integritate, namentlich vom Neulande zu zahlen, weil ihre Väter nie solche gezahlt hätten, und schließlich hätten sie sich kaum dazu verstanden, einen bestimmten Kornzins zu zahlen, von 6 modiis siliginis und 8 avenae, und nur nach solchem modius qui vulgo dicitur Hemethe.

mold im cap. 12, und pro decima habe ihn Otto zugewiesen, heißt es im cap. 18) vertrat von Anfang an im Slavenlande ein fester jährlicher Natural- und Geldzins, welcher von K. Otto bestimmt und zum Unterhalt der Geistlichkeit (ad stipendia ecclesiastica) eingesetzt sein soll [1]), aber nur von dem Bischofe erhoben und zu den reditus episcopales gezählt wurde, daher auch den Namen tributum pontificale und census episcopi führte. In dem ganzen Umfange des Diöcesangebiets, und nicht etwa bloß von den Wagriern, sondern auch von den Obotriten und, wie an mehren Stellen ausdrücklich bemerkt, und an einer als von den Slavischen Fürsten selbst durch neue Zusage anerkannt bezeichnet wird, bei allen sonstigen Slavischen Stämmen, qui terminis Aldenburgensis ecclesiae concludebantur [2]), mußte er bezahlt werden, war aber nicht reine Real-Abgabe; denn mit Uebergang des Grundes und Bodens in Deutschen Besitz cessirte die Zinspflicht, und trat Natural-Zehntlast an deren Stelle, so daß neben dem Grundbesitze auch die persönliche Abstammung in Betracht kam [3]). Ueber Art und Größe dieses Bischofszinses stimmen Helmold's Angaben nicht ganz unter einander überein. Wo er zuerst davon spricht, bemerkt er, daß von jedem Slavischen Pfluge ein gewisses, nicht näher angegebenes Maaß Korn (mensura grani), vierzig zusammengeschnürte Bündel Lein (restes, resticuli) [4]) und zwölf Pfennig (nummi) reinen Silbers, denen

---

[1]) A. a. O. Lib. I. c. 18 § 5.

[2]) Ebend. § 3, vergl. mit cap. 87 § 3 u. mit cap. 12 § 13.

[3]) Daher sagt auch im cap. 12 für die Zeit des 10. Jahrhunderts Helmold: *debetur Pontifici annuum de omni Wagirorum seu Obotritorum terra tributum*, dagegen im cap. 87 für die Zeit nach Einwanderung Deutscher Colonisten: *praecepit Dux Slavis, qui remanserant in terra Wag., Pol., Obotr. etc., ut solverent reditus episcopales.* Deshalb giebt auch noch das spätere Ratzeburger Zehnt-Register (herausg. von Arndt, Ratzeburg 1822 und im Diplom Ratzeb. I. Nr. 2 bei Westphalen Monum. Tom. II. p. 1983 sq.) genau bei den einzelnen Orten an, ob sie Slavisch seien, und bemerkt in Bezug auf die terra Jabele, wie es, sobald sie von Deutschen bebaut wäre, mit dem Zehnten gehalten werden, bis dahin aber der Bischof darin durchweg das Slavicum jus genießen solle, und ihm die Slaven von jedem Haken einen bestimmten Zins zu zahlen hätten.

[4]) Vergl. Du Cange glossarium latin. med. aevi ad v. Restis.

noch einer als Lohn für den bischöflichen Collector beizufügen sei, geleistet werden müßten. Er giebt zugleich mehrmals an, daß auf 1 Slavischen Pflug je zwei Ochsen oder ein Pferd gerechnet würden [1]), aber nicht, ob je nach dem zur Bestellung des Gutslandes eigentlich erforderlichen Viehstapel, oder ob nur je nach der wirklich vorhandenen Ochsen- und Pferdezahl. An einer dritten Stelle (cap. 87 § 13) rechnet er auf 1 Pflug zwei Ochsen und eben so viel Pferde, giebt die Geldabgabe, ohne Erwähnung des Collectur-Zusatzes, zu 12 nummi monetae publicae an, gedenkt ferner der Lein-Abgabe gar nicht und bestimmt den Kornzins näher zu 3 Scheffel (modii) Weizen, und zwar nach dem Scheffelmaß, welches in der Slavischen Sprache Curitze heiße. Mit dieser Angabe, welche er dabei als den Leistungen der Pommern und Polen entsprechend bezeichnet, stimmt die im Ratzeburger Zehnt-Register für die terra Jabele enthaltene Bestimmung wieder nicht ganz, indem sie dahin geht, es hätten die Slaven vom Haken (unco), d. h. von dem bei ihnen üblichen Pfluge zu zahlen tres modios siliginis qui dicitur Kuritze, toppum lini, unum pullum et solidum unum, und hinzufügt: ex his habebit sacerdos parochialis tertium modium et duos nummos. Ohne Zweifel giebt sich in diesen späteren Angaben, wie namentlich schon daraus zu entnehmen ist, daß hier auch ein Recht des Pfarrers, nicht bloß des Bischofs anerkannt wird, eine spätere und zugleich locale Modification (ob zu Gunsten oder Nachtheil der Slaven, ist freilich schwer zu entscheiden) des ursprünglichen tributum pontificale kund. Schon dies würde dazu berechtigen, in der ersten Angabe Helmold's, wenn auch nicht eine Ottonische Festsetzung, doch die ursprüngliche regelmäßige Art und Größe der Abgabe zu finden. Noch mehr aber spricht dafür, was Helmold im cap. 14 über die Benno'schen Verhandlungen erzählt: es habe Benno Nachforschungen angestellt nach den reditibus, quos ad jus episcopale magni Ottonis deputaverat institutio, und habe derselbe, weil die primitiva instituta außer Gebrauch gekommen wären und die Wagrier, Obotriten und andere Slavischen Stämme debita sibi stipendia weigerten, Beschwerde bei dem

[1]) A. a. O. cap. 12 § 18 und cap. 14 § 1.

Herzoge Bernhard geführt; dieser aber habe, troß der Unthunlichkeit die jura ecclesiastica secundum formam tempore M. Ottonis herzustellen, von den Fürsten der Winuler auch durch Bitten erst nicht mehr erlangen können, als daß im ganzen Obotritenlande von jedem Hause, reichen oder armen, zwei Pfennige (nummi) zu den bischöflichen Ausgaben gezahlt würden [1]); so sei es zu neuen Beschwerden und Verhandlungen vor dem König Heinrich gekommen, und hier hätten alle zur Aldenburger Kirche gehörigen Slaven omnem censum, quem pro decima M. Otto ecclesiasticis stipendiis deputaverat, zu zahlen gelobt, aber freilich, sobald der kaiserliche Hoftag aufgelöset worden, dieses trügerischen Schein-Versprechens nicht weiter sich gekümmert.

Auch einer Begüterung der Aldenburger Bischöfe gedenkt Helmold schon für die ältesten Zeiten dieses Bisthums, spricht sogar von Städten, die zu deren Besitzthum gehört hätten. Doch geht er, im Hinblick auf die Verluste und Umgestaltungen, welche nach dieser Seite hin die Temporalien der Kirche durch die späteren Abfälle der Slaven vom christlichen Glauben erfuhren, nicht näher darauf ein [2]). Was er mittheilt, reducirt sich auf Folgendes. Als Wago auf einer Visitationsreise nach der Stadt Meklenburg gekommen sei, habe sein Schwager Billug in trügerischer Weise ihn zu bereden gesucht, und auch bestimmt, daß er ihm die Collectur des Bischofszinses überlasse, der jener Hodica, Nichte des Bischofs und Tochter Billug's, zu ihrem Unterhalte zugewendet bleiben solle; zugleich habe Billug sich erboten, für diese deminutio annonae dem Grundbesitze des Bischofes einen Zuwachs zu gewähren durch diejenigen villae, welche dieser in den einzelnen Obotritischen Stadtmarken (so ist wohl der Ausdruck

---

[1]) Nur dieses Hauszinses von 2 denarii, wie es hier mit dem Zusatze i. e. nummi heißt, gedenkt die Chron. Slav. c. 12, nicht der übrigen Abgaben.

[2]) Anknüpfend theils an das, was er von Wago's Liberalität gegen die Slaven bemerkt, theils und unmittelbar an die obigen Angaben über den Bischofszins, sagt Helmold am Schluß des cap. 12 cit.: *De urbibus vero aut praediis aut curtium numero, quae ad possessionem Pontificis pertinebant, non est hujus operis explanare, eo quod vetera in oblivionem venerint, et ecce nova sunt omnia.*

urbibus zu nehmen) selbst sich auswählen, und denen hinzufügen wolle, quae ad jus pontificale imperatoria iam dudum concessione pervenerunt [1]). Welches jene villae gewesen und wo gelegen, sagt Helmold so wenig, als welche dem Bisthum längst gehört hätten, obschon er im weiteren Verlauf näher auf die von Billug gegen Wago bei obigem Austausch von Anfang gehegte, und nachher zwar geleugnete, aber heimlich geübte Tücke näher eingeht, daß er nämlich nach des Bischofs Heimkehr seine eigenen Leute zu nächtlichen Ueberfällen der bischöflichen Besitzungen aufgereizt, und diese so erst durch Raub, Brand und Mord verwüstet, zuletzt den Bischof derselben eben so, wie seines Zehnten, entsetzt und beraubt hätte [2]). Dagegen gedenkt Helmold gelegentlich jener Rückkehr nach Aldenburg, wo für den Bischof eine statio opportunior et extra pericula posita gewesen, des Wagrischen Besitzthums speciell, und zwar dahin [3]), daß Wago daselbst curtes duas nobiles gehabt und daselbst sich häufig aufgehalten habe (diversatus), nämlich die eine in der villa publica, quae dicitur Buzue (jetzt Bosau, am östlichen Ufer des unteren Plöner-Sees), außerdem an der oberen Trave (super fluvium Trabenam) in loco qui dicitur Nezenna [4]), wo auch ein Oratorium und ein gemauertes Haus (caminata murato opere facta) gewesen sei, deren Trümmer er, Helmold, selbst noch in seiner Jugend gesehen, da sie nicht weit vom Fluße des Berges gelegen gewesen, der vor Alters Elberg, in neuerer Zeit Sigeberg (Segeberg) genannt worden. Beider Höfe erwähnt Helmold nochmals, wo er auf Bischofs Benno Bemühungen um Herstellung des Bisthums eingeht; Wago habe diese Höfe mit den ceterae possessiones in terra Wagirorum zur eigenen Bebauung und Bewohnung (incolendae) durch Herzog Bernhard zurückerhalten, dagegen die im entfernteren Slavenlande belegenen Besitzungen (als solche werden genannt Derithsewe, Motize, Cuzin [5]) mit ihren

---

[1]) A. a. O. cap. 14 § 1—3.

[2]) Ebend. § 5 sq.

[3]) Ebend. § 3 u. 4, vergl. mit cap. 18 § 4.

[4]) Die Chron. Slav. c. 12 nennt den Ort Rezelina.

[5]) Ob, und wie dann diese Namen zu verbessern und auf welche heutigen Orte sie zu beziehen seien, muß ich dahin gestellt lassen. Für Dassow habe

Zubehörungen) nicht vom Herzoge erlangen können, obwohl auf jenem kaiserlichen Hoftage zu Werben die Slavischen Fürsten de possessionibus ad jus Episcopi pertinentibus anerkannt hätten, daß die gedachten urbes cum suburbiis eorum der Kirche und dem Bischofe eigentlich zugehörten (pertinere debere).

So war es denn freilich in Bezug auf Temporalien, allem Ansehn nach, nicht zum Besten mit dem neuen Bisthume bestellt, vor dem ersten großen Abfall der Slaven so wenig als hinterher. Ob besser in eigentlich kirchlichem Betrachte, ob insbesondere in Wagrien die Zahl der Slaven, welche das Christenthum angenommen, bedeutend gewesen, ob dieses feste Wurzel in den Gemüthern geschlagen oder nur bloßes Zwangs- und Schein-Bekenntniß gewesen, und wie weit in Pfarr-, Kloster- und anderen kirchlichen Einrichtungen sich die äußere Organisation der Kirche schon entwickelt und befestigt hatte, muß in noch höherem Maaße dahin gestellt bleiben. Was nach dieser Richtung in Adam's Mittheilungen vorliegt, dem auch hier Helmold meist buchstäblich folgt, nur daß er die Angaben des Ersteren in andere Zeitpunkte verlegt oder in localer Hinsicht [1]) modificirt, ist theils sehr allgemein gehalten, namentlich darin, daß er der Wagrischen Lande nicht speciell gedenkt, sondern meist nur von dem ganzen Slavenlande redet; theils läßt sich m. E. von encomiastischer Tendenz seine Darstellung nicht ganz freisprechen, und dem allen tritt hinzu, daß, was Adam berichtet, auf eigener Wahrnehmung überall nicht beruht, sondern auf Mittheilung bald des Königs Suein, bald Anderer, die in jene Gegenden gekommen waren und nach Art der Reisenden leicht ausgeschmückt haben mögen, was ihnen un-

---

ich die obige Lesart nirgends gefunden; Cuszin wird bei Helmold Lib. II. c. 3 in Verbindung mit Maichow erwähnt. Daß am Müritz-See auch eine Stadt dieses Namens gelegen, ist mir nicht bekannt, daher bedenklich, Motize in Murize zu wandeln.

[1]) So scheidet er, um zu dem, was schon früher hervorgehoben wurde (s. oben S. 83 ff.), noch Eins zu fügen, in der Suein'schen Aeußerung über die große Zahl Märtyrer, ut vix possint libro comprehendi, die Worte in Dania aus, als ob jene Aeußerung nur von Slavien gemacht wäre, und setzt unmittelbar vorher der in der folgenden Note am Schluß mitgetheilten Adamischen Angabe die Worte ac Nordalbingorum hinzu.

erwartet, oder vielleicht gar theilweise ihr eigenes Verdienst war [1]). Näher hierauf einzugehen, als dies oben durch Zusammenstellung der beiderseitigen Nachrichten über Aldenburg, und durch gelegentliche Einstreunung einzelner Notizen geschehen ist, enthalte ich mich; die vollständigste Wiedererzählung alles dessen, was der Eine oder Andere uns berichtet, würde doch, selbst wenn ein verläßliches, kein vollständiges Bild von den Aldenburgischen Kirchenzuständen der Otto'nen-Zeit geben. Eben so entbehrlich bedünkt mir, den ersten großen Slaven-Aufstand, welcher mit dem Anfang des 11. Jahrhunderts das Wagrische Bisthum und Kirchenwesen, wenn auch nicht völlig zerstörte, doch tief erschütterte, bis in alle Einzelheiten, welche jene und andere Chroniken davon erzählen, darzulegen, oder der Zeit wie dem Raume nach bis in seine ersten Anfänge zu verfolgen, die noch über das 9. Decennium des 10. Jahrhunderts und über die Grenzen des Aldenburger Kirchensprengels hinausliegen. Denn der erste Anstoß zu den für das Transalbingische Land und Kirchenthum so verwüstenden Raub-, Mord-, Blut- und Feuerzügen kam bald von jenseits der Eider her, wo unter den Dänen nach Harald's Tode das Heidenthum wieder das Uebergewicht gewann; zumeist aber gingen sie von den östlich der Peene ansässigen, damals kaum noch von der Mission in Angriff genommenen Slavischen Stämmen aus, und haben mehr auf die Wagrisch-Obotritischen Lande zurückgewirkt, als daß diese den eigentlichen Heerd der gegen Sachsenthum und Christenthum gerichteten Empörung gebildet hätten.

---

[1]) Mit Vorsicht, wenn auch nicht mit Mißtrauen Adam's Angaben hinzunehmen, scheint mir schon die Geflissenheit zu mahnen, mit welcher er bald ein fertur, narratur, traditur einschiebt, oder sonst einem Zweifel an der Wahrheit zu begegnen sucht, wie z. B. wenn er Lib. II. c. 60: *De Unwano et quae suo tempore gesta sunt, dictum est sufficienter, et sicut aestimo veraciter*, oder wenn er c. 61 von Libentius Mildthätigkeit erzählend, und daß im Bisthum kaum ein Darbender zu finden gewesen wäre, hinzufügt: *forte hoc incredibile videtur, qui huius temporis egestatem vident; nec fortasse quisquam tunc crederet ea futura, quae nunc facta videntur.* So fügt denn auch der Erzählung von den 60 bei Aldenburg gemarterten Priestern Adam hinzu: *Multa in hunc modum per diversas Slavorum provincias tunc facta memorantur, quae scriptorum penuria nunc habentur pro fabulis.*

Zugleich haben häufig die Führer der räuberischen oder kriegerischen Anfälle auf die östlichen und nördlichen Deutschen Vorlande — denn für das eigentliche Deutschland ist aus diesem Aufstande der Slaven nie eine Gefahr erwachsen, wie bei den früheren Zügen der Normannen und Dänen oder der Ungarn — nur für ihre, sei es wirklich gefährdeten oder bedrohten, Ansprüche auf die Herrschaft, oder für ihre ehrgeizigen Pläne unter ihren Landsleuten und Stammgenossen einen erwünschten Bundesgenossen bei denen gesucht und gefunden, welche dem Christenthum noch nicht gewonnen, oder sich wieder abzuwenden bereit waren. Eine genauere Darlegung dieses Slaven-Abfalls würde daher tiefer in die eben so verworrene als dunkle weltliche Geschichte der Ostsee- und Dänen-Lande hineinführen, als für die diesen Blättern gestellte Aufgabe angemessen erscheint, ohne doch deren Zwecken förderlich zu sein. Weit entfernt endlich, die immer und immer wiederkehrende Klage Helmold's, daß ohne die Grausamkeit und Habgier der Sachsen, namentlich ihrer Fürsten und Edlen, die Christianisirung der Slaven leichter, früher und dauernder den missionarischen Bemühungen gelungen sein würde [1]), für eine grundlose Anschuldigung zu erachten, will es mir doch bedünken, daß für jenen Vorwurf der Habsucht andere Belege nicht nachweislich, als daß auf Zahlung des bei der Unterwerfung gelobten Tributs oder der sonst üblichen Abgaben mit Strenge gehalten wurde, daß sonach mehr der fremden Herrschaft, als der neuen Lehre die Erbitterung der Slaven gegolten habe. Wie groß daher auch die gegen die Geistlichen und gegen die Heiligthümer der Christen gerichteten Scheußlichkeiten und Frevelthaten waren, von denen die Chroniken berichten, sie lassen sich doch meist aus der mit Kriegsleben und wilden Verwüstungen stets verbundenen Entfesselung der Leidenschaften, und aus der bei uncultivirten Völkern immer herrschenden Wild- und Rohheit eben so gut erklären, als aus wirklichem und erbittertem Christenhaß, der sich auch, selbst zu

[1]) Beachtenswerth bedünkt mir, und bisher nicht genug gewürdigt, daß Adam in einer der Stellen, wo auch bei ihm jener Vorwurf Ausdruck findet, nämlich Lib. III. c. 22, diese Ansicht dem König Suein in den Mund legt, nicht, wie Lib. II. c. 69, als seine eigene ausspricht.

vorübergehenden Bündnissen mit den Deutschen, von denen so häufig gleichwohl die Rede ist, nicht leicht hälte bestimmen lassen, noch weniger aber auch solchen Fürsten und Edlen, die selbst zum Christenthum sich bekannten, sich hülfsbereit gegen deren Widersacher gezeigt haben würde, oder geneigt zu so williger Wiederaufnahme des Christentbums, und zn so baldiger, wenn auch vielleicht nicht völliger Herstellung der vor dem Abfall bestandenen kirchlichen Ordnungen, als doch der Fall war.

Wohl sagt Adam, wo er zum Jahre 1001 des von den Winulern, unter Führung oder auf Betrieb von Mystiwoi und Mizzidrog, durch ganz Nordalbingien und dann auch im Slavenlande selbst unternommenen Verheerungs-Zuges der Slaven gedenkt [1]), alle Kirchen hätten sie verbrannt und dem Boden gleich gemacht, und die Priester wie die übrigen Diener der Kirchen grausam schlachtend (variis suppliciis enecantes) hätten sie jenseits der Elbe keine Spur des Christenthums (nullum christianitatis vestigium) zurückgelassen. In unmittelbarem Zusammenhange aber mit der früher [2]) schon erwähnten Aeußerung, es hätten alle Slaven zwischen Oder und Elbe sich nach 70- und mehrjährigem Bekenntnisse vom Leibe Christi und der Kirche gesondert [3]), spricht er doch nur von einer modica gentilium portio, welche dem Herrn sich verhärtet hätten. So wenig ist auch dem Thietmar [4]) jener Zug Mistui's gegen Hamburg und die Zerstörung dieser Stadt etwas anderes, als eins der gewöhnlichen Ereignisse des hergebrachten Markenkrieges, daß er, obwohl zweifelsohne durch Mistui's Capellan genauer davon unterrichtet, auf dessen Erzählung hin nur einer bei dem Brande stattgehabten Vision gedenkt. Endlich spricht zwar Helmold von gänzlicher Zerstörung (excidium) der Aldenburger Kirche [5]). Allein nicht einmal dies, daß damals schon die Johannes-Kirche (die sedes

---

[1]) Adam Brem. Lib. II. c. 40.

[2]) S. oben S. 94 ff.

[3]) Ebend. c. 41 u. 42. Die Chron. Slav. cap. 11 mildert jenes durch ein jam quasi omnes defecerunt.

[4]) Thietmari chron. Lib. III. c. 11.

[5]) S. Helmold Lib. I. c. 18 § 1.

episcopalis) eingeäschert sei, läßt sich mit Bestimmtheit behaupten [1]), und wie wenig der Fortbestand des Bisthums ernstlich und auf die Dauer für gefährdet galt, zeigt sich schon darin, daß selbst während des Aufstandes an des vertriebenen Bischofs Folkward Stelle ein neuer, in der Person Reginbert's, dorthin von Libentius ernannt, nach dessen Tode aber in der Person Benno's durch Erzbischof Unwan sogar für ein geordnetes Kirchen-Regiment in Wagrien u. s. w. Sorge getragen wurde.

Zum Jahre 1014 wird Benno's zuerst als antiquae civitatis episcopus Erwähnung gethan [2]). Was ihn, und ob etwa die an seinem Bischofssitze noch herrschende Störung aller kirchlichen Ordnung damals nach der Diöcese Halberstadt geführt, und in welcher amtlichen Qualität, ob als Vicar und Gehülfe des gleichnamigen dortigen Bischofs, er nach dem Tode der Aebtissin Mathilde von Gernrode die über deren Begräbniß entstandene Differenz entschieden und ihre Beisetzung mitten in der Kirche verfügt habe, ist nicht ersichtlich. Ueber Benno's Präcendentien wissen wir nur, daß Thietmar an einer andern Stelle bei Anlaß eines von ihm dem Kaiser berichteten Aufstandes der Lutizier, wo er ihn als apostatae istius gentis tunc episcopus wieder erwähnt, zugleich den Benno seinen confrater Parthenopolitanus nennt [3]), was ich dahin verstehen möchte, daß er Thietmar's Genosse gewesen, als dieser zum Behufe seiner Studien im Johanniskloster auf dem Berge bei Magdeburg unter dem berühmten Ricdag drei Jahre weilte [4]). Adam dagegen bezeichnet den Benno als Einen der zwölf Geistlichen, welche Erzbischof Unwan zur Herstellung des Hamburger Dom-Capitels aus den übrigen Stiftern

[1]) Die Worte Helmold's, es habe Benno die dirnta Aldenburgensis sedis reaedificare wollen, sind m. E. nur bildlich zu nehmen und aus dem Folgenden dahin zu verstehen, daß er die jura ecclesiastica secundam eam formam, qua fuerant tempore M. Ottonis herzustellen versuchte.

[2]) S. Thietmari chron. Lib. VII. c. 4.

[3]) Ebend. Lib. VIII. c. 4.

[4]) Aehnlich, wie Thietmar Lib. VII. c. 54 von einem Ekkihard die Worte braucht: confrater meus S. Joannis B. monachus, oder Lib. VI. c. 58 von Brun: contemporalis et conscolasticus meus, auch überhaupt von den Angehörigen des Klosters Bergen den Ausdruck confratres liebt (s. Lib. IV. c. 43 u. Lib. VI. c. 44).

des Erzbisthums berufen habe [1]). Seiner Erfolge bei Herstellung des Christenthums im Slavenland wird schon von Adam gedacht (multum praedicando fructum attulit), dagegen nicht seiner Bemühungen um Wiedergewinn der dem Bisthum entzogenen Güter und Einkünfte, wovon nur Helmold und in der Kürze auch die Chron. Slavica berichtet, und schon oben ausführlich die Rede war. Ob zu Fortsetzung dieser Bemühungen Benno dem Kaiser von Werben aus nach dem Innern Deutschlands gefolgt sei, ob, wie Thietmar es darstellt, er wirklich nur von einer neuen Erhebung der Slaven, namentlich der Lutizier die Nachricht dorthin habe bringen wollen [2]), ob endlich Helmold's [3]) Darstellung der Wahrheit am nächsten stehe, welche dahin geht, daß Mangel eines sicheren Aufenthalts und des nöthigen Unterhalts den Bischof veranlaßt habe, die Hospitalität des Bischofs Bernward von Hildesheim in Anspruch zu nehmen, um von da aus das ministerium und opus legationis suae wahrzunehmen, wie sich Helmold mit unverkennbarem Hinweise auf Benno's wesentlich wieder missionarische Aufgabe ausdrückt [4]), bleibt zweifelhaft. Gewiß ist nur, daß er in den Jahren 1018 ff. als in Deutschland anwesend mehrfach angeführt wird; so im Jahre 1019 unter anderen, nach Goslar von Heinrich II. entbotenen norddeutschen Bischöfen, im Jahre 1022 zu Corvei und Hildesheim [5]). Von diesem letzteren Aufenthalte Benno's erzählt Helmold, daß er der Consecration der Kirche des von Bernward dort gestifteten berühmten Michaelis-Klosters nicht blos beigewohnt, sondern auch die Wei-

---

[1]) Adam Brem. Lib. II. c. 46, 47, vergl. mit Helmoldus Lib. I. cap. 17 § 6 und Chron. Slav. c. 12.

[2]) Eine Hindeutung auf ersteren Anlaß und Zweck liegt vielleicht in der Aeußerung Thietmar's, es sei der Bischof zu dieser Reise an den Hof des Kaisers *non secularis suimet damni, sed potius spiritualis immenso dolore* bewogen worden.

[3]) A. a. O. Lib. I. c. 18 § 7.

[4]) *Ille*, heißt es dann weiter von Bernward, *collegit hospitem, et praebuit lasso humanitatis officia, et de facultatibus ecclesiae suae suppeditavit ei vitae stipendia, quatenus ad legationis suae opus exiens atque revertens inveniret stationem tutam, in qua pausare posset.*

[5]) Die betreffenden Belegstellen s. bei Lappenberg über die Chronologie u. s. w. (a. a. O. S. 393 Not. 1—4.)

hung des linken Schiffs (sinistrum ecclesiae latus) selbst vollzogen, und dabei in dem großen Gedränge des Volks arge Beschädigungen erlitten habe (a populo compressus et attritus), in deren Folge er nach kurzem Krankenlager zu Hildesheim gestorben sei [1]), wo er auch in der nördlichen Absis jener Kirche seine Grabstätte erhalten habe. Seine Anwesenheit bei der Consecration und sein zu Hildesheim erfolgter Tod ist auch anderweit bezeugt [2]); als Con- oder Mitconsecrant wird seiner nur einmal noch gedacht, öfters dagegen eines bei Adam und in dem Verzeichnisse des Chron. breve Bremense gar nicht, wohl aber sonst erwähnten [3]) Schleswiger Bischofs Ekkihard. Für die von Helmold berichtete Todesart spricht vielleicht der von den Hildesheimer Annalen und der Vita Meinwerci gebrauchte Ausdruck abs– und sustollitur; Zweifel an der Richtigkeit jener Angabe bleiben um so mehr, als auch die Vita Bernwardi, obwohl genau über Bau und Weihung des Klosters berichtend, den Benno zwar als anwesend nennt, aber seines Todes gar nicht gedenkt. Auch das Todesjahr, ob 1022 oder 1023, erscheint zweifelhaft, weil zwischen diesen beiden Jahren die Angaben über das mehrerwähnte Kirchfest und über Bernward's eigenen, wenige Wochen darauf erfolgten Tod, eben so wie über den Benno's variiren [4]). Als Benno's Nachfolger nennen die Hildesheimer Annalen und die Vita Meinwerci, beide mit dem etwas auffallenden Ausdruck subinfertur, einen Reinhold, dessen bei Adam so wenig als bei Helmold in der Reihenfolge der Aldenburger Bischöfe, und auch sonst nur unter den Theilnehmern an der im Jahre 1027 vom Mainzer Erzbischof Aribo zu Frankfurt gehaltenen Synode [5])

---

[1]) Dieselbe Bemerkung ist in dem Verzeichnisse der Bischöfe vom Jahre 1259 im Registrum Episcopi beigeschrieben, nur daß Benno hiernach sofort im Gedränge gestorben wäre (s. B. Lüb. Urk.-B. Nr. 146 p. 136.)

[2]) Annal. Hildesh. ad A. 1022 u. 1023 bei Pertz Tom. III. p. 95 u. 96. und Thangmari vita Bernwardi Ep. Hild. cap. 45 bei Leibnitii scriptt. Brunsvic. Tom. I. p. 461. 62, und Vita Meinwerci Ep. Paderb. cap. LXXIV (ibid. p. 551).

[3]) S. Lappenberg Bremer Geschichtsquellen S. 5 und a. a. O. S. 403 ff.

[4]) S. noch Annal. Quedlinb. ad. A. 1022 u. 23 (Pertz ibid. p. 88, 89.

[5]) In der Vita Godehardi Episc. Hildesh. (Leibnitii Scr. Brunsv.

Erwähnung geschieht. Vielmehr bezeichnen jene, wenn auch nicht geradezu als unmittelbare Nachfolger des Benno, doch als spätere, und als die vor Vicelin's Zeit letzten Aldenburger Bischöfe zuerst Meinherus (in einigen Handschriften und bei Helmold auch Reinherus genannt), dann Abelinus [1]), zuletzt Ezzo [2]).

Von den beiden ersteren ist nichts bekannt, als daß nach Adam jener vom Erzbischof Libentius II. (1029—1033), der andere erst von dessen zweitem Nachfolger Bezelinus, mit dem Beinamen Alebrandus (1035—1043), ordinirt ist, was auch Helmold [3]) angiebt. Ob daraus, daß von Ezzo besonders bemerkt wird, er sei Mönch gewesen, zu folgern stehe, daß jene beiden gleich Benno aus dem Hamburger Capitel erwählt worden seien, lasse ich eben so dahin gestellt, als ob auf die verschiedene Ausdrucksweise Adam's, welcher jenen als in Aldinburg, diesen als in Slavaniam ordinatus und als coadjutor praedicationis bezeichnet, dies sich stützen lasse, daß letzterer nicht vom Sitze des Bisthums aus, sondern nur herumreisend sich an der Wiederherstellung des christlichen Bekenntnisses unter den Slaven betheiligt habe. Daß Adam des im Jahre 1039 erfolgten Todes König Conrad's II. erst im darauf folgenden Capitel 71 gedenkt, scheint mir auch nicht genügend, den Tod Meinher's oder Abelin's Ordination vor dieses Jahr zu setzen. Bis in die Zeit, wo der bekannte spätere Slavenfürst Gottschalk aus Dännemark nach seines Schwiegervaters Kanut Tode (11. Nov. 1035) bereits wieder zur Eroberung Slaviens zurückgekehrt war [4]),

---

nov. Tom. I. p. 493) wird genau berichtet, wer auf dieser Synode, welche vornämlich die Ansprüche Bernward's von Hildesheim auf das Stift Gandersheim betraf, erschienen sei, und wie die einzelnen Bischöfe in der Kirche Platz genommen hätten; hier werden mit dem Worte assederunt zusammengestellt, außer einem Bischof von Verdun und einem von Mantua, Rudolphus Sleswicensis und Reginoldus Aldenbergensis, von denen der erstere nach dem Schleswiger Bischofs-Verzeichnisse erst 1027 nach Esico den Bischofsstuhl erhalten haben könnte.

[1]) S. Adam Lib. II. c. 62 u. 70.

[2]) Ebend. Lib. III. c. 20 und Schol. 94.

[3]) S. Helmoldus Lib. I. c. 18 § 9.

[4]) Vergl. Adam Brem. Lib. II. c. 75 u. III. c. 18 mit Helmold Lib. I. c. 20 § 1.

wird man die Sedenz Bischofs Meinher mit größerer Sicherheit fortdauern lassen können. Nach Abelin's Tode, so erzählt Helmold [1]) und setzt dies noch in die Zeit Kaiser Heinrich's III. († im October 1056), habe Erzbischof Adalbert der Große von Bremen ohne Zuthun des Kaisers aus eigenem Gelüste die Aldenburger Kirche in drei Bisthümer getheilt [2]). Im Vertrauen auf die Gunst, in welcher er bei dem Kaiser und beim Pabst Leo (dem IX., 1049—1054) gestanden, und nicht zufrieden mit dem erzbischöflichen Ansehen und der Würde eines Legaten im ganzen Norden, habe Adalbert auch die Ehren eines Patriarchen dadurch zu gewinnen erstrebt, daß er innerhalb der Grenzen seiner Parochie zwölf Bisthümer habe einsetzen wollen. Von diesen zu erzählen erklärt Helmold, sei überflüssig, weil es allen Verständigen eine Lächerlichkeit und Thorheit (ineptiae et deliramenta) erschienen sei, und bemerkt er nur, wie an Adalbert's Hof viele Priester und Mönche, auch manche von ihren Sitzen vertriebene Bischöfe zusammengeströmt wären, deren Erhaltung ihm eine Last geworden, und die er daher in die weite heidnische Welt (in latitudinem gentium) gesendet habe, einige mit, andere ohne Anweisung eines festen Bischofssitzes. Von diesen habe er den Ezzo dem Abelinus in Aldenburg zum Nachfolger gegeben (subrogavit), einen gewissen Aristo, der von Jerusalem gekommen, in Ratzeburg angestellt (constituit), einen Johannes nach Mecklenburg bestimmt (destinavit). In ähnlicher Weise spricht Helmold an einer späteren Stelle seiner Chronik [3]), wo er bei Erhebung Vicelin's auf den Aldenburger Stuhl durch Erzbischof Hartwich (1148—1168) einen Blick auf die früheren dortigen Bischöfe zurückwirft, von einer schon durch Adalbert bewirkten Theilung dieses Bischofssitzes in drei Bisthümer, nur daß er der Patriarchats-Pläne desselben nicht gedenkt, und die nach Mecklenburg und Ratzeburg gesandten (statuit in, sagt er von dem einen wie dem

[1]) A. a. O. cap. 22 § 1—4.

[2]) . . . *defuncto Abellino pontifice Aldenburgensis ecclesia in tres divisa est episcopatus; quod quidem imperiali minime factum est institutione, sed M. Alberti Hammenb. archiepiscopi adinventione ita ordinatum fuisse constat. Ille enim vir magnificus etc.*

[3]) A. a. O. Lib. I. cap. 69 § 1 u. 3 sq.

andern) Bischöfe als de peregrinis episcopis, quos in mensa sua habebat entnommen bezeichnet, auch des Ezzo nicht besonders als damals erst für Aldenburg ordinirt gedenkt. Fast wörtlich wie Helmold an der ersteren Stelle, äußert sich Albert von Stade [1]), und zwar zum Jahre 1058, anknüpfend an die Adam'schen Bemerkungen [2]) über das, was Reisende ihm über die zu Lübeck, Aldenburg, Lenzen u. s. w. zu Gottschalk's Zeit errichteten Klöster und Stiften berichtet hätten, und an die Angabe, daß dies den Erzbischof Adalbert veranlaßt habe, de suis episcopis et presbyteris geeignete Männer zu Gottschalk zu senden, welche die noch nicht genügend unterrichteten Slaven-Stämme im Christenthum hätten befestigen sollen (rudes in christianitate populos confortarent). Nicht minder schließt sich Helmold die Chron. Slavica [3]) an. Nach Abelin's Tod, sagt sie, nachdem im Cap. 13 am Schluß bemerkt ist, daß unter dem Schutz von Gottschalk viele Klöster und Kirchen erbaut worden, sei eine Theilung Aldenburgs in drei Bisthümer, deren Urheber Adalbert gewesen, zur Zeit des Königs Conrad (seit 1025) und des gleichzeitigen Papstes Leo erfolgt, die, obwohl nicht gehörig (non bene) von jener Theilung unterrichtet, dem Erzbischof, der ihre Gunst genossen, und dessen Anordnungen Alles in den nordischen Gegenden und Reichen überlassen hätten; so habe er den Ezzo zu Aldenburg dem Abelin als zehnten Bischof, den von Jerusalem gekommenen Aristo in Ratzeburg bestellt [4]), in Mecklenburg den Johannes, der von Schottland gekommen. Auf Grund aller dieser übereinstimmenden Angaben, so wie einer dem Herzog Otto oder Ordulf mit der Burg Ratzeburg im Jahre 1062 von Heinrich IV. gemachten Schenkung, welche

---

[1]) S. a. a. O. fol. 128 a u. b.

[2]) S. oben S. 84, 85, 85.

[3]) S. Chron. Slavica c. 14.

[4]) Das vom Verfasser hier beabsichtigte Zeitwort, während er das Helmoldische surrogavit bei Ezo beibehält, fehlt bei Aristo wie Johannes, im lateinischen Texte, auch in der Ed. princeps. Der niederdeutsche Text braucht von Ezo, ohne Abelinus zu erwähnen, den Ausdruck „settede", und „beschickede" von den beiden andern.

dem Bischof, in cuius [1]) parochia ... castellum situm est, den Zehnten vorbehält, hat man früher meist bis in die Mitte des 11. Jahrhunderts die Gründung der beiden Bisthümer Ratzeburg [2]) und Mecklenburg [3]) (später Schwerin) zurückdatiren zu können gemeint und als deren erste Bischöfe jenen Aristo und Johann angesehen. Der neuerdings allgemein anerkannte Ungrund dieser Annahme, aber auch der eigentliche Sachverhalt läßt sich aus Adam's Erzählung entnehmen, welche hier gleich wie sonst die Quelle der Angaben Helmold's, und der darin etwa niedergelegten späteren Tradition bildet.

Von Adalbert's Plänen und Bemühungen, in Hamburg ein Patriarchat zu gründen, spricht Adam erst für die letzten Zeiten Kaisers Heinrich III. († 5. Oct. 1056) und Leo's († 19. April 1054), deren Hinscheiden und die damit auf Adalbert und Hanno von Cöln als Vormünder des jungen Heinrich IV. und als Rathgeber der Kaiserin-Wittwe übergegangene Reichsverwaltung das Cap. 33 eröffnet. Anknüpfend an die in den Cap. 27 bis 31 dargestellten günstigen Erfolge, welche der Erzbischof bei Kaiser und Papst in verschiedenen Angelegenheiten, namentlich auch auf der unter Beider Vorsitz zu Mainz im Jahre 1049 stattgehabten Synode (Adam giebt das Jahr 1051, aber auch das sechste Jahr der Sedenz an) erzielte, sagt Adam, habe Adalbert, seines Glücks sich überhebend (his successibus elatus) mit großem Eifer jenen Plan verfolgt; in so fern nothgedrungen, weil der König von Dännemark für seine Lande die Errichtung eines eigenen Erzbisthums betrieben. Hierzu habe derselbe schon die Zusage des Römischen Stuhls erhalten; nur des Hamburger Stifts Zustimmung hätte noch gefehlt, und diese habe Adalbert,

---

[1]) Hamb. Urk.-B. Nr. 90.

[2]) S. das bei v. Westphalen Monum. ined. Tom. II. p. 1983 sq. gedruckte Chron. Raceburgense und die in G. M. C. Masch Geschichte des Bisthums Ratzeburg. 8to. Lübeck 1835, S. 16, 17, Note 66 ff. angeführten Schriftsteller; vergl. auch v. Kobbe Gesch. d. Herzogth. Lauenburg. Gött. 1821, Th. I. S. 119 ff..

[3]) Fr. Aug. Rudloff Handb. der Mecklenb. Gesch., Schwerin 1785, Th. I. S. 58 ff. und K. Ch. F. v. Lützow Versuch einer pragmat. Gesch. von Mecklenburg. Berlin 1827, Th. I. S. 60.

obwohl ungern, nur unter der Bedingung versprochen, daß ihm und seiner Kirche durch päpstliche Privilegien der honor patriarchatus bewilligt würde. Diesem Patriarchate habe er die Absicht gehabt (disposuit), außer den Dänischen Suffraganen, 12 Bisthümer zu unterwerfen, welche er aus seiner eigenen parochia (wie es heißt) durch deren Theilung hätte bilden wollen; und werden dann als Sitze dieser 12 Bisthümer angeführt; auf dem rechten Elbufer: Pahlen (in Palmis) an der Eider im Ditmarsischen, Heiligenstädt bei Itzehoe (in Heilingastade), Ratzeburg, Aldenburg, Mecklenburg; auf dem linken: Stade, Lesum an der Wumme (in Lismona), Wildeshausen am linken Ufer der Hunte Osnabrücker Diöcese, Bremen, Verden, dessen leichten und sichern Erwerbs sich Aldalbert oft berühmt hätte, Ramsolah und Friesland (in Fresia). Von einer Vergebung eines dieser Bisthümer, namentlich der drei Slavischen an Ezzo u. s. w., ist mit keinem Worte die Rede, und sonach, daß dies ein bloßes Project [1]) gewesen und geblieben, auch abgesehen von der bitteren Bemerkung Helmold's über Thorheiten und Lächerlichkeiten, um so weniger zu bezweifeln, als Adam mit den Worten interea conditionibus utrimque protractis alsbald auf die obigen, von ihm ins zwölfte Jahr des Erzbischofs gesetzten Todesfälle übergeht. Jener Bischofs-Ernennungen dagegen thut Adam schon im Cap. 20, und zwar in Anschluß an dasjenige Erwähnung, was er über Gottschalk's Bemühungen um Herstellung des Christenthums in Slavien und über die zu seiner Zeit in dortigen Städten zahlreich vorhandenen Klöster und Stifter berichtet. Dies geschieht aber, ohne irgend von Theilung des Aldenburger Bisthums zu sprechen, einfach dahin, daß Adalbertus dem Gottschalk zu dieser novella plantatio ecclesiarum Glück gewünscht und ihm, ganz wie es bei Albertus heißt, de suis episcopis et presbyteris geeignete Lehrer gesendet habe, als welche dann Ezzo, Joannes Scotus und Aristo, jedoch mit der Bemerkung genannt werden,

---

[1]) Als solches bezeichnet auch Adam c. 58 in f. diese Bemühungen deutlich genug, wo er mit den Worten darauf zurückkommt: *Postremo in Hamaburc iam aperte laboravit patriarchatum efficere, aliaque magna et incredibilia, de quibus supra nimis dictum est.*

daß er an andere Orte Andere gesandt habe [1]). Endlich kommt Adam's Werk noch in dem als Anhang, von ihm selbst oder einem Dritten, hinzugefügten Cap. 70 des dritten Buchs auf diesen Punkt zurück. Zur Ergänzung dessen, was Adam im Cap. 1 schon über die Art und Weise bemerkt hatte, wie Adalbert sich in Bezug auf die Mission benommen, und größeren Eifer dafür als irgend ein Anderer gezeigt habe [2]), wird hier erst erzählt, wie Adalbert, während seine Vorgänger nur noch per suffraganeos für die Bekehrung unter den Dänen, Schweden und Norwegern thätig gewesen, gleich Ansgar, Rimbert und Unwan ein persönliche Missionsreise in diese Reiche beabsichtigt hätte, und von diesem schon festen Entschlusse nur abgebracht wäre durch die Vorstellung des König's Suein, es würden die heidnischen Völker viel leichter durch Landsleute als durch Fremde bekehrt werden, wenn er nur die zur Mission bestimmten und geeigneten Geistlichen für sich zu gewinnen und in Treue zu erhalten suchte [3]). Mit großer Freundlichkeit und Liberalität habe in Folge dessen Adalbert die nordischen Missionare (episcopos gentium) sowohl und Gesandten der Könige in Bremen aufgenommen und in seiner Nähe längere Zeit behalten, als auch nach allen nordischen Ländern hin Prediger gesendet und viele Bischöfe ordinirt, so daß er auch, der erste unter den Erzbischöfen, eine Synode in Dännemark mit seinen Suffraganen zu halten beschlossen und mit Zustimmung des Königs wie des Römischen Stuhls Einleitung dazu getroffen habe.

Daran knüpft sich dann, gestützt auf eigene Erzählung des Erzbischofs, eine Angabe der von letzterem für die nordischen

[1]) Die Worte, deren Adam sich bedient, sind: *Ordinavit in Aldenburg . . , monachum Ezzonem, Ioannem Scotum constituit in Magnopolim, in Razzisburg esse disposuit Aristonem quendam ab Hierosolimis venientem, et alibi alios.*

[2]) *In legatione gentium, quod primum est Hammaburgensis ecclesiae officium, nemo umquam tam strenuus potuit inveniri.*

[3]) *. . . Barbaras gentes facilius posse converti per homines suae linguae morumque similium, quam per ignotas ritumque nationis abhorrentes personas, itaque nil opus esse, nisi ut sua liberalitate et affabilitate redderet illos benivolos et fideles, quos ad praedicandum gentibus verbum Dei paratos inveniret.*

Länder ordinirten oder dorthin dirigirten Missionare, so wie der Städte oder Länder, wofür sie bestimmt gewesen [1]). Der Bischöfe selbst habe Adalbert in solcher Weise zwanzig ordinirt; wer aber diese unter den 25 speciell namhaft gemachten gewesen, wird nicht angegeben, auch des Ezzo und jener beiden anderen obigen Bischöfe gar nicht gedacht. Doch findet sich in Schol. 94 bemerkt, es sei Ezzo, welchen Adalbert selbst in Sclavaniam ordinirt hätte, der zwanzigste gewesen; und außerdem wird noch im Texte selbst in Anlaß der Bemerkung, Adalbert habe meist vier und mehr Bischöfe um sich gehabt und namentlich drei in seiner Umgebung nicht missen mögen, welche er, cum non essent eius suffraganei, mit um so größerer Milde behandelt hätte, quod sedes proprias non haberent, von Adam Johannes quidam Scotorum episcopus genannt, qui postea in Sclavaniam missus ibidem cum principe Gotesscalco interfectus est. Zweifelsohne ist dieser Johannes derselbe, von welchem Helmold spricht, indem er von diesem nicht blos erzählt, daß er als Pilgrim (peregrinationis amore) Schottland verlassen habe und nach Sachsen gekommen, von Adalbert wie gewöhnlich (ut omnes) freundlich aufgenommen und nicht lange darauf zu Gottschalk nach Slavien (in Slaviam) geschickt worden sei, sondern auch, daß er bei dem Slavenaufstand nach Gottschalk's Ermordung in Mecklenburg mit den übrigen Christen gefangen, und nach erlittener Geißelung unter Spott und Hohn durch die einzelnen Slavischen Städte geschleppt, zuletzt an Händen und Füßen verstümmelt in der Slavischen Stadt Rethra auf die Straße geworfen und gestorben sei [2]). Unzweifelhaft aber ist dann nicht minder, daß ihm Mecklenburg nicht als fester Bischofssitz, sondern eben nur als temporärer Aufenthaltsort oder als Missions-Station, wozu die dortigen Klöster als ganz geeignet erscheinen mochten, zugewiesen worden sei, daß also von einer Erhebung Mecklenburg's zu eigenem Bisthum für diesen Zeitpunkt überall nicht die Rede sein könne. Dasselbe wird man, zumal des Aristo sonst nirgends Erwähnung geschieht, die

---

[1]) Ersteren Falls heißt es immer ad civitatem, letzteren Falls fast durchweg in Suediam u. s. w.

[2]) Helmoldus Lib. I. cap. 23.

späteren Bischöfe des 12. Jahrhunderts ihn sogar nirgends mitzählen [1]), in Betreff Ratzeburg's um so unbedenklicher annehmen dürfen, als doch zu einer bloßen Missions-Station in dem damals bereits bestehenden S. Georgskloster auf dem Berge vor Ratzeburg eine ganz geeignete Localität gegeben war. Nur also in Betreff Aldenburg's und Ezzo's wird man die Fortexistenz als Bischofssitz, und daß dieser wahrer Diöcesan-Bischof gewesen sei, anzunehmen haben, und nur etwa darüber zweifelhaft sein können, ob nicht auch hier der Bischofssitz sich in eine bloße Missions-Station wenigstens eine Zeitlang verwandelt gehabt habe [2]).

Bis zu welchem Jahre Ezzo der Aldenburger Diöcese vorgestanden habe, läßt sich so wenig genau bestimmen, als der Anfang seiner Regierung. Daß seines Todes weder im Schol. 94, noch sonst gedacht wird, während dort es doch von Johannes erwähnt wird, daß er gleichzeitig mit Gottschalk sein Ende gefunden habe, macht es zweifelhaft, ob er gleich bei Ausbruch des Slaven-Aufstandes, und auch als Märtyrer sein Ende gefunden habe; auf der andern Seite reicht der 84jährige Zeitraum, für welchen, rückwärts von Vicelin's Erhebung, der Aldenburger Sitz vacant gewesen sein soll, bis in die Zeit des Aufstandes zurück. Ein bestimmter Antheil an der Erbauung der Klöster, Stifter und Kirchen, von denen Adam erzählt, daß sie in dieser Zeit in Slavien erbaut wären oder bestanden hätten, wird Ezzo nicht zugeschrieben, auch nicht erzählt, daß Fürst Gottschalk die Wiederherstellung und weitere Verbreitung des Christenthums unter den Slaven ins Werk gesetzt habe.

---

[1]) Vergl. hierüber Masch a. a. O. S. 17, dem ich nur darin nicht beipflichten kann, daß er in dem Mangel einer Circumscription der Diöcese und jeder Nachricht über damals schon erfolgten Bau einer Cathedrale Gründe findet, weshalb man für jene Zeit noch die Existenz eines Bisthums Ratzeburg bezweifeln müsse.

[2]) Daß das Schol. 94 den Ezzo nur als in Slavaniam ordinirt bezeichnet, weckt diese Zweifel; doch scheint mir auf die Ausdrucksweise im cap. 20 ordinavit in Aldinburg so lange das Hauptgewicht gelegt werden zu dürfen, als nicht constirt, daß wirklich schon zu Anfang des 11. Jahrhunderts die Aldenburger Cathedrale B. Joh. B. völlig zerstört worden sei.

Auf die persönlichen Geschicke dieses Fürsten — wie er, von christlichen Eltern geboren [3]) und im Lüneburger Kloster S. Michael erzogen und unterrichtet [1]), auf die Kunde von seines Vaters Ermordung durch einen Sächsischen Ueberläufer wuthentbrannt Kloster, Studium und christlichen Glauben verließ, um an der Spitze eines im Wendenlande gesammelten Räuberhaufens seine Rache an dem Nordalbingischen Sachsenlande zu nehmen, wie er dieses, auch der Kirchen nicht schonend, mit Feuer und Schwert verwüstet und verödet hat, bis er, sei es aus frei eigenem reuigen Entschlusse, oder weil großmüthig von Herzog Bernhard dem Jüngern, als er in dessen Gefangenschaft gerieth, behandelt und entlassen, sich nach England zu König Kanut dem Mächtigen begab, wo er, unter diesem Kriegsruhm in Schweden und Norwegen suchend und findend, viele Jahre verblieb, wie er dann, erst nach dessen Tode und dem seiner Söhne, wie Adam ausdrücklich angiebt, also erst nach 1042 [3]), auf die Hülfe der Dänen, deren Königstochter [4]) er geheirathet, sich stützend oder hoffend, in sein Geburtsland heimkehrte, und im Wendenlande die väterliche Herrschaft nicht bloß wiedergewann, sondern dahin erweiterte, daß er gleichsam als König über alle Obotritischen Stämme herrschte —, ist hier nicht weiter einzugehen, zu bedauern aber, daß Adam und Helmold über das, was Gottschalk zur Herstellung des Kirchenwesens gethan, noch ungenauer berichten, als über seine Kriegsthaten [5]). Mit bloßer Duldung oder Gestattung der Mission, wie einst die Dänischen Könige, hat er sich allerdings nicht

[1]) Adam Lib. II. c. 64 nennt die gleichzeitigen Gneus und Anatrog ausdrücklich paganos; von Uto, dem Sohne Mistiwoi's und Vater Gottschalk's braucht er die Worte male christianus.

[2]) Adam's Worte *titteralibus studiis erudiebatur* sind eben so unbestimmt als Helmold's, der von scholaribus disciplinis spricht.

[3]) S. Dahlmann Geschichte von Dännemark Bd. I. S. 115—117. In das obige Jahr fällt auch (S. 119) die Ermordung Harald's, des Gegners von König Magnus d. Gr., welche Adam unmittelbar vor Gottschalk's Heimkehr im Lib. II. c. 75 erzählt.

[4]) Adam nennt sie nicht; nach Saxo Grammaticus Lib. XI. p. 208 war es des Königs Suend Estrithson Tochter Siritha.

[5]) Ich verweise im Allgemeinen auf Adam Lib. II. c. 64 u. 75, Lib. III c. 18—20 und auf Helmold Lib. I. c. 19 § 4—7 und c. 20.

genügen lassen, und mit deren Haupte, dem Hamburg-Bremer Erzbischof, in steter und enger Verbindung gestanden [1]). Er scheint jedoch nicht von deren Wirksamkeit allein sich viel versprochen zu haben, insofern Adam, freilich wieder mit dem bei ihm so häufigen dicitur, zum Beweise seines persönlichen Religionseifers, jedoch nicht ohne obliquen Tadel, berichtet, daß Gottschalk häufig selbst in den Kirchen ein Wort der Ermahnung an das Volk gerichtet habe, in dem Wunsche, das, was von den Bischöfen und Priestern in geheimnißvollem Dunkel gepredigt worden, seinen Landsleuten in Slavischer Sprache klarer und verständlicher zu machen [2]). Von anbefohlenem oder erzwungenem Empfang der Taufe wird nichts berichtet [4]), und fast gewinnt es den Anschein, als habe er das meiste Vertrauen, ähnlich wie König Suein, darauf gesetzt, daß seinem und der neubekehrten Landsleute Beispiele stille Nachfolge nicht fehlen dürfte, und daß solche Art der Bekehrung mehr Frucht bringen werde, als die Predigt der fremden Geistlichen. Immerhin aber bleibt es doch befremdlich, daß von Kirchenbauten und Klostergründung, die von ihm ausgegangen oder gefördert wären, weder bis nach Bremen hin, noch bis in die spätere Zeit Helmold's irgend welcher Bericht gedrungen war oder erhalten blieb. Nur mit so allgemeinen Wendungen, wie: in solcher Zahl hatten täglich neue Bekehrungen stattgefunden, daß man in alle Provinzen nach Priestern habe schicken müssen; zu Gottschalk's Zeit seien alle Slaven der Aldenburger Diöcese dem christlichen Glauben anhängig gewesen und treu geblieben; in ganz Slavien,

---

[1]) S. Adam Lib. III. c. 18 u. 20 vergl. mit c. 70.

[2]) S. ibid. c. 19: *dicitur tanto religionis exarsisse studio, ut oblitus ordinis sui frequenter in ecclesia sermonem exhortationis ad populum fecerit, ea quae mystice ab episcopis dicebantur vel presbyteris ipse cupiens Slavanicis verbis reddere planiora*, und Helmold a. a. O. cap. 20 § 4, wörtlich übereinstimmend, aber ohne die Worte oblitus sui ordinis.

[3]) Die einzige Andeutung der Art ist die am Schluß des cap. 18 bei Adam vorkommende, in Helmold übergegangene Aeußerung: *si vita e longior concederetur, omnes paganos ad christianitatem cogere disposuit.*

[4]) Die Worte Adam's sind: *Infinitus erat numerus eorum, qui cotidie convertebantur, ades ut pro secerdotibus in totas mitteretur provincias.*

wie Helmold sagt, oder, wie es bei Adam heißt, in citeriori (ulteriori) Slavia, wahrscheinlich Obotritien im Gegensatz von Wagrien, sei niemals ein mächtigerer und dabei so eifriger propagator fidei christianae erstanden — nur in so vager Weise wird der Fortgang des Bekehrungswerks, die Ausbildung aber des äußeren Kirchenthums nur dahin geschildert, daß alle Lande der Kirchen, diese der Priester voll gewesen, in vielen Städten Kirchen und Klöster erbaut seien. Wie nahe der Wahrheit diese Schilderung komme, oder wie fern sie der wirklichen Sachlage auch für die Gottschalk'sche Zeit stehe, läßt sich schwer entscheiden; so viel aber ist gewiß, daß der Sieg des Christenthums unter den Slaven, wenn wirklich so glänzend, von keiner Dauer war, und daß dessen mit Gottschalk's Tode so schnell hereinbrechender Untergang zur Genüge zeigt, wie in den Gemüthern des Volks die christliche Lehre noch nichts weniger als feste Wurzeln geschlagen hatte.

Denn kaum, daß Gottschalk, wie Adam erzählt, durch die Heiden, nach Helmold [1]) wenn nicht von der Hand, doch auf Anstiften seines Schwagers Plusso oder in Folge einer von diesem angeregten Empörung am 7. Januar 1066 zu Lenzen, mit ihm ein Priester Yppo, am Altar ermordet worden, brach nicht blos in Wagrien, sondern auch in Ratzeburg und Mecklenburg, und bald über das ganze Slavenland hin ein allgemeiner Aufstand aus, und Alles, was den Christennamen trug oder der Kirche angehörte, unterlag der wuthvollsten Zerstörung durch Feuer und Schwert, die bald auch über das Sächsische Transalbingien bis nach Hamburg sich verbreitete und den dortigen Metropolitansitz nicht minder, als das kaum hergestellte Aldenburger Bisthum traf. Mit dem Leben büßte, wer dem christlichen Glauben Treue bewahren wollte; ganz Slavien fiel in das Heidenthum zurück, und für Decennien hin verschwand das Christenthum unter den Slavischen Stämmen. So erzählt wenigstens Helmold [1]), vielleicht nur sich stützend auf den Mangel jeglicher Nachricht. Denn was er weiter über kirchliche Dinge bis zur Zeit Vicelin's berichtet, beschränkt sich auf die kurze Angabe, nach jenem Aufstande des Jahres 1066 sei der Aldenburger Sitz

---

[1]) A. a. O. Lib. I. cap. 2, 3 u. 4.

84 Jahr unbesetzt geblieben, und auf die zweimal wiederkehrende Nachricht, im gesammten Slavenlande sei weder eine Kirche, noch ein Priester zu finden gewesen, außer in der Stadt Lübeck [1]). Ganz vergeblich aber sucht man in den Bremischen Geschichtsquellen nach irgend welcher, die kirchlichen Zustände des rechten Elbufers betreffenden Nachricht für die letzten Decennien des 11. und die ersten des 12. Jahrhunderts. Verschwindet doch das Slavenland selbst für lange Zeit fast ganz aus Helmold's Chronik. Denn weit entfernt, den Zustand dieser terra horroris et vastae solitudinis, wie er seit dem neuen Rückfall in das Heidenthum häufig das Slavenland nennt, näher darzulegen, läßt sich Helmold, nachdem er noch kurz berichtet, wie von Gottschalk's Söhnen der Jüngere, Heinrich, erst 8 Jahr alt, in Dännemark bei seinen mütterlichen Blutsverwandten eine Zuflucht gesucht und für viele Jahre gefunden habe, und wie dessen älterer Stiefbruder Buthue, obwohl vom Sächsischen Herzog Magnus, dem Sohne Ordulf's (Sohnes und Nachfolgers des jüngeren Herzogs Bernhard) begünstigt und unterstützt, sich vergeblich bemüht habe, den von der heidnischen Parthei seines Volkes zur Herrschaft in Wa-

---

[1]) Einmal und zuerst findet sich diese Angabe im cap. 34 § 8, nachdem er von der Rückkehr des Gottschalk'schen Sohnes Heinrich aus Dännemark berichtet, und daß in Folge des von den Sachsen unter Herzog Magnus bei Smilau erkämpften Sieges ihm die Wiedererlangung der väterlichen Herrschaft gelungen sei, also für die Zeit um 1106; nachher im c. 41 § 6, wo er zuerst des Vicelinus gedenkt, zum Jahre 1126. Dort spricht er von der universa Slavia, hier von der universa gens Luticiorum, Obotritorum vel Wagirorum; an der zweiten Stelle gedenkt er Lübecks, ohne irgend welchen Zusatz, an der andern mit den Worten in urbe, quae nunc vetus Lubeca dicitur. An beiden Stellen erklärt er den Fortbestand dieser Einen Kirche, damit, daß daselbst Heinrich sich öfters aufgehalten habe. Doch lassen die Worte, deren sich sowohl Helmold, als Albertus Stad. ad A. 1106, und eben so die Chron. Slav. c. 5 (diese aber mit dem seltsamen und verkehrten Zusatz Imperator zu Henricus) bedienen: *quod Henricus cum familia sua saepius illic moraretur*, und *quod illic fuerit Henrici familiare contubernium*, es gleichmäßig zweifelhaft, ob nur häufiger Besuch gemeint sei oder bleibender Wohnsitz, was schon Cornerus angenommen hat, da er ad A. 1135 (a. a. O. p. 674) den Worten *contubernium familiare* hinzugefügt hat: *et mansio principalis, quia ipse eam per Trutonem* (rect. *Critonem*) *fundatam valde ampliaverat et emendaverat.*

grien u. s. w. berufenen Cruco oder Crito, Rugianischen Stammes, zu stürzen und das väterliche Reich seinem Stamme zu erhalten [1]), daran genügen, die Streitigkeiten König Heinrich's IV. sowohl im Reiche, insbesondere mit den Sachsen, als auch mit dem päpstlichen Stuhle, in ausführlicher, nur durch einige Notizen über Gottfried's von Bouillon Kreuzzug [2]) unterbrochenen Darstellung zu geben [3]). Erst mit dem zwölften Jahrhundert treten in seiner Chronik die Slavenstämme wieder mehr und mehr in den Vordergrund der Darstellung, und dann nach und nach auch die Männer auf, deren gleichmäßiges und meist gemeinsames Ziel und Werk die völlige und dauernde Germanisirung und Christianisirung der im Südwesten die Ostsee umschließenden Lande war.

Wenige Wochen nach König Heinrich's IV. am 7. Aug. 1106 erfolgten Tode starb am 23. desselben Monats mit Herzog Magnus, dem Enkel des jüngeren Bernhard, im Mannesstamme das Geschlecht Hermann Billung's aus, welches seit Otto dem Großen die herzogliche Würde über Sachsen und mit ihr die oberste Gewalt in den Marken der unteren Elbe besessen, wenn auch in den letzten Decennien nicht mehr in ihrer vollen Bedeutung zu behaupten vermocht hatte. Das erledigte Herzogthum, so wie die Wahrung der oberhoheitlichen Rechte des Reichs über die Slavischen Stämme zwischen Elbe und Oder und längs des Meeres, wurde dem Grafen Lothar v. Supplinburg zu Theil [4]). Noch unter Herzog Magnus war aber um das Jahr

[1]) Helmoldus l. c. cap. 24—26.

[2]) A. a. O. cap. 31.

[3]) Ebend. cap. 27—30 und cap. 31—33, das mit den Worten schließt: *His ergo de perturbationibus imperii et variis Saxonum bellis necessario praelibatis, eo quod Slavis causam defectionis vel maximam praebuerint, iam nunc redeundum est ad historiam Sclavorum, unde longius digressus sum.* Aehnlich äußert sich Helmold am Schluß der Regierung Heinrich's V. im cap. 40 § 9, wo er sich zugleich dahin erklärt: *conversionem (Sclavorum) Henriciani Caesares non modice retardarunt, domesticis vid. praegravati.*

[4]) Ebend. cap. 35 § 1 und 2, vergl. mit Chronographi Saxon. fragm. Luneburgense ad A. 1106 in Wedekind's Noten zu Gesch.-Schr. des D. M. A. Bd. I. S. 360.

1093 Gottschalk's Sohn, Heinrich, aus dem Dänischen Exile in das Land seiner Väter zurückgekehrt, hatte, wie einst sein Vater, durch wiederholte räuberische Einfälle im Aldenburgischen je länger desto festeren Fuß gefaßt, und zuletzt dem Cruco, weniger durch Waffensieg, als durch den von dessen Gemahlin geübten Verrath und durch Abfall der den heidnischen und Slavischen Herrn widerwillig tragenden Nordalbingier, die seit Gottschalk's Tode geübte Herrschaft entrissen [1]). Mit Hülfe des Herzogs Magnus und der Nordalbingischen Sachsen behauptete er diese glücklich in der blutigen Schlacht bei Smilau gegen die östlichen und südlichen Slavenstämme, welche die Nachricht, daß wieder ein Fürst im Lande aufgestanden sei, der Unterwerfung unter das Christenthum und Reich so rathsam als unvermeidlich erachte, zu einem großen Bündnisse vereinigt hatte, um in seine Stelle einen Genossen der heidnischen Partei zu setzen. Folge dieses Siegs war zwar nicht Herstellung des Christenthums im Slavenlande; nicht einmal in Wagrien, vollends nicht unter den, eben erst zu Tributpflichtigkeit genöthigten östlichen Stämmen. Obwohl christlichen Sinnes und Eifers, mochte Heinrich von voreiliger Wiederherstellung des seit Decennien verschwundenen Kirchenwesens seine noch unbefestigte Herrschaft gefährdet erachten, und daß den im Kleinen fortdauernden Kämpfen beider Nationen nicht blos Nahrung, sondern auch ein weiterer Umfang gegeben werden würde. Nur von den Nordalbingiern erzählt Helmold, daß nach jenem Siege die seit langer Zeit zerstört liegenden Kirchen wieder erbaut wären; vom Slavenland aber wiederholt er, daß auch da noch die einzige Kirche Slaviens die zu Alt-Lübeck gewesen sei, und bemerkt, daß Fürst Heinrich vor Allem für Cultur des Landes gesorgt und auf Herstellung rechtlicher Ordnung sein Bemühen gerichtet habe [2]).

---

[1]) Ebend. cap. 34 § 1—4.

[2]) A. a. O. cap. 34 § 7 u. 8: *Praecepit Slavorum populo, ut coleret vir agrum suum et exerceret laborem utilem et commodum, extirpavitque latrunculos et viros desertores de terra. Et exierunt Nordalbingorum populi de munitionibus..., et reversi sunt unusquisque in villam et possessionem suam, et reaedificatae domus et ecclesiae, bellorum tempestatibus dudum dirutae. Porro in universa Slavia necdum erat ecclesia etc.* (s. oben S. 124 Note [1]).

In jenen Kämpfen, die den Charakter mehr von Raub- als Kriegszügen trugen, aber oft bis in die Elbgegend und die Nähe Hamburgs sich erstreckten, fiel im November des Jahres 1110 Gottfried, Graf von Hamburg, der civitas Holsatorum [1]).

Die dadurch erledigte Grafschaft wurde von Herzog Lothar dem edlen Manne und nunmehrigen Grafen, Adolph v. Schauenburg, verliehen, welches Dynastengeschlecht, angeblich aus dem Magdeburgischen stammend, seit dem 10. Jahrhundert an der Weser, in der Gegend zwischen Rinteln und Minden, durch ausgedehnten Allodial- und Lehnsbesitz zu Ehren und Würde gekommen war, diesseits der Elbe aber in dem neuen Wirkungskreise, welcher durch jene Verleihung für ein mehr als 300jähriges Walten eröffnet wurde, in jenem seinem ersten Repräsentanten [2]) noch nicht, sondern erst durch dessen Sohn Graf Adolph II. Bedeutung und Einfluß zu gewinnen vermochte [3]).

Mit dem neuen Inhaber der Grafschaft und mit den dazu gehörigen Sachsen in Friede und Freundschaft, wandte Fürst Heinrich nicht blos die zu derselben Zeit der Stadt Lübeck Seitens der Rugianer drohende Gefahr glücklich ab, sondern befestigte

[1]) Comes illius provinciae nennt ihn Helmold (cap. 35 § 4). Ueber ihn vergl. insbesondere Lappenberg im Hamb. U.-B. Nr. 124 und in Beil. V. S. 805 u. 6.

[2]) Vergl. Herm. de Lerbeke Chron. Comitum de Schowenberg und Meibomii. Francof., 4o, 1620, pag. 7, 8.

[3]) Wie Helmold Adolph's I., außer bei der ihm gewordenen Verleihung der cometia vacans des Gottfried und außer seinem in das Jahr 1129 oder 1130 zu setzenden Tode (cap. 49 § 12), nur noch einmal, gelegentlich der Streitigkeiten zwischen des König's Heinrich Söhnen und Nachfolgern (cap. 48 § 5), und zwar dahin gedenkt, daß Zwentepolk ihn zu einem Kriegszuge in das Land der Obotriten und gegen die Stadt Werle aufgeboten habe (*convocans*, sagt er, *Adolphum comitem cum Holzatis et Sturmariis*), so wird auch in Urkunden hiesiger Gegend nirgends seiner gedacht, sondern erst seines Sohnes Adolph II., und auch dessen, abgesehen von der Urk. König Lothar's vom Jahre 1136 (Hamb. Urk.-B. Nr. 151), erst in den letzten Jahren seiner Regierung, nämlich 1162, 63 u. 64 (s. St. Lüb. Urk.-Buch Nr. 2 und B. Lüb. Urk.-B. Nr. 4, 6, 7). Daß der comes Atholff, welcher in Würdtwein subsid. diplom. T. VI. No. 103 sq. in Urk. aus den Jahren 1119—1130 vorkommt, der neue Holsteiner Graf sei, ist nach dem dabei einmal vorkommenden Zusatze sene de Scoamburg wahrscheinlich. Ueber Graf

und erweiterte auch, in Folge des über jene erkämpften, durch die Aufwerfung des Ranenbergs bekundeten und lange alljährig gefeierten großen Sieges, seine Herrschaft über die Slaven weit nach Osten, längs des Meeres, bis nach Pommen und Polen, und südlich landeinwärts, dergestalt, daß er nach Helmold rex in omni Slavorum et Nordalbingorum provincia genannt wurde [1]), ähnlich wie einst sein Vater Gottschalk. Mochte nun auch diese Obermacht eines eingebornen Fürsten den vollen Wiedererwerb der einstigen Deutschen Oberhoheit über die Slavenländer hemmen und dem Schauenburger Grafengeschlecht die Befestigung in dem neu gewonnenen Amte vielfach erschweren; für die Wiederaufnahme des seit vielen Decennien darniederliegenden Missionswerks und für die Rückkehr zu christlicher Lehre und Ordnung war es ein großer Gewinn, daß ein einheimischer Fürst, zu Duldung gegen die Anhänger beider Religionen gleich geneigt, als jede Ueberstürzung seiner Pläne zu meiden beflissen, an der Spitze der Slavischen Lande stand, als ihnen in Vicelin ihr eigentlicher Apostel erstand, um in 30jährigem treuen und steten Bemühen durch Wort und Beispiel der von fremder Obermacht so oft vergeblich dargebotenen und inzwischen hie und da vielleicht im Herzen bewahrten, aber öffentlich verschmähten und verfolgten Christenlehre von neuem und nun mit dauerndem Erfolge den Weg in die Ostseelande zu bahnen und das ganz vernichtete Bisthum zu Aldenburg nicht blos herzustellen, sondern auch in der Traven-Stadt, welche durch Handelsverkehr schon damals jenen einstigen Bischofssitz, die antiqua civitas Wagirorum, weit überflügelt haben mochte und sich je länger je mehr zur Hauptstadt

---

Adolph II. s. Helmoldus l. c. cap. 49 § 12: *In diebus illis obiit Comes Adolfus habuitque duos filios, quorum senior Hartungus habiturus erat cometiam, at junior Adolfus litterarum studiis deditus erat..; interfecto Hartungo... Adolfus accepit cometiam terrae Nordalbingorum, vir prudens et in divinis et humanis rebus exercitatissimus; praeter facundiam enim Latinae et Teutonicae linguae Slavicae nihilominus linguae ngarus erat*, vergl. mit Lib. II. c. 4 § 3 u. c. 5 § 5, und mit Chron. Holzatiae cap. 14 (a. a. O. p. 28): *virum literatum, prudentem et strenuum, qui theutonicae, latinae et slavicae linguarum fuit peritus.*

[1]) Vergl. Helmold a. a. O. Lib. I. cap. 36 § 6, vergl. mit § 2 sq. u. cap. 37, 38.

Wagriens zu erheben versprach, eine feste Stätte geordneten Kirchenwesens für Jahrhunderte zu begründen.

Vicelin oder Viscelin — an dessen Lebensgeschichte, wie sie sich in Helmold's Chronik eingefügt findet und anderweiter Ergänzung wie Unterstützung nicht entbehrt [1]), sich füglich wird anschließen lassen, was zum Schluß dieser Blätter über Herstellung des Aldenburger Bisthums und dessen Verlegung nach Lübeck noch darzustellen übrig bleibt — entstammte, gleich dem Schauenburger Grafenhause, der Weser-Gegend und der Diöcese des Bisthums Minden. In Hameln [3]) von Eltern geringen Standes geboren (das Jahr seiner Geburt ist unbekannt, muß aber noch in das 11. Jahrhundert fallen) und im dortigen S. Bonifacius-Stifte [4]) erzogen, hatte er, der Eltern zeitig beraubt, die Jünglingsjahre ohne eifriges Studium in Leichtfertigkeit verbracht, und die Zufluchtsstätte, welche ihm das Mitleid der Mutter des Grafen Conrad von Eberstein auf diesem Schlosse gewährt hatte, war von kurzer Dauer; denn Scham über schlechten

[1]) S. Helmoldi chron. Lib. I. c. 42—48, c. 53—58 und c. 69 sq.

[2]) Außer den (in Leibnitii script. rer. Brnusvic. Tom. I. No. III. p. 774 sq., in Lindenbrog script. Septentr. p. 118 sq. und v. Westphalen Monum. ined. Tom. II. p. 1 sq. abgedruckten) Versus antiqui de Vicelino episcopo Aldenburgensi primo und dem bei Leibnitz p. 780 angefügten Compendium vitae et translationis Vicelini Episc. s. insbesondere den von Lappenberg in Falck's staatsbürgerl. Magazin Bd. IX. Nr. I. S. 4 ff. mitgetheilten Bericht des Neumünster'schen Probstes Sido aus dem Ende des 12. Jahrhunderts.

[3]) Die Quellen nennen übereinstimmend den Geburtsort Vicelin's Quernhameln, und bezeichnen ihn bald als villa oder villa publica, bald als vicus, bald als oppidum. Nach Büsching's Erdbeschreibung Th. IX. S. 261 ist dies oder Mühlen-Hameln der in älterer Zeit übliche Name der jetzigen Stadt Hameln, zu deren Anbau und Namen das auf dem jenseitigen Weserufer belegene uralte, vielleicht bis in die Carolingische Zeit hinaufreichende, dem heil. Bonifacius gewidmete Stift Hameln (s. ebendas. S. 262 und 266, und Rettberg a. a. O. Bd. II. S. 447) Anlaß gegeben haben mag. Ich habe daher kein Bedenken getragen, den heutigen Namen der Stadt jenem jetzt ungewöhnlichen zu substituiren.

[4]) Helmold nennt dies nicht ausdrücklich, sondern sagt nur, daß er litterarum rudimentis apud Canonicos ejusdem loci institutus est, neglectus tamen pene ad virilem aetatem. Das obige Stift zu Hameln stand aber unter Eberstein'scher Vogtei.

Erfolg einer aus Neid vom Burgpriester über seine Stiftsstudien angestellten Prüfung [1]), und dessen herbes Urtheil ließ ihn reuig in sich gehen, aber auch in heimlicher Flucht das Schloß verlassen. Zu Erneuerung und nun um so ernsterem und fast zu eifrigem Betriebe seiner Studien [2]) ging Vicelin auf mehrere Jahre nach Paderborn, wo damals unter dem Mag. Harthmann die wissenschaftlichen Studien blühten, und wo Vicelin alle seine Mitschüler (socios) so übertraf, daß er bald als Hülfslehrer (in scholis regendis magistro adjutor) thätig wurde. Außer einem Zwischen-Aufenthalt bei einem mütterlichen Oheim, Ludolph, welcher Priester in Fenle war und als solcher ausgebreiteten Rufes genoß [3]), blieb Vicelin in Paderborn, bis er nach Bremen an die dortige Domschule als Lehrer und Leiter des Chors berufen wurde [4]), in welchem Amte er viele Jahre verblieb, und

---

[1]) Im Wesentlichen stimmen hierüber Helmold und Albertus überein, nur daß jener angiebt, es habe Vicelin selbst die Achilleis des Statius als seine Lectüre bezeichnet, aber nicht angeben können, quae esset materia Statii, während nach Albert er die Frage des Priesters, ob er den Statius gelesen, bejaht, aber keinen Vers dieses Gedichts zu recitiren vermocht haben soll.

[2]) Helmold cap. 42 § 4 erzählt, sein Lehrer und Meister, dessen Tisch- und Umgangs-Gemeinschaft Vicelin genossen, habe, weil er supra vires gearbeitet, ihn oft mit den Worten gewarnt: *o Viceline, praecipitanter agis, pone modum studiis, nam temporis adhuc multum superest, quo plurima discere possis.*

[3]) S. ebendas. cap. 43. Ist dies Fenle das Kirchdorf Vernde in der ehemaligen Drostei Neuhaus (s. Busching a. a. O. Th. VI. S. 162), oder das Verle in der Grafschaft Rietberg (ebend. S. 464)? An Venne im Osnabrück'schen Amte Hunteburg (ebendas. S. 219) ist der großen Entfernung wegen wohl nicht zu denken, da nach cap. 43 § 1 Vicelin seinen Oheim öfters besucht hat.

[4]) Daß Vicelin daselbst Scholasticus gewesen oder alsbald zu dieser Würde dorthin berufen worden sei, sagt Helmold cap. 44 nicht, sondern braucht von ihm nur die Wendungen: *curandis scholis magister(io) ibidem praeditus est, in regendis scholis valde idoneus, curator chori, eruditor iuvenum, curandis scholis praefici.* Auch Sido und das Compendium brauchen nur den Ausdruck *qui scholae Bremensi praeerat* und *Bremis scholis regendis praeficitur;* eben so heißt es in den Versus antiqui v. 5 und 20: *Brema (vidit) docentem* und *de Bremensi schola raptum.* Dagegen kommt Vicelin in einer undatirten Urk. des Erzbischofs Friedrich

sehr erfolgreich gewirkt hat, aber auch in den Ruf übergroßer Strenge und selbst der Grausamkeit gekommen sein soll [1]). Seit wann und wie lange Vicelin in dieser Stellung zu Bremen geblieben, dafür fehlt es an hinreichenden Anhaltspunkten; des Erzbischof Friedrich's Sedenz umfaßt nahe an 20 Jahre (1104 bis 1123), und alle neben Vicelin in dessen undatirter Urkunde genannten Mitglieder des Bremer Domcapitels kommen in anderen Urkunden entweder überall nicht vor, oder nur in so frühen oder so späten, daß sie die Identität kaum verbürgen, jedenfalls für die Datirung jener Urkunde keinen specielleren und verläßlichen Anhalt gewähren [2]), insbesondere auch nicht für das Jahr 1117, welches wohl als der Zeitpunkt, wo Vicelin von Bremen fortgegangen sei, angenommen wird. Von Bremen aus wendete sich aber Vicelin, der bis dahin nur erst die unterste Weihe eines Acolythen gewonnen, die höheren, und zwar bei der mehr und mehr in ihm hervortretenden strengeren Richtung und Hinneigung zur mönchischen Ascese propter lubricum aetatis gemieden hatte, ehe er in den eigentlichen Kirchendienst eintreten mochte, erst noch Behufs höheren, auch theologischen Studiums [3]) nach Frankreich,

(Hamb. U.-B. Nr. 131) als Scholasticus vor. Indeß könnte Vicelin dies erst später geworden sein, anfangs nur als subscholasticus oder adjutor des eigentlichen Scholasticus fungirt haben, zumal Helmold viel von dem Verfalle redet, in welchem jener die Schule und den Chordienst vorgefunden habe, auch neben der Gunst, in welcher Vicelin bei dem Bischofe Friedrich gestanden, besonders hervorhebt, wie er auch bei den Dignitarien Anerkennung gefunden habe.

[1]) Helmoldus l. l. cap. 44 § 2.

[2]) Denn Probst Wernherus, und Marcwardus Probst von S. Willehad, finden sich als solche schon in Hamb. Urk.-B. Nr. 129 vom J. 1106, dagegen der Custos oder Thesaurar, spätere Probst Adalbert, erst in Nr. 159 ff. aus dem Ende des 4. Decenniums und aus der Zeit, wo Vicelin schon Probst von Faldera war.

[3]) Vergl. v. Savigny Gesch. des Röm. Rechts im Mittelalter Bd. III. S. 314 und Gieseler Lehrb. der Kirchengesch. Bd. II. Abth. 2 S. 355 ff. In der Chron. Slav. cap. 16 wird Vicelin geradezu Parisiensis magister genannt, und in dem Compendium gesagt, daß er zu Paris zum artium liberalium magister promovirt sei; sonst ist, außer in den Versus antiqui, die dies ganz übergehen, nur von einer Reise in Franciam die Rede.

wo gerade in dieser Zeit, namentlich zu Paris, die theologischen und philosophischen Wissenschaften einen besonderen Aufschwung gewonnen hatten und auch außerhalb der Kloster- und Domschulen Gegenstand von Vorträgen geworden waren, welche bei dem von allen Seiten her zahlreichen Zuströmen von Schülern wie Lehrern zur Universität Paris den Grund legten. Unter Anshelm [1]) und Rudolph — Helmold nennt sie venerabiles magistros, qui in explanatione divinae paginae fuerunt eo tempore praecipui — lebte hier Vicelin in Gemeinschaft mit Thietmarus, der in Bremen sein Lieblingsschüler und Haus- oder Zellengenosse (contubernio) gewesen war [2]), obwohl der damals aufkommenden Scholastik nicht besonders zugewandt [3]), nur den Wissenschaften während dreier Jahre, worauf er, um die höheren Weihen zu gewinnen, nach der Heimath zurückzusiedeln beschloß. Doch mochte er nicht dem Beispiele Thetmar's folgen, sondern lehnte das auch ihm in Bremen angebotene Canonicat ab, und wendete sich nach Magdeburg [4]), um von dem dortigen Erzbischofe Nortbert die Priesterweihe zu empfangen; vielleicht schon damals der Absicht, sich dem Missionswerke zu widmen und als Feld seiner Thätigkeit die zu jener Metropole gehörigen Suffragan-Bisthümer Havelberg und Brandenburg zu wählen, in denen während des allgemeinen Slavenaufstandes Christenthum und Kirchenwesen in Verfall gerathen und der Herstellung bedürftig war, solche auch gerade in dieser Zeit fand. Während nun Vicelin ungewiß gewesen, so erzählt Helmold, quibusnam sedibus locandus et cui operi mancipandus foret, in quo ecclesiae fructuosus videretur, erscholl der Ruf vom Slavenfürsten Hein-

[1]) Ohne Zweifel ist dies der Verfasser der mit der glossa ordinaria zur H. Schr. häufig zusammen herausgegebenen glossa interlinearis, der Decan und Scholasticus von Laon (s. Gieseler a. a. O. S. 390). Wenn dieser wirklich im Jahre 1117 gestorben, so würde auch hieraus sich ein Bedenken ergeben, den Weggang von Bremen in dies Jahr zu setzen.

[2]) S. Helmold cap. 44 in f.

[3]) *Quaestiones supervacuas*, sagt Helmold (cap. 45 § 2) *pugnasque verborum, quae non aedificant, sed magis subvertunt, omnino devitans, ad ea solum enisus est, quae sobrio intellectui et moribus instruendis sufficerent.*

[4]) Dieses Magdeburger Aufenthalts thut nur Helmold Erwähnung.

rich, und daß dieser nach Besiegung der heidnischen Stämme für Erweiterung des christlichen Cultus geneigtesten Sinnes sei (ad ampliandum cultum domus Dei pronam gesserit voluntatem), und dies scheint Vicelin in der Ueberzeugung, die Evangelisation sei der ihm von Gott bestimmte Ruf [1]), bestärkt, und zugleich zur Rückkehr nach dem Norden bestimmt zu haben. Der Hamburger Erzbischof Adalbero (1123—1142 [2]), den er gerade in Bremen angetroffen, billigte freudigst seine Pläne und Entschlüsse, und übertrug ihm förmlich an seiner Statt die Mission unter den Slaven [3]). In Begleitung zweier Priester, die sich ihm zu Genossen und Diaconen (ad opus ministerii hujus) angeboten, des Hildesheimer Domherrn Rudolph, der ihm von seiner Paderborner Zeit her befreundet war, und eines Verdener Domherren Ludolf, trat sofort Vicelin die Reise nach dem Slavenland an, und Fürst Heinrich, den sie in der Stadt Lübeck fanden, gewährte nicht blos die erbetene Befugniß, im Lande das göttliche Wort zu predigen, sondern ehrte auch ohne Schwanken und Scheu (nil titubans) vor seinem Volke diese neuen Boten Christi. Er überwies ihnen sogar eine Kirche in Lübeck, wo sie bei ihm einen sichern Aufenthalt fänden und ihr Werk treiben könnten [4]). Daß

---

[1]) Das Chron. Holsatiae auctore presbytero Bremensi c. 12 (Ausg. von Lappenberg, Kiel 1862, S. 26), bringt den Entschluß, sich der Mission zu weihen, damit in Zusammenhang, daß Vicelin die Mönchskleidung, quam canonici Bremenses cum regula S. Augustini abjiciebant, nicht habe ablegen wollen. Es findet dies vielleicht darin eine Unterstützung, daß Thietmar, der ihm später von Bremen nach Faldera nachkam, auf seinem Todbette sich seiner zehnjährigen professio religiosa rühmte. S. Helmold cap. 58 § 2 und cap. 73 § 7 med.

[2]) Er war Nachfolger des zu Ende Januars 1123 (s. Albertus Stad. ad A. 1123 und Lappenberg Note 1 zu Nr. 123 des Hamb. Urk.-B.) gestorbenen Erzbischofs Friedrich.

[3]) Ganz in Einklang mit den früher besprochenen päpstlichen Pallien-Briefen und Confirmations-Urkunden (s. oben S. 35 ff.) heißt es bei Helmold (cap. 46 § 2): *Deditque ei legationem verbi Dei in Slavorum gente vice sua idololatriam extirpandi.* Sido (a. a. O. S. 5) drückt sich dahin aus: *eum evangelizare verbum dei in gentibus sua auctoritate misit.*

[4]) Helmold's (cap. 46 § 3) Worte lauten dahin: *deditque eis ecclesiam Lubeke, ubi tuta secum statione consistere possent et agere, quae Dei sunt.*

dies jene Kirche gewesen sei, welche viele Jahrzehnte als die einzige im Slavenlande übrig geblieben, erzählt Helmold, dem Albert v. Stade sich wörtlich anschließt, so wenig, als daß sie in der Stadt, welche Alt-Lübeck hieß, gelegen gewesen sei. Auch im Sido'schen Berichte, welcher übrigens diesen ersten Besuch Lübeck's und die spätere Rückkehr Vicelin's dahin, unter Heinrich's Söhnen, völlig identificirt und verschmilzt, findet sich keine directe Erwähnung Alt-Lübeck's, dagegen allerdings eine Hinweisung auf einen an der Schwartau belegenen Wohnsitz Heinrich's [1]). Sogar Detmar, wo er zum Jahre 1106 vom Ursprung der Stadt spricht, und daß Heinrich meist mit seinem „Ingesindle" in Lübeck gelegen, wo er „ene Borch unde ene Stad, unde de Kerken" gehabt, die damals die einzige in Nordalbingien gewesen, fügt zwar hinzu: „De Stad was geheten Lubeke, dat was bi der Swartowe, dar noch de Stede het Olden-Lubeke." Aber wo er zum Jahre 1125 der Ueberweisung einer Kirche an Vicelin gedenkt, sagt er nicht ausdrücklich, daß dies in jenem Lübeck „bi der Swartowe" gewesen, sondern drückt sich nur dahin aus: „he ghaf eme to Lubeke de Kerken vor der Borch over deme Watere ghelegen up deme Berge."

So sollte also Lübeck, mag es nun das jetzige oder das s. g. Slavische oder Alt-Lübeck gewesen sein, und wo immer es gelegen war, für diesen neuen zur Bekehrung Wagriens und Herstellung des Aldenburger Bisthums unternommenen Missions-Versuch der Ausgangspunkt und die Haupt-Station werden; vielleicht, weil schon damals dessen Handel in ähnlicher Weise, wie einst angeblich in Wineta, auch Deutsche und christliche Kaufleute zu vorübergehendem dortigen Aufenthalte oder gar zu bleibender Ansiedelung [2]) veranlaßt, und dies die Slavische Bevölke-

---

[1]) *Sacredotes tres, Ludolphus, Hermannus et Bruno* (s. u. 159 Note 4) *cum sibi adhaerentibus Lubeke missi sunt, et quia habitator ibi nullus erat et mercatores mercimonia sua incolis deferentes anchoras suas iecerant ad munitionem Hinrici Regis Slavorum, ubi est confluentia aquarum et fluvius Swartow defluit in Travenam, ad eos diverterunt, et quia infra vallum munitionis ecclesia lapidea inventa est, illuc convenientibus divina celebraverunt.*

[2]) Gelegentlich der späteren Niederlassung christlicher Priester in Lübeck,

rung, wenn auch nicht für das Christenthum schon gewonnen, doch demselben minder abgeneigt und feindselig gestimmt haben mochte. Indeß blieb alles fürs erste bloßes Vorhaben. Denn zuvor kehrte Vicelin noch mit seinen Genossen nach Sachsen zurück, um ihre Angelegenheiten zu ordnen, und zu dem Missionszuge durch Slavenland (ad iter Slavonicum) sich auszurüsten [1]). Aber noch auf der Reise in die Heimath [2]) mag ihn die Kunde von dem Hinscheiden des Fürsten Heinrich [3]) ereilt haben; und wenn auch, was sich, erst zwischen Heinrich's beiden Söhnen, dann mit den Dänen und Obotriten, wie mit den Holsten und Sachsen, an neuen inneren und äußeren Wirren und Kriegen an diesen plötzlichen, durch Mord herbeigeführten Todesfall knüpfte, das fromme Vorhaben Vicelin's nicht vereitelte, so führte es doch nicht blos in der Wiederbekehrung der Wagrier einen bedeutenden Verzug herbei, sondern auch den Vicelin auf ein anderes Missionsgebiet, und in der Verfolgung jenes Hauptplans auf andere, als die mit jener Erlaubniß und Schutz-Zusage Heinrich's eröffnet und gesichert erschienenen Bahnen.

---

nämlich des Ludolf nnd Volkward, zur Zeit Zwentipolks, sagt Helmold (cap. 48 § 7) von den dortigen Kaufleuten: *quorum non parvam cotoniam Henrici Principis Fides et pietas ibidem conciverat,* womit die obige Aeußerung Sido's und die weitere zusammen zu halten ist: *Omnes christianos de terra eiectos recepit ... Hinricus; christianus christianis favebat, quia suos sibi rebelles per eos subiiciens servire sibi compellebat.*

[1]) Dieses nochmaligen Besuchs Bremens oder Hamburgs gedenkt Sido nicht, eben so wenig die rhythmische Lebensbeschreibung.

[2]) ... *paraturi se ad iter Slavicum. Interea,* sagt Albertus Stad., *Henricus Sclavorum Rex decessit;* Helmold äußert sich dahin: ... *paraturi se ad iter Slavonicum. Sed grandis et subita moestitia corda eorum percutit, fama enim velox pertulit, Henricum ... vita decessisse; sicque ad praesens pia eorum vota retardata sunt.*

[3]) Der Todestag des 22. März (XI. Cal. Apr.) steht durch den Nekrolog des Lüneburger Michaelis-Klosters, wo Heinrich seine Grabstätte fand, hinreichend fest (s. Wedekind Noten Bd. III. S. 22). Als Todesjahr wird meist 1126 angenommen, und dem zur Stütze dient die Lüneburger Chronik (bei Wedekind a. a. O. Bd. I. S. 413). Doch scheint mir aus weiterhin näher zu erörternden Gründen die Annahme Deecke's (Gesch. d. Stadt Lübeck Bd. I. S. 11) vorzuziehen, welcher das Jahr 1123 als Todesjahr bezeichnet.

Unmittelbar nämlich an jene und die weitere Bemerkung, daß Heinrich's Söhne in inneren Kriegen Alles verloren hätten, was ihr Vater durch Kriegstüchtigkeit erworben gehabt, knüpfen Helmold und Albertus [1]), der ihm wörtlich folgt, mit den Worten circa idem tempus und eodem tempore folgende weitere Erzählung: Als Erzbischof Adalbero auf einer Visitations-Reise durch die Nordalbingische Provinz, in seinem Gefolge Vicelin, in Meldorp verweilt, sei aus der Gegend von Faldera [2]) (wie von den Slaven der Ort genannt wurde, der bei den Deutschen Wippendorf hieß), dicht an der Grenze Holsteins und Slavenlands, eine Botschaft an den Erzbischof gelangt, mit der Bitte, ihnen einen Priester zu geben. Adalbero habe der Bitte gewillfahrt und den Vicelin aufgefordert, diese Männer zu begleiten und ihre Kirche in Besitz zu nehmen, die ihm für seine in Betreff Slaviens gehegten Pläne einen passenden Ausgangspunkt und Zufluchtsort böte [3]). Den Bewohnern jener Gegend und vor allem einem dort hoch angesehenen Manne mit Namen Marcrad [4]) dringend vom Erzbischof empfohlen, habe Vicelin diesen Vorschlag angenommen, die Gegend aufgesucht, und zwar in Bezug auf Landes-Cultur wie Sinnesart der Bevölkerung gleich verwildert gefunden, dennoch seinen Wohnsitz dort genommen und durch seine Predigt alsbald solchen Eindruck gemacht, daß in großen Haufen das Volk sich zur christlichen Lehre gewendet habe und deren Predigt in ganz Nord-Albingien erklungen sei. Predigend, vermahnend und strafend, alle Sitten und Bräuche des Heidenthums vertilgend, habe Vicelin die umherliegenden Kirchen besucht und der Ruf seiner Heiligkeit viele Laien und Geistlichen, unter letzteren die Priester Ludolph,

---

1) S. Helmold l. c. cap. 47 und Albertus l. c. ad A. 1133.

2) Zuerst heißt es *cives de Faldera;* nachher ist, jedoch nur bei Helmold, vom *pagus Falderensis* die Rede, *limes Holsatiae versus eam partem, qua Sluvos attingit.*

3) *Eo quod sita sit in terminis utriusque provinciae, sitque sibi intranti et exeunti Slaviam locus et statio.*

4) Bei Helmold wie in Urkunden wird dieses *senior terrae Holzatorum, regionis praefectus, vexillifer,* und *signifer,* auch Overboden, wie er genannt wird, öfters Erwähnung gethan.

Eppo, Luthmund und Volckward um ihn versammelt, welche, um Helmold's eigene Worte zu brauchen, sacris connexi foederibus statuerunt amplecti coelibatum vitae, perdurare in oratione et ieiunio, excerceri in opera pietatis, visitare infirmos, alere egentes, tam propriam quam proximorum salutem curare. Super omnia vero, fügt Helmold mit dem Bemerken hinzu, daß die Erfüllung dieser Bitte noch lange habe anstehen sollen, pro Slavorum vocatione solliciti orabant dominum, ostium fidei quantocyus aperiri.

Unverkennbar weiset diese Erzählung darauf hin, daß Vicelin in dieser Grenzgegend eine klösterliche Congregation gebildet und zum Mittelpunkt seiner geistlichen Thätigkeit gemacht habe, und wird er denn auch in den übrigen Quellen geradezu als der Gründer des von Faldera oder Wippendorf später verlegten, und daher Novum monasterium genannten Augustiner-Stifts bezeichnet, welches zuletzt von dem unter diesem Namen noch bestehenden, wohl durch Ansiedlung beim Kloster entstandenen Städtchen oder Flecken nach Bordesholm verlegt worden ist. Diese Kloster-Gründung scheint jedoch nur Erneuerung einer alten, während des Slaven-Aufstandes verkommenen Stiftung gewesen zu sein, und zu Faldera schon früher eine cella oder obedientia, wie sie als vorgeschobene Missions-Stationen, namentlich auch in der Bremischen Diöcese, in größerer Zahl in Verbindung mit den Cathedral-Präbenden vorkommen und wenigstens dem Namen nach sich lange erhielten, bestanden zu haben; deren Capelle, von den Umwohnern als Kirche benutzt, das Bekenntniß des Christenthums oder doch eine Erinnerung an dasselbe aufrecht gehalten haben mochte, und nun von Vicelin, nachdem sie ihm zu Verwaltung und Aufenthalt zugewiesen war, nach und nach erweitert und förmlich zum Kloster umgestaltet wurde. Wenigstens spricht Adalbero in der Urkunde vom Jahre 1142, wodurch er dem Vicelin für sich und seine Nachfolger den Namen und die Dignität eines praepositus de Novo monasterio verleiht, von einer obedientia in villa quondam Wipenthorp dicta ipsi commissa, und hebt dabei aufs Bestimmteste hervor, daß die Bekehrung Slaviens das Hauptziel dieser kirchlichen Ansiedlung gewesen sei und bleiben solle[1]). Nicht minder findet diese anfängliche Bestimmung zu einer bloßen Missions-Station sich in dem Sido'schdn Bericht angedeutet, nur daß dieser jene erste bei dem Slaven-König Heinrich gemachte Anbahnung des Missionswerks mit dessen späterem Verlauf vermischt und so in die Anfänge der Klostergründung dasjenige verlegt, was nach Helmold's Bericht erst viel später unter Heinrich's Nachfolgern im Regiment theils zu Lübeck, theils überhaupt in Wagrien für die Herstellung des Christenthums geschah, und daß er spätere Zuwendungen an das Kloster als dort beliebte Einrichtungen behandelt, welche von vorn herein zur Sicherstellung der Slavischen Mission getroffen wären [2]). Viel be-

[1]) Hamb. Urk.-B. Nr. 166 und Diplomatarium Novomonasteriense bei v. Westphalen Monum. Tom. II. No. 6, vergl. mit der Urk. Nr. 153 (Nr. 1) vom 26. Juli 1136, worin Adalbero erklärt, wie er dem *Vicelino cum quibusdam fratribus legationem verbi Dei in Slaviam, quae nostrae diöcesi usque ad flumen Penem pertinet, vice nostra praedicandi* committirt, und denselben, weil sie daselbst *stabilem mansionem* nicht haben könnten, *ad repausationem et sustentationem* eine Kirche an der Holsteiner Grenze, welche früher Wipenthorp, später (apud modernos) Neumünster hieß, verliehen hätte, so wie mit der gleichzeitigen Urkunde König Lothar's Nr. 151 (Nr. 2), welche, über die Legation ähnlich lautend, von Vicelin sagt, daß er *ecclesiam in Slavia, quae Novum monasterium vocatur, inchoavit et fratres in ea secundum S. Augustini regulam ... instituit, sperans, commendatione divini officii et regulari conversatione rudes gentis mentes ad agnitionem veritatis molliri et inflecti.*

[2]) Von Erzbischof Adalbero heißt es hier, daß er, die von Vicelin gehegten Bekehrungspläne billigend und fördernd, *ecclesiam antiquitus Wypentorp nunc Novum monasterium nuncupatam cum parochia in terminis regnorum sitam ei dimisit, ut ibi manens ... facilem ad barbaros haberet accessum, et si persecutio vigeret, celerem recessum; ecclesiam Byshorst cum parochia super litus Albiae sitam ... ei adiecit, ut si quando aliqua necessitate a mansionibus suis arceretur, refugium in tutioribus locis inveniret ... Praedictus igitur sacerdos ... adjunctis sibi ad opus evangelii fidelibus sociis, primo sibi sedem manendi in Novo monasterio collocavit; inde succinctis lumbis egrediens et regrediens etc. etc.* Diese Verleihung der Kirche Bishorst wird in der obigen Urkunde von 1142 (Hamb. Urk.-B Nr. 166) als eine erst damals erfolgte behandelt, und dabei mit keinem Worte erwähnt, daß sie zum refugium der Missionare überhaupt oder insbesondere Vicelin's habe dienen sollen; auch in Erzbischofs Hartwich Confirm.-Urkunde von 1164 (ebendas. Nr. 230) wird Bishorst nur als eine dem Kloster unirte und incorporirte Pfarrei erwähnt,

stimmter tritt das Andenken an jene missionarische Bestimmung Wippendorf's in der Chronik des presbyter Bremensis hervor, wenn er erzählt, es habe Vicelin zu Wippendorp oder Faldera eine seit langer Zeit verlassene hölzerne Capelle, die eine der ältesten (quasi prima) in ganz Holstein gewesen, in Besitz genommen, in welcher aus Wagrien, Plön, Oldenburg, wie aus Holstein, Stormarn, und Ditmarsen eine unzählbare Menge zu dem neuen Prediger geströmt wäre, und zu den Geistlichen, die sich ihm angeschlossen; Vicelin aber habe nicht blos die nächste Umgegend (suam propriam parochiam Nuemünster) und das benachbarte Holstein dem Christenthum wieder zu geben, sondern auch das Slavenland demselben zu gewinnen sich bemüht, und zu dem Behufe zuerst in Lübeck (was hier allerdings mit dem Zusatze antiqua und in Swartow sita erwähnt wird) die beiden Priester Ludolph und Volchard angesetzt (constituit), die jedoch nicht lange dort geblieben und nach Zerstörung der Stadt Alt-Lübeck und der dortigen Burg nach Faldera zurückgekehrt seien [1]).

Specieller in die Geschichte des so aus einer Missionsstation erwachsenen Klosters Neumünster einzugehen, in welchem gleichsam das frühere Aldenburg zunächst wieder aufgelebt ist, und das auf Jahre hin bis zur Herstellung des Bisthums den Mittelpunkt des Wagrischen Kirchenwesens bildete, erscheint um so überflüssiger [2]),

---

Eine undatirte Urkunde des Grafen Athelbert von Holstein (ebendas. Nr. 383) spricht sogar nur von Frucht- und Blutzehnten, welche Erzbischof Athelbero dem Kloster *in palude versus Bishorst in usum fratrum* verliehen haben solle.

[1]) S. Chron. Holzatiae c. 12 u. 13 pag. 26, 27.

[2]) Nur die hierauf bezüglichen Stellen der Versus antiqui mögen der Vollständigkeit wegen hier noch einen Platz finden:

v. 18. ... (Adelbero) ... Vicelinum ad Nordalbingos transmisit ...

v. 34. Wipenthorp venit, ibi sedem ponere coepit,
Clerum collegit, fratres sub jura redegit,
Relligio crevit, quam disciplina subegit.
Ecclesiaque locum mutavit, nomen et ipsum;
Quam modicam reperit in maiorem reparavit,
Nomen adaptavit de iure, Novumque vocavit.
Idque monasterium bene convenientibus aptum
Christo devovit fieri, cui vivere novit.
Augustinus erat etc. etc.

als dies Stift nicht blos innerhalb Holsteins und der Hamburger Diöcesan-Grenzen belegen war, sondern auch die nähere Verbindung, in welche unter und durch Vicelin diese Stiftung mit Wagrien trat, keine dauernde geworden ist, vielmehr, wie Helmold erzählt, nach Vicelin's Tode [1]) und nach Erwählung des bisherigen Priors Eppo [2]) zum Probst von Neumünster, ungeachtet aller Bemühungen Bischof Gerold's [3]), Vicelin's Nachfolgers auf dem Bischofsstuhle, für immer und völlig wieder aufgelöset wurde [4]), übrigens schon unter Eppo's stellvertretender Leitung des Klosters sich gelockert [5]) haben mochte. Nur über das Stiftungsjahr des Klosters, mit dessen erster Einrichtung auch der Anfang von Vicelin's missionarischer Thätigkeit, und bis auf den Zeitraum von etwa einem Jahre nicht minder seine Ankunft in Holstein zusammenfallen, sollen hier noch die weder übereinstimmenden, noch verlässigen Daten der Chroniken kurz zusammengestellt werden.

Ohne Gewicht und Werth erscheinen die Angaben Albert's v. Stade und Corner's, welche, indem sie den ersten Besuch

---

[1]) Helmoldi chron. Lib. I. c. 79 § 1.

[2]) Vergl. über diesen Helmoldus cap. 73 § 7 und 75 § 5, so wie den dem Sido'schen Bericht angefügten ordo praepositorum N. M. (a. a. O. S. 16).

[3]) S. Helmoldus l. c. cap. 83 § 16.

[4]) Ebendas. cap. 83 § 16. Die Andeutung Helmold's, es habe der Erzbischof nur aus Parteilichkeit für Hamburg (in partem ecclesiae suae pronior) die verlangte Rückgewähr erst durch schlaue Versprechen hingehalten, nachher geweigert, erscheint als grundlose Beschuldigung, wenn man bedenkt, daß die erste Ueberweisung Wippendorfs an Vicelin nur einen temporären und rein persönlichen Charakter hatte, auch nur zu bestimmten Zwecke erfolgt war, und daß die im Jahre 1142 unter Verleihung von Präpositurrechten erfolgte Bestätigung dieses Besitzes zwar auch auf Vicelin's Nachfolger, aber lediglich auf die in der Präpositur lautet. Unerheblich also war, was Gerold (s. auch noch cap. 93 § 2) allein geltend machte, daß sein Vorgänger im Episcopat Kirche und Kloster in Faldera gestiftet und besessen habe.

[5]) Ob der von Helmold (cap. 82 § 2) und in der Chron. Slav. c. 24 erhobene Vorwurf begründet sei, daß nur Rücksichten auf Ruhe und Bequemlichkeit (commodo simul et quieti consulens), also wohl Unzufriedenheit mit der bisherigen klösterlichen Strenge das Kloster veranlaßt habe, sich der Hamburger Kirche zuzuwenden (se transtulerat), muß dahin gestellt bleiben.

Lübeck's unter Heinrich von dem späteren zur Zeit seiner Söhne nicht sondern, erst für das 4. Decennium des 12. Jahrhunderts, jener zum Jahre 1133, dieser erst zu dem Jahre 1135 die aus Helmold entnommenen Lebens-Nachrichten über Vicelin mittheilen, welche zugleich beide die Gründung Neumünsters als von Vicelin's Thätigkeit unabhängig und um mehr als ein Decennium älter behandeln, und von denen Letzterer dieselbe ausdrücklich dem Grafen Adolph bei- und bis in das Jahr 1122 zurückverlegt, während Albert zum Jahre 1125 einfach die Notiz hat, Novum-monasterium instituitur. Noch weiter zurück geht der Presbyter Bremensis, indem er die im Ganzen richtig aufgefaßte Stiftung des Klosters und die neue Bekehrung der Slavischen Lande durch Vicelin in das Jahr 1110 setzt [1]). Der Sido'sche Bericht schließt sich darin, daß er die spätere Beschickung Lübeck's mit der früheren identificirt und sie sämmtlich in die Lebzeiten des Fürsten Heinrich setzt, den obigen Schriftstellern an, weicht hingegen darin von ihnen ab, daß, während bei Albert die Gründung Neumünsters noch in die Zeit vor Lothar's Wahl zum Deutschen König gesetzt wird, Sido denselben mehrfach als den regierenden Kaiser nennt; eine Jahresangabe fehlt bei Sido gänzlich, wie denn überhaupt der Hauptanlaß und Zweck seines Berichts nur der war, die Verbindung der Bishorster Kirche mit dem Kloster zu erläutern und zu wahren. In den Versus antiqui finden sich bestimmtere chronologische Angaben, zwar nicht über die erste Gründung des Klosters, aber doch über Vicelin's dortige Niederlassung und seine Ankunft in Holstein. Die Zeit der Sommerwende des Jahres 1125 wird für letztere angegeben [2]) und damit stimmt wenigstens im Großen und Ganzen, was der Verfasser

---

[1]) S. Lappenberg's Chron. Holzatiae cap. 19 p. 55.

[2]) Versus antiqui etc. v. 8 sq..

Anno milleno centeno bis duodeno
Completo .....
Dum, verno sole post brumam progrediente,
Cancri ferventis calor esset solstitialis,
Doctorem mirum Deus advexit Vicelinum
Istas in partes.

in Anlaß von Vicelin's Erhebung zum Bischofe von Aldenburg [1]), und dann bei Erwähnung seines Todes [2]) über die Ankunft bemerkt, daß dieselbe 25 Jahr vor jener, im 30. vor seinem Ableben erfolgt sei. Dasselbe Jahr 1125 wird als Stiftungsjahr von Neumünster nicht bloß, wie bemerkt, von Albert v. Stade,

[1]) Ebendas. v. 153 sq.:

Sed post haec annis viginti quinque peractis
Multos sudores tulerat variosque labores
Et Christi cultum plantarat . . . . .
Hammaburg Hardwicus praecedit, ...
Qui divestitam dum sedem Metropolitam
Cerneret, ac gentes sibi subtractas boreales
. . . .
v. 62. Est perscrutatus hic munere quis foret aptus.
Strenuus in rebus tunc inventus Vicelinus
Est sublimatus in honorem pontificatus;
Aldenburgensis locus est per eum renovatus
Et praesul dictus est Antiquipolitanus.

Der Tod des Erzbischofs Adalbero, dem Hartwich I. folgte, fällt in den August 1148 (s. Hamb. Urk.-B. Nr. 185), die Ernennung Vicelin's zum Aldenburger Bischof ist 1149 oder 1150 zu setzen (s. Deecke's Grundlinien S. 4).

[2]) Ebendas. v. 226 sq.:

In medio mensis qui dicitur esse Decembris
Idibus ejusdem praesul defungitur idem.
Anno milleno centeno ter duodeno
Addas his annos bis dinumerando novenos.
v. 236. Annus erat quintus ipsius pontificatus,
Qui praesul dictus est Antiquipolitanus
Ecclesiae primus pastor nostrae Vicelinus
Cuius et adventus fuit huc tricesimus annus.

Die Angabe des Todestags stimmt mit der von Helmold (cap. 78 § 2), nur daß dieser II. Idus Decembris angiebt. Mehrfach aber hat man den 30jährigen Aufenthalt in Holstein vor der Todeszeit auf die seiner Ernennung zum Bischof übertragen (cap. 69 § 6), wodurch die Ankunft bis in das Jahr 1120 sich zurückdatiren würde, was wieder damit unvereinbar ist, daß Adalbero erst 1123, wenn auch in den ersten Monaten d. J., Erzbischof wurde. Uebrigens wird auch vom presbyter Bremensis (a. a. O. p. 27), welcher überhaupt der Vicelin'schen Bischofswürde von Aldenburg gar nicht gedenkt, des 30jährigen Zeitraumes nur mit den Worten quasi per annos XXX., auch blos in Bezug auf dessen gesammte Missionsthätigkeit gedacht.

sondern auch auf einer alten Inschrift angegeben, welche, wahrscheinlich von Neumünster dorthin gekommen, in der Bordesholmer Kirche sich befand oder noch befindet [1]). Daraus, daß Helmold, noch ehe er auf die Biographie Vicelin's eingeht [2]), des im Jahr 1126 erfolgten Todes Kaisers Heinrich V. und der Wahl Lothar's gedenkt, läßt kein sicherer Schluß darauf sich ziehen, daß erst nach diesem Jahr Vicelin nach Lübeck gekommen sei oder doch in Neumünster sich niedergelassen habe. Was aber die Angabe im Nekrolog des Lüneburger Michaelis-Klosters, daß der Slavenfürst Heinrich, in dessen Lebzeiten doch Helmold den ersten Besuch Vicelin's in Lübeck setzt, im Jahre 1126 gestorben sei, so entbehrt sie aller anderweiten Unterstützung, und verdient m. E. um so weniger Beachtung, als sie nur ganz beiläufig zwischen das schon in das Jahr 1106 fallende Doppel-Factum, daß Herzog Magnus gestorben und das erledigte Sachsen dem Grafen Lothar verliehen sei, eingeschoben ist, und die Verknüpfung mit dem ersteren Factum durch nichts veranlaßt ist, als daß, wie Herzog Magnus, auch Heinrich im Lüneburger Kloster seine Ruhestätte fand. Dagegen läßt, wenn man Heinrich's Tod in das Jahr 1123 setzt, da über Vicelin's Rückkehr nach Bremen, über seinen dortigen Aufenthalt und über die Rundreise Adalbero's, auf welcher er den Erzbischof begleitete, leicht ein 2jähriger Zeitraum verstrichen sein könnte, das obige Stiftungsjahr 1125 mit Helmold's Erzählung ganz füglich sich vereinigen; und so wird man kaum Anstand nehmen können, von dem Jahre 1124 oder 1125 [3]) den Anfang von Vicelin's Missionar-Thätigkeit bei und in den Wagrischen Landen zu datiren.

Ueber die Art und Weise, in welcher der Apostel Wagriens mit seinen Genossen für die Wiederbekehrung dieser Landstriche thätig gewesen, giebt auffallender Weise sogar Helmold, obgleich

---

[1]) Vergl. Bangert in Note b zu Helmold cap. 47.

[2]) Nämlich schon im Lib. I. cap. 41 § 1.

[3]) In das Jahr 1124 setzt Detmar die Gründung von Faldera, und in das folgende die Ankunft Vicelin's in Lübeck.

jüngerer Zeitgenosse, vielleicht gar Schüler [1]) desselben, nur die dürftigste Auskunft. In den übrigen Quellen findet, was er erzählt, sehr geringe Unterstützung und Ergänzung, und so sind denn, selbst unter Mitbenutzung dessen, was über die Thätigkeit früherer Missionare, eines Willehad oder Ansgar, uns bekannt ist, und durch Schrift oder Tradition den späteren überkommen, diesen als Vorbild zu dienen wohl geeignet war, kaum mehr als Vermuthungen gestattet. Versuchen wollen wir gleichwohl, jene einzelnen zerstreuten und vielfach dunklen Züge aus dem Wirken Vicelin's zu einem Gesammtbilde zusammenzufassen, und dessen Lebensgeschichte, welche den durchlaufenden Faden für unsere, der Wagrischen Mission gewidmete Darstellung bilden soll, ohne zu ängstliches Festhalten an die ohnehin vielfach zweifelhafte chronologische Ordnung, dagegen bald unter kurzem Hinweis, bald mit näherem Eingehen auf die das Missionswerk begleitenden, selten fördernden, meist störenden und hemmenden äußeren Landes-Ereignisse, bis etwa zu der Wende des 5. und 6. Decenniums des 12. Jahrhunderts, damit aber bis zu dem Zeitpunkte fortzuführen, von wo ab sich sowohl die politischen Zustände der Ostseeländer im Wesentlichen so gestalteten und consolidirten, wie sie bis in und über das 13. Jahrhundert hinaus bestanden, zugleich aber, bei nunmehr gesicherter Vorherrschaft des Deutschthums, in rascher, ungestörter Entwicklung aus den der Einführung des christlichen Glaubens und Cultus gewidmeten Bestrebungen Einzelner ein fest- und wohlgeordnetes Kirchenwesen herauswuchs, dessen leitender Mittelpunkt nunmehr Lübeck, statt des (nur auf kurze Zeit, nicht einmal für ein Decennium, und lediglich für Wagrien wieder ins Leben gerufenen) Aldenburger Bisthums wurde und bis zur Reformation geblieben ist.

Daß Vicelin in Faldera auch dem Unterrichte der Jugend besondere Aufmerksamkeit gewidmet, daneben seine neue Stiftung zur Ausbildung der zur Mission berufenen Geistlichen bestimmt oder benutzt habe, würde man schon um dessen vieljähriger früheren Lehrerthätigkeit willen anzunehmen berechtigt sein;

[1]) Ausdrücklich bezeichnet ihn so der presbyter Bremensis cap. 15 (a. a. O. S. 30), doch m. W. auch nur er allein.

es wird aber auch durch gelegentliche Andeutungen in den Quellen [1]) und vor Allem dadurch unterstützt, daß Helmold die von Vicelin, wie sich unten zeigen wird, speciell für Wagrien nach dem Vorbilde und aus den Angehörigen Neumünsters zu Segeberg gegründete geistliche Stiftung ausdrücklich als das Seminar der neuen Kirchenpflanzung bezeichnet [2]). Auch Armen- und Krankenpflege, für welche in Bremen von jeher, nach dem Vorbilde der Hochgestelltesten unter den dortigen Bischöfen, so Bedeutendes, und gerade auch zu Missions- und Lehrzwecken geschehen war, diente ohne Zweifel dem Vicelin und seinen Genossen als Bekehrungsmittel und dazu, sowohl Solche, die dem Christenthum schon angehörten oder doch zugeneigt waren, fester an Kirche und Geistlichkeit zu binden, als auch aus den Anhängern des Heidenthums neue Bekenner zu gewinnen [3]). Wie hätte auch, wäre die lindernde und heilende Hand denen verschlossen geblieben, welche noch nicht in die Taufgemeinschaft aufgenommen waren, bei der anfangs und wohl für lange geringen Ausbreitung des Christenthums und bei der großen Zerstückelung wie Entfernung christlicher Ansiedlungen, die vom Kloster aus geübte Mildthätigkeit, selbst unter den kriegerischen Bedrängnissen jener Tage, einen solchen Umfang erreichen können, daß, wie uns erzählt wird, die damit betrauten Geistlichen in übereifriger Sorge für die Kranken und Armen sogar dem Vorwurfe sich aussetzten, die Existenz der kaum gegründeten Stiftungen zu gefährden, oder daß sie gar, wie Vicelin's einstiger Schüler Thetmar, zu heimlicher Berau-

[1]) S. Versus antiqui v. 197, 210 u. bes. 259 sq.:
Quos bona pastoris schola prima Monasteriensis
Foverat infantes et noverat insipientes,
Artibus et studiis simul informarat honestis.
Quos Augustini lex cum monitis Vicelini
Instituit pariter et vivere convenienter.

[2]) S. Helmold a. a. O. cap. 54 § 3.

[3]) In der Urk. Erzb. Adalbero's vom 11. Juli 1141 (Hamb. Urk.-B. Nr. 163), wird dem Vicelin und seinen fratres qui serviunt in novo monasterio zu besonderer Pflicht gemacht, et aliis ... gratiam hospitalitatis liberaliter impendere. Gelegentlich spricht auch Helmold (c. 74 § 1) von dem zu Faldera befindlichen Hospital und der darin dem Thetmar und einem frater Luthbertus anvertrauten cura pauperum.

bung der Speicher sich hinreißen ließen, wenigstens solcher That verdächtig wurden [1]). Selten, doch nachweislich sind ferner Hindeutungen auf jenes früher in dem Freikauf von Gefangenen, in deren christlichem Unterrichte und späterer Heimsendung mit so vielem Erfolg geübte Bekehrungsmittel; es mag dazu sich mindere Gelegenheit als sonst geboten haben [2]). Befremdlicher möchte es erscheinen, daß Helmold von großen Rundreisen wenig oder nichts berichtet, welche Vicelin von Ort zu Ort, weit im Lande umher, selbst gemacht oder auf die er seine Genossen ausgesendet hätte, um durch Predigt und Vollzug der Taufe, wenn auch nicht in großen Haufen neue Bekenner der Kirche zuzuführen, doch einigermaßen die Verluste zu decken, welche sie seit dem fast zwei Menschenalter rückwärts liegenden großen Slaven-Aufstande erlitten hatte. Jeder anbefohlenen oder erzwungenen Massen-Taufe mag Vicelin persönlich abgeneigt gewesen sein, sei es aus innerer Ueberzeugung von deren Unwerth, oder weil nach den Erfahrungen der nächst vorangegangenen Zeit die Erfolglosigkeit dieses von Carl dem Großen einst geübten Christianisirungsmittels zu deutlich vorlag. Es hätte aber auch dazu bedurft, daß der missionarischen Darbietung der neuen Lehre ein Machtgebot, sei es der einheimischen Häuptlinge, sei es der Deutschen Fürsten Nachdruck gegeben, und davon berichten die Quellen nichts [3]), sondern nur, daß diese dem offenkundigen wie heimlichen Götzendienst und allem verbrecherischen Treiben durch Verbot und Strafe zu steuern suchten, welches aus angeborner Neigung und bei der mit vieljährigem Kriegs- und Räuberleben eingerissenen Zerstörung

---

[1]) Vergl. Helmoldus Lib. I. cap. 66 § 2 u. 73 § 7 med.

[2]) Vom Grafen Adolph rühmt es Helmold (ebend. § 1), daß er *in redimendis quoque captivis devotus extitit.*, eben so von jenem Thetmar (cap. 73 § 7), wie er den *captivis et despoliatis* zu Högersdorf *tanta pietate concurrebat, ut dandi magnitudo vires domus illius adhuc tenerae excedere videretur.*

[3]) Sehr vereinzelt steht da, und betrifft auch nur die östlichsten Slaven bei Demmin und einen von den Dänen gegen diese unternommenen Feldzug, wenn Helmold im Lib. I. cap. 65 § 3. u. 4 erzählt: *conventio talis facta est, ut Slavi fidem christianam reciperent . . .; multi ergo eorum falso baptizati sunt . . .; nam neque baptisma servaverunt, nec cohibuerunt manus etc. etc.*

aller äußern Ordnung die Ueberhand gewonnen hatte. Unverkennbar genügte es dem neuerstandenen Apostel für das Werk, welchem er sich gewidmet hatte, wenn nur die Mächtigen des Landes ihn in seinem und der Seinigen stillen Bemühen ruhig gewähren ließen, der Predigt und Ermahnung kein Hinderniß oder Verbot entgegenstellten, der Mission, wenn auch keine Unterstützung und Mitwirkung, doch wenigstens Duldung und Schutz gewährten, und daß sie mit ihm, als dem leitenden Haupte des ganzen Missionswerkes, in persönlich näherer Beziehung und äußerlich gutem Vernehmen beharrten; dies aber scheint Vicelin in hohem Grade gelungen zu sein. Während Helmold, wie schon früher bemerkt worden, zahlreiche und schwere Vorwürfe gegen die Deutschen Fürsten, Grafen und Herren erhebt, daß sie die Bekehrung vielfach erschwert, nie gefördert hätten, daß ihnen die Tributpflichtigkeit des Volks und der regelmäßige Eingang der immer erhöhten Abgaben mehr am Herzen gelegen habe, als das geistige Heil der Slaven, hebt er die Bereitwilligkeit rühmend hervor, welche bei deren Königen und Häuptlingen seine Bitte, daß die Predigt ihm und den Seinen gestattet werde, gefunden hat, selbst bei solchen, welche Helmold als hartnäckigste Anhänger des alten Götzendienstes bezeichnet, oder gar (wie jenen Pribezlaw in Wagrien und Polabien und Niclot in Obotritien, die nach wieder beseitigter Oberherrschaft der Dänen im Slavenlande die oberste Gewalt an sich brachten) **truculentae bestiae, christianis valde infensi** nennt, zu deren Zeit **per universam Slaviam multiplex idolorum cultura errorque superstitionum invaluit** [1]). Rasches und schimmerndes Aufgrünen der von ihm und den Seinen neu ausgestreuten Glaubens-Saat scheint er weniger gehofft und erstrebt zu haben, als daß sie sicher zu dauerhafter Frucht sich entwickle, und daß alle die halb erstorbenen Keime früheren christlichen Bekenntnisses und Cultus wieder zum Leben geweckt würden, welche trotz decennienlangen Mangels jeglicher geistlicher Pflege sich vielfach in den Gemüthern des Volks, als dunkle Erinnerung oder als rein äußerliche Tradition der Familien, erhalten haben mochten. Die von früherer Zeit her gebliebenen,

[1]) Ebend. cap. 52 § 1 vergl. mit cap. 55 § 1, cap. 82 § 8, 83 § 1, 6.

aber im Lande zerstreuten heimlichen Bekenner Christi wieder zu sammeln, zu bußfertiger Reue über den Aufstand zu bringen und unter kirchlicher Obhut von neuem zu christlichen Gemeinden, wenn auch wenig zahlreichen, zu vereinigen, war er zunächst und vor allem bedacht; mehr, als auf Herstellung des nun schon über Menschengedenken hinaus unbesetzten Aldenburger Bischofsstuhls, welche selbst dann noch, als sie von dem Metropolitan-Sitze aus wieder angeregt wurde, und trotz der nur lässigen und nicht uneigennützigen Unterstützung, welche die Regeneration des Wagrischen Kirchenthums von Seiten des Kaisers und beim Sachsenherzoge fand, endlich zur Ausführung kam, bei Vicelin selbst eher auf Hemmnisse stieß, als auf eifrigste Förderung. In diejenigen entfernteren Gegenden des Slavischen Landes, welchen vor ihm von dem Christenthum kaum andere Kunde geworden war, als daß der verhaßte fremde Stamm, welcher Christi Namen bekannte, seine Tribut- und Herrschafts-Gelüste auch dahin getragen und mit Waffen-Uebermacht für eine Zeitlang durchgesetzt hatte; — in diese Hauptsitze des Heiden- und Slaventhums selbst als Glaubens-Bote zu ziehen, oder von seinen Schülern wieder das Wort Christi bringen zu lassen [1]), mochte ihm thörichtes oder vergebliches Bemühen bedünken, ehe dasselbe in seiner unmittelbarsten oder doch näheren Umgebung eine feste Stätte gefunden hätte, und zu lebenskräftiger Wirksamkeit wieder erblüht wäre. So wendet er zunächst und vor allem seine Thätigkeit dem inneren und äußeren Auf- und Ausbau der zu Faldera von ihm ins Leben gerufenen kirchlichen Stiftung zu, welche er, wie sie ihm selbst zu einem Ausgangspunkt für die Missionirung in Slavien hatte dienen sollen, gleichsam zu einem Nothhafen für seine Jünger bestimmte, wohin sie, wenn auf ihren Reisen bedroht, oder vertrieben von

---

[1]) Einer Aussendung von Missionaren nach Obotritien oder eigener dorthin unternommenen Reisen gedenkt Helmold nirgends, eben so wenig Sido. Selbst Aldenburg und die östlichen Gegenden Wagriens sind von Vicelin erst in den letzten Jahren seines Lebens besucht; erst unter dessen Nachfolger wird von dort erfolgtem Kirchenbau berichtet. S. Helmold Lib. I. cap. 69 § 15, 83 § 20 sq.

den ihnen zugewiesenen Stationen, ihre Zuflucht nehmen könnten [1]), und wo, wie in einem Schutzwalle, eine kleine geistliche Besatzung den Besitz des für Christus erstrittenen Landes durch die Sturmzeiten kriegerischen Drangsals für bessere Tage zu erhalten suchen sollte, welche die Mehrzahl der dort sich sammelnden Missionare in den Sumpfgegenden der Elbe, namentlich in der dem Kloster unirten Bishorster Pfarrei abwarteten, und zugleich die s. g. Heiligthümer des Klosters vor Raub und Zerstörung bewahrten [2]). Neben der Fürsorge aber für diese seine erste und Hauptstiftung, (welche Erzbischof Adalbero durch zahlreiche Zehnten-Verleihungen zu fördern beflissen war [3]), zu einer selbständigen Präpositur aber erst im Jahre 1142 [4]) unter Exemtion von dem Hamburger Dom-Probste erhob) behielt Vicelin unverrückt auch Lübeck als den Ort im Auge, wo es, um im eigentlichen Slavenlande die Herstellung des Christenthums zu erzielen, vor allem für dessen Verbreitung eines festen Ausgangs- und Stützpunkts bedürfe; ein sicherer Beweis für die Bedeutung, welche die Stadt schon zu jener Zeit, namentlich als Markt- und Handels-Platz weithin gehabt haben muß.

---

[1]) Wiederholt bezeichnet Helmold, z. B. cap. 55 § 1, das dortige Kloster als den portus Falderensis, wohin sich von andern Orten her die vertriebenen Priester gerettet hätten.

[2]) Noch bezeichnender, als daß Helmold (a. a. O. § 6) von den aus Lübeck vor den Ranen geflüchteten Priestern sagt, daß sie *per arundineta salvati praesidium Falderense apprehenderunt*, ist, neben der oben (S. 138 Note 2) mitgetheilten Aeußerung Sido's über Bishorst, dessen Darstellung der obigen Priesterflucht, dahin gehend: *Sacerdotes ... in densitate arundineti... delituerunt, et post discessum barbarorum venientes Bishorst salvati sunt; similiter et Ludmundus sacerdos cum suis declinans saevitiam persequentium de Sigheberge. Non potest a memoria excidere, quod ea tempestate conventus Novi Monasterii... diffugiens latibula quaesiril in paludibus... Ornatus ecclesiae nostrae in libris et scriniis et reliquiis et celeris utensilibus Bishorst transmissus est totus. Locus iste factus est unicum refugium ...; ibi personae de N. M. utiliores et magis idoneae propter incursus barbarorum missae, opportuno tamen tempore in opus evangelii denuo mittendae conservatae sunt etc. etc.*

[3]) S. dessen Urkunden vom 27. Aug. 1139 und 11. Juli 1141 (Hamb. Urk.-B. Nr. 159 u. 163 und Diplomat. Neo-Monast. No. 4, 5.)

[4]) Ebend. Nr. 166 u. Nr. 6.

Sobald die nach Heinrich's Tode zwischen seinen Söhnen ausgebrochenen Streitigkeiten dahin ihre Erledigung gefunden hatten, daß der Jüngere, Kanut, sich an dem Besitz des Plöner Landes genügen ließ, im Uebrigen dem älteren Bruder Zwentipolk die Alleinherrschaft über Wagrien, wie jenseits der Trave und bis nach Obotritien hinein zugestand [1]), besuchte oder beschickte [2]) Vicelin den neuen Herrn, als dieser von einem Kriegszuge gegen die Kyziner und von der Eroberung Werle's nach Lübeck zurückgekehrt war [3]), und sich gegen die Christen geneigteren Sinnes erwies (humanius se gereret erga christicolas). Die Ermahnung und Bitte, zur Ausführung gelangen zu lassen, was der Vater gelobt habe, fand günstige Aufnahme. Die Erlaubniß zur Predigt ward ertheilt und den beiden Priestern, welche Vicelin zu dem Behufe nach Lübeck gesandt, Ludolph und Volcward [4]), eine günstige Aufnahme bei den seit Heinrich's Zeit dort angesiedelten Kaufleuten, zugleich eine Wohnung (ob vom Fürsten oder ob auf Grund früheren Besitzes, bleibt dahingestellt) zu Theil, und zwar in einer Kirche, von welcher Helmold ohne Zusatz irgend welches Namens oder sonstige nähere Bezeichnung nur berichtet, daß sie auf einem Hügel gegenüber der Stadt jenseits des Flusses belegen gewesen sei. Des dortigen Wirkens jener beiden Priester, worüber Näheres nicht berichtet wird, war freilich keine lange Dauer. Denn bald darauf wurde von den Rugiern (die schon zu Heinrich's Zeit, sei es angereizt von den Dänen, oder nur aus Christenhaß und Raublust, oder daß Nachkommen und Stammesgenossen jenes

[1]) S. Helmold Lib. I. c. 48 § 1 sq.

[2]) Helmold (a. a. O. § 6) braucht den m. E. zweideutigen Ausdruck accessit ad eum.

[3]) Es wird dies etwa in das Jahr 1126 zu setzen sein.

[4]) Der Erstere ist ohne Zweifel jener Verdener Domherr, der gleich anfangs Vicelin begleitet hat; Volcward's wird von Helmold (cap. 47 § 8) unter den Ersten, die sich dem Vicelin in Faldera angeschlossen, und dann (cap. 58 § 1) unter denen gedacht, mit welchen das Kloster zu Högersdorf zuerst besetzt worden. Ob er identisch ist mit dem Volcar, der in den Versus antiqui v. 296 unter den natu maiores von Segeberg als presbyter Flandrus und claviger aptus genannt ist, oder mit dem Volkerus, welcher nach Helmold (cap. 55 § 1) bei dem Ueberfall Segebergs durch Pribizlaw getödtet ward, muß ich dahin gestellt lassen.

Cruco oder Crito, des Halbbruders und Gegners von Heinrich, auf die Wagrischen Lande Anspruch erheben zu können glaubten, jenen schließlich verfehlten Angriff auf Lübeck gemacht hatten) die Stadt von neuem überfallen, und diesmal mit der Burg, wie ausdrücklich hinzugefügt wird [1]), erobert und zerstört, so daß vor den durch die eine Thür in die Kirche eindringenden Barbaren die Priester kaum durch die andere hätten entfliehen und so in den nahen Wald sich retten können [2]). Von Faldera, wohin sie solchergestalt glücklich entkamen, müssen aber jene Sendboten Vicelin's bald wieder nach Lübeck zurückgekehrt sein, und dort ihr kirchliches Amt, mag es nun bei dem Fürsten das eines Capellans, oder das eines Priesters für die dort angesiedelten Kaufleute gewesen sein, und eben so das dort unterbrochene Bekehrungswerk wieder aufgenommen haben. Wenigstens wird von Helmold, so oft im weiteren Verlaufe er auf Lübeck zurückkommt, regelmäßig des Ludolph als dortigen sacerdos, bald unter genereller Miterwähnung, bald unter specieller Benennung der ihm

---

[1]) Bei jenem früheren Ueberfall (s. cap. 36 § 4) der Ranen ist meist nur von der urbs Lubek, einmal aber, am Schluß, vom castrum Lubeke, dazwischen von einer munitio quae expugnabatur ab hostibus (scil. Ranis) die Rede.

[2]) Vergl. ebendas. § 7. Je wichtiger diese Stelle für die, hier allerdings ausgeschlossen bleibende Frage über die Lage des s. g. Alt-Lübecks ist, möge sie vollständig zwar Platz finden, jedoch darauf hingewiesen werden, daß Helmold weder hierbei noch unmittelbar vorher, überhaupt nur bei der S. 124 Note 1 entlehnten Notiz aus Adam Brem. von Lubeca vetus redet, und daß eben so wenig der Schwartau in dem Vorangehenden direct oder andeutend gedacht ist, deren erste mir vorgekommene Erwähnung sich bei Arnold (Lib. IV. cap. 9 § 3) findet. Es lautet der § 7 cit. dahin: ... *Impetrato principis favore, misit in urbem Lubeke venerabiles sacerdotes, Ludolfum et Volcwardum, qui salutem populi curarent. Receptique sunt benigne a mercatoribus, quorum non parvam coloniam Henrici principis fides et pietas ibidem consciverat. Habitaveruntque in ecclesia sita in colle, quae est e regione urbis trans flumen. Nec longum tempus effluxit, et ecce Rugiani urbem vacuam navibus offendentes oppidum cum castro demoliti sunt. Sacerdotes inclyti, barbaris unam ecclesiae ianuam irrumpentibus, per aliam elapsi beneficio vicini nemoris salvati sunt et ad Falderensem portum refugerunt.*

von Faldera aus beigesellten Genossen und Gehülfen, gedacht [1]); und zwar eben sowohl in der Zwischenzeit, wo nach Erlöschen der Nachkommenschaft Heinrich's die Dänen nochmals auf einige Jahre südlich der Eider die Herrschaft gewannen, als für die spätere Zeit, wo in der Person Pribizlaw's und Niclot's wieder Einheimische in diesen Küstenlanden geboten. Es hängt jedoch, was wir über diese späteren kirchlichen Einrichtungen Lübeck's und über Vicelin's dortige weiteren Bestrebungen erfahren, so eng mit der in und bei Segeberg von Vicelin ins Leben gerufenen Kirchen- und Kloster-Stiftung zusammen, welche als dritte Haupt-Station seines Missionswerks sich darstellt und später, nach dem Verluste Faldera's, für Wagrien und für das Lübecker Bisthum die erste und einzige Congregation bildet, daß es nothwendig wird, erst auf diese neue Stiftung und auf diejenigen Ereignisse, welche ihre Geschicke begleitet und beeinflußt haben, mit einigen Worten einzugehen.

Als auf einer Pilgerschaft nach dem heil. Lande der Dänen-König Erik Eiegod oder der Gute, ein Sohn Suend Estrithson's, des Schwiegervaters Gottschalk's und mütterlichen Großvaters Heinrich's, im Jahre 1103 gestorben war [2]), hatte der jüngste unechte Sohn Suend Estrithson's, Niels oder Niclot (Nicolaus) nicht sowohl für des Ersteren unmündige Söhne, Knud und Erik, die Verwaltung des dänischen Reichs übernommen, als diese dem dafür bestellten Verwalter Harald [3]), einem älteren unechten Sohne Suend's, zu entreißen und die Huldigung des Volks zu gewinneu gewußt, später aber den Knud, als dieser aus dem beim Kaiser Lothar aus Furcht vor seinem Oheim gesuchten Exile heimkehrte (um das Jahr 1115), mit der Verwaltung Südjütlands, von der Schlei bis zur Eider, betraut, und es geschehen lassen, daß derselbe, seitdem den Beinamen Laward führend, je länger je mehr zu selbstständiger herzoglicher Gewalt sich erhob [4]). Grundlosen, jedenfalls schlecht begründeten

[1]) S. Helmold a. a. O. cap. 49 § 11, vergl. mit cap. 54 § 1 55, § 1 u. 93 § 2.

[2]) S. Dahlmann a. a. O. Bd. I. S. 213, vergl. mit S. 192 ff.

[3]) Ebendas. S. 214 vergl. mit S. 212.

[4]) Ebendas. S. 218, 219.

Ansprüchen [1]), welche er nach des Slavenfürsten Heinrich Tode, und als in rascher Folge dessen männliche Nachkommenschaft ausstarb, auf das einst Gottschalk'sche Slaven-Reich erhob, suchte und vermochte Knud einestheils bei den Sachsen bewaffneten Beistand zu verschaffen, anderntheils die Unterstützung Vicelin's zu sichern, dem er häufige und längere Besuche in Faldera machte und, falls er zum Ziel gelange, reichliche Güter-Zuwendungen an das Kloster innerhalb Slaviens in Aussicht stellte [2]). Vor allem aber gelang es ihm, durch alte Gunst und für vieles Geld, von Kaiser Lothar ein förmliches Anerkenntniß seiner Ansprüche zu gewinnen. Gegen Leistung des Lehnseides verlieh ihm derselbe, wie Helmold [3]) sich äußert, das regnum Obotritorum, omnem scil. potestatem qua praeditus fuerat Henricus, und setzte ihm, damit er als König der Obotriten gelten könne, sogar die Krone auf's Haupt, wenn anders dieser Zusatz des Chronisten nicht blos sinnbildlich zu nehmen ist. Diese Herrschaft Knud's im Wagrier- und Obotritenlande, obwohl durch Gefangenhaltung dort des Pribizlaw, eines Vatersbruders [4]) (fratruelis) von Heinrich, hier eines Niclot, welchen Helmold nur als maiorem terrae Obotritorum bezeichnet, anscheinend sichergestellt, war jedoch nicht von langer Dauer. Denn schon am 7. Januar 1131 fiel Knud Laward, bei seinen mit König Niels wegen Aussöhnung und Erbfolge gepflogenen Verhandlungen, den Ränken und einem

---

[1]) Im Saxo Grammaticus p. 234 wird erzählt, Heinrich habe ihm, mit Ausschluß der eigenen Söhne, das Reich zugewendet; Helmold a. a. O. cap. 49 § 1 sagt nur *post haec translatus est principatus Slavorum ad Canutum,* und erläutert dies genügend durch die im § 7 gebrauchten Worte, *subiit animum eius, quod principatus regis Slavorum vacaret, mortuo scil. Henrico et filiis eius annullatis.*

[2]) S. Helmold cap. 49 § 10.

[3]) A. a. O. cap. 49 § 7.

[4]) Wahrscheinlich von einem unechten Sohne Gottschalk's, da von dessen mit der Dänischen Königstochter Syrith erzeugten Söhnen Kanut in jungen Jahren und kinderlos, bald nachdem Zwentipolk ihm das Reich entrissen, durch Mord sein Leben endete, Letzterer zwar einen Sohn Namens Zwinike nach Helmold (cap. 48 § 9) hinterließ, dieser aber bald nach des Vaters auch gewaltsamem Tode durch Mord geendet hat.

meuchlerischen Ueberfalle von Magnus, dem Sohne Niels [1]), und an diesen Mord knüpften sich im Innern des Dänischen Königshauses und Reiches solche innere Fehden, daß, wenngleich Magnus des Kaisers Zorn und Kriegsdrohung durch Geld und meineidige Erneuerung der einstigen Lehnspflicht abwandte, und in dem vom Grafen Adolph II. gegen ihn nach Schleswig unternommenen Kriegs- und Rache-Zuge Sieger blieb [2]), doch er selbst und seine Nachfolger jeder Hoheit über Wagrien und südlich der Eider, zwar nicht förmlich entsagten, doch auf Jahrzehnte hin und bis zu der Zeit der Waldemare verlustig gingen, und die obigen, aus der Gefangenschaft befreiten einheimischen Fürsten wieder in den Slavischen Landen herrschten [3]).

Auf dem Ael (auch El- und Ed-) berge, dem in der Nähe der jetzigen Stadt Segeberg auf dem linken Ufer der Trave, dicht am südlichen Ufer eines See's aus der Ebene jäh aufsteigenden Kalksteinkegel, hatte nach der dem Kaiser Lothar abgekauften Anerkennung als Obotriten-König Kanut, — ob nur, um die Wagrier zu zügeln und ihren räuberischen Einfällen in's Holstenland zu wehren, oder ob zu eigener Sicherstellung vor den Waffen der Sachsen, oder ob zu deren Bedrohung und zu leichterer Ausführung weiterer Pläne, wage ich nicht zu entscheiden — ein Castell angelegt oder doch zu gründen beschlossen und begonnen [4]). Es war dies die Gegend, wo einst Bischof Wago das Dorf Rezenna mit einer Kemnate und einem Oratorium zugewiesen erhalten und besessen hatte [5]). Gerade dies mag denn, mehr noch als Sorge über die Sicherheit der Sächsischen Lande, den Vicelin bewogen haben, Kaiser Lothar in Bardewik (1136) aufzusuchen und ihm,

---

[1]) Dahlmann a. a. O. S. 229.

[2]) Ebendas. S. 231 ff.

[3]) Mit den Worten *solis civilibus bellis praepollent* schließt Helmold das cap. 51, welches die Geschichte bis zu Magnus Tod fortführt und eröffnet das folgende Capitel, wie wenn rechtmäßige Erbfolge sie dazu berufen hätte, mit den Worten: *Postquam ergo mortuus est Kanutus, cognom. Lawardus, Rex Obotritorum, successerunt in locum eius Pribizlaus atque Niclotus, bipartito principatu.*

[4]) Vergl. Helmoldus l. c. cap. 49 § 8 mit cap. 53 § 1 u. 3.

[5]) S. oben S. 105.

wie das ganze Missionswerk unter den Slaven, so auch die Herstellung jener Schutz- und Schirmburg anzuempfehlen [1]). Beidem erwies sich Lothar willfährig. Die Burg ward auf dem nunmehr Sige- oder Segeberg genannten Felsen erbaut, und an dessen Fuß [2]) die Erbauung einer neuen Kirche angeordnet. Gleichzeitig, erzählt Helmold, habe der Kaiser dieser Kirche zu Unterhalt des Gottesdienstes und der daselbst zu versammelnden Regularen (fratrum) sechs und mehr Ortschaften zugewiesen (deputans) und dem Brauch gemäß durch Privilegien bestätigt, auch die Leitung dieser neuen Kirchenstiftung dem Vicelin committirt, damit die erforderlichen Gebäude errichtet, die nöthigen geistlichen Personen dort versammelt würden. Mit dieser Erzählung [3]) stimmt vollkommen überein sowohl Sido's Bericht [4]), als auch eine auf Bardewyk und den 17. März des Jahres 1137 lautende, aber wohl dem Jahr zuvor angehörende Urkunde Kaisers Lothar [5]), welche auch die der neuen Stiftung zugewiesenen Gebietstheile und Dorfschaften genau beschreibt und aufführt [6]), zugleich ihren An- und Untergehörigen (homines ad ecclesiam pertinentes) Zoll- und sonstige Immunitäten, und daß sie keinem andern Vogte unterworfen sein sollten, verlieh. Bau und sonstige Einrichtung dieser neuen, nach jener Urkunde der heil. Jungfrau und dem Evangelisten Johannes gewidmeten Kirche und Stiftung übertrug Vicelin dem Luthmund, Einem von denen, welche Vicelin's Ruf alsbald nach Faldera gezogen hatte [7]). Allein kaum vollendet, wurden schon

---

1) Ebendas. cap. 53 § 1: *suggessit ei ut Slavorum genti ... aliquod salutis remedium provideret. Praeterea intimavit ei quod in Wagirorum provincia mons haberetur aptus, cui etc.*

2) Ad radices montis, sagt Helmold l. c. § 4, die Urkunde Lothar's von 1136, ante castrum, die von Conrad III. vom Jahre 1139 iuxta montem.

3) Helmoldus l. c. § 5.

4) A. a. O. S. 7, nur daß er von congregationes claustralium redet, denen ad occidentem montis prope castrum locus habitandi zugewiesen wäre.

5) S. Hamb. Urk.-B. Nr. 152.

6) Die Angabe stimmt mit der überein, welche die Versus antiqui v. 125 sq. von den Dörfern geben, die den dortigen conversis außer der villa forensis Sigebergensis verliehen wären.

7) Helmold Lib. I. cap. 54 § 2 u. 3 vergl. mit cap. 47 § 8.

1138 Beide (oratorium novum et recens monasterii structura) ein Raub der Flammen bei dem Ueberfalle, welchen Pribizlaus auf Stadt und Umgegend von Segeberg und tiefer hinein ins Holstenland unternahm, während die Rugier unter Race Lübeck zerstörten [1]). Dies könnte Anlaß gegeben haben, daß Vicelin sich von dem zu Lothar's Nachfolger erwählten Kaiser Conrad III. [2]) ein zweites, dem älteren in allen wesentlichen Punkten conformes [3]) Fundations-Privilegium für die Segeberger Kirche ertheilen ließ; möglich bleibt aber auch, daß in jener Zeit steter Fehden der von Lothar zugewiesene Grundbesitz dem Kloster entrissen und verstört war, oder daß der neue Kaiser jene Gnaden-Bewilligung seines Vorgängers beanstandete [4]). Zur Herstellung des Klosters kam es aber am alten Platze nicht. Der von der Burg gehoffte Schutz hatte sich als trügerisch erwiesen; Furcht vor ähnlichen Ueberfällen, zugleich aber auch die Unruhe des Marktverkehrs in dem

[1]) Ebendas. cap. 55 § 1 sq. S. Deeckes Grundlinien § 1.

[2]) S. St. Lüb. Urk.-B. Nr. 1 und Hamb. Urk.-B. Nr. 157.

[3]) Von den Differenzen ist nur etwa hervorzuheben, daß in der Lotharischen Urkunde Vicelin nur *vir religiosus et bonae conversationis*, von Conrad dagegen *venerabilis sacerdos* genannt, und dort auch seiner *successores, quos sanior pars elegerit fratrum* gedacht wird, daß als Gegenstand der *commissio* und *commendatio* die Urkunde vom Jahre 1136 *ordinationem supradictae ecclesiae*, die vom Jahre 1139 *ecclesiam inchoatam in gente Slavorum in pago Dargune iuxta montem qui antiquitus Alberch etc.* bezeichnet, auch letztere als Schutzheilige der Kirche (des Klosters wird in keiner besonders gedacht) außer der heil. Jungfrau und dem Evangelisten Johannes, noch die Apostel Petrus und Paulus, den Bartholomaeus und den S. Godehardus confessor erwähnt. Von der Burg sagt Lothar, sie sei erbaut *pro persecutione paganorum in christianos*, von der Kirche *pro fide catholica ibi propaganda*; Conrad erwähnt nur der Kirche, die bestimmt sei *ad catholicae fidei religionem dilatandam et idololatriae superstitionem exstirpandam*.

[4]) Die Urkunde Conrad's weiset nicht darauf hin, eher vielleicht, was Helmold a. a. O. § 4 über die Trauer Vicelin's und der *praedicatores verbi* berichtet, daß die *novella plantatio in ipsis initiis emarcuerit*, und dessen spätere (cap. 57 § 6) Aeußerung, nach Erbauung Lübecks durch Graf Adolph habe auf dessen Aufforderung und mit seinem Beistand Vicelin die Güter (praedia) zurückerhalten, welche König Lothar ihm zur Erbauung und zum Unterhalt des Klosters schon früher (iam olim) vor der Burg Segeberg verliehen gehabt.

am Fuße der Burg angesiedelten, zwar auch jenen Zerstörungen nicht entgangenen, aber rasch wieder emporgeblühten Städtchen (suburbium), die der klösterlichen Stille und Zucht nicht förderlich schien [1]), bewogen Vicelin, für das neu zu errichtende Kloster eine der ihm geschenkten nahegelegenen Ortschaften, nämlich das Dorf Hagers- oder Högersdorf, Slavisch Cuzelina genannt, auszuwählen, am Fuße des Segebergs dagegen eine Pfarr- und Marktkirche anzulegen. Die Erbauung der Klostergebäude (officinae claustrales) und des blos für Letzteres bestimmten Oratorii wurde jenem schon früher erwähnten Volcward überwiesen, und die neue Stiftung von Faldera aus mit Mönchen besezt, denen sich namentlich Thetmar, der um diese Zeit von Bremen übergesiedelte Schüler und Freund Vicelin's anschloß [2]). Die oberste Leitung aber des neuen Stifts behielt Vicelin als Probst des Mutter-Klosters Wippendorf, unter welchem Namen allein er bis zu seiner Erhebung zur bischöflichen Würde vorkommt. Erst kurz vor seinem Tode überließ er commendando, vielleicht in Voraussicht, daß Neu-Münster sich wieder Hamburg zuwenden werde, das Stift, so wie überhaupt die Leitung der Wagrischen Kirchen jenem Lübecker sacerdos Ludolph [3]), der seitdem bei Helmold noch mehrfach, zulezt bei Bischof Gerold's Tode im Jahre 1164, aber fast nur [4]) als praepositus Segebergensis, vorkommt [5]);

---

[1]) *Propter incommoda fori et tumultus castrenses*, sagt Helmold a. a. O. cap. 58 § 1.

[2]) Ebendas. § 2 und cap. 66 § 2: Dessen Bestimmung für Högersdorf, sezt Helmold hinzu, sei den hominibus novae transmigrationis ein Trost gewesen.

[3]) Zuerst, so viel ich gesehen, jedoch nur im Zeugen-Verzeichniß, schon in der Urkunde Erzbischof's Adalbero vom Jahre 1139 (Hamb. Urk.-Buch Nr. 160), der ihn sonst nur (s. Nr. 153) dispensator Christi, oder (Nr. 159, 163) sanctae conversationis frater nennt; im Texte selbst erst in dessen Urkunde vom 25. Juli 1143 (ebendas. Nr. 169). Die lezte mir bekannte derartige Erwähnung Vicelin's findet sich in Herzogs Heinrich von Baiern und Sachsen Urkunde vom 13. Sept. 1149 (ebend. Nr. 188).

[4]) Blos in cap. 82 § 2 heißt es: *Lud. praep. et fratres in Hogerestorph.*

[5]) Ebendas. cap. 75 § 5, vergl. mit cap. 93 § 2 u. 94 § 4. Eine sichere urkundliche Erwähnung Ludolf's bietet sich nur in den Zeugen-Unterschriften der Fundations-Briefe Erzbischofs Hartwich und Heinrich's des Löwen für das Lübecker Dom-Capitel vom Jahre 1163 und 1164 (V. Lüb.

ein Beweis, daß trotz jener Verlegung nach Cuzelina immer doch noch, den kaiserlichen Urkunden entsprechend, Segeberg als der eigentliche Sitz des Stifts galt, wohin es auch später zur Zeit Heinrich's des Löwen zurückverlegt wurde [1]) und seitdem geblieben ist.

In derselben Urkunde Kaiser Conrad's III., welche Vicelin von neuem die Kirche zu Segeberg zuwies und als zweite Stiftungs-Urkunde des bisher besprochenen Klosters gelten kann, wurde auch in Betreff Lübeck's, um auf die dortige Missions-Station zurückzukommen, eine ähnliche Verleihung Vicelin und seinen Nachfolgern zu Theil, und zwar dahin, daß der Kaiser ihnen mit Dörfern und allen sonstigen Pertinenzien die Kirche in der Burg Lübeck in Slavonien so verliehen hätte, wie Heinrich solche seinem sacerdos geschenkt oder dessen Nachfolger Kanut sie dem Priester Vicelin verliehen gehabt, und sollten sie dieselbe fortan als Geschenk des Kaisers besitzen und wegen solcher Schenkung nur ihm und seinen Nachfolgern, den Römischen Königen und Kaisern verpflichtet sein [2]). Dieser Theil der nur in einer Perga-

---

Urk.-B. Nr. 4 u. 6 und Hamb. Urk.-B. Nr. 228) dar. Denn daß der ohne irgend welchen Zusatz in mehreren Neumünster'schen und Bremischen Urkunden (s. Hamb. Urk.-B. Nr. 160, 166, 170, 171) vorkommende Lintolf praepositus mit jenem sacerdos in Lubec identisch sei, will mir doch etwas problematisch bedünken, da der Name sehr gewöhnlich in jener Zeit war, Helmold selbst noch eines andern Ludolf als Genossen des Klosters Faldera erwähnt (s. o. 74 § 2), auch bei Erwähnung des Segeberger Probstes geflissentlich hinzuzufügen pflegt, es sei dies der Ludolphus olim sacerdos in Lubeke.

[1]) S. Helmold a. a. O. cap. 83 § 15. Beachtenswerth ist der für diese Rücksiedelung des Stifts angegebene Grund, daß es die einzige *congregatio clericorum in episcopata Aldenburgensi* gewesen, und daß damit dem Bischofe *in solennitatibus, quando pontificem oportet esse in populo*, ein *supplementum in clero* habe gesichert sein sollen.

[2]) Die hieher gehörige Stelle, an welche sich, in veränderter und erweiterter Fassung, die schon in der Urkunde Lothar's enthaltenen Bestimmungen über Grund-Erwerbsfähigkeit, über Freiheit des Kirchenbaues und aller Zuwendungen an die Kirche, über Recht zu Wahl der Vögte, so wie Exemtions-Privilegien verschiedener Art anschließen, lautet wörtlich: *Item venerabili V. suisque successoribus ecclesiam in castro Lubeke in Slavonia concessimus cum villis et omnibus ad eam pertinentibus, ut, quemadmodum Henricus Slavorum rex eandem ecclesiam suo sacerdoti donaverat, aut sicut Kanutus Hinrici successor eandem ecclesiam saepedicto Vicellino pres-*

ment-Abschrift aus dem Ende des 12. Jahrhunderts oder dem 13. Jahrhundert auf der Stadt-Registratur erhaltenen Urkunde findet in den Berichten Helmold's keine irgend erhebliche Unterstützung. Denn von Schenkung einer Kirche, vollends mit Dörfern und anderen Gütern, welche Heinrich dem Vicelin gemacht habe, erzählt Jener nichts, sondern nur, daß er dessen Boten einen gesicherten Aufenthalt in einer Kirche und in seiner Nähe angewiesen habe [1]). Auch von Knud Laward, der allein, nicht aber Heinrich's Sohn dieses Namens, hier gemeint sein könnte, berichtet Helmold's Chronik nichts weiter, als daß er, nach Lübeck kommend, eine Kirche, welche Heinrich erbaut, in Gegenwart Ludolph's und der übrigen Priester habe einweihen lassen, welche von Faldera aus diesem Orte zugewiesen (mancipati) gewesen [2]). Außer diesen Nachrichten aber beschränken sich alle weiteren Angaben Helmold's überhaupt für die ganze Zeit bis zu Vicelin's Ernennung zum Aldenburger Bischof in Betreff Lübecks auf Folgendes. Gelegentlich des von Pribizlaus gegen Segeberg unternommenen Zuges und des gleichzeitigen Ueberfalls Lübeck's erzählt er [3]), es hätten die Segeberger Mönche bis auf Einen, Volker mit Namen, sich nach Faldera gerettet, Ludolph dagegen und die, welche mit ihm in Lübeck gewesen (demorati) wären [4]), obwohl in großer Noth und unter täglich drohender Lebensgefahr, so wie

---

bitero concesserat, ita ex dono nostrae largitatis cum omni integritate possideant, nec ad aliquem nisi ad nos vel successores nostros, Romanorum reges vel imperatores, hujus donationis respectum habeant.

1) S. oben S. 133 Note 4 *dedit que ecclesiam Lubeke ubi tuta secum statione consistere possent.*

2) S. Helmoldus Lib. I. cap. 49 § 11.

3) Ebendas. cap. 55 § 1 u. 2.

4) Helmold nennt sie an der hieher gehörigen Stelle nicht; es ergiebt sich aber aus cap. 93 § 2, daß es der Bruno und Hermann gewesen, von denen er im cap. 54 § 1 erzählt, daß zur Zeit des zweiten Römerzugs Kaiser Lothar's Vicelin als sollers legationis sibi commissae curator sie mit jenem Ludolph ad opus ministerii conscivit et in Lubeke constituit. — Bruno erhielt erst die Bosauer, später dann die zu Aldenburg hergestellte Kirche (s. Lib. I. cap. 73 § 7, 75 § 3, 83 § 17 sq. und Lib. II. cap. 13), Hermann, aus Westfalen gebürtig, wurde nach Eppo Probst in Neumünster (s. Sido's Bericht a. a. O. p. 9 und den ordo praeposit. Neomonast. v. 3 sq. und Hamb. Urk.-B. Nr. 228).

Angesichts der Martern, welchen die auf dem Raubzuge gefangenen Christen unterworfen, und jene beizuwohnen gezwungen worden, hätten sich anfangs nicht zerstreut, weil sie in der Burg und unter dem Schutze Pribizlaus gelebt, und erst bei dem Ueberfall der Stadt durch Race hätten, als die Burg mit der Umgegend (circumiacentia) zerstört worden, auch sie sich in das Schilf gerettet und nach Faldera gewendet. Außerdem berichtet Helmold von Lübeck aus der Zeit Vicelin's nur noch dies, daß während der Verhandlungen, ob er für das ihm vom Erzbischof verliehene Bisthum Aldenburg die Investitur durch den Herzog annehmen solle, und ehe er diesen früheren Bisthumssitz besucht, dann aber nach Bosau sich zurückgezogen hätte, er nach Einweihung der Högerstorper und Bornhövder Kirche auch die nova civitas, quae Lubeke dicitur, um die dort Wohnenden (Geistlichen oder Christen überhaupt?) zu stärken (confortare), besucht und daselbst einen Altar geweiht habe [1]). Von Zuwendungen vollends und Bewilligungen, welche Kaiser Conrad III. der Lübecker Kirche oder mit dieser selbst dem Vicelin gemacht hätte, spricht Helmold so wenig [2]), als von wirklichen Schenkungen [3]) des Knud Lawards. Endlich findet auch in den übrigen Quellen jene urkundliche Verleihung der Lübecker Kirche keinerlei Bekräftigung oder Erläuterung. Denn Albert v. Stade stellt zum Jahre 1133 so wie zum Jahre 1136 und 1138, wo er der Vicelinschen Mission zumeist gedenkt, nur einzelne dahin gehörige Aeußerungen Helmold's [4]), bald wörtlich, bald im Auszuge, immer

[1]) A. a. O. cap. 69 § 13—15 vergl. mit § 16 u. cap. 71 § 4 sq.

[2]) Die von Lappenberg Note 1 zu Nr. 157 des Urk.-B. in Bezug genommene Aeußerung Helmold's (cap. 58 § 6 s. oben S. 156 Note 4) bezieht sich nur auf Segeberg, kann daher m. E. für den hier in Frage stehenden Theil der Conradinischen Urkunde nicht zu deren Unterstützung dienen.

[3]) Das diesem für den Fall glücklichen Erfolgs in Slavien ertheilte Versprechen von Gütern wird allerdings von Helmold bei dem Besuche Lübeck's durch Kanut und der von ihm veranlaßten Weihe der von Heinrich erbauten Kirche erwähnt (s. cap. 49 § 10, 11).

[4]) Es sind dies zum Jahre 1133 die § 7 c. 41, § 2—4 c. 46, § 1, § 6 init. u. § 8 init. c. 47, § 5—7 init. c. 48, § 11 c. 49; zum J. 1136 § 1 c. 54, zum J. 1138 § 1—4 c. 55, zum J. 1139 das cap. 58.

aber ohne erhebliche Abweichungen zusammen, und nur am Schluß, wo er der Fundation der Segeberger Kirche durch den Kaiser und ihrer Ueberweisung an Vicelin gedenkt, fügt er die Worte hinzu: sed et **Lubicensis** ecclesiae, wovon doch die Urkunde Lothar's kein Wort enthält. In dem Berichte ferner Sido's [1]) wird des Kaiser Conrad's überall nicht, Lothar's nur in Bezug auf die Erbauung des Segeberger Castrums gedacht, und Lübeck's, wenigstens was die Zeit vor Vicelin's Bischofswürde anbelangt, nicht weiter, als daß König Heinrich ihn gütig aufgenommen habe, wobei die (bei Helmold erst unter Pribizlaus genannten) drei Priester Ludolph, Hermann und Bruno als diejenigen genannt werden, welche von Vicelin zu Heinrich gesandt wären, und von diesem eine Kirche zum Aufenthalt zugewiesen erhalten hätten. Endlich übergeht auch der Verfasser der Versus antiqui de Vicelino, während er der Zuwendungen Lothar's an das Segeberger Stift so genau gedenkt [2]), daß kein Zweifel obwalten kann, es habe ihm die Urkunde von 1136 vorgelegen, nicht blos Kaiser Conrad und dessen Privilegium ganz mit Stillschweigen, sondern erwähnt überhaupt Lübeck's nur dahin, daß er unmittelbar an die bei Heinrich nachgesuchte Erlaubniß zur Missionirung die Gründung einer Kirche in der alten Stadt Bucue, wie er sich ausdrückt, und den ruhigen Aufenthalt knüpft, welchen so Ludolph, Bruno und Hermann bis zu Heinrich's Tode gehabt

[1]) A. a. O. S. 7, 8. Die Stelle, auf welche schon früher vielfach verwiesen, lautet im Zusammenhange dahin: *Nullam ecclesiam in tota provincia Wagriae invenit (Vicelinus). Omnes christianos etc. etc. . . . compellebat* (s. oben S. 134 Note 2 zu E.). *Qui sacerdotem ad se venientem benigne suscepit, humane tractavit, et toti regno suo in spiritualibus praefecit. Auctoritate igitur regia fultus coepit Vicelinus cum suis verbo praedicationis . . . insistere, et . . . ad fidem multos convertere. Sacerdotes tres . . . celebraverunt* (s. ebendas. Note 1) . . . *Sed brevi post spatio, deficiente ab hac vita rege praefato, coeperunt contra sacerdotem multa mala succrescere. Christiani a barbaris de terra expelluntur, doctores fidei per fugam vix salvantur. Sacerdotes a pyratis Lubeke quaesiti, ut interficerentur . . . in denistate arundineti mersi in aquis . . . salvati sunt.* (s. oben S. 149 Note 2).

[2]) S. a. a. O. v. 101 sq.

hätten [1]). Zweifelhaften Werths bleibt daher m. E. jene Conradinische Urkunde, selbst wenn man ihre Echtheit annimmt, und zu Erläuterung der übrigen Nachrichten ist sie um so ungeeigneter, als sie weder die der Lübecker Kirche zuständigen und bestätigten Besitzungen näher angiebt, noch Anlaß und Zweck dieser Bestätigung erkennen läßt, eben so wenig über die Lage der Burg, in welcher die Kirche gelegen, irgend welche Andeutung enthält. Dieser Mangel an näherer Localisirung der Kirche, von welcher Helmold in obiger Weise spricht, und daß es auch an jedem Berichte darüber fehlt, ob der Priester Ludolph und dessen genannte oder ohne Namen erwähnte Genossen und Begleiter in klösterlicher oder klosterähnlicher Gemeinschaft gelebt haben, läßt zugleich darüber in völliger Ungewißheit, in wie fern für die eine oder die andere der späteren Hauptkirchen Lübecks, oder ob gar für das dortige Domcapitel in jenen kirchlichen Einrichtungen Vicelin's und seiner Zeit die Anfänge zu finden seien [2]). Indessen so viel erhellt doch zur Genüge aus allen Nachrichten, daß Vicelin, nicht zufrieden, in jenen beiden Stiftungen zu Faldera und Segeberg an der

---

[1]) Ebend. v. 82 sq.

v. 82 Tunc Heinricus erat, qui Slavis imperitabat,
Vicinae genti . . . . .
Hunc prudens adiit doctor, suadereque coepit.
v. 88 At Rex Heinricus, fidus non fictus amicus
Audit gratanter . . . . .
Jureque regali de causa spirituali
Ut decuit, toti praefecit eum regioni.
v. 96 His homo firmatus, omni virtute probatus
Fundavit in urbe ecclesiam Bucue veteri;
Misit eo fratres, missas reverenter agentes
Officiumque suum, Ludolfum, Brunum, Herimannum.
Principe vivente pacem fratres habuere;
Defuncto rege, mala protinus invaluere.

[2]) Auch der Umstand erschwert die Verknüpfung und Vergleichung de späteren kirchlichen Einrichtungen der Stadt mit dieser frühesten, daß bei Helmold zwar vielfach von der urbs und civitas das castrum unterschieden, auch neben dem forum des portus, und öfters auch einer insula gedacht wird, über die Lage aber dieser verschiedenen Stadttheile nähere Angaben und sichere Andeutungen fehlen.

Grenze zwischen Holstein und Wagrien für die Mission in vollständig und ordnungsmäßig organisirten Congregationen Pflanzschulen und feste Ausgangspunkte gewonnen zu haben, auch in der Mitte des Wagrischen Landes eine Missionsstation zu gründen von Anfang an und stetig bedacht gewesen sei, und daß ihm Lübeck vor allem hierzu geeignet erschien.

Freilich war das Werk, dem Vicelin sich gewidmet hatte, die Herstellung nämlich des christlichen Cultus in Slavien, selbst unter den Wagriern und vollends unter Polabern, Obotriten und den übrigen nach Osten hin wohnhaften Stämmen [1]), dem Ziele noch sehr fern, als sein Leben schon dem Abend sich zuzuneigen begann. Zwei Jahrhunderte waren verflossen, seit Otto oder Aldaldag Aldenburg zu einem Bisthume erhoben hatte, ohne daß an dessen Herstellung gedacht, oder auch nur an dessen einstigem Sitz ein erneuter Missions-Versuch gemacht wäre. Die Beschreibung, welche Helmold von dem Besuche giebt, den Vicelin nach erlangter Bischofsweihe, also erst 1150 von Lübeck aus in Aldenburg gemacht habe [3]), und was er über die diesem Orte später von Bischof Gerold zugewendeten Bekehrungs-Versuche berichtet [2]), lassen deutlich genug erkennen, daß bis dahin kein Bote der Lehre Christi wieder diesen Hauptsitz des Wagrischen Slaventhums und Götzendienstes zu betreten gewagt hatte; und auch sonst findet sich für die Zeit bis zu Erzbischof Hartwich I. (1148—68) weder bei Helmold noch anderweit eine Hindeutung darauf, daß eine Herstellung jenes mit Gottschalk's Herrschaft zerstörten Wagrischen Bisthums im Werke oder wenigstens beabsichtigt gewesen [4]).

---

[1]) Ueber das, was der mit Verlegung des Wagrischen Bisthums gleichzeitigen Herstellung oder Stiftung der Bisthümer Ratzeburg und Mecklenburg voranging, um auch in obigen Gegenden dem Christenthum wieder Eingang zu verschaffen und freieres Bekenntniß zu sichern, fehlt es an Nachrichten; vgl. Masch a. a. O. S. 35, 36. Helmold gedenkt dortiger Missions-Versuche Vicelin's oder Anderer überall nicht; die in den Raub- und Kreuzzügen sattsam bekundete Feindschaft Niclot's mochte jedes derartige Unternehmen als zu gefährlich und doch sicher erfolglos erscheinen lassen.

[2]) S. cap. 69, § 15. 16.

[3]) Ebendas. cap. 82, § 5 sq. und 83 § 1 sq. und § 17 sq.

[4]) Die einzige Stelle bei Helmold, welche auf solche Pläne und zwar schon Kaiser Lothar's hinweiset, ist cap. 53 § 5, wo er von der Zuweisung

Allein ein guter Grund war doch gelegt zur Ausbreitung und Herstellung der christlichen Lehre. Und wie Vicelin, selbst unter den größten Bedrängnissen seiner Stiftungen und Pläne, nie das freudige Vertrauen auf deren Gedeihen und Gelingen verloren zu haben scheint, auch durch Beispiel wie Ermahnung seine Genossen dahin zu bestimmen wußte, daß sie ausharrten und die Hoffnung nicht aufgäben, so wandte sich auch allgemach die allgemeine Lage des Landes dergestalt zum Bessern, daß es nicht befremden kann, wenn nun innerhalb eines Decenniums das lange ersehnte und erstrebte Ziel erreicht ward, und mit der Mitte des 12. Jahrhunderts das Slavische Kirchenthum als vollständig gelungen und zu dauerhafter Begründung gediehen gelten konnte.

Den nach Heinrich's IV. Tode durch dessen Sohn mehr beschwichtigten, als wirklich erledigten Wirren im Sächsischen Herzogthume, welche, wie überhaupt die Autorität der herzoglichen Würde gefährdet, insbesondere auch in den Marken und Vorlanden sie geschwächt, und den An- und Uebergriffen der Slaven und Dänen bald zu Anlaß, bald zur Unterstützung gedient hatten, war durch Wahl Lothar's zum Deutschen Kaiser allerdings ein Ziel gesetzt worden, jedoch nicht viel über ein Decennium hinaus. Als er ohne Hinterlassung eines Sohnes am 31. Decbr. 1137 starb, und von dessen beiden Schwiegersöhnen, dem Bairischen Herzoge Heinrich dem Stolzen, Sohne Heinrich's des Schwarzen, und dem Nord-Sächsischen Markgrafen Albrecht dem Bären, nicht blos der Erstere bei der Wieder-Besetzung des Reichs dem Schwäbischen Conrad weichen mußte, sondern auch

---

der Lubecensis ecclesia, und daß der Kaiser dem Pribizlaus befohlen, sich die Fürsorge für Vicelin vel qui vicem eius egisset angelegen sein zu lassen, spricht und hinzufügt: *proposuitque, ut ipse protestatus est, omnem Slavorum gentem divinae religioni subigere, et de ministro Christi statuere pontificem magnum.* — Wenn Sido und der Verf. der Versus antiqui (v. 90 u. 91) schon vom Slavenfürsten Heinrich sagen, er habe Vicelin seinem ganzen Reiche in spiritualibus oder de causa spirituali vorgesetzt, so ist dies unverkennbar nur dahin gemeint, daß Vicelin als Probst von Faldera die oberste Leitung der Mission gehabt, und so gleichsam den noch mangelnden Episcopat ersetzt hat.

von dem neuen Kaiser des ihm von seinem Schwiegervater neben Baiern überlassenen Herzogthums Sachsen, weil zwei Herzogthümer zugleich zu besitzen unstatthaft wäre, entsetzt und dieses Albrecht verliehen wurde, erhob sich dieserhalb zwischen Beiden von Neuem vieljähriger Streit und Krieg, der auch über Nord-Albingien und Slavien sich verbreitete und auf die ruhige und friedliche Entwickelung der dortigen Zustände zurückwirkte. Graf Adolph II. von Schauenburg, im Jahre 1131 seinem Vater gefolgt und der Wittwe Lothar's wie dem Herzoge Heinrich treu anhängend, ward durch Markgraf Albrecht aus dem Lande vertrieben, vermochte auch, obschon durch das Waffenglück Heinrich's in den Besitz seiner Grafschaft restituirt, doch auf die Dauer kaum in dieser, vollends nicht in dem dazu gehörigen Wagrien sich zu behaupten. Nach seines Schutz- und Dienstherrn Heinrich am 20. Oct. 1139 erfolgten Tode und während der vormundschaftlichen Regierung der Herzogin Gertrud war sogar Wagrien dem tapfern Heinrich von Badewide (Grafen von Orlamünde?) durch Albrecht den Bären zu Theil geworden, und erst im Jahre 1142, in Folge der mit den Räthen des jungen Herzogs Heinrich des Löwen gepflogenen Verhandlungen, und nur gegen schweres Geld, welches der justior causa Nachdruck gab, fiel wieder Wagrien an Graf Adolph. Seitdem erst vermochte dieser im Wagrierlande, wie südlich desselben in Polabien und der daraus nach jenem Vergleiche neu gebildeten Grafschaft Ratzeburg Heinrich von Badewide, das Uebergewicht der Deutschen wieder auf dem rechten Elbufer zu wahren, da die Dänen, durch innere Streitigkeiten zerrissen und geschwächt, kaum noch in Raubzügen ihrem Gelüste auf die Lande südlich der Eider Folge zu geben wagten, zugleich in dem Wagrischen Lande die kriegerische Macht der Slaven gebrochen, auch die Erbitterung der Obotritischen und der weiter östlich ansässigen Slaven-Stämme zwar noch groß genug war, um die Sächsischen Vorlande räuberisch heimzusuchen, aber doch nicht so mächtig, daß dies zu ernster Gefährdung der Schauenburger Herrschaft hätte führen können, oder gar der Oberhoheit des Sächsischen Herzogshauses eine ernste Gefahr bereitet, oder die Kriegslust des jungen Löwen-Herzogs von neuen Unternehmungen abgeschreckt hätte.

Außerhalb der diesen Blättern gestellten Aufgabe fällt, was unter und durch Heinrich den Löwen geschah, um die Deutsche Herrschaft bis an die Oder längs der Ostseeküste zu begründen, und auch die Meklenburgischen Lande, theils unter den von ihm zu Schwerin eingesetzten Grafen von Schwerin, theils unter der Herrschaft einheimischer Fürsten, als unmittelbares Besitzthum aber des Sächsischen Herzogshauses die nach der Elbe zu belegenen Vorlande, in dauerndem Verband mit dem Deutschen Reiche zu bringen und zu erhalten. Desto näher liegen jener Aufgabe, und stehen mit der endlichen Christianisirung Slaviens in engstem Zusammenhange, die Maßregeln, wodurch Graf Adolph II. die im Holsteiner Lande und in dessen Slavischen Zubehörungen endlich wieder gewonnene Hoheit zu befestigen und zu entwickeln bedacht war, und, durch Künste des Friedens mehr noch, als mit den Waffen in der Hand, jene Gegenden, die Jahrhunderte lang fast nur eine Stätte des Raubes, Brandes und Blutvergießens gewesen waren, zu einem werthvollen und gesicherten Besitze umzuwandeln wußte.

Weithin lag das Wagrische Land verwüstet, und je mehr in den östlichen Gegenden um Plön, Lütjenburg, Oldenburg, und längs der Küste sich die Slaven concentrirt hatten, waren auch die westlichen und südlichen Grenzlande so verödet, daß sie der zu ihrer Cultur unerläßlichen Bevölkerung vielfach entbehrten; Lübeck selbst aber lag seit dem großen Einfall der Rugier in Trümmern, und der Wiederaufbau der anderen, eingeäscherten Städte und Dörfer mochte nur hier und da schon erfolgt oder begonnen sein, als Graf Adolph durch den Vergleich des Jahres 1142 wieder Herr des Landes geworden war. Von welcher Wichtigkeit, als Hauptsitz des Handels aus und nach dem Norden, Lübeck schon früher gegolten hatte und nach seiner Lage auch fernerweit erschien, läßt sich daraus entnehmen, daß schon im Jahre 1143 Graf Adolph die Herstellung der Stadt sich angelegen sein ließ [1]), die nun, wo immer früher belegen, an der Stelle erstand, welche sie noch inne hat, auf dem zwischen Trave und Wakenitz belegenen Werder Bucu, wo noch Ueberreste der von Cruco, dem Geg-

---

[1]) S. Deckes Grundlinien S. 2, 3.

ner des Slavenfürsten Heinrich, erbauten Burg sich fanden[1]). Den raschen Aufschwung aber der neu erbauten Stadt bekunden zur Genüge die vieljährigen Verhandlungen und mannigfachen, gegen Lübeck selbst wie anderweit ergriffenen, Gewaltmaßregeln, durch welche Herzog Heinrich den Grafen Adolph zu gänzlicher oder doch partieller Abtretung Lübecks zu bestimmen suchte, und nachdem im Jahre 1156 eine Feuersbrunst von neuem die Stadt in Asche gelegt hatte, endlich im Jahre 1157 dieselbe zu seinem unmittelbar eigenen Besitzthum machte[2]).

Nicht bloß aber, daß auf diese Weise, und namentlich durch Alles, was Herzog Heinrich seitdem für die innere Ordnung des städtischen Wesens anordnete oder geschehen ließ, Lübeck eine Deutsche Stadt im Slavenlande wurde, hatte gleichzeitig mit, oder vielmehr schon vor jener Herstellung der Stadt[3]) Graf Adolph auch eine umfassende Colonisation ins Werk zu setzen unternommen. Unter den Holsten u. s. w. scheint die Aufforderung des Grafen zur Besitznahme des verödeten Wagrischen Landes wenig Anklang gefunden zu haben; nur westlich von Segeberg zwischen der Trave und der Grenzlinie des alten limes Saxo-

[1]) *Venit Comes Adolphus*, lautet bei Helmold (cap. 57 § 4) die betreffende Notiz, *ad locum qui dicitur Bucu, invenitque ibi vallum urbis desolatae, quam aedificaverat Cruco olim tyrannus, et insulam amplissimam gemino flumine (Trabena et Wochniza) cinctam. Ex ea vero parte, qua terrestre iter continuatur* (Gegensatz zu dem öfters z. B. cap. 36, § 4 erwähnten iter maris?), *est collis contractior, vallo castri praestructus. Videns ergo ... competentiam loci portumque nobilem, coepit illic aedificare civitatem vocavitque eam Lubecam, eo quod non longe abesset a veteri portu et civitate, quam Henricus princeps olim constituerat.* Ihm schließt sich mit unerheblichen Aenderungen die Chron. Slav. cap. 20 an. Bei Albertus Stad. ad A 1139 ist die Abweichung in so fern erheblicher, als es da heißt: *aedificavit civitatem in loco Bucu, quam olim aedificaverat Crito, ... vocavitque eam Lubike, eo quod non longe esset a vetere Lubike, quam Henricus construxerat.* Bei Sido wird dieses Neubau's von Lübeck überall nicht gedacht, eben so wenig, abgesehen von der oben S. 162 Note 1 angeführten Stelle, in den Versus antiqui de Vicelino.

[2]) Vgl. Helmoldus Lib. I. cap. 76 § 1, 2. 85 § 1 u. 4 sq.

[3]) Diese wird bei Helmold (cap. 57 § 4) mit den Worten post haec eingeleitet, nemlich, was er über die Ansiedelung der Holländer, Friesen' Westfalen u. s. w. in den § 2 u. 3 berichtet hat.

nicus mochte ihnen der anerbotene neue Besitz gesichert genug erscheinen [1]. Desto zahlreicher strömten auf die weithin verbreitete Kunde, es stehe im Wagrischen Lande Jedem, der eignen Grund und Boden begehre, ein weites Gebiet des trefflichsten und fruchtbarsten Landes offen, aus der Ferne die neuen Anbauer mit ihren Familien herbei, aus Westfalen und Friesland, wie auch von jenseits des Rheines aus Holland, Utrecht, Flandern. Den Westfalen wurde der pagus Dargunensis, die Gegend des obern linken Travenufers, nordöstlich von Segeberg nach dem Warder See hin, den Holländern das Eutiner Land, den Friesen die Gegend von Süsel zugewiesen, und so tief in die Sitze der heidnischen Slaven [2]) hinein die Deutsche Ansiedelung vorgeschoben; wohl nur ausnahmsweise in Ortschaften gemischter Bevölkerung, meist gewiß in der noch später nachweisbaren Weise, daß neben Slavischen Dörfern Deutsche neu gegründet wurden, oder größere Höfe einzelnen Einzöglingen zufielen. Daß alsbald mit dieser Einwanderung christlicher Colonisten auch die Erbauung von Pfarrkirchen erfolgt sei, darf man bezweifeln; wenigstens erwähnt Helmold an der Haupt-Stelle hiervon nichts, sondern nur, daß Vicelin in Folge dieser Colonisationen auch die ihm von Kaiser Lothar zum Bau des Klosters Segeberg verliehenen Güter zurückerhalten habe [3]). Die erste neue Kirchengründung, deren er gedenkt, nemlich in den neuen Ansiedelungen der Holsten zu Bornhöved, fällt nach Helmold erst in die Zeit von oder kurz vor Vicelins Erhöhung zur bischöflichen Würde [4]). Aber den Geistlichen, welche als Seelsorger für

---

[1]) S. Helmoldus a. a. O. § 2. *Dixitque (Comes) Holzatis et Sturmariis: „Nonne vos terram Slavorum subegistis et mercati eam estis in mortibus fratrum et parentum vestrorum. Cur ergo novissimi venitis ad possidendum eam?"* und nachher: *Et primi quidem Holzatenses acceperunt sedes in locis tutissimis ad occidentalem plagam Sigeberg circa flumen Trabenam, campestria quoque Zuentineveld et quicquid a rivo Sualen usque Agrimeson et lacum Plunensem extenditur*; vgl. mit cap. 63 § 3.

[2]) Während die Plöner Gegend vorerst noch öde blieb, habe Graf Adolph, so erzählt Helmold, die Slaven auf die Gebiete von Lütjenburg, Oldenburg, so wie auf die Gestade des Meeres zusammengedrängt und beschränkt.

[3]) Ebendas. § 5 u. 6.

[4]) S. ebendas. cap. 67 § 13, vgl. mit Sido's Bericht (a. a. O. S. 11) welcher die Gründung der Bornhövedener Kirche wie der Oldesloer, gleich denen zu Segeberg, Högersdorp und Lübeck dem Erzbischof Adalbero beilegt.

die Deutschen Colonisten und zur Mission unter der umwohnenden Slavischen Bevölkerung sich ohne Zweifel nun weithin im Lande verbreiteten, war doch eine viel sichrere Station damit gewonnen, als früher; und leicht konnten, je mehr ein friedlicher Verkehr zwischen der Bevölkerung verschiedenen Stammes und Glaubens sich nach und nach entwickelte, an die Religions-Uebung der Einen sich die Bekehrung der Andern anschließen, leicht, sobald erst für jene es zu Gründung von Kirchen gekommen war, eine Erweiterung der Pfarrgrenzen über die benachbarten Slavischen Ortschaften eintreten [1]).

So eröffnete jenes Colonisations-Werk Adolph's nicht etwa bloß für die wirthschaftliche Cultur des Landes, sondern auch für dessen endliche und durchgängige Christianisirung die nahe Aussicht einer besseren Zukunft. Dies mag denn eben so sehr, wenn nicht mehr, als der Wunsch, für die nun schon fast 300 Jahre bestehende Metropole Bremen-Hamburg in Wirklichkeit zu einem Suffraganate zu gelangen, den Erzbischof Hartwig I., welcher im Jahre 1148 dem Adalbero auf dem erzbischöflichen Stuhle folgte, veranlaßt haben, an die Herstellung des Wagrischen Bisthums zu denken, und den angeblich schon von Erzbischof Adalbert ein Jahrhundert früher gehegten Plan einer Theilung des weit nach Osten hin längs der See sich hinstreckenden Aldenburger Sprengels von neuem aufzunehmen.

Daß Vicelin seinerseits diese Bisthums-Herstellung und Theilung schließlich angeregt habe, dafür bietet sich so wenig in Helmold's Darstellung, als in den anderweiten Quellen ein genügender Anhalt. Zweifelhafter bedünkt mir, ob nicht schon Hartwig's Vorgänger Adalbero, wenn auch nicht die Ausführung,

[1]) Beweis dafür ist u. A., was Helmold (cap. 64) über den Einfall Niclots im Jahre 1147 und über den dabei auf die colonia Fresonum in pago Susle gemachten Angriff erzählt, wo, ermuthigt durch Zuspruch und Beispiel ihres sacerdos Gerlacus die Zurückgebliebenen, ihrer 100 an der Zahl, den Angriff auf das castrum, wie es an der einen, oder die munitiuncula, wie es an der andern heißt, tapfer abgeschlagen hätten; denn der Bau der Süsler Pfarrkirche erfolgte nach cap. 83 § 21 viel später und erst unter Bischof Gerold. Auch an anderen Stellen hebt Helmold hervor, wie sich in der Umgegend der Klöster und Kirchen allmählich auch auf Wagrischem Boden einzelne Christen angesiedelt hätten.

doch der erste Gedanke jenes Planes angehöre, durch Bisthums-Errichtung die Mission in Ostsee-Slavien zum Abschluß zu bringen und der dortigen Kirche eine feste Regiminal-Ordnung zu geben. Wenigstens bringt sowohl der Sido'sche Bericht [1]) als auch eine spätere Urkunde Hartwig's vom Jahre 1160, wodurch er die Kirchen zu Lübeck, Ratzeburg und Schwerin der Hamburger Kirche, als ihrer Metropole, unterwürfig erklärt [2]), jene Neu-Ordnung der Slavischen Kirchenzustände damit in Verbindung, daß Adalbero es schwer empfunden, und Ersatz dafür gesucht habe, in den Nordischen Reichen durch Errichtung eigener Erzbisthümer die alten Privilegien der Hamburger Metropole vernichtet, die dortigen Kirchen der subjectio debita unter seinen Bischofssitz ganz entzogen zu sehen. Allein die Sido'sche Darstellung, welche überdies die Weihe Vicelin's zum Bischofe ganz entschieden, gleich den übrigen Quellen, dem Hartwig beilegt, läßt sich füglich auch daraus erklären, daß alles, was Adalbero zu Förderung der Vicelin'schen Missionen und Kloster-Stiftungen gethan hatte, war es auch nicht direct und von vorn herein auf Herstellung des Aldenburger Bisthums berechnet, doch factisch mit dazu gedient und vorbereitend dafür gewirkt hatte [3]). Jene urkundliche Darstellung dagegen dürfte m. E. nur ein Grund mehr sein [4]), die Glaubwürdigkeit und Echtheit jenes, ohnehin nur

---

[1]) S. Lappenberg a. a. O. S. 5. u. 10.

[2]) Hamb. Urk.-B. Nr. 220 und B. Lüb. Urk.-B. Nr. 2.

[3]) Dies gilt m. E. namentlich auch von den Schlußworten Sido's: *Memento famuli tui Vicelini episcopi, Deus, in bono, et ne deleas miserationes eius, quas fecit in domo Dei et in ceremoniis eius, et labores quibus insudavit pro recuperando honorem matricularis suae Bremensis ecclesiae.*

[4]) Bedenken zu erregen geeignet ist schon dies, daß die Urkunde bereits das Wagrische Bisthum als Lübecker, das Obotritische als Schweriner, nicht als Mecklenburger bezeichnet; noch mehr, daß der Schluß, bei Bestätigung der jura et consuetudines tam Bremensis quam Hamenburgensis ecclesiae, quae post unionem ipsarum fideliter ab antecessoribus nostris suo tempore servatae sunt et . . . provide institutae sunt, über Haltung der Provincial-Synoden je auf dem rechten und linken Elbufer Bestimmungen enthält, welche entschieden auf die erst viel späteren Differenzen beider Capitel über die Bedeutung der Bremen-Hamburger Union (s. oben S. 60 ff.) hinweisen.

in Abschriften und als Transsumpt [1]) auf uns gekommenen, Documents in Zweifel zu stellen, und scheint fast auf bloßer Verwechselung des von Helmold allein erwähnten Erzbischofs Adalbert mit Hartwig's unmittelbarem Amts-Vorgänger zu beruhen, mag nun solche dem Concipienten der Urkunde vom Jahre 1160 zur Last fallen, oder erst bei deren Transcription oder Copirung eingetreten sein [2]). Jedenfalls aber stand für die letzten Lebensjahre Vicelin's Helmold demselben, der Zeit nach wie persönlich, zu nahe, als daß es Bedenken haben könnte, seine Darstellung jener Resuscitation Aldenburgs für verläßlich zu halten und der unsrigen, wie im Folgenden geschehen ist, zu Grunde zu legen.

Die Reihe der älteren Aldenburger Bischöfe von Marco abwärts bis zu Ezo, so wie dies wiederholend, daß zur Zeit des Letzteren Erzbischof Adalbert jenen Bischofs-Sitz in drei, bald wieder in Vacanz gerathene und 84 Jahr darin verbliebene Bisthümer getheilt hätte, erzählt Helmold's Chronik im Cap. 69 den Verlauf der Sache näher dahin:

Als in Folge des von Graf Adolph über Kanut, den Sohn des Dänenkönigs Magnus, erkämpften Sieges und des im Jahre 1147 [3]) gegen die Obotriten unternommenen Kreuzzugs in Slavien wieder Friede hergestellt gewesen, habe der Hamburger Erzbischof Hartwig den Entschluß gefaßt (proposuit), die voreinst durch den Slavischen Aufruhr zerstörten Bischofs-Sitze, nemlich Aldenburg, Ratzeburg und Mecklenburg, wieder aufzurichten [4]). Sein Bemühen sei gewesen, die Dänischen, Norwegischen und

---

[1]) S. Lappenberg in Note 1 zu No. 220 des Hamb. Urk.-B., vergl. mit No. 230 desselben.

[2]) Der Eingang der Urk. No. 220 hat, wie schon Lappenberg Note 2 hervorgehoben, wörtlich Aeußerungen aufgenommen, welche Adam Brem. Lib. III. c. 20 dem Erzbischof Adalbert in Bezug auf die Nordische Mission und die Stellung der dortigen Bischöfe zur Hamburger Kirche beilegt. Gar leicht aber hätte die in Urkunden so häufig vorkommende Namenskürzung, mochte hier dieselbe bloß in A. oder Ad. oder in Adalb. bestehen, zu Verwechselung jener beiden antecessores Hartwigs führen können.

[3]) In dasselbe Jahr fällt auch die im Kap. 68 von Helmold erwähnte Vermählung Heinrich's des Löwen mit der Tochter Herzogs Conrad von Zähringen.

[4]) S. § 1 des angef. cap. 69.

Schwedischen Suffragan-Bischöfe wieder der Hamburger Kirche zu gewinnen, zu der sie alten Berichten nach (commemorat antiquitas) früher gehört hätten; allein es sei vergeblich geblieben. Trotz großer Willfährigkeit und vieler Geschenke habe er dies zu Rom so wenig, als beim Kaiser erreichen können, und um der Suffraganen nicht ganz zu entbehren, habe er die Herstellung jener Slavischen Bisthümer allein in die Hand genommen [1]). Er berief den Vicelin zu sich und ordinirte ihn für den Aldenburger Sitz, zugleich mit ihm (porro) für Mecklenburg einen Emmehardus [2]), und zwar beide zu Rossevelde, d. h. in dem Kloster Hersefeld Bremer Diöcese, von wo Hartwig sie, um Helmold's Worte zu gebrauchen, in terram misit egestatis et famis, in qua erat fides Satanae et habitatio omnis spiritus immundi [3]). Die Zeit dieser Doppel-Ordination wird von Helmold nicht angegeben, sondern nur, daß Vicelin damals schon hohen Alters (aetate provectus) und bereits 30 Jahr in Holstein gewesen sei; was in Verbindung mit der späteren Notiz, die in Anlaß von Vicelin's am 12. December 1154 erfolgtem Tode dahin gemacht wird, es habe derselbe fünf Jahre und neun Wochen [4]) im Bisthum gesessen, den October des Jahres 1149 als die Zeit seiner Ordination ergiebt; in welches Jahr auch Albert v. Stade mit den s. g. Annales Albiani oder Hamburgenses [5]) dieselbe und überhaupt die Erneuerung der Slavischen Bisthümer setzt, während Detmar [6]) diesen Plan und Vicelin's Weihe zum Jahre 1148, und nur die Ordination Emmehard's zum Jahre 1149 mit dem Bemerken erwähnt, daß Ratzeburg noch eine Zeitlang (ene Wile darna) unbesetzt geblieben sei.

---

[1]) Ebendas. § 5: *aggressus est iam pridem abolitos Slaviae episcopatus suscitare.*

[2]) S. ebendas. § 6. Der Sido'sche Bericht (a. a. O. S. 10) äußert sich dahin: *suscepta benedictione ab archiepiscopo (Vicel.) levatus est episcopus in Antiquipolim, et adeo Emmehardus in Magnopolim.*

[3]) Helmoldus cap. 69 § 6 in f.

[4]) Albert v. Stade spricht nur von 5 Jahren; die Chron. Slav. cap. 24 hat mensibus statt hebdomadibus, verdient aber hierin keine Beachtung.

[5]) S. in Lindenbrog script. septentr. p. 253 und Pertz Monum. Germ. T. XVI. p. 382.

[6]) S. Grautoff's Lüb. Chron. Bd. I. S. 39—40.

Ausführlicher geht im weitern Verlauf Helmold nur auf Vicelin's Erhöhung zur bischöflichen Würde, und auf die nächsten Geschicke des Aldenburger und Lübecker Bisthums ein; und in gleicher Weise wird sich unsere Darstellung, abgesehen von wenigen hie und da in den Noten beliebten Parallelisirungen, auf dies Eine der resuscitirten Slavischen Bisthümer beschränken [1]).

Die Ordination Vicelin's wie Emmehard's war, dies bemerkt Helmold ausdrücklich, ohne vorgängige Rücksprache, sei es

---

[1]) Es geschieht dies nicht bloß, weil die Nachrichten, welche in den Chroniken und den uns erhaltenen Urkunden theils über die Gründung selbst der Bisthümer Ratzeburg und Mecklenburg-Schwerin im Gegensatz ihrer Verfassung und Dotation, theils über die Person ihrer ersten Bischöfe sich finden, (dort des Bischofs Evermodus, bis dahin Probst des Prämonstratenser Klosters Unserer Lieben Frauen zu Magdeburg [als solcher kommt er noch in Urkunden aus den Jahren 1142, 44 und 48 vor, s. Hamb. Urk.-B. No. 164, 174, 178]; hier Berno's, eines Mönches aus dem Cisterzienser-Kloster Amelungsborn, der im Jahre 1155 dem Emmehard folgte und unter welchem noch die Verlegung des Bisthums von Meklenburg nach Schwerin stattfand) sehr dürftig sind und zu vielen Bedenken Anlaß geben, daher ein specielleres Eingehen erfordern würden; sondern auch, und hauptsächlich aus dem Grunde, weil der Zusammenhang, welcher zwischen dieser dreifachen Bisthums-Gründung besteht und auch in manchen auf alle drei bezüglichen Urkunden sich repräsentirt, nicht dahin führen kann, früher aber vielfach dahin geführt hat, die nur für das Eine oder das Andere dieser Bisthümer eingetretenen Thatsachen oder vorliegenden Angaben zu generalisiren, und es daher förderlich erscheint, die Nachrichten möglichst aus einander zu halten, welche für jedes der Bisthümer uns speciell überliefert sind. Ueberdies ist für Ratzeburg schon seit länger in Masch Geschichte des Bisthum Ratzeburg eine ausführliche und gründliche Darstellung der Gründung dieser Polabischen sedes episcopalis gewonnen, auf welche hier verwiesen werden kann; und neuerdings hat auch die älteste Geschichte des Obotritischen Bisthums Meklenburg-Schwerin eine, gleichen Vortheil darbietende Bearbeitung in dem trefflichen Aufsatze des Dr. Wigger gefunden, welcher unter dem Titel „Berno, der erste Bischof von Schwerin und Meklenburg zu dessen Zeit", den 28. Jahrg. der Jahrbücher des Meklenb. Vereins für Gesch. und Alterth.-Kunde S. 1—279 eröffnet, mir aber erst ganz vor kurzem und nach längst begonnenem Druck zu Händen gekommen ist, daher zu meinem Bedauern für diejenigen darin behandelten Parthieen, welche den Gegenstand meiner Arbeit näher berühren, namentlich auch für die von Wigger mitbehandelten früheren Missions-Versuche und Erfolge im Slavenlande, nicht diejenige Berücksichtigung hat finden können, auf welche der Verfasser den wohlbegründetsten Anspruch hätte.

mit Graf Adolph oder mit Herzog Heinrich erfolgt [1]). Neuerung und unberechtigte Anmaßung war dies nicht, am wenigsten so lange nur zur besseren Leitung und zur Förderung der Mission Einem der Geistlichen die höchste kirchliche Würde verliehen und ein bestimmter Bezirk zugewiesen ward; dazu hatten ja seit Jahrhunderten Privilegien der Päpste den Hamburger Erzbischof als ihren Legaten ermächtigt [2]); dafür fehlte es auch nicht an Präcedenzen, in so fern allem Anscheine nach die meisten früheren Aldenburger Bischöfe ohne weltliche Genehmhaltung oder gar förmliche Bestätigung die Bischofsweihe erhalten hatten. Allein, daß aus der festeren Umgrenzung und Ordnung der Missionsbezirke bei wachsender Zahl der neu gegründeten Gemeinden und Kirchen sich eine eigentliche Diöcesan-Verfassung des Landes entwickeln solle und werde, stand, je mehr das Absehn Hartwigs zugleich auf Gewinnung von Suffraganen gestellt war, und nach der Art, wie bisher schon als Leiter der von ihm gegründeten Congregationen Vicelin zum Mittelpunkt des Wagrischen Kirchenwesens geworden war, mit ziemlicher Sicherheit über kurz oder lang zu erwarten; nicht minder, daß an die Herstellung des Ottonischen Bisthums sich bald auch wieder Ansprüche auf die angeblich ihm zugewendeten Dotationen knüpfen würden. Ueberdies war die erste Hälfte des 12. Jahrhunderts die Zeit, in welcher mehr und mehr die Deutsche Prälatur ihre geistliche Autorität zu fürstlicher Gewalt, das rasch wachsende Gut der Kirche zu einem Territorial-Besitz zu erheben und zu erweitern gesucht und gewußt hat, so daß die Besorgniß nicht fern lag, es werde mit Realisirung jener kirchlichen Pläne Hartwig's sich in dem kaum erst der herzoglichen und gräflichen Autorität wieder unterworfenen Lande

---

[1]) Auch die Chron. Slav. hebt dies hervor, unerwähnt läßt es Albert v. Stade.

[2]) Auf diese alten Privilegien, welche durch die zahlreichen kaiserlichen Confirmatorien für Hamburg auch eine weltliche Anerkennung gewonnen halten, möchte ich beziehen, was in Anlaß der Ordination Vicelin's die Annales Hamburg. cit. dahin bemerken: *Dux hos tres episcopatus, quia negotium conversionis illius regionis tam a Papa quam a Romano principe tenuit, matri suae, Hamburgensi ecclesiae suo privilegio assignavit; et hoc privilegium est in ecclesia Hamburgensi.*

eine neue Macht erheben, welche, wenn auch jener in weltlicher Beziehung nicht gerade Gefahr drohend, mindestens ähnliche Differenzen in Aussicht stellte, wie die, in welche, namentlich seit Erzbischof Adalbert's Zeiten, das Erzstift selbst mit den Herzogen und weltlichen Herren des Sachsenlandes verwickelt gewesen war. Befremdlich ist es daher nicht, wenn Graf Adolph, obwohl sonst und bis dahin, wie Helmold wiederholt hervorhebt, dem Vicelin und seinem Wirken, überhaupt der Kirche wohlgeneigt, die ohne ihn geschehene Neuerung ungünstig aufnahm, sogar seinem Unwillen alsbald die Folge einer s. g. Temporalien-Sperre gab, indem er dem neuen Bischofe die Zehnten, die ihm gebührt hätten, zunächst, wie es scheint, für das laufende Jahr vorenthielt [1]). Abhülfe und Anerkenntniß seiner neuen Würde suchte Vicelin beim Herzoge. Nur unter der Bedingung wollte jedoch dieser das, wie er meinte, auch ihm durch die unterbliebene Anfrage zugefügte Unrecht vergessen und vergeben, und zu Vicelin's Erhebung mitwirken, wenn letzterer aus seiner Hand die bischöfliche Investitur zu empfangen bereit wäre; denn er, der Herzog, sei es, mit dem die ganze Angelegenheit eigentlich hätte geordnet werden müssen, da seine Vorfahren das Land mit Schild und Schwerdt erworben und auf ihn vererbt hätten [2]). Dies Verlangen erschien dem

[1]) Die Aeußerung Helmold's in § 7 a. a. O.: *tulitque decimas omnes illius anni, quae pontifici novo provenire poterant, nec dimisit ex eis parvas reliquias*, ist unklar und läßt namentlich nicht erkennen, ob die Maßregel auch den Bischofszins betroffen, welcher nunmehr dem Vicelin gebührt hätte, oder nur den ihm für seine Congregationen und für die neugestifteten Kirchen verliehenen bisherigen Zehnten-Bezug. Die Worte illius anni fehlen in der Chron. Slav. cap. 22, welche überdies die Maßregel als eine gemeinsame des Grafen und Herzogs bezeichnet, und nur dahin angiebt, daß sie ihren Colonen (a suis) den Zehnten zu entrichten verboten hätten.

[2]) *Ego enim huius rei moderator esse debueram, maxime in terra, quam patres mei ... in clypeo et gladio obtinuerunt, et mihi possidendam hereditaverunt. Sed ... decrevi noxae huius oblivisci, promotionique vestrae pleno favore concurrere, scil. ea conditione, si investituram episcopatem de manu mea recipere volueritis; hoc enim pacto res vestrae processum habere poterunt*, so soll nach § 8 l. c. der Herzog sich gegen Vicelin erklärt haben, und daß er ihm eigentlich Aufnahme und Begrüßung mit dem Bischofstitel versagen dürfte und sollte, den er, ohne ihn zu fragen, angenommen hätte.

Vicelin hart, weil dem Gebrauch nicht entsprechend; Bischöfe zu investiren gebühre ja nur der kaiserlichen Majestät. Bei seiner Weigerung blieb er auch trotz der ihm aus der Umgebung des Herzogs gemachten Vorstellung [1]), wie er wirksamen Beistand und Erfolg, wenn der Herzog, in dessen Hände der Herr Slavenland gegeben habe, ihm entgegen sei, nicht erwarten dürfe, und wie doch des Herzogs Verlangen eine viel zu geringfügige Sache sei, als daß er den aus dessen Erfüllung für sein Missionswerk zu hoffenden Gewinn aufgeben, und sich der Aussicht berauben dürfte, überall in Slavien Kirchen zu erbauen und die Leitung des gesammten Kirchenwesens in Händen zu haben. Nur zu weiterer Erwägung, und daß er dieserhalb erst noch mit dem Erzbischof und dem Bremer Capitel Rücksprache nehme, verstand sich Vicelin. Doch verzog sich diese Berathung über Erwarten, da auf der Rückreise vom herzoglichen Hoflager nach Faldera Vicelin zu Bardewick von dem Schlaganfalle betroffen wurde, dessen öftere Wiederholung erst seinem bischöflichen Wirken, schließlich seinem Leben ein Ende machte, und da trotz baldiger augenblicklicher Besserung dieser Unfall ein längeres Verweilen in Faldera veranlaßte [2]). Endlich nach Bremen sich begebend, fand er dort die entschiedenste Abmahnung, dem Verlangen Heinrich's zu willfahren; lieber solle er die ihm an Zehnten und sonst drohende Einbuße tragen, lieber selbst an Rückkehr in seine Diöcese sich hindern lassen, und zu Faldera, wo ihm ja eine sichere Zufluchtstätte bleibe, den Verlauf abwarten, als die Hand bieten zu so bedenklicher und mißbräuchlicher Neuerung [3]). Den Vorwurf, daß Eigennutz und weltlicher Sinn zumeist diesen Rath den Bremensern eingegeben habe, erhebt Helmold ziemlich direct [4]), und nach dem, was er über die

[1]) Ebendas. § 9.

[2]) Vergl. ebendas. § 10.

[3]) S. § 11 a. a. O.

[4]) Der Bemerkung, es würde Vicelin in seiner Demuth um des für die Kirche davon gehofften Gewinns willen für seine Person dem Ehrgeize des Herzogs wohl gewillfahrt haben, wenn nicht Erzbischof und Domherren dagegen gewesen wären, fügt Helmold im § 12 hinzu: *Nam et ipsi vaniglorii atque divitiis adultae ecclesiae saturi, honori suo hoc in facto derogari putabant, nec magnopere fructum, sed numerum suffraganearum sedium curabant.*

versuchte Rechtfertigung jener Abmahnung beibringt, nicht ohne Grund. Denn weniger die Scheu, den Rechten des Kaisers zu nahe zu treten, scheint den Ausschlag gegeben zu haben, als die Sorge, daß der Ehrenstellung des Episcopats Eintrag geschehe, wenn Bischöfe, denen bisher und fast überall die weltlichen Herren, wie hochgestellt immer, durch Eid und zu Dienst sich verpflichtet hätten, und gern für kirchliche beneficia Dienstleute der Kirche geworden wären, fortan sich irgend welchem Herzoge, Markgrafen oder anderem Reichsfürsten, statt allein der kaiserlichen Würde und Majestät, unterordneten, und von solchen die Investitur empfangend, aus Herren der Fürsten deren Mannen zu werden anfingen [1]. So blieb denn auch Vicelin seiner Weigerung des Investitur-Empfangs treu, wie große Hindernisse immerhin daraus der neuen Kirchenpflanzung erwuchsen, und obschon ihm der Herzog darüber selbst in kirchlichen Dingen mißwillig und abwendig wurde, während zugleich der Erzbischof ihm mancherlei Eintrag gethan und nicht einmal in Faldera den ruhigen Sitz ihm gelassen haben soll, den er ihm selbst zugewiesen [2]. Mit bloßem Titel und Namen eines Bischofs sich, gleich den früheren Aldenburger Prälaten, begnügend, und durch den Verlust der ihm immer noch vorenthaltenen Temporalien in Wahrnehmung der Spiritualien nicht lässiger gemacht, sondern nur um so eifriger, beschränkte sich vorerst Vicelin auf eine Rundreise durch seine Diöcese, um durch Wei-

---

[1]) Die Vorstellungen, welche Helmold im § 11 dahin u. a. faßt: *Ubi enim Dux, vel Marchio, ubi in regno principatus, quantumlibet magnus, qui Pontificibus manus non offerat, recusatus, opportune importune, se non ingerat? Certatim currunt, ut homines fiant ecclesiae, et participes fiant beneficiorum eius. Vos igitur honorem hunc pessumdabitis et infringetis jura magnis autoritatibus edita? Dabitisne huic Duci manus vestras, ut hoc exemplo incipiant esse Principum servi, qui fuerant Principum domini?* erinnern an die Aeußerungen der Rechtsbücher über den Heerschild, namentlich an die des Sachs. Sp. B. I. Art. 3, den dritten führten die Laien-Fürsten, seit sie der Bischöfe „Mannen" geworden.

[2]) Worauf sich diese Klage über den Erzbischof bezieht, ist unklar, vielleicht darauf, daß die Congregation schon damals in Diöcesanverband mit Aldenburg zu treten sich weigerte und die alte Verbindung mit Hamburg herzustellen bedacht war.

hung von Kirchen [1]) wie durch Predigt seine eigentliche Aufgabe und das Hauptwerk seines Strebens zu fördern. Diese Rundreise führte ihn denn auch, über die neue Stadt Lübeck, wo er einen Altar dem Christengott weihte und dessen Bekenner im Glauben zu stärken suchte, nach Aldenburg, dem einstigen Sitz seines Bisthums; er fand aber hier Heiden- und Slaventhum noch in vollem Schwange, und konnte sehr geringer Erfolge, da nur Wenige sich taufen ließen, sich von seiner dortigen missionarischen Thätigkeit rühmen. Seine Residenz nahm er hier so wenig als in Lübeck, wenn er auch am ersteren Orte, nahe am Walle der alten Stadt, in welcher, wie es scheint, immer noch nach altem Brauche, wenn schon nur um des Marktverkehrs willen, am Sonntage die Umwohner der Gegend zusammen kamen, den Bau einer Kirche zu späterer Herstellung des Bisthums-Sitzes unternahm oder doch vorbereitete [2]).

Gerade diese Rundreise mochte wohl Vicelin von der Nothwendigkeit überzeugt haben, sich des Beistandes oder doch guten Willens sowohl des Herzogs als des Grafen zu versichern, sollte anders die Christianisirung des Landes wirklich durchgeführt werden, die Herstellung des Bisthums gelingen. Er begab sich, ehe Heinrich der Löwe den Zug nach dem ihm durch seinen Stiefvater, Heinrich von Oesterreich, entrissenen oder doch bedrohten Baiern antrat, nach Lüneburg, um dem Herzoge von neuem, wie er es immer zu thun gepflegt, die Förderung des neuen Bischofssitzes an's Herz zu legen; da aber dieser bei seiner Bedingung beharrte, fügte er sich in das, was die Noth erheischte. Um Christi und seiner Kirche willen erklärte er sogar sich so weit zu erniedrigen bereit, daß er einem der herzoglichen Dienstmänner sich zu

---

[1]) Zu Högersstorp ward damals das Oratorium, zu Bornhövd die Kirche geweiht (a. a. O. § 13, 14).

[2]) *Dedit*, sagt Helmold § 16, *Episcopus pecuniam caesoribus tignorum ad impensas sanctuarii, et coeptum est opus fabricae prope vallum urbis antiquae, quo omnis terra die dominica propter mercatum convenire solebat.*

Eigen geben würde, und empfing durch Investitur mit dem Stabe (per virgam) aus des Herzogs Hand das Bisthum [1]).

Erreicht war damit das Ziel, welches Erzbischof Hartwig verfolgt hatte, und der Hamburger Kirche der erste Suffraganbischof gewonnen [2]). Allein vollendet war die Bisthums-Stiftung nicht, vielmehr kaum der Anfang damit gemacht. Denn nicht bloß die Cathedrale fehlte und das Domcapitel, sondern auch die vor allem nöthige Dotation. Diese brachte zwar Vicelin alsbald von neuem in Anregung, aber der Herzog vertröstete ihn auf die Zukunft, nemlich auf die Zeit seiner Rückkehr nach Sachsen aus dem gen Süden beabsichtigten Kriegszuge. Um aber diese abwarten zu können, verlieh er ihm das Dorf Bosau mit dessen Pertinenz Dulzaniza d. h. jenes älteste schon zu Wego's Zeit dem Aldenburger Bisthum zugewiesene, aber längst wieder entfallene Wagrische Besitzthum des Stifts; auch Graf Adolph verstand sich zu Anerkenntniß dieser Zuwendung, im übrigen aber nur dazu, die Hälfte des Zehnten zu kirchlicher Verwendung (in usus episcopi) abzutreten, und hierzu nur aus Gunst gegen den Bischof, nicht von Rechtswegen (ex debito), weil die Angelegenheiten des Bisthums noch nicht geordnet wären.[3]) So hatte denn Vicelin mit seiner Nachgiebigkeit für sich und sein Werk so gut wie nichts gewonnen, nicht

---

[1]) Vergl. Helmoldus cap. 70 § 1, Albertus Stad. ad A. 1152 und Chron. Slav. cap. 23.

[2]) Sido hebt dies zweimal besonders hervor; *honorem suum,* heißt es a. a. O. S. 9, *Bremensis per Vicelinum episcopum recuperavit ecclesia, qui imminutus erat ei per subtractionem suffraganeorum in borea,* und nachher (S. 10 zu E.): *per ipsum episcopum consecratum primum suppletus est defectus suffraganeorum in episcopis.*

[3]) Vergl. cap. 70 § 2. Worauf es beruhet habe, daß der Herzog, der doch Bosau an Vicelin überließ, damit dieser in medio terrae nostrae ein Haus gewinne, um des Grafen Zustimmung zu dieser Schenkung sich bemühte, ist nicht aus Helmold's Darstellung zu erkennen. Die Antwort des Grafen: *Ex quo Dominus meus flexus est ad pietatem, decet nos voluntati ejus occurrere, et pro posse nostro ei suffragari; possessionem ergo, quam Dominus dux permisit episcopo, et ego permitto,* und sein gesammtes Verhalten, namentlich der obige Vorbehalt, scheinen mir auch darauf hinzuweisen, daß er ein Recht des Herzogs zur Verfügung über die dem Bisthum zugewiesenen Temporalien gar nicht habe wollen gelten lassen.

einmal eine genügende Wohnstätte; denn in Bosau mußte er erst noch Hütten bauen, zunächst aber in der Wildniß (sub fago) wohnen, und was zum Leben nöthig war, oder um den Acker wieder in Cultur zu setzen (utensilia domus et quae sufficerent curandis aratris), aus Faldera und Dulzaniza herbeischaffen [1]).

Ob diese überaus dürftigen Anfänge wie Aussichten des neuen Bisthums schon damals Vicelin auf den Gedanken geleitet haben mögen, statt Aldenburg lieber Bosau, wo er zu Ehren des Apostels Petrus, Patrons des Bremer Erzbisthums, auch eine Kirche zu erbauen anfing, oder etwa gar Lübeck zum Sitze des Bisthums erkoren zu sehen, das sich in dieser Zeit durch den Handelsverkehr, und da Graf Adolph und Niclot in Friede und Freundschaft mit einander lebten, von Tage zu Tage hob [2]), mag dahin gestellt bleiben. Einen besseren Zustand der kirchlichen Dinge in Wagrien herbeizuführen, mußte unerläßlich erscheinen. Im Gefolge des Erzbischofs begab sich Vicelin daher noch in demselben Jahre 1152 zu dem Hoftage, welchen der an Conrad's Stelle († 15. Februar 1152) neu erwählte König Friedrich I. nach Merseburg ausgeschrieben hatte, zu Beilegung sowohl der über eine angefallene Erbschaft zwischen Herzog Heinrich dem Löwen und Albrecht dem Bären neu ausgebrochenen Streitigkeiten, als zu endlicher Ordnung der Dänischen Angelegenheiten [3]), von wo nach längerer Ruhe dem Wagrischen und Holsten-Laude wieder schwere Bedrängniß drohte. Zu Merseburg versuchte Erzbischof Hartwich, mehr vielleicht aus Haß gegen den Herzog, als im Interesse der neuen Kirchenstiftung [4]), ein neues Auskunftsmittel, um die Unwillfährigkeit Heinrich's und des Grafen zur Dotation des Bisthums unschädlich zu machen; er suchte Vicelin dazu zu überreden, daß er aus des Kaisers Hand die Investitur empfinge. Doch ging der Bischof nicht darauf ein, welcher sich sagen mochte, daß Versöhnung mit dem Herzog (denn in hac terra, fügt Helmold hinzu, sola Ducis authoritas attenditur) dann kaum noch

---

[1]) Helmoldus cap. 71 § 4, 5.

[2]) S. ebendas. § 3.

[3]) Ebendas. cap. 73 § 1 sq.

[4]) *Non fructum ecclesiae, sed odium ducis intentans*, sagt Helmold (a. a. O. § 6), habe der Erzbischof den Vorschlag gemacht.

zu hoffen stehe; und auch der neue König trug wohl Bedenken, sich den mächtigen und ehrgeizigen Löwenherzog durch Vereitelung eines so lebhaft und andauernd, wie die Erwerbung des Investitur-Rechts, verfolgten Planes zum Feinde zu machen. Allem Vermuthen nach hat sogar Friedrich gerade auf jenem Merseburger Hoftage zu der Gnaden-Bewilligung gegen Heinrich sich verstanden, welche zwei Jahre später urkundliche Sanction [1]) erhielt.

In der betreffenden, jeder Orts- und Zeitangabe [2]) entbehrenden, aber mit Monogramm und goldener Bulle versehenen Urkunde erklärt König Friedrich, daß er den Herzog Heinrich angewiesen habe (injunximus ei etc.), in den aus königlicher Gnade innehabenden Gebieten (provincia) jenseits der Elbe Bisthümer und Kirchen einzurichten, zu gründen, zu erbauen, und je nach seinem Ermessen und nach dem Umfange des Landes aus dem Reichsgute zu dotiren. Zu dem Behufe verlieh der König ihm und, wie ausdrücklich hinzugefügt wird [3]), allen seinen Nachfolgern im Regi-

---

[1]) S. Diplom. Raceb. I. No. 3 (v. **Westphalen** T. II. p. 1983 sq.) Hamb. Urk.-B. Nr. 205. Meklenb. Urk.-B. Nr. 56.

[2]) Von den sechs geistlichen und vier weltlichen Herren, welche am Schluß als annuentes regni principes genannt werden, kommen Mehrere, nemlich **Wigmann**, Erzbischof von Magdeburg, **Wigger**, Bischof von Brandenburg, **Bertold**, Bischof von Zeitz, eben so die Markgrafen **Conrad** von **Wettin** und **Albrecht** von Brandenburg, auch unter den Zeugen einer zu **Halle** am 19. Septbr. 1154 von Erzbischof **Hartwich** zu Gunsten des Klosters Paulinzelle ausgestellten Urkunde (Hamb. Urk.-B. Nr. 204) vor. Die Urkunde für Herzog **Heinrich** früher zu setzen, weil in derselben Bertold von Zeitz als electus, in jener als episcopus genannt wird, dürfte bedenklich sein. Daß sie in das Jahr 1154 gesetzt zu werden pflegt, scheint mir schon durch die Uebereinstimmung beider Attestationen genügend gerechtfertigt, beruht aber auch sonst auf guten Gründen (s. Anmerk. zu Nr. 56 des Mekl. Urk.-B.).

[3]) Dies allein schon, worauf auch **Leverkus** vor allem hinweiset, bricht m. E. den Stab über die, jetzt wohl von Niemand mehr vertretene Echtheit des, in Einem der 3 ursprünglichen Original-Ausfertigungen allerdings noch erhaltenen, Reverses vom Jahre 1154 (s. Diplom. Racob. I. cit. No. 1 und B. Lüb. Urk.-B. Nr. 1), worin Herzog **Heinrich**, nach Erwähnung, daß er *operam dante Hartwico . . . archiepiscopo tres episcopatus in transalbina Slavia*, nämlich Ratzeburg, Lübeck und Schwerin (dies ist die gleichfalls sehr auffällige Reihenfolge und Bezeichnung), erneut und mit je 300 Hufen *de bonis imperii* dotirt habe, erklärt: *apud* ***Imper.*** *Friedericum* ...

mente jener Provinz (nicht im Herzogthum Sachsen) die Investitur der drei Bisthümer Aldenburg, Mecklenburg, Ratzeburg, so daß die, welche an Stelle der dortigen Bischöfe zu setzen wären (quicunque in locum episcoporum ibidem subrogandi sunt), aus des Herzogs Hand, ganz wie aus der des Königs, Alles zu empfangen hätten, was sonst dieser zu verleihen pflege (quod regii juris est); wenn aber durch des Herzogs Tapferkeit in den Ländern umher, wo noch nicht die christliche Religion herrsche, weitere Bisthümer zu gründen gelänge, solle auch in diesen der Herzog gleiche Gewalt und Macht haben.

Ein wie bedeutsames Moment indessen auch später für die definitive Gründung der Slavischen Bisthümer und für deren staatsrechtliche Stellung zur Reichs- und Fürstengewalt diese Fridericianische Begnadigung werden konnte, und später wurde [1]; für den Augenblick und in Betreff Aldenburgs sah sich doch Vicelin in all den Hoffnungen und Plänen getäuscht, die ihn nach Merseburg geführt hatten. Die nächste Zukunft des Stifts war und blieb eine ungewisse, zumal des Herzogs Verhältniß zum Erzbischofe ein im hohen Grade gespanntes war [2]), und der Römer-Zug Friedrichs den Herzog bald wieder auf völlig ungewisse Zeit in die Ferne rief.

---

obtinuimus, ut praedictos tres episcopatus ad omne tempus vitae nostrae in beneficio successive praestaremus, et postea ad ius commune imperialium beneficiorum h. e. ad manus imperii iidem tres episcopatus praestandi redirent; et super hoc et scriptum et signum nostrum in praedictas ecclesias pro testimonio deponendum coram principibus promisimus, quod et fecimus.

[1]) Beachtenswerth dünkt mir, daß, außer bei Helmold, dieser kaiserl. Begnadigung sonst anderweit in den Chroniken m. W. keine Erwähnung geschieht, und daß auch die Special-Dotations- und Fundations-Urkunden entweder nur ganz generell auf concessio et auctoritas oder voluntas et permissio imperatoris Bezug nehmen, so die Ratzeb. Dot.-Urk. vom Jahre 1158 (Mekl. Urk.-B. Nr. 65) und die Lübecker Dotations-Urkunde vom Jahre 1164 (B. Lüb. Urk.-B. Nr. 6), oder wie die für Schwerin (Mekl. Urk.-B. Nr. 100) sogar einer solchen Berufung auf höhere Autorisation sich ganz enthalten.

[2]) *Certabat uterque*, sagt Helmold cap. 75 § 1, *cuius esset terra, vel cuius esset potestas statuendi episcopos, caveruntque diligentissime, ne quilibet eorum cederet alteri.*

In seine Diöcese zurückkehrend empfing Vicelin überdies die Nachricht, daß inzwischen der älteste und treueste Gefährte seines Lebens, Thetmar, gestorben war [1]). Suchte er nun auch bei den Seinen Vertrauen und Hoffnung auf das endliche Gedeihen des großen Missionswerks von neuem zu wecken und aufrecht zu erhalten, so war er doch darauf bedacht, sein Haus zu bestellen. In Bosau, wohin er nach kurzem Aufenthalte in Faldera sich wandte, übergab er die noch unvollendeten Bauten, und das durch allmählige christliche Ansiedelungen in dieser Gegend sich entwickelnde Kirchenwesen jenem Bruno, der einst in Lübeck missionirt hatte; und wie er schon früher die Leitung Faldera's dem Eppo als Prior überlassen hatte, stellte er in Cuzalina und für die sonstigen Wagrischen Kirchen den mehrerwähnten Ludolph an die Spitze der kirchlichen Verwaltung [2]). Er selbst aber zog sich nach kurzem Aufenthalte in Bosau in die klösterliche Stille Faldera's zurück. Hier traf ihn schon nach wenigen Tagen ein erneuter und schwererer Schlaganfall, der ihn an Arm und Bein lähmte, zugleich der Sprache beraubte. In diesem elenden Zustande verblieb er zwei und ein halb Jahr, bis ihn am 12. Dec. 1154 der Tod von seinen Leiden erlöste [3]), und von dem Werke abrief, dem er 30 Jahre seines Lebens gewidmet, und doch nicht dasselbe zum Ziele geführt zu sehen hatte die Freude haben sollen.

Sein Nachfolger im Bisthum ward der herzogliche Capellan Gerold, Schwäbischer [4]) Herkunft, durch hohe Geburt weniger ausgezeichnet, als durch theologische Bildung, seinem Vorgänger auch darin gleich, daß er zu Braunschweig als magister scholae [5]) schon seine Tüchtigkeit im Lehramte bekundet hatte, und mit dem

---

[1]) S. Helmoldus cap. 73 § 6.

[2]) S. ebendas. cap. 75 § 3 u. 5.

[3]) Ebendas. § 4 und cap. 78 § 2.

[4]) Der aus Helmold (cap. 79 § 2) entlehnten Bezeichnung Suevia natus, womit v. 268 der Vers. ant. (Geroldus Suevus) übereinstimmt, fügt die Chron. Slav. cap. 24 die Worte hinzu i. e. Swiss, und der N. D. Text sagt „gebaren in Swiseren".

[5]) Diesen Ausdruck braucht auch Sido, die Chron. Slav. hat dagegen rector scholae.

Gedanken an Uebertritt aus dem Canonicate in den Mönchsstand und in das Kloster Reddagshausen sich trug, dem sein Bruder Conrad als Abt vorstand. Aber dieser erste Successionsfall in dem neuen Bisthum sollte, je weniger dessen Organisation durchgeführt und fest geordnet war, nicht ohne neuen Streit und Hader vorübergehen. Einerseits scheint es, daß die Mitglieder des Stifts Faldera sich dazu berechtigt und berufen hielten, dem Bisthum, dessen Wiege, und lange Jahre auch der Mittelpunkt ihr Kloster gewesen war, aus ihrer Mitte den neuen Prälaten zu geben. So erklärt sich wenigstens m. E. am einfachsten die auffallende Art, wie Helmold [1]) die schließliche Berufung Gerold's mit den Worten einleitet, es hätten nach Vicelin's Tode die Brüder in Faldera, zurücktretend von der Unterwerfung unter das Aldenburger Episcopat, den bisherigen Prior Eppo zum Probst erwählt, die bischöfliche Wahl aber sei dem Herzoge vorbehalten geblieben. Auf der anderen Seite erzählt in Anlaß der Bedenken, welche, wie gleich näher erwähnt werden soll, der Erzbischof gegen Bestätigung der Wahl Gerold's erhob, Helmold dies: Hartwig, damals von des Herzogs Anhängern fast ein Jahr lang aus seinem Erzstifte fern gehalten und in Sachsen verweilend, habe vorgehabt, einen Probst dieser Gegenden, der sich um ihn verdient gemacht hatte, mit der bischöflichen Würde zu belohnen, und ihm das Aldenburger Bisthum seinerseits zu übertragen [2]). Darnach gewinnt es den Anschein, als habe er, den weltlichen Fürsten trotzend, allein aus erzbischöflicher Autorität und als päpstlicher Legat, das Bisthum nochmals zu vergeben, wenn nicht versucht, doch gewünscht und beabsichtigt. Herzog Heinrich endlich war noch in Italien, und mag ihm auch damals schon die Investitur an des Kaisers Statt zugestanden gewesen sein, so war doch ein Ernennungsrecht weder hergebracht, noch aus jener Bewilligung zu rechtfertigen, vielmehr eine solche Ver-

[1]) An a. O. cap. 79 § 1.

[2]) Die von Helmold gebrauchten Ausdrücke *Aldenburgensem episcopatum in alteram personam demulare parantem*, und *hoc honore remunerare decreverat* sind gleich dunkel, weisen aber auf das Vorhaben einseitiger freier Berufung gleichmäßig hin.

leihung erledigter Prälaturen dem canonischen Recht und den Concordaten des Jahres 1122 direct entgegen. Vollends aber mochte die Herzogin Bedenken tragen, in Abwesenheit ihres Gemahls durch directe Ernennung des Nachfolgers Vicelin's die Differenzen zu nähren, oder gar zu erweitern, welche über das Bisthum Aldenburg noch obschwebten. Ein glücklicher Ausweg mochte erscheinen, daß sie, wie Helmold erzählt, Gerold in seiner Absicht, zum Mönchsstand überzutreten und sich dem schweren Amt eines Missionars zu widmen, bestärkte, und in das unvollendete Werk Vicelin's einzutreten [1]) ermunterte, und daß sie ihn, den Probst Ludolph herbeirufend, in dessen Geleit mit Empfehlungen für das durch Wahl neu zu besetzende Bisthum nach Wagrien sandte. Der Erfolg fehlte auch nicht; denn der petitio principis trat, so lautet die ältere canonische Formel, deren sich Helmold bedient, cleri plebisque concors electio hinzu [2]). Allein in Wahrheit war dies doch, und erschien auch nicht blos dem Erzbischofe so [3]), eine Nomination des Herzogs. Ohne diese direct zu verwerfen, versagte Hartwig gleichwohl Confirmation und Consecration, unter dem Vorgeben [4]), es sei die Aldenburger Kirche noch nicht genügend organisirt und mit Geistlichen versehen, um, ohne seine Metropolitan-Zustimmung, Wahlen oder sonstige Anordnungen treffen zu können [5]); und obwohl ihm ent-

[1]) Die an Gerold auf die Kunde von Vicelin's Tode gerichtete Aufforderung der Herzogin giebt Helmold (a. a. O. § 3) dahin an: *Si tibi propositum est serviendi Deo sub austeritate vitae, assumito tibi laborem utilem et fructuosum, et perge in Slaviam, et sta in opere, in quo fuit Vicelinus episcopus; hoc enim faciens et tibi et aliis proderis.*

[2]) Ebendas. § 3 in f. und § 7 in f.

[3]) Sido (a. a. O. S. 11) sagt geradezu *Cui (Vicelino) Geroldus ... per D. Henricum sublimatus est*, der Verf. der Vers. ant.:

Aldenburgensi transmittitur a Duce sedi
Geroldus ......

Dagegen braucht die Chron. Slav. a. a. O. die Wendung: *electus est per ducem et clerum in Episcopum Aldenburgensem*; Albertus Stad. ad A. 1155 äußert sich dahin: *Hartwicus ipsum noluit consecrare, quia quasi per ducem et ducissam electus erat.*

[4]) Helmoldus a. a. O. § 7.

[5]) *Coepitque*, so äußert sich Helmold, *velle irritare electionem, praetendens, immaturam ecclesiam et personis adhuc quasi*

gegengehalten ward, die Wahlhandlung (opus electionis) sei für gültig (ratam) zu halten, quam perfecisset postulatio principis, concordia cleri, aptitudo personae, verstellte er doch die Sache bis zu seiner Rückkehr nach Bremen, und zur Entscheidung des Domcapitels. Diese aber suchte Gerold bei seinem Herzoge. Den Probst Ludolf und dessen Begleiter nach Wagrien entlassend, ging er selbst nach Süddeutschland, und von da auf Heinrich's Weisung, der ihn bedrohenden und durch einen Raubanfall wirklich ereilenden Gefahren ungeachtet, weiter nach Lombardien und Rom zu dem den Kaiser begleitenden Herzog, der ihn dem Papste vorstellen, und diesem die streitige Wahl vorlegen wollte [1]). Am Tage nach der Kaiserkrönung (18. Juni 1155) weihte ihn feierlich P. Hadrian [2]), die Bedenken, welche er auf ein Schreiben hin Hartwig's, der Papst möchte der Consecration sich enthalten, die seinem erzbischöflichen Ehren-Ansehen Abbruch thun würde [3]), gegen den Herzog anfangs dahin erhoben hatte, nur, so weit es ohne Unrecht gegen den Metropoliten sich thun ließe, den Wünschen des Herzogs willfahren zu können, dem Ruhme und Ansehn unterordnend, in welchem derselbe im kaiserlichen Feld- und Hoflager stand.

Aber auch mit dieser Consecration durch den Papst war der Streit über die Nachfolge in das durch Vicelin's Tod erledigte Bisthum noch nicht zu Ende, viel weniger das Wagrische Kirchenwesen zur Genüge geordnet. Denn vom Herzog entlassen und über Schwaben nach Sachsen heimgekehrt, fand Gerold, als er Wagrien, um das ihm überkommene Werk zu beginnen, betrat, nichts weniger als entgegenkommende Aufnahme, ja nicht einmal seinen Unterhalt, auch nur für die erste Zeit, gesichert. Während die Brüder zu Faldera sich ganz von Aldenburg lossagten, ließen,

---

vacuam, sine sui permissione nec eligere nec discernere quicquam posse.

[1]) Ebendas. § 8 u. 9.

[2]) Helmold cap. 80 § 10 vergl. mit § 7.

[3]) Dies scheint mir der Sinn der Worte, welche Helmold, den Inhalt des erzbischöflichen Schreibens mittheilend, dahin braucht: *Dominus Hamenburgensis Papam litteris praevenerat, rogans eum abstinere huic consecrationi, quae sibi verecunda foret.*

wie Helmold erzählt, die zu Högersdorf, Ludolph an der Spitze, sich daran genügen, den Bischof bei seinem Einzuge und Abzuge gastlich zu bewirthen [1]); im Bosauer Besitzthum aber, auf welches er für seinen Unterhalt sich beschränkt sah, fand Gerold zumeist leere Scheuern und unbestellte Aecker [2]). Getäuscht sah er sich so in all den Erwartungen, welche ihn nach dem Norden geführt hatten, mochten sie immerhin durch den Herzog nicht, wie es dem Erzbischofe in Betreff des von ihm für Aldenburg anfangs designirten Magdeburger Probstes vorgeworfen wird [3]), durch großes, aber völlig leeres Rühmen der Reichthümer des Bisthums über Gebühr gesteigert sein. Abhülfe suchte Gerold bei dem Erzbischof, der gerade zu Stade verweilte; auch bei diesem ward ihm nichts weniger als freundliche Aufnahme, denn dessen Unwille, daß Gerold die, ihm nicht geweigerte, sondern nur auf kurze Zeit zu ordnungsmäßiger Prüfung verschobene Consecration in Rom gesucht und so das Recht der Metropole gekränkt habe, hatte in einem päpstlichen Schreiben inzwischen Nahrung und Anerkennung gefunden, welches, wie er versicherte, dem Erzbischof erklärt hätte, es solle seiner erzbischöflichen Autorität durch jenen Vorgang zu Rom in Betreff der Unterordnung des neuen Bischofs nichts entzogen sein [4]). Aussöhnung mit dem Erzbischofe gelang Gerold; allein die alte Feindschaft, welche jenen und den Herzog trennte und gerade damals so hoch gestiegen war, daß Letzterer die erzbischöflichen Höfe u. s. w. mit Beschlag belegte und einziehen ließ, vereitelte alle Hoffnungen, in welchen Gerold des Herzogs Hoflager erst in Bremen aufgesucht, dann nach Braunschweig begleitet hatte. Ohne etwas erreicht zu haben, mußte er, nachdem er noch das Weihnachtsfest des Jahres 1155 in Braunschweig gefeiert, nach fast Jahresfrist in seine Diöcese zurückkehren, begleitet von seinem Bruder, dem Abte Conrad. Das Epiphanien-

---

[1]) **Helmoldus** l. c. cap. 82 § 1 u. 2.

[2]) *Sola domus Bozoe stipendiis episcopalibus deserviebat, vacua admodum et inculta*, sagt **Helmold**; in der Slavischen Chronik heißt es noch prägnanter: *venit ad insulam Buzou alloquens filios suos, et miseriam invenit.*

[3]) **Helmoldus** l. c. cap. 79 § 7.

[4]) Vergl. ebendas. § 3.

Fest gedachte er in Aldenburg, dem Cathedralsitze, zu feiern und damit gleichsam feierlichen Besitz zu nehmen von seinem Bisthum. Er fand aber die Stadt völlig verödet, und in ihr nur ein kleines Wohnhaus [1]), dagegen keine Kirche, so daß er trotz Kälte und Schnee das Hochamt im Freien halten mußte, dem nur Wenige, doch unter diesen auch Fürst Pribizlaus, beiwohnten [2]). Die den Slaven nachgerühmte Gastlichkeit ward dem Bischofe und seinen Begleitern, unter diesen auch Helmold selbst, nach dessen Bericht in reichstem Maße zu Theil, sowohl Seitens des Fürsten, als bei einem, tiefer ins Land hinein wohnenden Grundherrn, Tessemar mit Namen [3]), und nur geringen Eindruck scheint bei der Bevölkerung die Zerstörung eines heidnischen Heiligthums gemacht zu haben, zu welcher auf dem Zuge durch's Land der Bischof zu schreiten wagte. Doch nicht einmal zu Freigebung der Geistlichen, welche er, durch lange Gefangenschaft abgezehrt, bei Tessemar neben Fesseln und Marter-Instrumenten antraf, die den aus Dänemark dorthin verschlagenen Christen angelegt zu werden pflegten, konnte Gerold seine Gastgeber bewegen. Der Erfolg

---

[1]) S. ebendas. § 7: *Erat autem urbs deserta penitus, non habens moenia nisi habitatorium parvulum, quod S. Vicelinus ibidem erexerat,* und Chron. Slav. cap. 24: ... *Venit ad urbem penitus desertam, sine moenibus et habitatore.*

[2]) Jene Angabe Helmold's und daß Pribizlaw's Haus in loco remotiori gelegen war, unterstützt die Richtigkeit des Ausdrucks habitatorium, womit auch stimmt, daß Helmold der Gründung oder vielmehr Herstellung einer Kirche in Aldenburg und ihrer Wiederweihung in honorem S. Joannis Bapt. erst später (s. cap. 83 § 18) gedenkt, und in cap. 69 § 16 zwar von Geld redet, welches Vicelin ad impensas sanctuarii den Holzfällern gegeben habe, aber doch das opus fabricae nur als coeptum bezeichnet (s. oben S. 178 Note 2). Die Chron. Slav. cap. 24 fügt, beide Stellen combinirend, der oben angeführten Stelle: ... *sine moenibus et habitatore* die Worte hinzu: *sed tamen sanctuarium parvum habens, ut supra* cap. 22, wo es auch heißt: *Data caesoribus lignorum pecunia, fabrica prope vallum urbis antiquae erecta est.*

[3]) Wo dieser gewohnt, giebt Helmold nicht an, sondern nur, daß die Reise zu ihm sie in ulteriorem Slaviam und durch eine weite fast waldlose Ebene geführt habe. Dies scheint auf die östliche Küstengegend nach Fehmarn zu hinzuweisen, dagegen mehr nach Süden hin der Umstand, daß unmittelbar an den Besuch bei Tessemar sich der Besuch Lübecks reiht.

seiner Predigten mag für diese dem Heidenthum noch ganz verfallenen Gegenden eben so geringe, vielleicht noch schlechtere Aussichten eröffnet haben, als auf der großen Versammlung, welche, weither aus dem Lande, am Sonntage darauf zu Lübeck auf dem Markte stattfand, und von Gerold benutzt wurde zu eindringlicher Ermahnung an das Volk, daß es von seinen Götzen lasse und, die Taufe annehmend, seinem boshaften Treiben (malignis operibus), vor allem der Verfolgung der Christen durch Raub und Todtschlag entsage. Klagen über die Härte der Fürsten, von denen, ohne dadurch befriedigt zu sein, der Herzog schon tausend Mark, der Graf viele Hunderte in diesem Jahre den Bewohnern dieses ihres kleinen Landstrichs abgezwungen habe, waren des Fürsten Pribizlaw Antwort auf des Bischofs eindringliche Rede, und daß, da jenseits der Trave, ja bis zur Peene die Lage der Slaven gleich trostlos sei, ihnen nichts andres übrig bleibe, als durch Raub auf dem Meere von den Dänen und den heimkehrenden Kaufleuten ihr Leben zu fristen [1]); Kirchen zu erbauen und Zehnten zu zahlen, gleich den Sachsen, seien sie so wenig im Stande, als geneigt, es wäre denn, daß Herzog und Graf ihnen auch dasselbe Recht wie den Sachsen zugestehen und sie diesen gleich behandeln wollten [1]).

Dieser in der That ziemlich trostlose Ausgang seiner ersten Rund- und Missions-Reise mag den neuen Bischof wohl überzeugt haben, daß ihm allein, und daß nur durch die Kraft des göttlichen Worts die völlige Ausrottung des Heidenthums in jenen letzten Hauptsitzen der Wagrischen Slaven so wenig gelingen werde, als die Wiederaufrichtung des ihm zu Theil gewordenen Bisthums. Auf den Herzog, welcher reich an Ruhm, aber mit noch leererem Schatze denn zuvor, damals aus Italien heimgekehrt war und nach Artlenburg einen Landtag (provinciale colloquium) ausgeschrieben hatte, zu welchem auch die Slavischen Fürsten berufen und selbst Niclot erschienen waren [1]), stellte Gerold von neuem seine Hoffnungen, namentlich wohl die, daß nun endlich, wie inzwischen im Polaber-Lande für Ratzeburg geschehen

[1]) Vergl. Helmoldus cap. 83 § 7 u. 9.

[2]) S. ebendas. § 10, 11.

oder doch zugesagt war [1]), eine feste und ausreichende Dotation der Bisthümer auch in Wagrien und in Obotritien erfolgen werde. In Artlenburg kam es aber nach Helmold über die Angelegenheiten des Bisthums und der Kirche kaum zu ernster Verhandlung, geschweige denn zu kräftigen Maßregeln; die leere und arme Kammer-Casse ließ den Herzog auf nichts bedacht sein, als auf Vermehrung seiner Einkünfte, zumal nachdem seine an die Slaven selbst gerichtete Mahnung, das christliche Bekenntniß anzunehmen, nur die gotteslästerliche und daneben höhnische Antwort Niclot's gefunden hatte: Der Gott im Himmel möge sein Gott sein und bleiben; ihnen genüge, wenn Er, der Herzog, ihr Gott sein wolle; ihn wollten sie fortan, jenen möge Er verehren. Erst in Braunschweig, wohin der Bischof dem Herzoge nach Auflösung des Landtags folgte, um längere Zeit bei Hofe zu verweilen [2]), fanden ernstlichere Berathungen statt, und wenn es auch noch nicht zur wirklichen Reorganisation des Bisthums Aldenburg kam, so doch zu vorbereitenden Maßregeln, und zu Vereinbarungen zwischen dem Herzoge, dem Grafen und dem Bischofe, welche das seit Jahren verfolgte, und doch noch so ferne Ziel in nähere Aussicht rückten.

Inhalt und Gang dieser Verhandlungen giebt Helmold [3]) dahin an: Auf Gerold's Klage, daß ihm in Wagrien der nothdürftigste Unterhalt fehle (in Wagiram veniens non habeo, quod manducem), und seine Lage durch das ihm vom Herzog verliehene Amt eine viel traurigere geworden sei, denn zuvor, habe Heinrich den Grafen Adolph zu sich beschieden und mit demselben berathen (habuit cum eo rationem) über die dreihundert Hufen, welche dargebracht (oblati) gewesen wären zur Ausstattung des

---

[1]) Die Ratzeburger Dotations-Urkunde Heinrich's des Löwen vom Jahre 1158 (im Diplom. Raceb. I. No. 8 und Mekl. Urk.-B. Nr. 65) ist allerdings zu Lüneburg ausgestellt; aber sie enthält weniger neue Bewilligungen, als sie schon früher gemachte bekundet, und so kann die Regelung der Polabischen Kirchenzustände, zumal die päpstliche Confirmation des Bisthums Ratzeburg (ebendas. Nr. 62) schon aus dem Januar d. J. datirt, ganz füglich in die Zeit vor dem Artlenburger Landtage gesetzt werden.

[2]) S. Helmoldus cap. 83 § 12 sq.

[3]) A. a. O. cap. 83 § 13, 14.

Bisthums; der Graf habe in Folge dessen (tunc) den Bischof eingewiesen in den Besitz von Eutin und Gamala (nach Leverkus ehemaliges Dorf an der Südspitze des Eutiner Sees) und ihrer Zubehörungen, außerdem dem Besitzthum (praedio) Bosau zwei in der Nähe belegene Dörfer zugelegt, Gothisfelde und Wobitze (nach Leverkus jetzt Huzfeld und Wöbs, beide im Kirchspiel Bosau), endlich ihm auch noch in Aldenburg ein bequem in der Nähe des Markts belegenes Grundstück zugewiesen. Diese Besitzungen solle nur der Bischof mit Zuziehung von Sachkundigen (adhibitis industriis viris) schätzen lassen; was an 300 Hufen fehle, werde er, der Graf, hinzufügen, was darüber sich ergebe, müsse ihm bleiben oder wieder werden (meum erit). Der Bischof, fügt Helmold hinzu, nach Wagrien zurückgehend, habe, als er bei den Colonen eine Nachfrage angestellt, jene Grundstücke kaum zu 100 Hufen erfunden, und deshalb der Graf das Land messen lassen, dazu aber eine kurze, den Deutschen (nostratibus) unbekannte Meßruthe benutzen, auch Sümpfe und Wälder mit messen lassen, und so eine große Zahl von Hufen gewonnen (ita fecit maximum agrorum numerum). Nun sei die Sache wieder an den Herzog gebracht, und dieser habe entschieden, die landesübliche Meßweise [1]) solle Platz greifen und weder auf Brüche noch eigentliche Waldungen (sylvae robustiores) die Messung erstreckt werden. Die Auf- und Untersuchung (in requirendis praediis his) jener Dotation sei mit viel Mühe verbunden gewesen; aber es sei dem Herzoge so wenig, als dem Bischofe bis auf den heutigen (nemlich Helmold's) Tag gelungen. Gerold habe aber wenigstens jene speciell genannten Güter in seiner Hand zusammengebracht (conquisivit), und jede Gelegenheit benutzt, um immer von neuem bei den Fürsten darauf zu dringen, daß doch zu würdiger und glanzvoller Herstellung der bischöflichen Würde in Wagrien ein erster Schritt geschehen möchte [2]).

---

[1]) *Dari mensuram juxta morem terrae huius*, sind Helmold's so dunkle als viel- und schwerdeutige Worte.

[1]) *Haec autem quae praedixi*, lautet die Stelle des § 13, *conquisivit Geroldus episcopus, quotidie insistens principibus, opportune, importune, ut suscitaretur scintilla episcopalis nominis in Wagira.*

Diesen Bericht unterstützen, so viel die zur Dotation speciell bestimmten und erwähnten Besitzungen betrifft, die uns erhaltenen Urkunden des Lübecker Bisthums, welche, was hier im Einzelnen darzulegen jedoch zu weit führen dürfte, jener Dörfer, Güter u. s. w. fast ohne Ausnahme unter den Lübecker Mensalgütern, oder als zur Fundation des Domcapitels und anderer geistlichen Stiftungen von den Bischöfen verwendet, gedenken. Nicht minder ergeben die Urkunden, daß noch weit über Helmold's Zeit hinaus der Streit zwischen dem Bisthum und den Holsteiner Grafen fortgedauert hat, ob jene 300 Hufen dem ersteren gewährt seien, oder noch zukämen, ob nur cultivirtes Land oder aller Grund und Boden in Anschlag komme, ob der spätere Grund-Erwerb einzurechnen oder außer Ansatz zu lassen sei, ob, was bei der Vermessung der einzelnen Dörfer und Güter sich an Mehr-Gehalt ergäbe, der Kirche zu gut bleibe oder mit angerechnet werden dürfe, und ob nur auf Gewähr des Fehlenden ein Anspruch des Bisthums begründet, oder auch das Mehr-Ergebniß dem Grafen zu restituiren sei [1]). Näheren und verläßlichen Aufschluß über

---

[1]) Das Nähere hierüber muß späterer Zeit und anderem Orte vorbehalten bleiben. Für jetzt hebe ich nur 3 Documente des 13. Jahrhunderts heraus: zunächst die Urkunde Graf Adolph's IV. vom Jahre 1228 über den super diversis articulis zwischen ihm und Bischof Bertold ergangenen Schiedsspruch (B. Lüb. Urk.-B. Nr. 64): *statutum est in arbitrio, ut ab omni actione, quam (episcopus) contra nos de numero CCC mansorum supplendo putabat habere, cessaret et nos de cetero non gravaret*; ferner die Urkunde Erzbischof Hildebold's von Bremen vom 18. Nov. 1272 über einen neuen Vergleich zwischen dem Lübecker Bischof Johann und dem Grafen Gerhardt von Holstein und dessen Neffen (ebendas. Nr. 229): *Quaestioni quam movent episcopo comes et nepotes super mansis ad episcopatum pertinentibus, eo vid. quod ultra CCC mansos, quibus a principio dotata fuit, ipse episcopus habere videtur, . . . renunciaverunt, et sic episcopus villas et mansos, quos possidet, secundum quod siti sunt et iacent in suis terminis sine impetitione et molestatione qualibet . . . possidebit*; endlich die in einem Verzeichniß der bischöflichen Einkünfte aus dem 9. Decennium des 13. Jahrhunderts (ebendas. Nr. 288) vorkommenden Notizen: *Ecce episcopatus est dotatus cum CCC mansis, salvis suis incrementis et aliis possessionibus pecunia postea comparatis* (p. 296) und *Ecclesia Lubicensis auctoritate et munificentia imperiali fundata et dotata fuit CCC mansis mensae episcopali proventuris, silvis et palu-*

diese durch Herzog Heinrich der Lübecker (oder Aldenburger) sedes episcopalis zur dos bestimmten 300 Hufen sucht man aber in den Urkunden so vergebens, als anderweit.

Daß in dem erwähnten Mensal-Güter-Verzeichniß des 13. Jahrhunderts diese Dotation von 300 Hufen als kaiserliche bezeichnet, sonst überall dem Herzoge Heinrich zugeschrieben wird, wäre freilich um so unerheblicher, als des Herzogs Ermächtigung zu Fundation von Bisthümern und zu deren Ausstattung aus Reichsgut ja nur auf kaiserlicher Bewilligung beruhte. Allein die gedachte Urkunde ist sehr jungen Datums, und nimmt in keiner Weise auf ältere Documente Bezug, könnte also blos eine im Stift bestehende Tradition, oder gar nur die Nachricht bei Helmold zur Grundlage haben. Zwei Documente aus dem Anfange des 13. Jahrhunderts sind nur Confirmations-Urkunden, und enthalten blos eine generelle Bestätigung, entweder der von Heinrich zu Gunsten der Lübecker Kirche ertheilten Privilegien [1]), oder ihrer dermaligen einzelnen Besitzungen [2]), wobei denn nebenher auch jener 300 Hufen Erwähnung geschieht. Nicht einmal also ein bestimmter Hinweis auf ein specielles Donations-Instrument liegt

dibus minime computatis ... Item si quid postea accessit de silvis et paludibus extirpatis, non est computandum.

[1]) Ersteres gilt von der K. Waldemar'schen Urk. vom 29. Juli 1215 (B. Lüb. Urk.-B. Nr. 29), welche zuerst überhaupt die Zusicherung enthält, es wolle der König *Lubicensem ecclesiam ... sicut eam ingenuorum fundatorum amplioribus advertimus beneficiis privilegiatam, sic eum ... etiam nostrae donationis executione inconvulsam conservare ..... et ampliare,* und dann die Aufzählung einzelner Besitzungen, Rechte, Privilegien, welche speciell bestätigt werden, nur mit dem generellen Satz eröffnet, daß die Schutz-Zusage auch umfasse die *CCC mansos, quibus eadem ecclesia certissime dotata videtur.*

[2]) Dieser Art ist die (ebendas. Nr. 30) nach dem Original mitgetheilte, undatirte, von Leverkus in das Jahr 1215 gesetzte Urkunde des Grafen Albert von Holstein, welche hauptsächlich nur die Befreiung der bischöflichen Unterthanen von Beden zum Gegenstande hat, und bei der Gelegenheit die loca et villae aufzählt, *quae cum incolis hac immunitate gaudebunt,* dieser Exemtions-Bestätigung aber den allgemeinen Satz voranstellt: *Privilegia, quae Heinricus ... dux ecclesiae Lubicensis fundator eidem contulit, ... eatenus confirmamus, ut CCC mansi eidem ecclesiae a fundatore collati in eius possessione perpetua permaneant firmitate.*

vor, geschweige denn, daß ein solches sich, sei es für Lübeck oder für Aldenburg, erhalten hätte; und selbst jene gelegentliche Erwähnung dieser Hufen-Schenkung fehlt nicht etwa blos in anderen Confirmatorien [1]), sondern auch in den die Verlegung des Bisthums nach Lübeck und die Dotation des dortigen Capitels betreffenden Urkunden aus den Jahren 1163 und 1164 [2]).

Auch was Helmold anderweit noch an zwei Stellen seiner Chronik in Bezug auf diese Zusage von 300 Hufen bemerkt, dient zu keiner Aufklärung des wahren Sachverhalts. An der einen, wo er von der nach Emmehard's Tode erfolgten Berufung Berno's auf den Bischofsstuhl von Meklenburg berichtet, sagt er vom Herzog: subscripsit in dotem Magnopolitanae ecclesiae trecentos mansos, sicut antea fecerat Racesburgensi et Aldenburgensi ecclesiae [3]). An der andern dagegen, wo er, ehe er auf Vicelin's Tod übergeht, noch einige Notizen über Hartwig's Beschluß der Resuscitation der Slavischen Bisthümer einschiebt [4]), erzählt Helmold die Berufung Evermod's auf den Ratzeburger Bischofssitz und die Dotation des letzteren dahin: Es habe der Graf von Ratzeburg dem neuen Bischofe nicht blos zu seiner Wohnung (ad inhabitandum) eine Insel nahe der Burg gegeben, sondern außerdem auch, neben Anerkennung und näherer Regulirung seiner Zehntrechte, auf welche hier nicht näher einzugehen nöthig ist, dem Herzoge 300 Hufen abgetreten (resignavit Duci), die zur Dotation des Bisthums hätten verwendet werden (in dotem episcopii dandos), und vollaus, ohne irgend welche Schmälerung der Einkünfte, dem Bischofe hätten gehören sollen [5]). Den hierauf bezüglichen Verhandlungen, wird dann hinzugefügt, habe der Segeberger Probst Ludolph beigewohnt, und gegen den

---

[1]) So z. B. in dem vom Papst Honorius III. (B. Lüb. Urk.-B. Nr. 31).

[2]) S. ebendas. Nr. 3 ff.

[3]) S. Helmoldus cap. 87 § 10 in f.

[4]) Absichtlich brauche ich diesen Ausdruck, und erachte ihn durch die Eingangsworte des cap. 77: *Nec hoc praetermittendum videtur*, quod in aller Weise gerechtfertigt.

[5]) *Qui cum omni integritate tam redituum quam decimarum sunt episcopi*, heißt es von ihnen mit Rücksicht darauf, daß sonst überall die Zehnten zur Hälfte dem Herzoge gegeben wären.

Grafen Heinrich, im Beisein des Grafen Adolph von Holstein, sich dahin geäußert: nun jener sich freigebig erwiesen habe gegen seinen Bischof, zieme es sich auch, daß Letzterer in nicht geringerem Maße thue, was ihm ohnehin von Amtswegen obliege; von ihm wären sogar eigentlich noch reichere Gaben zu erwarten [1]). So habe denn, jenem Beispiele folgend, Graf Adolph von seinem Lehnsbesitz 300 Hufen abgetreten (remisit), welche durch die Hand des Herzogs zur Dotation des Aldenburger Bisthums verwendet worden seien, oder hätten verwendet werden sollen [2]).

Sonach wäre diese Zuweisung von 300 Hufen, wie immer gemeint, eine für alle drei Bisthümer gleichmäßig eingetretene Bewilligung gewesen. Dem scheint auch zu entsprechen, daß in verschiedenen uns erhaltenen Urkunden von einer derartigen Dotation aller drei Slavischen Bisthümer durch Herzog Heinrich, ihren Gründer, die Rede ist; dahin gehört der chronologischen Reihefolge nach zunächst — und daß das älteste Document ein gefälschtes ist, darf nicht übersehen werden — jener angeblich von Herzog Heinrich über das ihm verliehene Investiturrecht ausgestellte Revers vom Jahre 1154 [3]), demnächst eine in doppelter Original-Ausfertigung erhaltene, aber in jeder auf ein verschiedenes Jahr, nämlich 1169 und 1170, lautende und auch in den Zeugen-Unterschriften und sonst nicht ganz übereinstimmende, also formell auch etwas bedenkliche Urkunde Heinrich's des Löwen, welche die Freiheiten der drei Bisthümer näher bestimmte [4]);

---

[1]) *Quoniam*, so referirt Helmold, oder wer der Verfasser dieses Zusatz-Capitels ist, die Aeußerung Ludolph's, *Comes terrae Polaborum benefacere coepit erga pontificem suum, decet ut noster Comes non faciat minorem suam partem; ampliora enim de ipso praesumenda sunt, utpote de homine literato, habente scientiam rerum Deo placentium.*

[2]) Ob das Eine oder das Andere, bleibt ungewiß, da im Schlußsatze des cap. 77, dahin lautend: *qui oblati, per manum Ducis in dotem episcopatus Aldenburgensis*, das Haupt- wie Hülfs-Zeitwort fehlt. Die Chron. Slav. cap. 24 sagt, alles Andre, außer der Insel-Schenkung, übergehend, vom Grafen Adolph nur: *benefecit ecclesiae Aldenburgensi; nam CCC mansos dedit ecclesiae in dotem ad preces Ludolphi praepositi de Cuzalina.*

[3]) S. oben S. 181 Note 2.

[4]) B. Lüb. Urk.-B. Nr. 8, Meklenb. Urk.-B. Nr. 90 und Diplom. Raceb. I. Nr. 12.

ferner Herzog Heinrich's Dotations-Privilegium für Schwerin vom Jahre 1174 [1]). Nach Helmold soll aber diese Dotation keine gleichzeitige, sondern eine successive gewesen sein, und es müßte also sich auch dies nachweisen lassen, daß die eine wie die andere vom Herzoge ausgegangen, und daß nicht blos die Meklenburger, sondern auch die Aldenburg-Lübecker der Ratzeburger nachgefolgt sei. In den Special-Urkunden und namentlich in den Dotations-Urkunden der drei Bisthümer findet sich nun aber, was zunächst Meklenburg betrifft, in der Urkunde Herzog Heinrich's vom Jahre 1174 [2]) blos ganz nebenher, und ohne alle Hinweisung auf die Vorgänge bei der Stiftung Ratzeburgs oder Lübecks, eine Erwähnung der hier fraglichen Dotation; und auch in allen sonstigen Schweriner Urkunden habe ich eine derartige Erwähnung lediglich noch in der Confirmations-Urkunde gefunden, welche von König Otto IV. [3]) am 4. Januar 1211 ertheilt worden, übrigens nur in einer Abschrift des 16. Jahrhunderts erhalten ist [4]). In den Lübecker Urkunden aber, welche aus der Zeit der Verlegung des Bisthums und über die damit verbundene Dotation erhalten sind, wird jener 300 Hufen mit gar keinem Worte gedacht, geschweige denn hierdurch bestätigt, was Helmold darüber erzählt, daß Graf Adolph sich durch des Grafen Heinrich's von Ratzeburg Vorgang zu solcher Bewilligung habe bestimmen lassen. Endlich stimmen auch die Ratzeburger Urkunden, na-

[1]) S. Meklenb. Urk.-B. Nr. 113.

[2]) Auch diese Urkunde existirt in zwei von einander, wenn auch nicht in dem hier fraglichen Punkte, vielfach abweichenden s. g. Original-Ausfertigungen, welche beide, das s. g. echte und das s. g. falsche Exemplar des 13. Jahrhunderts, im Meklenb. Urk.-B. Nr. 100, unter übersichtlicher Hervorhebung der Abweichungen, mitgetheilt sind.

[3]) S. Meklenb. Urk.-B. Nr. 202, vergl. mit den Bestätigungs-Urkunden Kaiser Friedrich's I., vom Januar 1170 und 2. Dec. 1181 (ebend. Nr. 91 u. 134) und den päpstlichen Confirmatorien Alexander's III. v. Jahre 1177, Urban's III. v. Jahre 1186, Clemens III. v. Jahre 1189, Coelestin's III. v. Jahre 1191 u. 1197 (ebend. Nr. 125, 141, 149, 151, 162).

[4]) Wenn schon dies die Beweiskraft des Documents schwächen muß, so verliert dasselbe diese, und alle selbstständige Bedeutung vollends dadurch, daß der betreffende Passus unverkennbar ein bloßes Referat aus Herzog Heinrich's Dotations-Privilegium vom Jahre 1171 ist.

mentlich das Dotations-Privilegium Herzog's Heinrich d. d. Lüneburg 1158 [1]), dessen Echtheit überdies bestritten und m. E. nichts weniger als zweifellos ist [2]), so wie die s. g. Erweiterung dieses Privilegiums d. d. Artlenburg 1174 nur in einzelnen Punkten, keineswegs durchweg mit dem überein, was Helmold über die von Graf Heinrich dem Stifte gemachten Bewilligungen berichtet, die dann für Lübeck eine gleiche Zusage Adolph's von Holstein zur Folge gehabt hätten; es wird insbesondere darin nicht blos direct und ausschließlich dem Herzoge die Dotation beigelegt, wenn auch des Consenses des Grafen Heinrich und seines Sohnes nebenher gedacht, sondern auch die Bewilligung von 300, bebauten und unbebauten, Hufen nur als eine vorläufige (ad praesens) bezeichnet, wovon sich anderweit auch nicht die geringste Andeutung findet. Eben so wenig und vielleicht noch geringeres Gewicht wird man aber darauf legen dürfen, daß in der vom Bischof Evermodus veranlaßten und an ihn gerichteten Urkunde, wodurch Papst Hadrian IV. unterm 21. Jan. 1158 das Bisthum Ratzeburg bestätigte [3]), und deren Haupt-Anlaß und Zweck, wenn man damit den Eingang der Urkunde Herzog Heinrich's zusammenhält, unverkennbar nur die Anordnung war, daß für ewige Zeiten das Ratzeburger Domcapitel von Regularen aus dem Prämonstratenser Orden gebildet sein solle, der Papst zugleich neben dem Besitze aller Kirchen, Gemeinden und Zehnten im Lande Sadel-

[1]) Ebendas. Nr. 65.

[2]) Ueber diese Streitfrage verweise ich auf Masch's ausführliche Anmerkung zu Nr. 65 des Meklenb. Urk.-B. und auf Wigger's Aufsatz über Bischof Berno (a. a. O. S. 81—93, lege indessen für mein Theil weniger Gewicht auf die der äußern Beschaffenheit entnommenen oder formellen Bedenken, oder auf die in Betreff des Inhalts speciell hervorgehobenen Zweifelsgründe, als auf den Gesammt-Inhalt und die Gesammt-Fassung der Urkunde, insofern sie mir ein eben so ungeordnetes als seltsam buntes Conglomerat von einzelnen Bestimmungen erscheint, und weniger einen constitutiven Charakter, als den eines historischen Referats hat, überdies auch für viele der darin enthaltenen Angaben sich, wie ich glaube, hier aber nicht näher darlegen kann, nachweisen läßt, daß und welchen anderen Urkunden sie entnommen seien, aus denen dies s. g. Dotations-Privilegium compilirt und componirt ist.

[3]) S. Meklenb. Urk.-B. Nr. 62.

bande und in Polabien auch noch besonders, aber auch allein, die CCC mansos cultos et incultos cum omnibus appendiciis als ein donum nobilis viri Henrici Duc Bav. et Sax. erwähnt und in die generelle Bestätigung alles gegenwärtigen und künftigen Besitzthums der Ratzeburger Kirche aufgenommen hat.

Bei diesem, hier in thunlichster Kürze dargelegten Stande und gegenseitigen Verhältnisse der quellenmäßigen Daten, welche über die mit je 300 Hufen den hergestellten Slavischen Bisthümern überhaupt und dem Aldenburger insbesondere gemachten Schenkungen auf uns gekommen sind, wird man freilich immer noch Bedenken tragen müssen, diese ganze Hufen-Dotation für eine bloße Erdichtung, und den darauf erhobenen Anspruch für eine leere nnd grundlose Prätension zu erklären. Allein zu ausreichendem oder gar unanfechtbarem Beweise, wie mehr oder weniger bisher die Sache behandelt worden ist, können alle jene Nachrichten, selbst im Zusammenhalte, meines Dafürhaltens nicht genügen, und eben so wenig lassen sie über den eigentlichen und wahren Sachverhalt auch nur Vermuthungen mit einiger Sicherheit zu. Möglich bleibt es, daß die nicht ganz erloschene Kunde von der ursprünglichen reichen Dotation der Aldenburger Kirche durch Otto den Großen sich im Laufe der Zeit zu der Tradition gestaltet haben mochte, es sei eine bestimmte Hufenzahl für den Unterhalt der Geistlichen, an ihrer Spitze den Bischof, und für die Kosten der Mission unerläßlich erachtet und garantirt gewesen, und daß man kirchlicher Seits auf diese Dotation, da ja die Missions-Aufgabe noch nicht für gelöset gelten konnte, auch neben den einzelnen neuen Schenkungen und neben den sonstigen Erwerbungen von Grund und Boden fortdauernd eben so einen begründeten Anspruch erheben zu können vermeinte, wie auf den, den Bisthümern statt der Natural-Zehnten zu leistenden, überall nicht, wie es scheint, streitigen Bischofszins, welcher zwar im Laufe der Zeit nach Art und Betrag sich modificirt hatte, aber doch die Hauptquelle des bischöflichen Einkommens nach wie vor bildete, und nach Ursprung und ganzem Charakter auf die Zustände vor der Zerstörung des Aldenburger Bisthums und vor dessen, nunmehr nach mehreren Menschenaltern wieder beseitigter Vacanz zurückwies. Indessen bietet sich für diese der Vergangenheit des Aldenburger Stifts entnommene Erklärung weder in der hieher gehörigen Darstellung Helmold's, noch in der die Ottonische Ur-Dotation betreffenden, ein Anhalt dar, und den sonstigen Quellen sind nicht blos keine unterstützende Momente, sondern eher Gegen-Indicien zu entnehmen [1]). Näher scheint hiernach mir die Annahme zu liegen, und zugleich den Mangel jedes, unmittelbar jene Dotation betreffenden herzoglichen oder gräflichen Documents zu erklären geeignet, daß bei den schon von Vicelin begonnenen und von Gerold fortgesetzten, vom Erzbischof Hartwig unterstützten Verhandlungen über Redotation des Wagrischen Cathedralsitzes und bei der vorläufigen Wieder-Zuweisung Bosau's die weltlichen Herren ganz allgemein und unbestimmt erklärt hätten, es werde dadurch und durch die weiter beabsichtigte Zuwendung einzelner Güter und Dörfer ein Grundbesitz von oder bis zu jenem Umfange der Kirche zufallen oder erwachsen [2]), und daß man kirchlicher Seits dieser vagen Zusage und bloßen Aussicht die Bedeutung einer förmlichen Dotation beilegen zu können gemeint, oder abzugewinnen gesucht habe. In Gewißheit steht jedenfalls, daß für unsere Zeit in vollem und noch höherem Grade gilt, was Helmold von der damaligen und von seiner Zeit sagt [3]), nemlich die Unmöglichkeit, jene 300 Dotationshufen

---

[1]) Wenigstens sind in Lübeck die aus jener früheren Dotation Aldenburgs dem Bisthum verbliebenen oder wieder zugefallenen Güter nicht auf Grund jenes vermeinten Anrechts auf 300 mansi, sondern neben und außer denselben in Anspruch genommen worden. In dem oben S. 192 Note 1 erwähnten Verzeichniß der Mensalgüter (a. a. O. p. 309) heißt es: *In numero CCC mansorum non est computandum Bosowe cum suis pertinentiis; item Rogelin et Lanken juxta Aldenburg non computantur, quae ab antiquo ad episcopos Antiqui[poli]tanos, Aldenburg commorantes pertinebant.*

[2]) Einigermaßen dürfte vielleicht hierfür sprechen, daß Herzog Heinrich's Ratzeburger Stiftungs-Urkunde v. Jahre 1158 erklärt, es sei das dem Bischofe zugewiesene Land Boitin *pro CCL mansis, sive accrescat, sive decrescat* assignirt, und die *alios L mansos* habe er supplirt durch 4 speciell genannte *villae* und deren Zubehör.

[3]) *Multum laboris,* sagt er cap. 83 § 13, *adhibitum est in requirendis praediis his. Non per ducem, non per episcopum requiri potuerunt usque in hodiernum diem.*

aufzufinden und speciell nachzuweisen; nicht minder, daß, wie großen Hoffnungen auch Bischof Gerold für die Her- und temporelle Sicherstellung des ihm verliehenen Bisthums bei seiner Reise nach Braunschweig, und während der dortigen Verhandlungen mit dem Herzoge und mit Graf Adolph, sich hingegeben haben mag, doch der schließlich erzielte Erfolg ziemlich gleich Null blieb. Für den Augenblick mußte daher, um auf die Geschichte des Aldenburg-Lübecker Bisthums zurückzukommen, Bischof Gerold sich an den ihm speciell wieder oder neu zugewiesenen Besitzungen genügen lassen, und darauf sich beschränken, daß auch in den noch rein Slavischen Theilen seiner Diöcese, in welchen der ihm mit allen Formalitäten übertragene, aber noch nicht zu reellem Besitz gediehene Cathedralsitz lag, das Missionswerk nicht rückgängig, sondern durch Gründung neuer Kirchen und Pfarrgemeinden gefördert und gesichert werde.

Auf solche, rein geistlichen Zwecken zugewendete Thätigkeit weiset denn auch durchweg hin, was Helmold weiter noch von Gerold berichtet. Durch Neubauten erhob er alsbald Eutin zu städtischem Rechte und Verkehr; er mag zugleich, indem er daselbst ein Haus für sich zu bauen anfing, diesen Ort zur bischöflichen Residenz, was er später wurde, designirt haben [1]). Je weniger sein Bemühen bei dem Erzbischof Anklang fand und Erfolg hatte [2]), daß Neu-Münster mit dem Aldenburger Bisthum wieder verbunden würde und bliebe, um so eifrigere Fürsorge wandte Gerold der nunmehr von Cuzelina oder Högersstorp mit Zustimmung des Herzogs nach Segeberg zurückverlegten congregatio clericorum zu, der einzigen, wie Helmold ausdrücklich erklärt, des Aldenburger Bisthums, damit es ihm, wenn er an großen Festtagen vor dem Volke erscheine, an der dem Bischof ziemenden Begleitung und Assistenz von Geistlichen nicht fehle [3]).

---

[1]) S. Helmold cap. 83 § 14.

[2]) Nur die Weisung, heißt es ebendas. § 16, habe Hartwig dem nach Vicelin's Tode vom Priorate zur Präpositur berufenen Eppo ertheilt, daß er der jungen Kirche nicht ganz die hülfreiche Hand entziehe, und ihr *tam in personis quam in ceteris adiumentis* förderlich bleibe.

[3]) Ebendas. § 15: *qualenus in solennitatibus, quando pontificem oportet esse in populo, haberet in clero supplementum.*

Für Aldenburg, einstens und immer noch der Sitz seines Bisthums, schien ihm das Nöthigste, daß Graf Adolph dorthin eine Sächsische Colonie brächte, und daß der Priester Bruno, welcher nach Vicelin's Tode sich nach Faldera zurückgewendet hatte, auf diesen seinen früheren Missions- und Pfarrsitz zurückkehrte. Dessen Eifer und Begabung, unterstützt durch eine Kenntniß der Slavischen Sprache, welche ihm wenigstens durch Verlesung schriftlich entworfener Predigten eine Verständigung mit den Bewohnern seiner Gemeinde ermöglichte [1]), mag für die Bekehrung des Landes noch erfolgreicher sich erwiesen haben, als die würdigere Ausstattung, und die (im 90. Jahre nach Gottschalk's Tode, also 1156, in Beisein des Grafen Adolph und seiner Gemahlin erfolgte) feierliche Weihung der dort dem H. Johannes dem Täufer nach wie vor gewidmeten Kirche, oder als alle von Adolph an die Slaven gegen heidnische Bräuche und Einrichtungen ergehenden Strafverbote. In der Ueberzeugung oder Hoffnung, es sei zu Aldenburg ein guter Grund gelegt, empfahl der Bischof dem Grafen auch in Süsel und für die Slaven längs des Flusses Crempe die Erbauung einer Kirche, welcher wieder ein wegen seines Missionseifers aus Faldera berufener Priester Namens Deilanus vorgesetzt wurde. Angemessen, fügt Helmold hinzu, sei es zu dieser Zeit, in welcher von Graf Adolph auch die Burg zu Plön hergestellt und unter ihrem Schutz Stadt und Markt erwachsen wäre, auch erschienen, in Lütgenburg und in Ratekau mit Erbauung von Kirchen vorzugehen, wenn schon zunächst Bischof und Graf sich auf Zuweisung der Baustätten (atria aedificandis ecclesiis) beschränkten [3]); und „so wuchs", damit schließt die Chronik, was sie über die der Herstellung des Bisthums Aldenburg gewidmeten Bemühungen Bischofs Gerold berichtet, „durch das

[1]) *Iuxta creditam sibi legationem*, sagt Helmold § 18 in f. von Bruno, *sufficienter administravit verbum Dei, habens sermones conscriptos verbis Slavicis, quae populo pronunciaret opportune.*

[2]) Speluncam latronum und piratarum latibulum familiare nennt Helmold (a. a. O. § 21) diese Gegend.

[3]) Ebendas. § 21 med. u. in fine.

gegenseitige hülfreiche Bemühen des Bischofs und des Grafen das Gotteswerk in dem Wagrischen Lande".

Allzu großes Vertrauen zu dessen Fortgange und Bestande scheint indessen, obwohl gerade damals, wie Helmold hervorhebt, auch im Ratzeburgischen durch Deutsche Colonisation und Vermehrung der Kirchen das Slaven- und Heidenthum mehr und mehr verfiel [1]), Bischof Gerold nicht gehegt zu haben. Denn Er war es, von welchem die Verlegung des Bischofssitzes nach der durch den im Jahre 1158 endlich erfolgten Verzicht Adolph's und mit der dadurch herbeigeführten Wieder-Erbauung [2]) nun allein und unmittelbar unter herzoglicher Hoheit stehenden Stadt Lübeck in Anrege gebracht worden ist [3]).

Ob wirklich zu dieser Veränderung des Cathedralsitzes nur Anlaß gegeben habe, was Helmold als Motiv für die bei dem Herzog gestellte Bitte des Bischofs geltend macht, daß Lübeck nicht blos ein volkreicherer und geschützterer, sondern überhaupt ein passenderer Ort sei (et locus munitior et omni prorsus aptidudine commodior), läßt sich billig bezweifeln, mag immerhin Gerold's Nachfolger und Bruder Conrad sich gleichfalls dahin äußern,

---

[1]) S. Helmold cap. 83 § 22.

[2]) S. Deecke's Grundlinien § 10, vergl. mit § 6.

[3]) Wie es bei Helmold a. a. O. cap. 89 § 1 heißt: *rogavit Dom. Geroldus episcopus Ducem, ut sedes cathedralis, quae antiquitus erat Aldenburg, transferretur Lubeke*, sagt auch der Verf. der rhythmischen Vita Vicelini (v. 268, 69) von Gerold: *sedem pontificatus Aldeburgensem primus fecit Liubicensem*. Die Fassung bei Albertus Stad. ad A. 1163: *Postulante Geroldo episcopo Dux sedem transtulit de Aldenburg in Lubeke, statuens ibi XII praebendas* weiset auch darauf hin, daß Gerold diese Translation veranlaßte. Zweifelhafter wäre an sich die Darstellung Sido's: *Geroldus, ... per Ducem Henricum sublimatus est, qui sedem episcopalem de Aldenborch transtulit in Lubeke, ubi et praebendas ... statuens conventum canonicorum ibi esse instituit* (a. a. O. S. 11), findet aber aus den übrigen Zeugnissen eine nähere Erläuterung. In den uns erhaltenen Urkunden wird meist Herzog Heinrich als derjenige bezeichnet, welcher die Lübecker Kirche instituirt oder fundirt habe; indeß äußert sich doch Bischof Conrad in seiner Confirmation der Dotation des Lübecker Dom-Capitels (S. Lüb. Urk.-B. Nr. 5) über seinen Amtsvorgänger Gerold geradezu dahin: *sedem episcopalem, quae catenus in Aldenburch erat, in Lubike transposuit*.

es sei die Verlegung erfolgt propter incursus paganorum et crebras infestationes. Größeres Gewicht hatte beim Bischof wie beim Herzoge ohne Zweifel der Umstand, daß in Lübeck nun schon seit Jahrzehnten in den dort zahlreich um des Handels willen angesiedelten Deutschen Kaufleuten, so wie durch die von Pribizlaw, wenn nicht geförderte, doch geduldete Missionsthätigkeit Vicelin's und seiner Gehülfen das bereits gewonnen war, wozu in Aldenburg erst kürzlichst, und nichts weniger schon als fest, der Grund gelegt war, und daß die so in der Stille herangewachsene christliche Gemeinde für die Cathedrale und für die neue kirchliche Ordnung alsbald einen verläßlicheren Ausgangs- und Haltpunkt darbot, als in Aldenburg noch auf lange hin zu hoffen stand. Außerdem war ja aber auch Lübeck nach seiner Wieder-Entstehung eigentlich schon als Deutsche Stadt zu betrachten, und bildete, seit Graf Adolph sie dem Herzoge überlassen hatte, in noch viel höherem Grade den Hauptort des Wagrischen Landes, als dies damals schon Ratzeburg für das Polabische Land, weil Sitz der neuen Grafschaft, war, und bald darauf Schwerin aus gleichem Grunde für Obotritien wurde. Nicht unmöglich will es mir sogar bedünken und kaum unwahrscheinlich, daß zu Lübeck, noch ehe der Bischofssitz dorthin verlegt wurde, bereits in einer klosterähnlichen Vereinigung der dort missionirenden Geistlichen, oder in einer der Högersdorfer Präpositur sich annähernden höheren Stellung und Leitung Eines der dort stationirten Missionare eine kirchliche Formation, wenn auch noch wenig ausgebildet und keineswegs formell geordnet, bestanden habe, woran die mit Verlegung des Bisthums-Sitzes nothwendig verbundene Bildung eines Capitels sich in ähnlicher Weise anschließen ließ [1]), wie in den beiden anderen

[1]) Gewicht möchte ich in dieser Hinsicht besonders darauf legen, daß bei Gründung des Dom-Capitels die Besetzung der Präpositur durch den schon länger in Lübeck ansäßigen sacerdos Athelo erfolgte, daß in der Urkunde Herzog Heinrich's vom Jahre 1163 die ihm verliehene Präpositur nicht, wie später und z. B. schon in der Stiftungs-Urkunde des Johannes-Klosters vom Jahre 1177 (St. Lüb. Urk.-B. Nr. 4) als *praepositura maioris ecclesiae* oder *ecclesiae Lubicensis*, sonders als *praepositura civitatis* bezeichnet ist, und daß gleich anfangs demselben das alleinige Zehntrecht in der Stadt und deren Gemarkung, verliehen oder wohl nur von neuem bestätigt

Bisthümern allem Anscheine nach an die zu Meklenburg und bei Ratzeburg seit alter Zeit bestandenen und erhaltenen Klöster geschah. Allein selbst für Hypothesen ist zu dürftig, was sich uns an einzelnen Daten, einerseits über die damaligen und früheren, kirchlichen und weltlichen Zustände der Stadt, andrerseits in Bezug auf die Verlegung des Bisthums selbst und hinsichtlich der damit verbundenen kirchlichen Anordnungen darbietet; die überdies, weil in ihnen die Anfänge und Vorbilder der späteren kirchlichen Verfassung von Stadt und Diöcese liegen, mit letzterer selbst so eng zusammenhängen, daß es für diese Blätter rathsam erscheinen mußte, über die Verlegung des Aldenburger Bisthums nach Lübeck, womit dessen Geschichte abschließt oder gewissermaßen inmitten ihres letzten Entwickelungs-Stadiums abbricht, unsere Darstellung thunlichst, und auf das Nachstehende zu beschränken.

Ein Translations- und eigentliches Fundations-Document, wie sehr es der jetzigen Zeit und nach den canonischen Satzungen als unerläßlich erscheinen könnte, existirt weder, noch ist es irgendwo und irgendwie als damals ergangen, oder auch nur als beabsichtigt indicirt. Mit dem Römischen Stuhle so wenig als mit dem Kaiser, sondern nur unter sich und mit dem Erzbischof einer-, dem Grafen Adolph andrerseits traten, so viel die Quellen ergeben, Herzog Heinrich und Bischof Gerold in Verbindung, um dem durch Ernennung und Investitur Vicelin's hergestellten Bisthum Aldenburg einen anderen und besseren Sitz zu verschaffen. Heinrich der Löwe mochte sich durch das ihm für das eroberte Slavenland ertheilte Privilegium zu der Transposition des Bischofssitzes eben so, auch ohne höhere Genehmigung, ermächtigt halten, wie der Erzbischof durch die ihm als päpstlichem Legaten zustehenden Vorrechte einer vorgängigen Rückfrage in Rom, oder der späteren Bitte um nachträgliche päpstliche Genehmigung überhoben war. Während für Ratzeburg schon vor der Dotation

---

ist, daß nach Erzbischof Hartwig's Urkunde vom Jahre 1163 (ebendas. Nr. 4) das Dom-Capitel die *spiritualis justitia totius parochiae in civitate cum decimis et oblationibus plenarie* erhielt, woran sich schon im Jahre 1170 (s. Bischof Conrad's Urkunde vom 21. Novbr. d. J. ebendas. Nr. 9) die Schenkung und bleibende Union der Markt- und der Peters-Kirche anschloß.

in Rom eine Bestätigung nachgesucht und von Hadrian ertheilt worden ist, für Meklenburg viele solcher Confirmatorien wiederholt nach dem Obigen ergingen, und auch speciell auf die Verlegung des Bischofssitzes nach Schwerin gerichtet sind, berühren die Protections- und Confirmations-Urkunden, welche erst mehr als 20 Jahre nachher in Rom für Lübeck ergingen [1]), die Bisthums-Verlegung überall nicht; es betreffen die ältesten sogar, abgesehen von der allgemeinen, allen bonis tam ecclesiasticis quam mundanis, quae in praesentiarum rationabiliter possides vel in futurum . . . poteris adipisci ertheilten Bestätigung, lediglich das Zehntrecht des Bischofs in Stadt und Diöcese, und enthalten auch nicht den entferntesten Hinweis darauf, daß man bischöflicher Seits eine päpstliche Anerkennung des damals bereits seit Decennien bestehenden Bisthums für dienlich erachtet oder gar erbeten hätte. Aber auch Seitens des Erzbischofs Hartwig, dessen Werk doch eigentlich die Herstellung des Bisthums Aldenburg gewesen war, liegt keine Urkunde vor, durch welche er dessen Translation nach Lübeck verfügt oder zum voraus genehmigt hätte. Selbst die Urkunde desselben vom Jahre 1160, welche die Metropolitanrechte über das durch die Slavischen Bisthümer gewonnene Suffraganat zu bezeugen und zu wahren bestimmt war [2]), gedenkt der Translation des Aldenburger Bischofsitzes nach Lübeck mit keinem Worte, sondern behandelt dieselbe wie eine eben so bekannte als formell vollgültige Thatsache. Nur des herzoglichen Consenses suchte Bischof Gerold zu der gewünschten Uebersiedlung nach der Travenstadt sich zu versichern; und, nachdem sie, wie Helmold erzählt, sich eines Tages geeinigt, wo sie in Lübeck zusammen-

[1]) S. die Schutz-Privil. Papst Clemens IV. vom 21. Septbr. 1188 u. 30. Septbr. 1189 (B. Lüb. Urk.-B. Nr. 13 u. 14), vergl. mit dem Confirmatorium Papst Honorius III. vom 24. Novbr. 1216 (ebendas. Nr. 31).

[2]) Ebendas. Nr. 2. Auffallend ist, und muß neben Anderem (s. oben S. 170 Note 4) in Betreff dieser nur in Abschrift erhaltenen Urkunde Zweifel erregen, daß sie diese Bisthümer schon von Lübeck und von Schwerin benennt. Doch hat die spätere Zeit nicht sowohl an dieser Bezeichnungsweise Anstoß genommen, als darauf Gewicht gelegt, daß Erzbischof Hartwig hier Lübeck an erster Stelle erwähnt, während es sonst öfters zwischen den beiden andern Bisthümern genannt wird. Vergl. Anmerk. *) zu S. 3 des B. Lüb. Urk.-B.

treffen wollten, um die Zustände der Kirche und des Bisthums zu ordnen, schritten sie ohne weiteres zur Ausführung. Nicht einmal ist von Seiten des Herzogs nachträglich der Translation, oder der Dotation des Bisthums selbst, im Gegensatz des Domcapitels eine urkundliche Beglaubigung oder formelle Sanctionirung zu Theil geworden. Galt es aber doch auch nicht einer kirchlichen Neugründung, sondern, während das Bisthum Aldenburg als solches fortbestand und nur allmählich den Namen nach dem Sitze tauschte [1]), lediglich der Gewinnung einer geeigneten Residenz für den Bischof innerhalb der im übrigen unverändert fortbestehenden Diöcese, und vor allem der angemessenen Ausstattung des Cathedralsitzes. Dazu gehörte vornämlich die Erbauung der Kirche, welche fortan als sedes episcopalis Mittelpunkt der Diöcese wäre, so wie die Einrichtung eines Domcapitels, dessen das Bisthum bisher noch entbehrt hatte, aber für ein geordnetes Kirchenregiment unerläßlich bedurfte, zu welchem nunmehr das, zwar noch nicht vollendete, aber doch der Durchführung so nahe als sichere Missionswerk übergeleitet werden sollte. Auf diese beiden Punkte beschränkt sich denn auch fast ganz, was aus der Zeit Gerold's, des letzten Aldenburger [2]) und ersten Lübecker Bischofs [3]), über die

[1]) Aus diesem, was auch nicht im Namen sich kundgebenden, doch in Wahrheit vorhandenen Fortbestande des alten Bisthums ist m. E. zu erklären, zeigt aber auch deutlich, wie wenig man zu großes Gewicht auf derartige Bezeichnungen legen darf, daß in einer Urkunde v. Jahre 1224 Erzbischof Gerhard von Bremen (s. B. Lüb. Urk.-B. Nr. 49) den Vicelin tunc temporis episcopum Lubicensem nennt.

[2]) Gleich wie Vicelin, wo überhaupt als Bischof, sonst immer als Aldenburgensis vorkommt, wie ferner in der Urkunde Kaiser Friedrich's über das herzogliche Investitur-Recht vom Jahre 1154 und in Papst Victor's IV. Confirmations-Urkunde vom Jahre 1160 (Hamb. Urk.-B. Nr. 205 u. 221) nur Aldenburg als Bischofssitz genannt ist, kommt auch Gerold noch im J. 1162 mehrfach als Aldenburgensis episcopus vor, z. B. in Herzog Heinrich's Urkunde über die dem Ratzeburger Dom-Capitel gemachte Schenkung aus den Lübecker Zollintraden (St. Lüb. Urk.-B. Nr. 2) und in Erzbischof Hartwig's Urkunde, wodurch Elbe und Bille als Grenze der Ratzeburger Diöcese festgesetzt wurden (Hamb. Urk.-B. Nr. 224). Auffallend ist daher, und macht weiter die Echtheit dieser Urkunde zweifelhaft, daß ihn in der Ratzeburger Dotations-Urkunde vom Jahre 1158 Heinrich der Löwe Lubicensis episcopus nennt.

[3]) So wird Gerold ausdrücklich von Herzog Heinrich in dessen Urkunde

kirchlichen Ereignisse und Zustände Lübecks oder Wagriens der Geschichtschreibung, sowohl an urkundlichen als an anderweiten Nachrichten, zu Gebote steht.

Auf der für Lübeck verabredeten Zusammenkunft, dahin geht zunächst Helmold's Bericht, hat der Herzog sowohl den Ort designirt, wo in titulum matricularis ecclesiae [1]) ein Oratorium gegründet werden solle, als auch die Grundstücke, welche für das zu errichtende Münster bestimmt waren (areas claustrales). Ueber die Lage dieser areae bemerkt Helmold nichts, und auch die Urkunden bieten wenig über die Localität; selbst die Herzog Heinrich's, welche sich auf Fundation der Präbenden [2]) bezieht, wie sehr auch sonst ins Einzelne gehend, gedenkt dieser Zuweisung Grundes und Bodens zum Münster- oder Dom-Bau mit keinem Worte. Nach der in Heinrich's Urkunde über die Rechte der Probstei enthaltenen Bewilligung, daß speciell der Probstei (ad usus speciales praepositi et successorum suorum) eine area in orientali parte monasterii geschenkt sei [3]), und nach der bis auf die jüngste Zeit unverändert gebliebenen Lage der dem Probste zugewiesenen Curie kann es aber keinem Zweifel unterliegen, daß die Stelle des jetzigen Doms und dessen nächste Umgegend von Anfang an die Wiegenstätte des neuen Lübecker Bisthums war und blieb [4]), wie viele Aenderungen auch in baulicher Hinsicht im

über die Zehntrechte der Lübecker Probstei v. Jahre 1163 (B. Lüb. Urk.-B. Nr. 3) bezeichnet, während er unter der Urkunde, welche Heinrich am 18. Oct. desselben Jahres über die zwischen den Lübeckern und Gothländern hergestellte Eintracht und über deren Gleichberechtigung erließ (St. Lüb. Urk.-B. Nr. 3) eben so wie Evermodus, nur als episcopus ohne weiteren Zusatz vorkommt, und in den Lübecker Dotations-Privilegien immer den Beinamen Lubicensis führt. — Die Chron. Slav. cap. 33 nennt Conrad, den Nachfolger Gerold's, den zweiten episcopus Lubicensis, und zählt alle übrigen Nachfolger in gleicher Weise. Letzteres ist auch in dem s. g. Summarius pontificum Aldenb. et Lub. ecclesiarum der Fall, wo wieder Gerold ausdrücklich primus Lubicensis genannt wird.

[1]) Denselben Ausdruck braucht für die Lübecker Kirche Bischof Heinrich, der Nachfolger Conrad's im Bisthum (s. B. Lüb. Urk.-B. Nr. 10).

[2]) B. Lüb. Urk.-B. Nr. 6.

[3]) Ebendas. Nr. 3 zu E.

[4]) In topographische Einzelheiten gehe ich nicht weiter ein, will aber doch nicht unbemerkt lassen, daß Herzog Heinrich in der Urkunde über die

Laufe der Zeit eintraten. Auch über die Ausführung der bei jener Designation in Aussicht genommenen Baulichkeiten bietet weder bei Helmold noch in den Urkunden jener Zeit sich nähere und verläßliche Auskunft dar [1]). Ersterer bemerkt im weitern Verlauf des ersten Buchs nur noch, daß Gerold, zu kränkeln anfangend, keine größere Sorge gehabt habe, als daß er stürbe, ehe noch das oratorium Lubicense, wie es wieder heißt, geweiht, und für die jüngst dort vereinigte Geistlichkeit die neue Einrichtung befestigt wäre (clerus recenter adunatus convalesceret in statu suo), daß er daher mit dem Herzog, der gerade sich zu Stade befunden, dieserhalb in Berathung getreten, und von diesem aufgefordert sei, baldigst nach Lübeck zurückzukehren, und zur Einweihung alles vorzubereiten [2]). Ueber letztere selbst beschränkt sich Helmold auf die Mittheilung, daß, als der Erzbischof, auf Gerold's Bitte um Theilnahme an der Feierlichkeit, über Faldera, wo er das neue Münster, von dem die Stiftung seitdem den Namen geführt habe, weihte [3]), und über Segeberg, wo er bei dem

---

von ihm ex fundamentis erbaute Capelle ad Joannem Evangelistam vom Jahre 1175 (B. Lüb. Urk.-B. Nr. 11) den Ort, wo er ecclesiam in honore S. Joann. Bapt. et Nicolai conf. (dies ist der jetzige Dom) institutrt habe, und in dessen Nähe gegen Norden jene Capelle nunmehr errichtet worden, *insulam* nennt, *de altis nemoribus nuper erutam receptioni navium aptam*, und dabei bestimmt, es sollte *(ad ecclesiam S. J. B.) ejusdem insulae cives et totius Wagriae populi quasi ad sedem episcopalem respectum habere.*

[1]) Von den s. g. officinae finde ich zuerst die domus refectoria erwähnt, jedoch erst in den Urkunden vom 9. Juni und 11. Juli 1201 (B. Lüb. Urk.-B. Nr. 20, 21). Zwei andere Urkunden desselben Jahres (St. Lüb. Urk.-B. Nr. 9, 10) sind ergangen in choro maioris ecclesiae.

[2]) S. Helmoldus l. c. cap. 93 § 1 vgl. mit Chron. Slav. cap. 30, wo die Sache dahin dargestellt wird, daß Gerold, mit Anfang Juli von der Krankheit, die ihn in der Oster-Octava überfallen, hergestellt, de licentia et consensu des Herzogs und Erzbischofs, die beide damals zu Stade zusammen gewesen wären, das zur Weihe Erforderliche geordnet habe.

[3]) Je seltener bei Helmold genauere Zeitangaben sich finden, die für die Zeit der Gründung Lübecks einen Anhalt bieten, erwähne ich, daß gelegentlich dieses kurzen Aufenthalts in Faldera bemerkt wird, es sei am 1. Mai Eppo, der Nachfolger Vicelin's, in der dortigen Präpositur gestorben und dessen Nachfolger jener Hermann geworden, welcher einst in Lübeck mit Ludolph und Bruno missionirt hatte.

Grafen geherbergt [1]), nach Lübeck gekommen, der Herzog und Bischof Gerold ihn mit großem Gepränge empfangen und das opus dedicationis vollführt hätten, wobei der Herzog, der Bischof und Graf Adolph es zum Besten der Geistlichkeit (in subsidia cleri) an Darbringung von Gütern sowohl, als Gülten und Zehnten nicht hätten fehlen lassen, der Erzbischof aber wieder vergeblich um die Ueberlassung von Neu-Münster gebeten, und nach vollzogener Weihe seines Weges gegangen sei, während der Herzog sich nach Baiern begeben hätte [2]). Mehr aber noch, als eine Beschreibung des Weihefestes und genaue Angaben über dessen Tag, vermißt man bei Helmold, was auch durch die Urkunden nicht ergänzt wird, jede Angabe oder Andeutung darüber, ob das oratorium, von dessen Bau und Weihe die Rede, einerseits identisch sei mit der von Gerold erbauten basilica, in deren Mitte er nach seinem, nicht lange darauf während einer Rundreise durch die Diöcese zu Bosau nach längerm Krankenlager erfolgten Tode [3]), bis der Leichnam in den späteren Dom versetzt wurde, seine Ruhestätte fand [4]), andererseits, ob und in welcher Verbindung dies oratorium stehe sowohl mit der Kirche Heinrich's des Slavenfürsten, welche König Lothar dem Vicelin einst zuwies, oder mit dem von Vicelin bei

---

[1]) Helmold cap. 92 § 2.

[2]) So kurz und dürftig sind Helmold's Angaben, noch dürftiger die der Chron. Slav. l. c., wo es nur heißt: *facta consecratione, archiepiscopus petitus, ut daret Novum Monasterium ecclesiae Lubecensi, noluit consentire. Et reversi sunt.*

[3]) Zu Helmold's Angabe in § 5 cap. 94 *Corpus eius Lubeke perlatum a clero et civibus honeste traditum est sepulturae in medio basilicae, quam ipse fundavit, et vacavit sedes Lubicensis usque in Calendas Februar. etc.*, findet sich in der Chron. Slav. cap. 30 die spätere Verlegung der Grabstätte mit den Worten: *sed nunc in novo choro sub parvo blavio lapide intra cancellos eius ossa requiescunt*, bei Krummendyk dahin angefügt: *et hodie ad novum chorum translatum sub parvo quiescit lapide blavio statim infra cancellos.* Vergl. überhaupt hierüber Grautoff, die Verlegung des Bischofsitzes von Aldenburg nach Lübeck (in dessen nachgelassenen histor. Schriften Bd. I. Nr. III.) und Deecke's Grundlinien § 3.

[4]) Helmold giebt Jahr und Tag nicht näher an, Detmar setzt ihn in den August 1164, Albert von Stade in das Jahr 1163 ohne Erwähnung von Monat oder Tag. Bei Krummendyk, Corner und in der Chron. Slav. cap. 30 wird das Jahr 1162 angegeben.

seinem letzten Besuche Lübecks daselbst geweihtem Altare [1]), als auch mit dem Kirchlein, welches an Heinrich's Sitze lange Zeit das einzige in den Slavischen Landen, und dann später der Aufenthalts- und Schutz-Ort der zu Lübeck missionirenden Geistlichkeit gewesen sein soll. Nach dem ganzen Zusammenhange der Helmold'schen Erzählung, und nach der die Präpositur-Rechte und Dotation betreffenden Urkunde Herzog Heinrich's von 1163 [2]), welche die betreffenden Bewilligungen als in dedicatione monasterii civitatis praedictae geschehen bezeichnet, dürfte aber m. E. so viel keinem Zweifel unterliegen, daß diese Einweihung nur ein im Kloster und für den Chordienst der Domherren vorläufig erbautes Bethaus [3]), und weder die oben erwähnte Johannes-Capelle, noch den heutigen Dom betroffen haben kann, dessen Bau, wie es scheint, erst im Jahre 1170 unter Gerold's zweitem Nachfolger [4])

---

[1]) S. oben S. 160.

[2]) B. Lüb. Urk.-B. Nr. 3.

[3]) Dies Interims-Oratorium könnte vielleicht die hölzerne Kirche sein, von welcher die Annales Palidenses (Pertz Monum. Tom. XVI. p. 92) ad A. 963 berichten: *Henricus Dux . . . in Liubike congregationem clericorum instituit, ecclesiam inibi ex lignis factam in honorem S. Mariae et S. Nicolai dedicari fecit.*

[4]) Ich begnüge mich hier und zur Zeit mit Mittheilung der mir bekannten späteren, von einander sehr abweichenden Angaben über den Dombau; in der Chron. Slav. c. 33: *Per hunc (Ep. Henricum) legitur ecclesia Lubicensis maior fore dedicata, scil. A. D. 1170, et stat ecclesia ista adhuc, A. scil. D. 1477; patet igitur, quod annis XVI. post introductionem Geroldi primi episcopi Lubicensis ecclesia maior, quae nunc stat, est consecrata in honorem S. Joan. Bapt. et Nicolai. Stabat igitur A. D. 1477 annis CCCVII;* in Detmar's Chronik zum Jahre 1164 (bei Grautoff a. a. O. S. 50): „In dem Jare warf de H. Hinrich, dat Bisc. Hartwich von Br. quam to Lubek, und weigede den nyen Dom; Krummendyk chron. ad A. 1168: *Huius (Henrici episcopi) tempore D. Henricus aedificare coepit ecclesiam Lubicensem, quae modo est, in honorem S. Joan. Bapt. et Nicolai, et cum dicto episcopo primum lapidem posuit,* womit zu vergleichen ist die am nördlichen Neben-Eingange des Doms eingemauerte Stein-Inschrift: *A. D. MCLXX aedificata fuit presens ecclesia per D. Hinricum D. Baw. et Sax. et per D. Hinricum, tertium episcopum Lubicensem . . . consecrata in honorem SS. Johannis Baptiste et Nicolai confessoris J. Chr.* (s. Melle Gründliche Nachricht von . . . Lübeck 1787 3. Ausg. S. 229).

begonnen und begreiflich zu seiner Vollendung mehrere Jahre erfordert hat.

Weiter berichtet Helmold [1]) von jener Lübecker Zusammenkunft, daß Herzog und Bischof für die neue Stiftung festgesetzt hätten praebendas duodecim clericorum canonice viventium, denen als dreizehnte die des Probstes hinzutrat; auch habe zum Unterhalt der Geistlichen der Bischof einige Zehnten, so wie von dem Slavischen Bischofszins (de reditibus quos solvit Slavia), so viel hergegeben, als genügt hätte, um die Pfründen zu errichten (quantum praebendis sufficeret perficiendis). Auch dies bestätigen und erläutern die uns erhaltenen Urkunden. Die Zahl der Pfründen, insbesondere aber, daß im Gegensatze gegen die Vergangenheit Lübecks, wo die missionirenden, im Pfarr-Amte fungirenden Geistlichen fast alle, so weit zu ersehen, einer der Vicelinischen Congregationen entnommen oder zugehörig waren, so wie abweichend von der in Ratzeburg sanctionirten Einführung der Prämonstratenser Regel, das Lübecker Dom-Capitel nicht mit Regularen, sondern eigentlichen Domherren besetzt sein sollte, ist zwar nicht ausdrücklich in den Urkunden sanctionirt, aber durchweg vorausgesetzt, und nur von canonicis der Kirche darin die Rede, blos nebenher durch Zuweisung höherer Revenüen auch der in Säcularstiften üblichen Prälaturen, des Probstes, Dechanten, Custos und Scholasticus gedacht, von denen es nur zweifelhaft bleibt, ob auch die beiden letzteren damals sogleich als eigentliche Dignitäten besetzt, oder nur von einzelnen Mitgliedern als besondere officia verwaltet seien. [2]) Ueber die, wie es regelmäßig

---

[1]) A. a. O. cap. 89 § 2 vergl. mit Albertus Stad. ad A. 1163 der von allem, was Helmold sonst noch berichtet, nichts erzählt, übrigens sich letzterem fast wörtlich anschließt.

[2]) Probst Ethelo und Dechant Odo, deren Helmold als solcher gedenkt (s. cap. 89 § 3 und cap. 94 § 4) kommen auch unter den Zeugen der Dotations-Urkunde als solche vor. Ein Custos Arnold findet sich schon in Bischof Conrad's Urk. vom 21. Novbr. 1170, aber noch mitten unter den canonicis. Als Scholasticus kommt Ludengerus erst in Urkunden aus dem 3. Decennium des 13. Jahrhunderts vor (s. ebendas. Nr. 41 u. 51), wo denn auch die Dignitarien, ganz in der Reihe, wie in der Dotations-Urkunde, den canonicis voranstehen. Aus dem Jahre 1219 datirt die erste vom Dom-

heißt, de episcopali jure dem Capitel bewilligten Zehnten und Zinsen ersieht man aus den Urkunden näher, wie sie nur ausnahmsweise für bestimmte Orte, z. B. von Gamala und Oldesloh (Tadeslo), hauptsächlich dagegen für gewisse von den Slaven bewohnte Gegenden [1]) (decimationes cum censu totius provinciae), und zwar für diese Gegenden im Ganzen und Vollen, jedoch dergestalt zugewiesen wurden, daß deren Collectur dem Bischof verbleiben sollte, und nur aus den Erträgnissen ein bestimmter Korn- und Geldbetrag (von je 25 mesae [2]) frumenti oder annonae, und von je 2, für die Prälaturen von je 3 marcae denariorum) den einzelnen Pfründen zugewiesen und garantirt, der Mehrertrag aus den verschiedenen Orten und Gegenden aber dem Bischof (in usum et potestatem episcopi) zu eigner Benutzung und beliebiger Verfügung vorbehalten wurde. [3])

Weiter berichtet Helmold, daß Graf Adolph einige in der Nähe Lübecks bequem gelegene Dörfer designirt hätte, welche sofort der Herzog zur Verwendung für das Domstift bestimmt, und daß Letzterer überdies aus dem Zolle jedem Domherren zwei Mark zugewiesen hätte. [4]) Ueber diesen Theil der Stifts-Dotation geben nur die uns erhaltenen Urkunden näheren, aber doch nicht vollgenügenden Aufschluß. In denselben werden einerseits die

---

Capitel mit ausgestellte Urkunde (s. ebendas. Nr. 34); doch hat Probst Ethelo die Urkunde Bischof Conrad's vom Jahre 1164 zugleich im Namen des ganzen Capitels (cum omnibus confratribus suis) als Zeuge unterschrieben.

[1]) Genannt werden außer der Insel Pöl bei Wismar übereinstimmend in den verschiedenen Urkunden folgende Orte: Aldenburg, Lütjenburg, Süsel, Ratekau, welche damals, so viel wir wissen, allein mit Kirchen versehen waren, und so auch die parochiae darstellen. Jedenfalls ist provincia nur in diesem Sinne oder in dem des sonst für diese Slavischen Gegenden üblichen Wortes terra zu nehmen.

[2]) Nach Leverkus latein. Wort-Register zum B. Lüb. Urk.-B. S. 897 ist mesa so viel als Drömt, gleich zwölf Scheffeln.

[3]) Diesem Vorbehalte zu Gunsten des Bischofs wird ausdrücklich der weitre zu Gunsten der fratres angefügt: *canonicorum tamen stipendiis in statuta integritate permanentibus.*

[4]) Die Worte Helmold's (cap. 89 § 2) lauten dahin: *Et designavit Comes Adolfus villas opportunas prope Lubek, quas statim Dux obtulit in usum fratrum, et de teloneo cuilibet fratrum duas marcas Lubicensis monetae.*

in usum fratrum, wie es auch da heißt, von Graf Adolph herrührenden (Duci resignatas und dimissas sind die in den Urkunden gebrauchten Ausdrücke) Dörfer genannt: Lankow, auf dem linken Travenufer, an der Stelle der noch jetzt bestehenden Ortschaften Hamberge und Hansfelde [1]), so wie Genin und Büssau, beide am Ausfluß der Strecknitz in die Trave auf dem rechten Ufer der letzteren belegen und noch existirend. Aus Herzog Heinrich's Dotationsbrief vom 12. Juli 1164 ergiebt sich zugleich, daß diese Dörfer mit allem Zubehör, und nicht etwa blos zu Bezug der üblichen Intraden aus den Colonaten, sondern zu vollem Eigenthume, zugleich auch mit dem Zehntrecht dem Capitel zufielen [2]), in dessen Besitz und Verwaltung sie auch bis zur Säcularisation des Jahres 1803 geblieben sind. Die aus dem Lübecker Zoll dem Capitel zugewiesene Rente betreffend, über welche eine besondere Urkunde, wie über die dem Ratzeburger Stifte gemachte gleichartige Schenkung vom Jahre 1162 [3]), nicht ergangen oder doch nicht erhalten ist, so ergeben die anderweiten Dotations-Urkunden, daß diese Rente speciell auf den Schiffszoll angewiesen [4]) war; von einer speciellen Zuweisung aber von je 2 und

[1]) S. Geograph. Register des Hamb. Urk.-B. S. 844.

[2]) Die Angaben in den Urkunden sind nicht ganz conform. Erzbischof Hartwig sagt vom Herzoge: *donavit insuper* (d. h. außer den 27 Mark aus dem Zolle) *fratribus duas villas in Darsowe et unam in provincia Pole, et tres alias villas a Com. Adolfo resignatas, L. scil. et G. et B. cum omnibus appendiciis et decimis,* und ganz so lautet eine Bestätigung dieser Schenkung durch Adolph's Sohn vom Jahre 1197 (B. Lüb. Urk.-B. Nr. 18), nur daß dieser sie zu dem rechnet, *quae pater noster* (nicht der Herzog) *pro remedio animae suae Lubicensi ecclesiae contulit.* Aehnlich äußert sich über den Herzog die Urkunde Bischof Conrad's, fügt aber dann nach Nennung der 3 Dörfer hinzu: *quarum decimas nos fratribus contradidimus.* Der Herzog selbst erklärt in Betreff dieser Dörfer, die er als *nobis gratanter ac benigne dimissas* bezeichnet, sich dahin, daß er sie den *fratribus* schenke, *cum omnibus decimis ac utilitatibus, campis, pascuis, pratis, silvis, cultis et incultis, aquis, viis et inviis.*

[3]) Diplom. Raceb. I. No. 8 und Mekl. Urk.-B. Nr. 74.

[4]) Nach der in Herzog Heinrich's Urkunde vom 12. Juli 1164 beliebten Fassung: *Statuimus etiam ad vestituram* (und *ad usum vestiturae*) *fratrum de theloneo navium ad eandem civitatem applicantium XXVII*

3 Mark auf die mit jeder der Dompfründen und Prälaturen verbundenen Geldintraden, wie in Ratzeburg unter die Mitglieder des Capitels resp. den Probst urkundlich die Gesammtrente vertheilt worden war, enthalten sie nichts.

Ueber die sonstigen Zuwendungen endlich, welche theils bei jener Lübecker Vorberathung verabredet, theils später bei dem Einweihungsfeste noch weiter in Gütern, Renten und Zehnten in subsidia cleri erfolgt sein sollen, berichtet Helmold überall nichts Specielles, sondern verweiset dort ausdrücklich, hier stillschweigend auf die privilegia, quae in ecclesia continentur. So weit uns diese erhalten sind, ergeben sie, abgesehen von der besonderen Urkunde, gleichfalls vom 12. Juli 1164, mittelst welcher Herzog Heinrich noch den Domherren Befreiung von allen städtischen (ratione civitatis) Lasten und Abgaben ertheilte [1]), nur so viel, daß derselbe in usus et augmentum praebendae fratrum dem Capitel auch noch 3 Holländer-Hufen bei Artlenburg, so wie zwei Dörfer im Dassow'schen, eins auf der Insel Pöl, und außerdem jenseits der Elbe ein ihm bis dahin gehöriges Gut (praedium nostrum) Namens Ummenort, mit 2 Mühlen und mit sonstigem Zubehör geschenkt hat, dessen Erträgnisse (es ist dies wohl die älteste der derartigen, am Dom so zahlreich nachher beliebten Stiftungen) zu je einem Drittel in die dedicationis ecclesiae und in suo anniversario zu besonderer festlichen Speisung der Domherren (ad servitium et consolationem fratrum), zu einem Drittel aber an letzterem Tage zur Vertheilung an die Armen dienen sollten.

Ueberblickt man die vorstehend zusammengestellten Daten und Angaben, so stellt sich allerdings zur Genüge heraus, daß die in Anlaß der Verlegung des Bisthums nach Lübeck erfolgten Gnadenacte und Urkunden in den mannichfachsten Beziehungen, für Stift wie Stadt, für das Capitel wie die Diöcesan-Verfassung, in temporellem Betrachte, namentlich für den Grundbesitz der Kirche und ihrer Institute, indeß auch in Betreff der eigentlichen Kirchen-

---

marcas nummorum annuatim persolvendas scheint es fast, als sei dieserhalb die Form einer förmlichen Belehnung beliebt worden.

[1]) B. Lüb. Urk.-B. Nr. 7.

Verfassung, von größter Bedeutsamkeit gewesen sind, und daß sie, wie den Keim, woraus sich die späteren kirchlichen Zustände entwickelt haben, so auch den Grenzpunkt bilden, wo die Vorgeschichte des Wagrischen Bisthums ihren Abschluß findet. Allein wie dessen allmählige Gründung auf dem Wege der Mission sich über einen Zeitraum vieler Jahrzehnte, um nicht zu sagen Jahrhunderte rückwärts ausdehnt, so stellt sich auch die Translation des Bisthums Aldenburg nach Lübeck und dessen Fundation nicht als ein einziger, in sich abgeschlossener und mit Fassung und Verkündung desfallsigen Beschlusses auch vollendeter Act dar, sondern nur als das schließliche Produkt von vielen concurrirenden, auf dasselbe Ziel gerichteten, aber doch nur successiven, von sehr verschiedenen Personen und Gewalten ausgegangenen Handlungen und Thatsachen [1]). Gleichwohl wird man sich der Frage nicht entziehen können, ob nicht für das nunmehr, durch gemeinsames und einträchtiges Bemühen Vieler in neue Phasen der Entwickelung eingetretene Wagrische Bisthum sich die Ehre der Gründung an Einen Namen knüpfen, und der Zeitpunkt derselben auf einen bestimmten Tag fixiren lasse. In dieser Richtung mögen noch einige allgemeine Bemerkungen über die bisher besprochenen Dotations-Urkunden hier einen Platz finden.

Unter allen diesen Documenten ist keines, welches von Bischof G e r o l d, keines, welches vom Grafen A d o l p h herrührte, obwohl Beide, namentlich Gerold, zu der Dotation mitgewirkt haben, ihrer auch in dem Contexte der erhaltenen Urkunden mehrfach gedacht ist [2]). Den einen wie den andern bezeichnen die Urkunden als verstorben. Bei Erwähnung jener 3 Dörfer, welche Graf A d o l p h Behufs der Dotation resignirt hatte [2]), fügt Erzbischof Hartwich der Nennung jenes Fürsten die Worte hinzu, cuius

---

[1]) Dies spricht sich auch in H e i n r i c h ' s Urkunde für die Probstei aus (a. a. O. Nr. 3): *Celesti pietate vires nostris ministrante successibus ... in terris trium episcopatuum praelatos, officiorum ministros, praebendarum reditus, operum instrumenta, locorum praefectos corroboravimus nostri gladii cyrographo. Quae omnia, ... ut in foecundiores divinae ubertatis fructus laxarentur, et fides nostra multiplices gratiarum sortiretur honores, archiepiscopi Bremensis et suffraganeorum suorum communicato celebrata consilio, eorundem uniformis et consona canonizavit sententia.*

memoria merito in benedictione est [1]), und Herzog Heinrich in seinem Fundationsbrief vom 12. Juli 1164 nennt ihn bei gleicher Veranlassung felicis ac piae memoriae. In den herzoglichen Urkunden fehlen zwar bei Nennung Gerold's derartige Zusätze; wohl aber nennt ihn Erzbischof Hartwich in der eben angeführten Urkunde gleifalls felicis memoriae, und in der Urkunde, durch welche Bischof Conrad die Dotation der Präbenden bekundet und bestätigt, sagt er von seinem Vorgänger, und führt dies als Grund seiner eignen Bestätigung an, daß jener morte praeventus, licet banno, minime tamen privilegio donationem confirmavit [2]). Von jenen Urkunden, die sonach in Betreff dessen, was Gerold gethan, alle nur ein Attestat Dritter enthalten, ist Eine (Nr. 4) von dem Erzbischof Hartwich ausgestellt, welcher, wie er im Jahre 1160 schon seine Metropolitan-Rechte über die neuen Slavischen Bisthümer zu wahren gesucht hat oder doch haben soll [3]), auch die Dotation der Präbenden, nicht sowohl als Metropolitan confirmirte, vielmehr, wie er selbst erklärt, blos attestirte, als deren Urheber aber direct den Herzog, wenn auch mit dem Beisatze consensu et voluntate Geroldi nennt. Auch von Gerold's Nachfolger Conrad hat sich nur die Eine obige Urkunde erhalten, die sonach auch wesentlich confirmatorischer Natur ist, aber darin abweicht, daß sie jenen als den Urheber der Zehnten-Dotation bezeichnet, und dem Herzoge nur die Grund- und Zollrent-Bewilligung beilegt. Der herzoglichen Urkunden sind drei [4]), die

---

[1]) Vergl. B. Lüb. Urk.-B. Nr. 4, wonach denn der hier und in Nr. 6 unter den Zeugen vorkommende Name Comes Adolfus de Schowinburg leere Form, oder auf seinen Sohn gleichen Namens zu beziehen ist, der ihm nach seinem am 6. Juli 1164 erfolgten Tode in Holstein succedirte.

[2]) S. ebendas. Nr. 5. Mit dieser Aeußerung in Verbindung zu bringen, was Herzog Heinrich in seiner die Gerold'sche Zehntbewilligung für die Probstei betreffenden Urkunde (ebendas. Nr. 3) erklärt, daß Gerold *in dedicatione monasterii civitatis donationem promulgavit* scheint mir bedenklich, weil es in dieser Urkunde um eine ganz andre Dotation, eben nur der *praepositura civitatis* sich handelt, und Heinrich in keiner Weise den Gerold darin als schon verstorben bezeichnet.

[3]) S. oben S. 205 Note 2.

[4]) Eine vierte vom Jahre 1169 u. 1170 (a. a. O. Nr. 8) über die oben besprochene Dotation der drei Transalbingischen Bisthümer mit je 300 Hufen

erste über jene Zehnten-Bewilligung Gerold's an die Probstei [1]), die zweite [2]) und wichtigste über die Dotation der Domprăbenden, in welcher Heinrich, wenn auch mit der Erklärung ex consensu ac pia voluntate Geroldi durchweg, namentlich auch in Betreff der de jure episcopali entnommenen Zehnten, als den eigentlichen Fundator und Dotator sich selbst, nicht den Bischof behandelt, die dritte über die gegenüber der Stadt den Domherren ertheilten Exemtionen [3]). Einer Datirung entbehrt die erste dieser herzoglichen Urkunden (Nr. 3) ganz, und daß hiernach Gerold selbst in dedicatione monasterii jene Zehntschenkung in Gegenwart Evermod's von Ratzeburg und Berno's von Schwerin promulgirt hat, bietet keinen weiteren Anhalt, als daß sie nicht vor dem in den Sommer des Jahres 1163 fallenden Acte der Einweihung ausgestellt sein kann. Die beiden anderen Urkunden Herzog Heinrich's (Nr. 6, 7) sind übereinstimmend von Verden und vom 12. Juli 1164 datirt, wozu aber die darin vorkommenden Angaben über Kaiser Friedrich's Regierungszeit [4]), wenn man die angegebene Zahl der Jahre nach laufenden Jahren berechnet, allerdings so wenig ganz paßt, als die Datirung von Verden aus [5]). Die Urkunde Erzbischofs Hartwich führt das Datum des Jahres 1163, und gedenkt dabei sowohl des am 22. April 1164 gestorbenen Victor IV. als noch regierenden Papstes, wie auch im Context des am 6. Juli 1164 eingetretenen Todes von Graf Adolph. Bischofs Conrad Urkunde

---

und über deren Freiheiten kann um so weniger hieher gezogen werden, als die Zeugen-Unterschriften, worunter auch die Bischof Conrad's und des Dechanten so wie einiger Domherren von Lübeck sich finden, nachträglich hinzugefügt sind, und im Contexte Lübecks mit keinem Worte gedacht ist.

[1]) Ebendas. Nr. 3.

[2]) Ebendas. Nr. 6. Diese Urkunde ist es ohne Zweifel, welche Erzbischof Hartwich im Auge hat, wenn er in Nr. 4 der Aufzählung der verschiedenen Dotationen hinzufügt: *Haec omnia manuscripti sui patrocinio corroboravit, et proprii sigilli sui impressione munivit; huic rei praesentialiter interfuimus et testimonium de his veraciter perhibemus.*

[3]) Ebendas. Nr. 7.

[4]) In Nr. 6 ist dieselbe dahin gefaßt: Anno regni D. Friedrici Rom. Imp. Aug. XII, imperii vero VIIII, in Nr. 7 dahin: Friederici Rom. Imp. Aug. Anno XII.

[5]) S. Leverkus in Anm. *) zu Nr. 4 und Anm. *) zu Nr. 6.

endlich hat am Schluß die Angabe des Jahres 1164, und kann, weil Gerold als damals bereits verstorben bezeichnet wird und nach dessen Tode sich die Vacanz des Bisthums, wie Helmold berichtet, bis in den Februar des folgenden Jahres hingezogen hat, erst nach dem 1. Februar 1164 ergangen sein. Ueber die Zeit, wo nach Helmold bei der Zusammenkunft in Lübeck Herzog Heinrich mit Gerold die ersten Abreden wegen der Dotation der nach Lübeck verlegten sedes episcopalis traf, fehlt es an allen näheren Angaben. Für die Einweihung des Münsters läßt sich der Tag nicht weiter bestimmen, als daß sie Gerold's, wie es scheint am 15. August [1]) 1163 erfolgtem Tode voranging und muthmaßlich im Juli d. J. stattgefunden hat.

Bei diesen vielfachen chronologischen Differenzen und Dunkelheiten, und je zweifelhafter es ist, ob man von der mündlichen Verabredung, oder von der ersten Promulgirung der später in urkundliche Form gebrachten Dotations-Bewilligung, oder von Erlaß der betreffenden Urkunden formell die Existenz des Bisthums Lübeck zu datiren, damit erst dessen Translation und Fundation als vollendet zu erachten habe, bleibt m. E. kaum etwas andres übrig, als von dem Tage, an welchem Herzog Heinrich die mit Bischof Gerold, unter Mitwissenschaft und Zustimmung sowohl des Erzbischofs als des Grafen Adolph, getroffenen Anordnungen durch seine Fundations- und Exemtions-Privilegien sanctionirte und solemnisirte, das neue Bisthum zu datiren, und einerseits formell den Herzog, wie auch bisher meist angenommen worden, als den Fundator des Bisthums anzuerkennen, andrerseits als dessen gleichsam officiellen Geburtstag den 12. Juli 1164 zu behandeln, an welchem vielleicht das erste Jahresfest der Münsterweihe stattfand, und durch Bewilligung jener Urkunden gefeiert worden ist. Und so hätte denn füglich im heurigen Jahre Lübeck die Haupt-Feststätte eines siebenhundertjährigen Jubiläums werden können, wäre es dem Stifte und Capitel beschieden gewesen, wie sie die reformatorischen Bewegungen des 16. Jahrhunderts überdauert, und ihre Existenz nicht blos, sondern im Wesentlichen auch

---

[1]) Den obigen Tag giebt der Lib. memoriarum ecclesiae Lubicensis an.

die hergebrachte Verfassung durch die Stürme des dreißigjährigen Religions- und Bruderkrieges hindurch gerettet, dann im Westfälischen Frieden eine feierliche Anerkennung, nicht minder, als das einzige reichsunmittelbare Bisthum Augsburgischer Confession, die reichsgrundgesetzliche Garantie unverkümmerten Fortbestandes gewonnen hatten, so auch sich den, freilich nicht gewaltthätigen, aber darum nicht minder rechtswidrigen Maßregeln zu entziehen, welche, unter dem Scheine und Vorwande eines ganz neugebildeten, in der bisherigen Praxis und Theorie gleich unerfindlichen, durch die höchsten Interessen staatlicher Convenienz vermeintlich auf Beste begründeten, und doch jedes Titels baaren Souveränetäts-Rechts, seit dem Frieden zu Campoformio, trotz der zu Leoben dem Deutschen Reiche feierlich bedungenen und zugesicherten Integrität, die gesammte Deutsche Prälatur mit jedem Tage ernstlicher bedrohten, und zuletzt in den bekannten Säcularisations- und Distributions-Beschlüssen der außerordentlichen Reichs-Deputation des Jahres 1803 eine Sanction erhielten, welche dem, in die höhnende Form diplomatischer Rathschläge und Interventionen gekleideten, Zwangsgebote fremdländischer Uebermacht, fast eben so sehr aber auch den finanziellen Nöthen und domanialen Interessen, so wie den Vergrößerungs- und Souveränetäts-Gelüsten der eigenen Herren und Obrigkeiten, zunächst zwar nur die hergebrachten kirchlichen Zustände Deutschlands, in verhängnißvoller und unabweislicher Folge aber nur zu bald auch die gesammte Verfassung der Deutschen Territorien und des Reichs, zuletzt deren, und fast auch des Deutschen Volkes Existenz ein Opfer werden ließ.

Inhalts-Uebersicht.

Berichtigungen.

Seite VI. Z. 4 v. o. lies „unterlagen“ statt „unterlag“.
„ 3 Z. 1 u. 2 v. u. ist hinter „biographischen“ und hinter „Momente“ ein Comma zu setzen.
„ 4 „ 8 v. u. lies „Wagrien“ statt „Wagries“.
„ 5 „ 10 u. 11 v. o. muß es heißen: „hindurch, kriegerisch und friedlich, fortgesetzten“
„ 7 Note 4 L. Z. ist *adunati* statt *adrinati* zu lesen und das u vor Pertz zu tilgen.
„ 8 „ 1 Z. 5 ist hinter *corroboravit* ein Semicolon zu setzen.
„ 8 „ 2 lies „XX.“ statt „XII.“.
„ 9 Z. 12 v. o. lies „Mimisgafforde“ statt „Mimisgaßorde“.
„ 12 Note 2 Z. 3 lies: „Congregation bemerkt (Lib. I. cap. 32)“.
„ 15 Z. 8 v. u. ist zu lesen: „für bürgerlich-sociale Entwickelung“.
„ 29 L. Z. lies „Helingaud“ statt „Helingand“.
„ 31 „ 5 v. u. und Note 5 Z. 3, so wie S. 32 Z. 9. v. u. lies „Autbertus“ statt „Antbertus“.
„ 41 Note 2 Z. 4 ist „letztere“ statt „dieselbe“ zu lesen.
„ 41 „ 3 Z. 2 lies „*tenentes*“ statt „*tencutes*“.
„ 87 „ 2 Z. 4 lies „den sonstigen“.
„ 95 Z. 4 v. u. ist statt „dadurch“ zu setzen: „in der Weise“.
„ 98 „ 13 v. o. lies „Ezico“ statt „Czico“.
„ 111 „ 3 v. u. lies „Benno's“ statt „Benuo's“.
„ 122 Note 3 Z. 2 lies „*ei*“ statt „*e*“.
„ 123 Z. 3 v. u. lies „Nachricht“ statt Rachricht“.
„ 128 Z. 3 der Note lies „*junior*“ statt „*jumor*“.
„ 128 „ 6 „ „ „ „*gnarus*“ statt „*regarus*“.
„ 132 Z. 3 der Note lies „*fides*“ statt „*Fides*“.
„ 136 Note 2 Z. 3 lies „*Slavos*“ statt „*Sluvos*“.
„ 152 Z. 9 v. u. lies „überkommen“ statt „übernommen“.
„ 157 L. Z. ist „1163“ statt „1164“ zu setzen.
„ 158 Note 1 Z. 3 lies „*episcopatu*“.
„ 159 Z. 2 ist zu lesen „dem Anfange des 13. Jahrhunderts.
„ 159 „ 1 sind die Worte *deditque etc.* zu tilgen.
„ 163 Z. 7 v. u. lies „läßt“ statt „lassen“.
„ 169 Note 1 Z. 6 ist „Stelle“ hinter „andern“ einzuschieben.
„ 172 Z. 10 v. o. lies „Harsefeld“.
„ 175 Note 2 Z. 2 lies „*quam*“ statt „*puam*“.

„ 183 Z. 12 v. o. lies „Cuzelina“ statt „Cuzalina“,
„ 195 Note 1 Z. 5 lies „*scientiam*“ statt „*seientiam*“ und „*placentium*“ statt „*plaentium*“,
„ 201 „ 1 Z. 1 lies „*sibi*“ statt *sibl*“,
„ 202 „ 3 vorl. Z. lies „*eatenus*“ statt „*catenus*“.

Die vorstehend berichtigten und sonstige Druckfehler, nicht minder die Ungleichförmigkeit in Schreibung der Namen, so wie im Gebrauch verschiedener Schriftgattungen wolle der Leser damit entschuldigen, daß der Verfasser durch seinen Gesundheitszustand und die Entfernung des Druckorts behindert war, in dem Umfange und mit der Genauigkeit, als er gewünscht hätte, sich persönlich an der Correctur zu betheiligen.

CPSIA information can be obtained
at www.ICGtesting.com
Printed in the USA
LVHW101348160422
716387LV00003B/231

9 783752 597257